浩歌堂詩鈔

陳去病 著
張夷 標點

中國近代文學叢書

上海古籍出版社

圖書在版編目(CIP)數據

浩歌堂詩鈔／陳去病著；張夷標點．—上海：上海古籍出版社，2016.8
(中國近代文學叢書)
ISBN 978-7-5325-8183-2

Ⅰ.①浩… Ⅱ.①陳… ②張… Ⅲ.①詩集—中國—近代 Ⅳ.①I222.75

中國版本圖書館 CIP 數據核字(2016)第 184192 號

中國近代文學叢書
浩歌堂詩鈔
陳去病 著
張 夷 標點
上海世紀出版股份有限公司
上 海 古 籍 出 版 社 出版
(上海瑞金二路 272 號 郵政編碼 200020)
(1) 網址：www.guji.com.cn
(2) E-mail：guji1@guji.com.cn
(3) 易文網網址：www.ewen.co
上海世紀出版股份有限公司發行中心發行經銷
常熟市人民印刷有限公司印刷
開本 850×1156 1/32 印張 15.875 插頁 7 字數 335,000
2016 年 8 月第 1 版 2016 年 8 月第 1 次印刷
印數：1—1,300
ISBN 978-7-5325-8183-2

I·3097 平裝定價：58.00 元
如發生質量問題,請與承印公司聯繫

陳去病像

南社第一次雅集

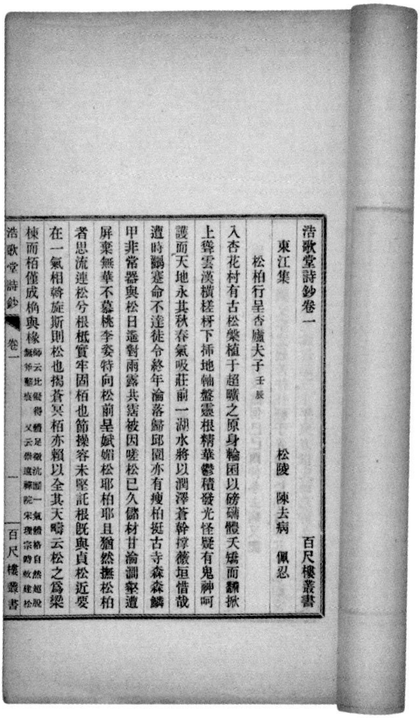
浩歌堂詩鈔卷一　百尺樓叢書

東江集　松陵　陳去病　佩忍

松柏行呈杏廬夫子 壬辰

入杏花村有古松桀植于超曠之原身輪囷以磅礴體夭矯而翻掀上聳雲漢横槎枒下插地軸盤靈根精華鬱積發光怪疑有鬼神呵護而天地永其秋春氣吸莊前一湖水將以潤澤蒼幹撐薇垣惜哉遭時蹶蹇命不達徒令終年淪落歸邸園亦有瘦柏挺古寺森森鱗甲非常器與松日遙對雨露共霑被因嗟松已久儲材甘淪謫竄遺屏棄無華不慕桃李委特向松前呈嫵媚松耶柏耶且猶然撫松柏者思流連松兮根柢實牢固柏也節操容未堅託根既與貞松近要在一氣相旋斯則松也獨蒼冥柏亦賴以全其天疇云松之爲梁棟而柏僅成桷與椽 [illegible]

浩歌堂詩鈔　卷一　一　百尺樓叢書

《浩歌堂詩鈔》書影

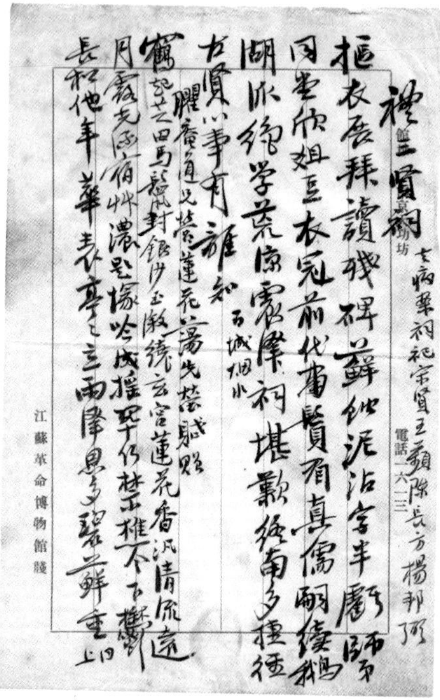

陳去病手迹

序　言

錢仲聯

叢書是一種彙集各種同類性質或不同類性質以及多種性質的重要著作而輯印聚集在一編的大部頭書。正式啓用「叢書」這一名稱，盛於明清兩代。在此以前，雖有叢書性質而並不稱爲叢書的，如宋人所輯的《百川學海》等，還不算在内。叢書從正式啓用此名到發展，越來越多，有以時代爲範圍的，如《漢魏叢書》、《唐宋叢書》；有以輯佚書爲範圍的，如《漢學堂叢書》；有以史學方志考訂研究爲專題的，如《廣雅書局叢書》、《史學叢書》之類；有仿刻或翻刻以至影印宋元古籍版本爲宗旨的，如《士禮居叢書》、《古逸叢書》、《續古逸叢書》之類；有以校勘古籍爲宗旨的，如《抱經堂叢書》、《經訓堂叢書》、《岱南閣叢書》之類，這都是彙輯多家著作於一編者。此外，又有刊一人獨撰著作的，如清王初桐《古香堂叢書》、張雲璈《雲影閣叢書》、焦循《焦氏叢書》、朱駿聲《朱氏叢書》、丁晏《頤志齋叢書》、明薇元《玉津閣叢書甲集》、況周儀《蕙風叢書》、易順鼎《琴志樓叢書》、吴之英《壽櫟廬叢書》、曹元忠《箋經室叢書》、章炳麟《章氏叢書》等，僂指不可盡。現在上海古籍出版社在負責編輯的《中國近代文學叢書》，便是屬於

《漢魏叢書》、《唐宋叢書》等以時代爲範疇的一種大型叢書。

叢書而以「近代文學」爲幟，從名稱上看便知爲近代，而現代、當代不在内。近代的範圍，現在學術界公認爲始於一八四〇年鴉片戰争以后，迄於「五四」新文學改革運動以前。但這一階段的文學家，有生略早於一八四〇年，死或更在「五四」以后較長一段時間，而其人主要的文學成就或成名，則在此時期内的，一般也認爲應包括在内，當然也包括了「同光體」、彊邨詞派、「南社」等流派。它不是簡單地類同於《近代文學大系》那類「大系」式的分類選本（當然，可以包括有價值的選本在内），而是近代各種舊體文學專著的精華，或已刊而流傳不廣，現多已絶版者，或至今未刊者，或所刊不全者（如近代著名文學家黄人的《石陶梨烟室詩詞》，聞近有人從全國的期刊、各地的圖書館、藏書室等處，收集不少已刊的黄人集子以外的東西），一種一種地校刊或影印問世。近代文學介於古代文學和現代文學之間，其在文學史上承上啓下、繼往開來的地位和作用，自是無須贅言。至於近代舊體文學的樣式，到今天還有不少愛好而能寫作很高明的人，便可證明它的生命力依然存在，如新文學的巨擘俞平伯、沈尹默諸先生晚年都不寫新體白話詩而改寫古體詩詞便可爲證，駢文、散曲等，專門名家也很多。這裏，不是在討論新舊文學高低的較量，所以不多饒舌，衹是闡説一下「叢書」而名「近代文學」的簡略内涵。由於編者的學力視野有限制，這部叢書，無疑會存在取舍、標點等方面的不足，統待讀者指正。

二〇〇二年三月三日九五叟錢仲聯書於蘇州大學

前言〔一〕

楊天石

一

陳去病，原名慶林，字佩忍，又字巢南、病倩，別號垂虹亭長。筆名有季子、醒獅、大哀、南史氏、有溈血胤、東陽令史子孫等。江蘇吴江同里鎮人。一八七四年生，爲遺腹子。一九〇三年在日本加入拒俄義勇隊。一九〇六年加入同盟會，自此長期追隨孫中山，投入民主革命，一九〇九年發起并組織革命文學團體南社。一九一三年參加反袁的「二次革命」，任江蘇討袁軍司令部秘書。一九一八年赴粵，參加反對北洋軍閥、維護民主共和的「護法運動」，先後擔任非常國會秘書長、參議院秘書長等職。一九二二年，孫中山在廣東韶關誓師北伐。陳去病任大本營前敵宣傳主任。不久，陳炯明兵變，孫中山被迫離粵赴滬，陳去病經孫同意，到南京任東南大學講師，教授中國文學及詩歌、辭賦。一九二四年任江蘇臨時省黨部委員，在上海組織江蘇民治建設會。同年隨孫中山北上，任清理清宮古物委員。次年，孫中山逝世，任葬事籌備委員會委員。一九二五年，被選爲江蘇省黨部臨時監察委員。一九二八年，任古物保管委員會蘇州分會主任、江蘇革命博物館館長、國民黨中央黨史編纂委員會委員。一九三三年，在蘇州報恩寺受比丘戒。同年十月四日逝世。

陳去病是民國史上著名的革命家、新聞家、詩人、教育家和學者。

二

縱觀陳去病一生，有六大貢獻。

一、獻身民族民主革命，推動青年知識分子轉化。

陳去病七歲入塾，攻讀四書五經，二十二歲考中秀才，走的是中國傳統知識分子的仕進之途。但是，憂患叢生的時局改變了陳去病的人生道路。一八九五年，中日甲午戰爭失敗。一八九八年，維新運動興起，陳去病即在家鄉同里組織雪耻學會響應。一九〇二年，蔡元培等在上海成立以愛國和革新爲主旨的中國教育會，陳去病即組織同里支部。這時候，陳去病還處在康有爲、梁啓超爲代表的維新派的影響之下。但是，一九〇三年陳去病赴日留學之後，却迅速從愛國走向革命。當年四月，傳説廣西巡撫向法國出賣權益，東京的中國留學生掀起拒法運動。陳去病致書同里教育會，引西漢名將霍去病「匈奴未滅，何以家爲」的名言激勵衆人，自此便以去病爲名。同月，沙俄拒不按約撤退在我國東北的軍隊，東京中國留學生再次掀起拒俄運動。在黃興等發起倡議組織拒俄義勇隊，奔赴疆場，爲國效命時，陳去病毅然簽名，被編入丙三分隊。清政府害怕學生，加以阻撓、鎮壓，激起學生憤怒，紛紛轉向反清。同年六月，陳去病在同鄉會雜誌《江蘇》第三、第四期發表題圖長詩，歌頌朱元璋滅元興明和鄭成功抗清的英雄事迹。又發表長文《革命其可免乎》，批判清政府對外投降，對内鎮壓，認爲長此以往，中國必將瓜分豆剖，萬劫不復。文章呼籲：「革命乎！革命乎！其諸海内外英材傑士，有輟耕隴畔而憮然太息者乎，則予將仗劍從之矣。」拒俄運動的受挫促使大批青年知識分子向革命轉化。陳去病是這種轉化的典型代表，也是帶頭人。自此，陳去病即追隨孫中山，投身民族民主革命。舊説認爲陳去病是「一民主義者」，衡以陳在辛亥革命後反對袁世凱和張勳復辟，參加「護法」諸役，説明此説不確。

二、發起并組織多個革命社團，主盟南社。

明代中葉以後，吴江地區文社發達。先有不少文人參加東林、復社。明亡後，葉繼武、戴笠等吴江人士組織驚隱詩社（逃之盟），顧炎武、歸莊等紛紛加盟。陳去病受先輩濡染，一生組織過多種社團。一九〇六年，陳去病到徽州府中學堂任教，與後來成爲繪畫大師的黄賓虹共事，因仰慕明末思想家黄宗羲的學風和文風，共同組織黄社，其宗旨爲「取新學以明理，憂國家而爲文」。一九〇七年七月，革命黨人所發動的浙皖起義失敗，秋瑾殉難。陳去病想在上海召開追悼會，被人所阻，便於八月十五日（夏曆七月七日）邀集吴梅、劉三、馮沼清等十一人組織神交社，計劃出版《神交集》，未成。一九〇八年初，陳去病在上海與劉師培、高旭、柳亞子等計議組織文社，繼承明末幾社、復社傳統。二月二十五日，陳去病和徐自華在杭州爲秋瑾下葬，并在鳳林寺舉行追悼會，組織秋社。事後，陳去病應邀赴紹興府中學堂任教，通過學生宋琳，組織匡社，以匡復中華爲志。一九〇九年八月，陳去病到蘇州張家授館，繼續醖釀結社。十月十七日，陳去病在《民吁報》刊登《南社詩文詞選序》，提倡「不得已」之作，或如賈誼「江南愁嘆」，或如謝翺「西臺慟哭」，都是在國家危殆、社稷滄桑時由衷發出的悲涼慷慨之音。考慮到本文是公開發表之作，陳去病没有將反清的目的寫得很顯豁，但是，字裏行間，人們仍然可以領略到他的意旨。十一月六日，陳去病在《民吁日報》上刊出《南社雅集小啓》，公開宣布召開成立會的日期和地點。《小啓》以優美的筆觸描繪嚴冬統治下春意的萌動：「芙蓉弄妍，嶺梅吐萼。微乎微乎，彼南枝乎，殆生機其來復乎？」十一月十三日，南社成立會在明末復社文人的活動地點蘇州虎丘召開。陳去病、柳亞子等十七人到會。在近代革命史和文學史上發揮過重大作用的革命文學團體南社遂呱呱墜地。一九一〇年春，陳去病到杭州任教於浙江高等學堂，在原匡社的基礎上組織越社。魯迅、范愛農等均成爲社員。在《越社序》中，陳去病號召革命黨人力挽狂瀾，挽救危難中的祖國。他説：「惟夫君子禀百折不回之志，嬰至艱極巨之任，毅然決然而無所恐怖，於是經歷險阻，備諸困厄，而泰乎如履坦夷之途，斯其所由回劫運而貽衽席也，孰謂天定勝人而人不可以勝天哉，蓋亦視乎人而已矣。」

三、創辦、編輯多種革命報刊。

一九〇三年夏，陳去病回到上海，初任愛國女學教師。一九〇四年，應蔡元培之邀，出任《警鐘日報》編輯。這是繼《蘇報》之後上海又一份著名的革命報紙。一九〇七年，陳去病南下汕頭，參加《中華新報》編輯，「盛倡民族主義」，使之成爲革命黨人在嶺南的重要宣傳陣地。一九一〇年，同盟會中部總會在上海創辦《中國公報》，陳去病爲主要撰稿人；一九一一年六月，陳去病自杭州返蘇，創辦《蘇蘇報》。武昌起義，蘇州獨立，陳去病應江蘇都督程德全之邀，創辦《大漢報》，宣稱該報將「張吾民族之氣，而助民族之成，并提倡民生主義，以亟圖社會之升平，獲共和之幸福」。此後，他爲報紙寫作了一系列文字，反對和袁世凱妥協，主張北伐。十二月二十一日，《大漢報》停刊。同月，魯迅等越社同人在紹興籌辦《越鐸日報》。一九一二年一月，陳去病與人在上海發起創辦《黄報》。同月，赴紹興任《越鐸日報》總編輯。六月，改任杭州《平民日報》總編輯。總計，陳去病一生參與編輯、出版的報紙約八種之多，在其他革命黨人的報紙，如《神州日報》、《民呼日報》、《民吁日報》、《民立報》、《天鐸報》、《大風日報》、《民國日報》、《民信日報》，以至《長沙日報》等處，都發表了大量作品。陳去病參與創辦、編輯或撰稿的刊物則有《江蘇》、《復報》、《國粹學報》、《江蘇革命博物館館刊》等多種。他是辛亥前後的重要革命新聞家。

四、發幽闡隱，借歷史鼓吹反清革命

明末，清兵入關之後，曾在揚州、嘉定等地實行殘酷、野蠻的屠殺，而江南人民則以各種形式反抗，湧現出無數抗清志士。一九〇三年陳去病自日本歸國之初，即輯録《建州女直考》、《揚州十日記》、《嘉定屠城記》、《忠文靖節編》等書，加上鼓動性的批語，編爲《陸沉叢書》出版，用以激發漢族人民對滿洲貴族的仇恨。同年，陳去病編選王夫之、黄宗羲、顧炎武三人文章爲《正氣集》。此後，陳去病即以大量精力收集和整理江南抗清志士的遺文和著作。一六四五年，吴江人吴易以太湖爲根據地起兵抗清，幾次大敗清兵。次年被捕，在杭州草橋門被凌遲處死。陳去病將他的遺稿整理成書，定名爲《吴長興伯遺集》。另一位吴江人士吴炎，明亡後遁跡湖州山中，參加驚隱詩社。一六六三年，受莊廷鑨明史案牽連，在杭州弼教坊被清政府凌遲。陳去病也將他的作品整理成書，定名爲《吴赤溟先生遺集》。一九〇六年陳去病在徽州府中學堂任教期間，編輯完成《煩惱絲》、《五石脂》二書。前者叙述清初漢族人民抗拒剃髮蓄辮的史實，後者叙述東南志士的抗清逸事，兼録詩文。一九〇七年春，陳去病到上海主持國學保存會，參與編輯《國粹學報》。期間，廣泛收羅、閲讀典籍數萬卷，開始編著《明遺民録》。這是一部大型傳記總集。原計劃很大，但實際上祇完成了孫奇逢、顔元、傅山等十二人的傳記。陳去病編著的這些作品并不僅僅鞭笞滿洲貴族，頌揚漢族節烈，其中也常有現代思想的光芒。例如指斥中國「數千年之專制」對於民族道德的「斲傷」，批判「中國歷代之君主無不假公以濟私」，痛憤「吾漢族之民，不知合群爲何物」等等。

五、倡導戲劇改革。

一九〇四年夏，陳去病編輯《警鐘日報》期間，結識上海京劇名演員汪笑儂。當時，汪正在演出新戲《瓜種蘭因》。該劇根據《波蘭衰亡史》改編，寫土耳其入侵波蘭，波蘭戰敗求和，割地賠款。名爲外國時史事，實際上處處影射清朝政府。緊接着，汪笑儂又演出清初名劇《桃花扇》，二百多年前孔尚任所描寫的南明興亡史引起陳去病的强烈共鳴。同年八月，陳去病在報上發表《論戲劇之有益》一文，高度肯定戲劇的宣傳鼓動作用和巨大的藝術感染力，鼓勵青年革命黨人深入梨園，與戲劇藝人結合，編演宣傳革命思想的新劇。他特別看重戲劇易於爲下層群衆接受、理解的「普及」功能。文稱：「舉凡士農工商，下逮婦孺不識字之衆，苟一窺覩乎其情狀，接觸乎其笑啼哀樂，離合悲歡，則鮮不情爲之動，心爲之移。」爲了進一步提倡新戲，陳去病於一九〇四年發起出版《二十世紀大舞臺叢報》。該刊分圖畫、論著、傳記、班本、小説、叢談、詼諧、文苑、歌謡、批評、紀事等欄，實際上是一份以戲劇爲主的綜合性文藝雜誌。其中《安樂窩》（孫寰鏡著）一劇，規定以女丑扮演慈禧太后，尖鋭地譴責她窮奢極欲，不管民間死活，不顧國家淪亡。當時，慈禧太后還執掌大權，正在慶祝七十壽辰。發表這樣的劇本需要極大的勇氣。當年十一月，志士萬福華謀刺廣西巡撫王之春，未成被逮，陳去病於事發後不久，即以之爲素材寫作劇本《金谷香》，成爲迅速反映現實的時事劇。由於陳去病的積極提倡，上海出現戲劇改良會，新劇演出頓顯活躍。馬君武曾盛贊陳去病對戲劇的提倡：「論詩昔慕美爾頓，觀戲今逢莎士披。懷才抱奇不自得，獻身甘作優伶詩。」

在近代，最早重視戲劇的是梁啓超。他於一九〇二年發表《劫灰夢傳奇》，後來又寫作《新羅馬傳奇》等篇。但是，真正從理論上闡明戲劇的社會作用、藝術功能，創辦雜誌，并和藝人結合，切實推進其改革的，不能不首推陳去病。

由於夏曾佑、嚴復、梁啓超等人的提倡，晚清盛行「小説界革命」。風氣所及，陳去病也曾於民初以浙江會黨首領王金發的事迹爲素材，寫作小説《莽男兒》，表現出陳去病對這一種新興文學體裁的探索。

六、寫作了大量革命詩文。

陳去病是革命家，也是宣傳家。在文章寫作上，他批評六朝的浮華文風，反對形式重於内容，錦綉其外，敗絮其中，也反對桐城派的「空談義理」、「俚淺不根」，更反對分别門户，模仿古人。他重視内容，强調文從字順，既有格調，又能使讀者回腸蕩氣。他的文章大多爲革命而作。分兩種類型。一種是古色古香的傳統文，一種是爲普及公衆而作的報刊體文。他的傳統文以《神交社雅集小啓》、《南社詩文詞選序》等爲代表，講究文采、對仗，顯示了深厚的古典文學修養。其中傳記文分量最大，其代表作有《鑒湖女俠秋瑾傳》、《高柳兩君子傳》、《垂虹亭長傳》以及《明遺民録》中的若干篇章。它們注意刻畫人物性格和細節描寫，可以看出作者在努力吸收并繼承司馬遷的人物列傳的優良傳統。報刊體文以《革命其可免乎》、《論戲劇之有益》等爲代表，它們接受了梁啓超「新民體」的部分影響，注重通俗性和鼓動性，筆鋒毫端，常常凝聚着作者的感情。他贊成時人林獬（白水）創辦《中國白話報》，譽之爲「肖泉通俗語能新」。不過，他認爲「俚俗」僅能「啓蒙」、「導迷」，神聖的文學殿堂還是需要司馬相如、鄒陽、枚乘等人的文筆。

陳去病生當從維新向革命轉化的時刻，一生遭逢辛亥革命的成功與失敗。他的詩在工整嚴謹的格律中抒情言志，表述自己在革命生涯中的種種感受。這一時期，革命中的成功少而挫折、失敗多，陳去病也因而歡樂少而痛苦多。因此，他的詩以慷慨悲愴、沉鬱蒼涼爲特點，反映出那個時代先進知識分子的精神面貌。

三

陳去病一生在文學上的最大成就是詩。

唐詩是我國古典詩歌的高峰。宋人力破唐人餘地，形成了我國詩歌的另一個高峰。自此雙峰并峙，各領風騷。宋以後的詩壇，或尊唐，或尊宋。當尊唐之風大盛以至形成弊端之際，詩人們往往會轉而尊宋；而當尊宋形成弊端時，詩人往往又會轉而尊唐。鴉片戰爭前後，尊宋成爲詩壇風尚，同治、光緒年間，甚至出現以學宋爲主的「同光體」。南社虎丘會議期間，柳亞子曾與陳去病討論詩歌的取法方向。兩人都尊唐，成爲同調。爲此，柳亞子有詩云：

匆匆半月吕亭住，與汝評量詩派來。一代典型嗟已盡，百年壇坫爲誰開？橫流解悟蘇黄罪，大雅應推陳夏才。珍重分襟無別語，加餐先覆掌中杯。

——《時流論詩多騖兩宋巢南都尊唐風與余相合寫詩一章即用留別并申止酒之勸時余亦將歸黎里矣》

蘇黃，指宋代詩人蘇軾和江西詩派的創始人黃庭堅。二人都是有重大成就或有重要特點的大家。但是，蘇軾的有些詩，喜歡逞弄才華，夸多鬥靡，鋪排成語典故。黃庭堅的詩，奇拗硬澀，提倡「奪胎換骨、點鐵成金」，强調「無一字無來歷」，流弊所及，遂致從前人作品中撕扯拆補，以模仿改制代替創新、開拓。因此，元朝詩人元好問曾批評其流弊說：「只知詩到蘇黃盡，滄海横流却是誰！」柳亞子同意元好問對蘇、黃末流的批評，推崇「唐風」，特别推崇明末抗清英雄陳子龍和夏完淳二人的詩作。柳亞子的這首詩表明，他和陳去病在詩派的宗仰和取法上完全一致。一九一七年七月，南社成員中發生唐宋詩之爭，柳亞子受到社中尊宋派的批評，陳去病曾寄詩柳亞子，表示支持，前有長序云：

明七子教人不讀唐以後書，雖甚激切，然余頗諒其懇直焉。自後世撥西江之死灰而復燃之，由是唐音於以失墜。閩士晚出，其聲益殺而厲，至於今，蜩螗沸羹，莫可救止，而國且不國矣。柳子安如獨能揮斥異己，余甚壯之，因爲詩三章以寄，庶幾益自勖勵而勿懈其初衷乎？

陳去病這裏所說的「勿懈其初衷」，指的就是南社成立、虎丘會議時的尊唐約定。柳、陳等提倡「唐音」，意在適應反清革命的需要，提倡盛唐年代詩壇的開朗宏大、熱烈豪放的詩風，但是，其中顯然包含政治鬥爭的内容。晚清同光體的代表詩人大都出仕清政府，所謂「閩士」，其代表性詩人就是鄭孝胥。此人在清末出任湖南布政使，辛亥革命後成爲遺老，支持張勛復辟。柳、陳等在詩歌創作上尊唐反宋，是這一時期的政治斗争在文學上的表現。

不過，盛唐是一個上升的時代，國力强盛，而晚清時期，中國有亡國之憂。因此，柳亞子、陳去病作詩雖尊唐，而其實際尊崇的則是明末的陳子龍、夏允彝、夏完淳、張煌言等人，其詩風也與上述諸人接近。

陳去病是愛國者。其詩作反映出他對辛亥革命前夜，帝國主義侵略日益深入，民族危亡在即的憂慮，充溢着强烈的愛國主義激情。但是，這種愛國主義已經擺脱了傳統文人「忠君」思想的束縛，體現出現代的新特色，即重點在於維護國家領土、民族權益和民族的優秀歷史、文化傳統。

二十世紀初年，沙俄積極向我國東北擴張，邊疆危機加重。陳去病在赴日留學，尋找救國真理之際，曾準備經朝鮮，入東北，考察沙俄侵略狀況。有詩云：

長此樊籠亦可憐，誓將努力上青天。夢魂早落扶桑國，徒侣争從俠少年。寧惜毛錐拚一擲，好將劍佩歷三邊。由來弧矢男兒事，莫負靈鰲去着鞭。

——《將游東瀛賦以自策》

日本經過明治維新，國力日漸强盛，吸引了大批中國青年知識分子的注意，紛紛到日本留學。陳去病寫這首詩的時候，已年近三十，但是，他仍然像當時的許多熱血青年一樣，渴望衝出黑室，擺脱樊籠，出門看世界，瞭解天下，瞭解强鄰逼伺的狀況。

一九〇四年，日俄兩國爲争奪中國東北，在我國的領土上爆發戰爭，但清政府却宣布中立。這一年，陳去病自上海歸同里，夜宿青浦，發現當地人懵然不覺，仍在挑燈豪賭，陳去病激憤地寫道：

須洞鯨波起海東，遼天金鼓戰西風。如何舉國猖狂甚，夜夜樗蒲蠟炬紅？

——《癸卯除夕別上海甲辰元旦宿青浦越日過澱湖歸於家》

一邊是槍炮轟響，戰鼓震天，一邊却是呼幺喝六，在賭桌上争鬥拼殺。詩人目覩此狀，憂心如焚，發出了强烈的譴責。一九〇八年，陳去病南遊閩海，在厦門泛舟登鼓浪嶼，觀察到列强的船舶正在我國的海上游弋，有詩道：

西風落日晚天晴，列島遥看戰一枰。番舶正連鵝鸛陣，怒濤如振鼓鼙聲。憑高獨覽滄溟遠，斫地誰爲楚漢争？海水自深山自壯，不堪重憶鄭延平。

——《自厦門泛海登鼓浪嶼有感》

根據《中英南京條約》，厦門於一八四三年開闢爲通商口岸。一九〇二年，清政府與英國、美國、德國、法國、西班牙、丹麥、荷蘭、日本等九國簽訂《厦門鼓浪嶼公共地界章程》，使鼓浪嶼淪爲公共租界。陳去病撫今追昔，不禁深深地懷念收復臺灣、趕走荷蘭侵略者的民族英雄鄭成功，希望在新的時期，中國能有人出面與列强抗争。

清兵入關後，江南成爲抗清基地，在長年的革命生涯中，陳去病奔走於東南各地，憑吊當年英勇抗擊清軍以致斷頭瀝血的先民，産生了大量詩作。如：

北伐當年事大難，伊人曾此下寒灘。者番恰稱招魂祀，燈火樓船夜未闌。

——《九月初七日新安江上觀水嬉并爲有明尚書蒼水張公作周忌》

策馬高岡日色斜，昆明南望淚如麻。蠣灘鰲背今何在？祇向秋原哭桂花。

——《四月二十五日偕劉三謁蒼水張公墓并吊永曆帝》

張蒼水，名煌言，曾任南明兵部尚書。他在浙東山地和沿海一帶舉旗抗清。曾與鄭成功合兵，入長江，圍南京，直進蕪湖，共下大江南北四府三州二十四縣，東南震動。詩人想像當年張煌言「飲血提戈」艱苦奮戰的情景，回憶永曆皇帝爲吴三桂所俘，在昆明被絞死的往事，不禁淚下如麻。這類詩，對於熟悉明末史事的傳統知識分子，自然具有特殊的激勵作用。

一切革命都是艱難的，會有許多失敗、挫折和犧牲。一九〇三年，章炳麟和年輕的革命家鄒容因《蘇報》案被捕，陳去病來到上海海濱，登樓瞭望，有詩道：

慘澹風雲入九秋，海天寥廓獨登樓。淒迷鸞鳳同罹網，浩蕩滄瀛阻遠遊。三十年華空夢幻，幾行血淚付泉流。國仇私怨終難了，哭盡蒼生白盡頭。

——《重九歇浦示侯官林獬儀真劉光漢》

同志被囚，革命多艱。當時，陳去病雖已進入中年，而所事無成，白髮早生，自然感慨繫之。「哭盡蒼生白盡頭」，生動地寫出了陳去病心繫革命，與革命同憂患的感人形象。

現實盡管嚴酷，陳去病却仍然對革命充滿信心。一九〇七年，陳去病爲了躲避清政府的追捕，離鄉南行，南行之前，他去黎里向柳亞子告别，有詩云：

> 梨花村裏叩重門，握手相看淚滿痕。故國崎嶇多碧血，美人幽抑碎芳魂。茫茫宙合將安適，耿耿心期祇爾論。此去壯圖如可展，一鞭晴旭返中原。
>
> ——《訪安如》

當時，秋瑾已遭清政府殺害，革命黨人沉痛哀悼，故詩中有「多碧血」、「碎芳魂」之嘆。環顧宇內，他覺得只有柳亞子是知己，因而密告其此行懷有「壯圖」，實現之後，將在晴光普照之中揚鞭北返。詩中的感情是沉重的，但又是奮發昂揚的。

陳去病的詩，多寫「哭」，多寫「淚」，但是，這不是小兒女的兩情難圓之哀，也不是舊文人的嘆老嗟卑的落魄和窮愁，而是爲民族、爲國家、爲革命的大悲、大哀，因此，這種詩，就表現出一種完全不同的境界和不同的氣象。陳去病將他住宅的廳堂定名爲「浩歌堂」，因之，其詩集定名爲《浩歌堂詩鈔》。這個「浩」字，確實準確地傳達出陳去病其人特别是其詩的特點。人們評唐詩，有「唐人氣象」之説，讀陳去病等南社主要作家的詩，是不是也感到有一種處於艱難竭蹶之中的革命黨人的「浩然」氣象呢？

辛亥革命没有建成革命黨人理想中的「天國」，袁世凱登臺後不斷摧殘民主、共和。在此情況下，陳去病没有退縮，而是感到「救世情愈切」。宋教仁被刺時，他賦詩哀悼説：

柳殘花謝宛三秋，雨閣雲低風撼樓。中酒懨懨人愈病，思君故故日增愁。豺狼當道生何益，洛蜀紛争死豈休。祇恐中朝元氣盡，極天烽火掩神州。

——《哭鈍初》

本詩首二句寫自然景色，實寫袁世凱當權時期的政治氣氛。末二句寫宋教仁被刺後詩人對中國政局的憂慮。陳去病的預感是正確的。不久，孫中山發動「二次革命」，戰火再起，陳去病也迅速投入反袁軍的行列。

陳去病的詩，并不全寫革命，但其他題材也常常體現出一個以天下爲己任的革命者的胸襟。如：

舵樓高唱大江東，萬里蒼茫一覽空。海上波濤迴蕩極，眼前洲渚有無中。雲磨雨洗天如碧，日炙風翻水泛紅。唯有胥濤若銀練，素車白馬戰秋風。

——《中元節自黄浦出吴淞泛海》

這是一首寫景詩，但境界闊大，昂揚激越，仿佛洶湧澎湃的波濤也充滿了戰鬥氣息。

前人慨嘆，詩已經被唐人寫盡；到了清末，自然更易有寫盡之感，所以譚嗣同、梁啓超、黄遵憲等不得不提倡「詩界革命」，企圖引進「新名詞」、「新事物」、「新思想」，黄遵憲并以「吟到中華以外天」自詡。但是，爲詩歌開拓新題材、新内容，將革命寫進詩歌的則是南社詩人，陳去病是其傑出的代表。此後，白話詩逐漸登場。因之，可以説，陳去病是我國古典詩歌壓軸時代的重要詩人之一。

在詞風方面，柳亞子推崇辛棄疾。虎丘成立會上，朱錫梁認爲「南宋詞人，以稼軒爲第一，餘子不足道也」。柳亞子贊同此説，特別批評吴文英的《夢窗詞》爲「七寶樓臺，拆下來不成片段」。同座的龐樹柏和蔡守却特別欣賞吴文英的詞風，四人間發生激烈争論。陳去病論詞，在批評吴文英方面與柳亞子一致。他認爲吴詞「隸事癖奥，摛詞窒塞」，有如猜謎。不過，在宗主方面，陳去病推崇的是南宋以姜夔爲代表的「清空」一派和近代龔自珍的《定庵詞》。

陳詞佳作如一九〇七年憑吊虎丘張公祠的《天仙子》：

> 短艇輕橈隨處艤，又到中丞香火地。神鴉社鼓不成聲，哀欲死，無生氣，入門撮土爲公祭。　痛飲黄龍今已矣，亮節孤忠空費志。滿園花木又凋零，餘碧水，向東逝（祠在緑水灣），盈盈酷似傷心淚。

張公，指明末抗清名臣張國維，浙江東陽人，以疏浚吴江一帶水道得名。明亡後，他擁立魯王，在浙江東陽等地與清軍苦戰，失敗後穿戴衣冠，向母親告别，投園池而死。本詞吊張，借景抒情，而個人的懷抱和感慨盡在其中。

四

我在拙著《南社史長編》的序言中談過，研究中國近代文學，在某些方面比研究中國古代文學難。其主要難點就在於資料。古代作家，大都有完備的全集，而近代作家，大都没有全集。其作品，分散於許多地區的不同報刊上，需要研究者逐一去檢索、發現、輯録。近代出版業發達，發表作品容易，但是，消失也容易。不少報刊，曇花一現，以後就再也找不到了。以辛亥革命時的報刊論，世界上没有任何圖書館可以自稱收集完備。這可就苦了研究者了。此外，全面瞭解作家生平也是件難事。古代作家一般在正史或野史、筆記中都有相關記載，而近代作家呢，有完整傳記的人很少。此外，近代流行筆名、化名，一個作家在不同時期、不同情況下可以使用多種筆名。要把一個作家的筆名收集齊全，考證準確，也并非易事。記得一九五八年我在北大上學，爲《中國文學史》撰寫近代文學的有關章節，後來編選并注釋《近代詩選》，自然，都要收集陳去病的作品和事迹。然而，找來找去，只找到一部他的詩集《浩歌堂詩鈔》。關於他的生平，只找到柳亞子《南社紀略》中的部分記載。這自然不够用，不得不在辛亥前後革命黨人創辦的報章雜誌中去廣泛收羅。這一工作一直延續到我進入近代史研究所，一直在做。記得當時革命黨人在中國和日本等地創辦的許多雜誌，我可以説都看過，報紙，則是一張張翻過的。這纔將陳去病的作品看得比較齊全，生平瞭解得比較完備了。然而，還是有若干缺憾，一些報紙找不到，一些檔案没有留存下來。有一年，我到北京中關村中國科學院的宿舍裏去探望陳去病先生的女公子綿祥女士。承她出示去病先生手書的年表《塵網録》和《浩歌堂詩續鈔》，都是我前所未知的。等到我第二次拜訪，想從綿祥女士處借閲時，綿祥女士已經病重，滚翻在地。記得當時還是我將她扶到牀上的。綿祥女士去世後，我向綿祥女士的公子蔡恒錫先生打聽上述兩件未刊稿的下落，他在家裏翻檢過，告訴我找不到。我想，也許從此失落了，多可惜呀！

真是事有凑巧，二〇〇七年五月，我到蘇州參加柳亞子的紀念活動，見到去病先生的女婿和外孫張左一、張夷先生父子，他們告訴我，正在編輯《陳去病全集》。我很高興，趕忙問，有無《塵網録》和《浩歌堂詩續鈔》，他們説原稿都在他們手裏。我的心頭立刻浮上一陣驚喜，謝天謝地，終於没有失落。又過了兩年，張夷先生告訴我《陳去病全集》已經編輯完成，即將出版。我從張夷先生賜示的目録看，這確是目前最完整的陳氏全集。凡目前可以找到的作品幾乎都網羅無遺了。他們不僅利用了去病先生的子女陳綿祥、陳瑾、陳達力等人的家藏，還大力收集了陳去病散落在清末民初報刊上的大量詩文。這些詩文，當時於革命影響甚大，但是，正像章太炎一樣，後來編文集時却棄之不録。張夷先生告訴我，爲編這部書，他跑了許多地方，這我是充分相信的。有的報刊，海内僅存孤本，不跑，哪裏可能收集到？

此全集中的《浩歌堂詩鈔》經陳綿祥校勘，《浩歌堂詩續鈔》經柳亞子校勘，又是未刊稿，彌足珍貴。《浩歌堂詩補鈔》、《巢南詩話》、《病倩詞》、《病倩詞話》，以及巢南的政論雜著都是張夷先生輯録的，其工作量的巨大和艱辛，可想而知。有了這些新增的内容，陳去病的生平創作就幾近完備了。有了《全集》，今後的陳去病研究、南社研究、近代文學研究就方便多了。一編在手，全豹入目，其樂何如！此外，《全集》還編入了陳去病生前輯録的鄉邦文獻《吴江詩録》、《笠澤詞徵》等書，也將大有助於吴江地方史的研究。

當然，我説這部《全集》幾近完備，似乎意有保留。這是因爲，陳去病曾在一九一三年出任江蘇討袁軍司令部秘書，一九二二年孫中山在韶關誓師北伐，陳去病出任大本營前敵宣傳部主任，他的那些殺敵討賊之作，迄今尚未發現。辛亥革命前，陳去病在蘇州創辦的《蘇蘇報》，迄今也尚未發現。在汕頭出版的《中華新報》，中國社會科學院近代史研究所雖有收藏，但其中陳去病的文章均被柳亞子剪存，該剪存本至今未見，這就須遠赴南方找尋該報補録。《越鐸日報》，這是陳去病和魯迅聯手編輯的報紙，但該報文章大多用筆名，我們無法判明哪些出自陳去病之手。這樣看來，《陳去病全集》的增補還大有可爲。進一步輯佚鈎沉，斯有望於張左一、張夷先生父子，有望於近代史和近代文學史研究的廣大學者。

二〇〇九年五月三十日寫於中國社會科學院近代史研究所

〔一〕本文原係楊天石先生爲我社二〇〇九年版《陳去病全集》所作序。此次我社把《陳去病全集》菁華部分整理改訂成《浩歌堂詩鈔》出版，在徵得楊先生同意後，把此文置於書前，以代前言。

目録

卷二

壯游集

卷三

黟山集

卷四

褎椎集

卷五

嶺南集

卷六

呻吟集

卷七

光華集

卷八

湖上集

卷九

護憲集

近游集

庚申

卷十

從征集

南雍集

浩歌堂詩續鈔

浩歌堂詩補鈔

附録一 巢南詩話

浩歌堂詩鈔

叙一

愚平日論詩，以意境爲先。難者謂祇具意境，則詩之不同於文者幾何？應之曰：孔子曰：「繪事後素。」言繪事後於素而已，非謂既有素在，則繪事可廢也。意境者，詩之素也；格律聲色者，詩之繪事也。意境善矣，而格律聲色有所未至，所謂刻鵠不成尚類鶩者也。意境不善，而徒斤斤於格律聲色，則所謂皮之不存，毛將安傅者也。物有本末，事有終始，知所先後，則近道矣。於詩何獨不然？持此説以衡古今人之詩，格律聲色可尋摘者，往往而有。而究其意境，則又往往使人廢然意沮。富貴功名之念，放僻邪侈之爲，阿諛逢迎之習，士君子平日所不以存之於心，不屑宣之於口者，而於詩則言之無恤。其於無邪之旨，失之遠矣。晚近學者，欲矯其弊，乃創爲新詩。夫所謂新者，新其意境乎？抑新其格律聲色乎？果新其意境，則格律聲色雖無變，其舊何害？若徒新其格律聲色而已，則所謂逐末者也。故詩無所謂新舊，惟其善而已。而所善者，先意境而後其他。意境既善，則進而玩味其格律聲色。善者欣賞之，不善者糾繩之。意境不善，則直擯之可也。南社諸子，以文章氣節相尚，故其所爲詩，格律聲色雖無大異於人，而意境則有其獨到。二十餘年來，流風所被，庶幾所謂頑夫廉，懦夫有立志者，不可謂無裨於藝林矣。陳子佩忍，尤南社中之矯矯者也。少年時負奇氣，一往無前，今者垂垂老矣，而精悍之色，猶發於眉宇。其所爲詩，志趣貞潔，而情感穠摯，沈著痛快處，往往突過古人。非特於詩致力深至，所素養者然也。諷誦一過，感不絶於心。因以平日論詩大旨，及所期於南社諸子者，拉雜書之，以爲之序。中華民國十三年一月四日，汪兆銘精衛謹序。

叙二

大雅不作，詩教凌夷，敦厚温柔之義，澌偕秋風敗葉，俱闃寂於塵寰。此文學之日衰，而亦世道之深憂也。鑑不敏，少嗜詩，年十一學爲韻語。迨弱冠，所與交游者，大抵皆能詩。既而交游日衆，而能詩之友乃日少。又十年，海内外識鑑者多，而能詩者寥若晨星矣。吴江陳君佩忍，二十三年前同游日本時詩友也。當同舟渡太平洋，乘長風，破萬里浪，慷慨悲歌，不可一世。執卷咿唔，吟寫海景，舟行五日，得詩成帙。迄今閉目思之，其事猶在目前。乃歲月不居，忽焉已老。前年陳君來錫，贈鑑以詩，有「歸來一卧滄江晚，回首前塵夢欲飛」句，伏櫪雄心，想見猶未盡泯也。今春來錫，示鑑以舊著，謂將付刊。鑑不禁躍然曰：「此千秋事業也，宜速之。」蓋昔者陳君奔走國事，凡感慨抑鬱之時，或擊節高歌，或狂呼縱酒，人莫知其底藴。自南社成立，陳君詩文，時時發露。世始佩陳君之才横氣恣，有不可以繩尺論者。矧今歐化西來，而東方文藝所受之影響甚大。倘吾人苟有可以自信者在，使非早自編輯，及身以付棗梨，則他日文字無靈，名山事業，寂寂千秋，豈不可慨也哉！今陳君任東南大學文科教授，負海内文學改進之責，際此無韻新詩不脛而走，而舊時社侶零落江南，愈增寂寞。鑑亦南社之一人，安得不慨夫新陳代謝之離奇，而起俯仰無涯之感喟哉！兹者陳君來錫，謂已命其女公子緜祥搜集舊稿，成《浩歌堂詩鈔》十卷，索鑑爲之序。鑑不文，曷足以序陳君之詩。惟思天地自然之至理，非吾人之有性靈者，莫能闡發其微；宇宙自然之美情，非吾人之有天才者，莫能精審其妙。由天籟而發爲人籟，由自然而表現美情，非詩孰得而揚搉之。陳君之詩，天籟也。人籟寓於中，署曰「浩歌」，殆有以夫今後之詩教，其存其亡雖不可知，陳君之詩，既付剞劂，自可爲學詩者之模範。苟天地尚未至末日，則世之倡詩教革命者，慎勿視斯集爲可束閣。而誦斯集者，盍以此爲叔季之詩宗、横流之砥柱乎？共和建國之第十二年十一月一日，無錫病驥老人侯鴻鑑序。

叙三

吴江陳去病，輯其詩爲《浩歌堂》十集，以付剞劂，而索序於余。日者過其寓齋，陳君舉酒相屬。慇懃告曰："「必索我疵，免暴其短廣衆中，是子之所以愛我也。」嗟乎！陳君以湖海之人豪，丁龍蛇之運會。卅年張儉，久勞黨錮之餘生；四海習君，老謝襄陽之半士。今者舊物雖復積陰益霾，君方且沉冥酒杯，聊浪世外。投轄消其壯氣，驚坐鬱爲雄談。固將撲筆而起，敝屣玄文，雕蟲不爲，卑嗤小技，而乃復屑意於是區區耶！若其爲詩，高絶之詣，則有可得而言者。明代王、李盛倡唐音，牧齋、梅村競爲杜、白。獨我鄉黄門公玉佩瓊裾，龍卧鳳視，囊括漢魏，炊累三唐。而復張耻魯憤，氣節炳然。君生烟波之近鄉，追幾復之遺迹。洪音獨振，高眄遠周。雖多子美之窮愁，庶幾孝祥之忠愛，比踪黄門，殆其流亞。此其詩之以品勝者一也。夫登高作賦，古稱雅音，御氣以游，斯協至道。山川岧遥，君子善假於物；濠濮容與，達士有會於心。君以温方城之叉手，兼徐霞客之善遊。風來廣漠，吹出塞之黄沙；山到西南，攢刺天之碧玉。搜剔萬彙，寫繪百篇。江神厭心，山靈拊掌。此其詩之以遊勝者二也。詩窮後工，言愁易好，徵諸往昔，達例類然。君抱嘗膽卧薪之志，飽劍炊矛淅之艱。貧無長物，惟看花鳥之親人；病過春風，恒慮日月之逝我。未免長謡適志，短詠寫憂。乃貞松既勁於歲寒，良金益精於大冶。淩飈之羽，加迅逆風；耀夜之目，增明匿景。此其詩之以窮勝者三也。古者退之山石，淮海薔薇，勁媚難兼，剛柔異趣。君既工倚天擘海之奇，復饒初日曉風之致。大句則長城比雄，小唱復春葩競艷。所謂賁鼓朗笛，疏密并工者矣！此其詩之以才勝者四也。錫鈞忘年，埘契輸誠。至今同客陪都，屢從文宴，不辭蘿附，久欽壇坫之主盟；願寫蓬心，竊比高山之仰止。抽筆成辭，主臣而已。中華民國十三年一月，雲間社小弟姚錫鈞敬撰。

叙四

我邑松陵，居江湖之委。靈鍾秀毓，彬彬乎其有文。稱詩之士，自季鷹、希馮以降，代有作者。觀袁、殷、陸三氏所掇拾，可按籍而稽焉。陵夷至于清季，士習干禄之書，家蘄速化之學，文藝緒餘，不絶如綫。巢南陳先生孤根崛起，弘覽博物，尤慷慨負經世大略。奔走革命，蠣灘鼇背，側足焦原，意氣迄未稍減，亦頗網羅鄉邦文獻。嘗應邑侯李暾廬聘，主撰縣志，以變故中輟。顧所輯《松陵文集》、《笠澤詞徵》已裒然次第行世矣。今歲孟秋，爲先生五十初度。以友朋慫臾出其詩十卷付梓，且來屬爲叙。棄疾私謂詩特先生餘事耳。顧以海涵地負之才，值草昧貞元之世，指陳事變，所南心史之倫；憑吊故人，晞髪西臺之亞。由其自反而縮，故能無往不工，雜諸邑先哲王、戴、潘、吴集中，可亂楮葉。彼稼堂、虹亭以下，曾何足儔比哉！由是以論，我邑宗風，集明、清兩代詩學之大成，赫然爲騷壇盟主，非先生其誰屬？昧者不察，徒見一二人之篇什，輒沾沾震驚，以爲足概松陵詩派之全，非直昧於證今，抑亦瞢於稽古已。棄疾不佞，辱先生青眼，論交在群紀之間。二十年來，把酒高譚，每冥然有神會。近雖鋭意新猷，欲樹文學革命之大旆，顧獨以爲先生之詩，去華反樸，屏絶雕鎪。且其奮鬥之精神，恢弘之器宇，皆有不可磨滅者在，故樂得而叙之。抑先生交游徧海内，不徵叙於當世負重名者，而獨授簡棄疾，倘亦以爲知先生者莫如棄疾歟？然則相視而笑，莫逆於心，吾兩人殆有默契於語言文字外者。爰推論其説而著之於篇。中華民國十二年冬，邑後學柳棄疾撰。

敘五

吾師巢南先生夙承母教，頗好爲詩。遭時喪亂，奔走革命二十餘年，志弗得逞。酒酣耳熱，往往悲歌慷慨，以抒其不平之心。通計生平所作，略得三千餘首，顧獨不自收拾，或經亂散佚，今可讀者僅此區區十卷而已。然除一、三、五卷曾經手定外，類皆南社中人隨時鈔撮，未之審訂。又排印迫促，頗失次第。印成後，先生殊弗喜也。屢囑姚君鵷鶵、許君盥孚、家姊懺慧汰其繁蕪，約數十首。至今歲春，先生自漠北還，蘊華謁之湖上，又囑爲斠正。同時并得逸詩四五十首，因重爲補綴，付之梓人。刊既成，遂誌其原委如此。民國十四年四月朔崇德女弟子徐蘊華謹跋。

浩歌堂詩鈔卷一

東江集

松柏行呈杏廬夫子　壬辰

入杏花村，有古松槃植于超曠之原。身輪囷以磅礴，體夭矯而飜掀。上聳雲漢橫槎枒，下插地軸盤靈根。精華鬱積發光怪，疑有鬼神呵護而天地永其秋春。氣吸莊前一湖水，將以潤澤蒼幹撑薇垣。惜哉遭時齵蹇命不達，徒令終年淪落歸邱園。亦有瘦柏挺古寺，森森鱗甲非常器。與松日遥對，雨露共霑被。因嗟松已久儲材，甘淪澗壑遭屏棄。無華不慕桃李姿，特向松前呈嫵媚。松耶柏耶且猶然，撫松柏者思流連。松兮根柢實牢固，柏也節操容未堅。托根既與貞松近，要在一氣相斡旋。斯則松也揭蒼冥，柏亦賴以全其天。疇云松之爲梁棟，而柏僅成桷與椽。師云：「比擬得體，足徵沆瀣一氣。體格自然超脱，無斧鑿痕。」又云：「崇遠禪院，宋理宗時敕建，松係元朽庵僧手植。五百餘年物，向在院庭，今院改小，故在院外。現庭中柏一株，乃同治初院僧所植。」

此壬辰仲冬八日謁師作也。先是師來蜆江，招綏之與余往，藉覘所詣。二人俱欣然從之行，抵杏廬傍晚矣。越晨，沈君更生導游崇遠禪院，觀古松柏，凡留師門者四日，頗極文酒之樂。師又撰文相勗，其詞甚摯，即集中所稱示同學篇是也。綏之有詩紀事，余亦繼聲。乃悠悠數歲，綏之修文，更生多病，而余落落如故，不足以副期許之盛心。重檢得茲，曷禁憮絶。庚子閏八月，垂虹亭長自記，時在任氏退閑小築。

先師諸杏廬，曩遇小子，期待甚厚。乃天不憖遺，喪我先哲，梁木之感，八寒暑矣。閲《松柏行》，泫然何已。己酉仲冬去病又記。

少年不識文字之艱苦，往往輕于弄翰，如《松柏行》即其一也。顧當時頗蒙先師奬諭，忽忽三十年矣。方撰先師墓碑，久之未就，于是知文章之不易，而先師奬勵後進之具有深心也。適諸生有以韻語相質者，因首録此篇期共訂焉。壬戌孟冬，去病記于東南大學。

夏日閒居 癸巳

十日沈愁鍵户居，午醺閑却一牀書。烟浮寶鼎香初散，風動湘簾夢有餘。俗客何曾混几簟，緑陰才好映窗疏。遥聽知了聲聲唤，悟徹炎涼世味虛。

初秋書感 甲午

天地寬如此，伊余獨仰嘆。窮愁多入抱，跼蹐竟難安。往事隨雲散，人情帶醉看。谿來朱郭輩，行俠豈無端。杏廬師云：「一氣卷舒，是盛唐風韻。」

謁師杏廬譚讌竟日謹呈兩律 乙未

濁世斷難處，孤懷渺孰親。欲逃荒以外，願學古之人。無利不成藪，有才皆殺身。何如從我叟，結室蜆江濱。

北海血千里，腥風吼石鯨。傷心惟一士，無力事長征。必有英雄出，全將胡虜平。閉關絶蹄迹，纔得罷兵爭。

讀竹書紀年 丙申

大撓作甲子，歲月始堪推。滾滾千萬禩，事故何紛歧。述者既憚煩，閱者亦神疲。安得枕秘中，上下騁瑰詞。大以提其綱，小以繫其維。正言發妙理，偏語雜嘲譏。樽酒日相對，悠然興遐思。是書頗簡略，記載多新奇。斷自軒轅世，下逮梁赫時。依稀七八朝，治亂亦易知。咄哉空桑子，放君圖自爲。桐宮礪乃刃，潛出竟殺之。俗儒不察意，貿然肆詆訾。詎知作者世，昏亂正不治。巍巍齊晉君，倏忽等輿廝。陪臣務篡弑，要謂志學伊。可憐荏弱君，仲討終無期。憤懷不能釋，大筆恣劃劙。明知聖不掩，聊復甚其欺。先著命卿士，後特表奉祠。本意自昭昭，讀者何猜疑。季歷既翦商，塞庫禍亦罹。微旨原一貫，事實非支離。吾聞拘墟者，不可以説詩。能以意逆志，厥義乃可窺。又聞春秋例，辭志多深微。懿歟此竹書，詩史兼設施。奈何束晳輩，測海徒一蠡。師云：「胸有權衡，始可觀史。」

江行雜詩 丁酉

蜃市樓臺賈客僑，空青珠貝雜文鰩。南徐風物今如許，金粉何從問六朝。

魚龍呼嘯水奔撞，百萬蛟鼉恐未降。獨有東吴陳季子，烈風雷雨過長江。

盤門夜泊 戊戌

風清月白露珠浮，駿馬輕車賭夜游。異境忽開人自眩，四方多故獨含愁。堪憐珊網成魚網，難解清流付濁流。還向甘棠橋上望，幻雲頃刻散當頭。

松陵詩派行 己亥

端委化俗文明開，延陵觀樂中原回。四科言氏尚文學，宗風肇起孳胚胎。加以太湖三萬六千頃，澄泓渟蓄何雄恢。朝鐘夕毓孕靈秀，天然降兹追屈攀宋之奇才。吴歈清越實初祖，時命一篇踵厥武。嚴夫子忌。祇憐遺著盡飄零，剩有孤墳空砥柱。墓在爛溪中洲上。藍縷華路此其功，後有繼者誰與同。東曹掾史歌秋風，張翰。先幾獨識歸江東。蒓羹鱸膾托遥興，江湖風味真無窮。欣然引起鬱林裔，陸龜蒙。晨夕扁舟泛江澨。笠澤叢書纔告成，松陵唱和多新製。因斯篇帙盛流傳，踵事增華發凡例。三高祠宇乍經營，亭子鱸鄉鬥清麗。灘名釣雪橋垂虹，風景吴江絶塵世。一時謝氏破天荒，父濤子絳先驅掇科第。謝氏故居今號謝里村。師厚景初歐梅廣結交，老將句法授佳婿。黄庭堅。維時别有儒林宗，王蘋。三賢學術何宏通。楊邦弼、陳長方。勉夫王楙繼起苦著述，遂令詩學韜其踪。晚元寓賢惠我顧，雲林鐵簫欣遭逢。東溪謝常釣鰲陶振受其學，争以彩筆横詞鋒。自是人才蔚然起，瑶簪瑜珥雜蘅芷。景周莫旦明古史鑑隱漁樵，半江趙寬雍容佩金紫。了凡袁黄願力堅且弘，翰墨區區餘技耳。伯魯徐師曾别以經術聞，昆侖王叔承羨長俞安期才力均。道行顧大典風雅恣諧賞，茂申吴有涯穎悟尤絶倫。扶九吴翩恢奇喜結客，首創復社來佳賓。頡頏張楊作祭酒，下筆直攄無縟文。一時社集大昌熾，門户争持立旗幟。慎交驚隱及同聲，冰炭堅牢互驕恣。弘人聞夏吴兆寬、兆宫數鉅魁，王錫闡戴笠潘檉章吴炎更覃思。雪灘顧有孝屹屹詩中豪，美人絲繡多工緻。如何遺獻竟無徵，零落縹緗渺難致。午夢堂前日欲斜，疏香閣裏靨如花。分湖過去池亭路，中有詩人萃一家。仲韶葉紹袁首唱宛君沈宜修和，三姝媚矣何風華。瓊章秀慧有仙骨，小鸞。令嫺才調尤堪誇。劇憐優曇僅一現，蘭摧玉折紛流霞。天崩地坼海田易，頭陀行者空吁嗟。吁嗟世變極紛綸，唱和東湖大有人。吴易、史玄、趙渙號東湖三子，有唱和集。時窮共賦六君詠，力竭終爲勁節臣。指南後録滅没不可見，佯狂晞髮何年春。沈自駉、自炳、孫兆奎、趙庾、包振、包捷其集今皆散佚。而況今兹禁忌重山嶽，不祥姓氏烏容陳。月泉吟社良非舊，制作新朝誰不朽。最初首出横山翁，葉燮。獨立蒼茫自爲偶。論詩忌熟而喜生，陳腐見之寧覆瓿。當時門下頗矜持，星期與堯峰不相能。晚年乃得歸愚叟。别裁訂定詩徵刊，流派吴中迄今久。阮亭見碻士曰：横山門下尚有詩人。後袁樸邨、景輅從沈學，選刊《國朝松陵詩徵》，悉秉沈旨云。虹亭徐釚改亭計東次第興，稼堂潘耒玉樵鈕琇才峥嵘。愚庵老儒朱鶴齡重經術，箋杜亦荷虞山稱。秋風一夕悲笳鳴，邊城七月黄塵生。才高何爲苦行役，氋氃羈鶴多哀聲。吴兆騫出塞著《秋笳集》，有《羈鶴賦》。健庵尚書重氣誼，獨以著作《長白山賦》呈明廷。遂令漢槎得邱首，飜憐志學徒遐征。明沈志學同和會試，録趙鳴陽書藝中元，趙另搆中第六。事發廷試沈梅花詩百韻，頃刻而成，帝意解，將宥之，然卒論戍。後得遇赦還云。烏虖諸公盛才藻，譬若初唐話天寶。後來誰與鴻詞科，就中獨有湘南老。顧我錡。惜哉徵書到已遲，玉樓去赴修文早。三江迮雲龍果堂沈彤俱負名，何事公車盡潦倒。頻伽先生洪彭儔，郭麐。奇才蕩儻時遠游。江淮南北大名滿，依稀天馬騁驊騮。亦有史善長顧日新富篇什，蒼涼激宕聲勁遒。袁棠朱春生徐達源鄭璜俱環拱，猶之亭云宗岱邱。蘆區自古多英傑，朗甫中丞尚清節。陸曜與郭麐、郭鳳俱蘆區人。杯水不飲重雲開，夢中得句尤奇絶。巽齋北溪錢大培、王元文并切礴，忘勢交情異攀結。於時繼起稱三張，淵父儒者號最良。張履。鱸江士元雅與惜抱近，鐵父海珊恢廓駒昂昂。俱以學術重聞望，閑來唱和多篇章。徵君翁廣平贈公殷增盡努力，關懷文獻思悠長。先民遺什互編纂，昔者幽隱今俱彰。翁氏頗事搜輯，殷有《松陵詩徵》前編。厥後兹事遽衰替，董夢蘭任廷暘陳壽熊沈曰富實津逮。四君并佐陸日愛輯《松陵詩徵》續編。幸翁莊慶椿匏齋李齡壽致意深，韜廬持律尤沈細。柳以蕃。主張壇坫亦有年，遺集流傳見孤詣。烏呼諸老盡仙游，後顧茫茫問誰繼。不才生晚聞道遲，四無依傍疇云師。爲憂詩派數將絶，追維先輩長歔欷。

沈子樹茂才大椿安貧力學士也秉其先世水西給諫之懿訓恂恂端確望而知爲謹飭之士因贈詩以勗之

南鄰有端士，喬木舊家風。矩矱先民在，衣冠古貌同。孤童能特立，行竈未嫌窮。緬彼果堂氏，儒林今已崇。君家果堂先生，微時以行竈作炊，并記其事。

獨步垂虹亭望積雪并追懷顧雪灘諸先哲

一夕朔風緊，大雪紛如埃。瓊英滿郊坰，罩地清光來。放步出東郭，縱望開吾懷。踟躕上垂虹，恍惚登瑶臺。孤塔聳雲表，危機臨水隈。群鴉競亂飛，入暮林未歸。噪寒啞不聲，拍翅重徘徊。緬懷釣灘人，一去今未回。亭空逼寒氣，橋横餘莓苔。淼淼松江流，咽塞久不開。寧關節寒沍，萑蒲成阜堆。憶昔承平時，風雅多雄恢。斗大松陵城，而有天下才。此間足勝游，清酒時一杯。雪擁雪灘叟，釣雪盈瓊瑰。于時良不遠，興衰遽遞催。遺獻半淪喪，斯文餘劫灰。有如此頽景，一白無根荄。臨風發浩嘆，悲壯聲如雷。師云：「此首得大蘇筆意。」

冒雪渡龐山湖至同里

征夫苦行役，衝寒過長川。艤舟不遽發，待渡虹亭前。積雪滿郊野，極目邱山連。東郭繞如帶，北去殊蜿蜒。危塔孑無傍，餘赭猶鮮妍。周覽愜懷抱，褰裳渡清淵。紛然霰又集，愁雲籠八埏。野航窄如甕，破颿欣高懸。舉眼望湖際，一白無中邊。枯葭更蕭瑟，殘蓼空委填。斷岸不復見，何處尋葑田。野鴨多哀聲，畏寒不得眠。群游忽振羽，拍拍猶連翩。回頭矚雲表，玉虬爭舞旋。恍睹玉京侶，下挈凌波仙。翻幢播光怪，一氣何纏綿。淼淼笠東水，莽莽瓊瑶天。對景若有失，北望且扣舷。時有建儲之議，中外憂危特甚。去去入里閈，來結塵中緣。

詠懷 庚子

北上黄金臺，南望瑶華宫。樓閣鬱然起，别殿紛穹崇。長廊亘復連，欲斷時還通。魚鑰帶星落，門户開千重。獸環忽振響，噌吰如叩鐘。芳椒爇未停，香霧疑溟濛。明鐙閃流電，華燭回昭融。佐以馳道迴，馬去猶飛龍。輪舟踰宋製，飛車來異邦。翠華幸來御，顧視生春風。萬物不常好，盛年難再逢。及時弗行樂，後悔將安窮。不見驪山麓，敵騎夜傳烽。

王子去求仙，國相并學道。辟穀事赤松，吹笙入瑶島。古來卿相豪，鮮不逐幽討。而況秦漢王，努力祈不老。而況周天子，八駿謁神媼。塵世多羶腥，習見動煩惱。肥甘豈獨饜，狂瀾奈奔倒。濁世誰與謀，去覓商山皓。奇服與危冠，翩躚集羽葆。庶幾偉術神，一洗中原獠。詎知王者師，得力在弘抱。圯橋一卷書，區區烏足寶。不然張子房，史曷紀枯槁。懿歟宣聖桴，不載安期棗。

胡馬西北來，鼙鼓震天起。被命赴朔方，徵兵集帝里。捲甲夙昔馳，裹糧不敢止。出自薊北門，東趨燕臺市。朔風淒以號，蕭蕭易水涘。樓櫓鬱層雲，旌纛蔽高壘。誓師淚盡枯，瀝血酒同釃。詰朝赴軍前，舍生惟一死。鋒鏑固恒情，機弩益奇詭。幸而克敵師，否則葬沙裏。生爲人中豪，死作節烈士。庶貽千載名，忠義耿青史。寧肯懷兩端，等彼首鼠技。倖生雖一時，醜態中外耻。

北地多哀鴻，流離遍中澤。午夜更悲鳴，如訴復如泣。似言故巢傾，卵雛并毁折。近且喪其雄，孤獨不成匹。鷙鳥來朔方，殘忍莫可説。驅之强使飛，勞勞不得息。幸而事偵羅，甚且被凌逼。含忍得暫生，否則灑毛血。自維賦性奇，守義更知節。奮飛計未能，寧爲牢籠屈。堪憐失群鳥，競蹈烈士烈。

伍胥亡命徒，逼迫事奔走。落落韓淮陰，漁釣亦徒手。天下皆鄙夫，烏繇覓殘糗。世無皋伯通，梁生終杵臼。何圖兩英雄，蹙蹙晤賢婦。腹鼓瀨水瀕，飯飽漂母缶。王孫自可哀，千金直堪醜。冰鑑出裙釵，斯恩實深厚。所以鼎鼎名，千秋俱不朽。緬彼創霸功，宜哉軼前後。

我本曠懷士，闊達多任情。邊幅不加飾，窮愁時獨盟。結交得數子，慷慨皆豪英。諒我不羈性，策以千里程。寶刀一脱手，肝膽相吐傾。夫惟大雅故，卓爾乃不群。嗟嗟巾幗儔，夙昔昧生平。虚譽謬甄采，巨眼竟垂青。冠履有反覆，知交難久并。馨逸感卿意，結草期來生。

初春退思草堂見霧遲沈六不至 辛丑

盈庭曉霧壓莓苔，花蕊迷離看幾回。紫燕窺簾猶自去，子規啼血始聞哀。紅茶寂寂留香住，緑蕚沈沈照水開。料信故人違昨約，探梅莫肯破寒來。

舊跋

友人高子、柳子咸自定所作壽諸梨棗，以余少好染翰，輒約與俱，愧無以應也。屬罹癰疽，逾時始瘥，繇是諸子益以爲言，竟不能却。顧近十年來，遭逢轗軻，心志惻傷。雖有所作，大抵歡愉之詞寡，而窮愁之思切。苟遽出之，將群詫爲不祥，而懼有所得罪。故毋寧閟之，而姑取夫少作。然益彰余之陋，不更可以已乎。曰是別有説，蓋余少時，嘗有賢母以鞠、以育、以教誨我。凡我所學，皆母教也。故恩母不忘。自母云歿，而憂患疾苦，遂如潮之來以汩我學，學亦竟畫不進，故尤痛母不忘。然母亡而詩未俱亡，午夜沈吟，恍若悲母之來止。則余雖欲棄之而尚忍棄乎！故曰余之存詩，非存詩也，存我母耳。使我母而至今存乎，則此詩雖覆瓿也可。己酉歲暮垂虹亭長自記。

又跋

此余二十八歲以前作也。年少學不足，曷敢自矜許，徒以其時先節孝猶健在。家況雖清寂，而弦誦未輟。又得先師諸杏廬詳爲評隲，俾明嚮往，因稍稍寫而存之，名《拜汲樓詩稿》。自辛丑夏，先慈見背，踰年，先師亦捐館舍。一時志念悽絶，竟致輟業。其後塵事紛迫，荒落彌甚，間有吟詠，恒隨手散去，不復存稿。以迄于今，幾不解韻語爲何事矣。同學諸子不薄余之陋，慇懃懇摯，咸出其所作來相質證。余乃欣然動馮婦攘臂之情，既與一堂商榷于前，遂舉往作删得一卷付之梓云。中華民國十一年十二月，垂虹亭長書于東南大學。

浩歌堂詩鈔卷二

壯游集

將游東瀛賦以自策 癸卯

長此樊籠亦可憐，誓將努力上青天。夢魂蚤落扶桑國，徒侶争從俠少年。寧惜毛錐拚一擲，好携劍佩歷三邊。擬從朝鮮趨東三省，以探察露西亞近狀。由來弧矢男兒事，莫負靈鰲去着鞭。

大阪懷徐福

朝辭宫闕出函關，夕向扶桑去不還。莫道中原無俊傑，避秦先已闢三山。
異術長生洵可求，三千男女幾征舟。扶餘也有虬髯客，儘拓雄圖王一洲。

員嶠蓬壺覓地新，繩繩繼繼殖黄民。由來不少哥侖布，兹是神州第一人。

龍門山畔藥苗肥，熊野峰高墓木稀。難得英雄終解脱，只留璽鏡未全歸。事定功成，得而弗有，踵神堯之禪讓，效子房之辟穀，理或然歟？

自梅田驛乘汽車赴江户道中作

琵琶湖上夜潮生，富士山前霧氣横。汽笛一聲天欲白，曉風吹我入東京。

山泉盤屈怒生華，峽洞重重走汽車。不是長房能縮地，竟從幽壑馭龍蛇。

紙窗竹屋矮簾籠，朴野渾如太古風。差比江南好風景，鷄栖豚栅乳牛宫。所經山麓，見農家房屋褊小，頗類吴下五通祠。

薄游上野因登淩雲閣騁望

淩雲唯一閣，拔地十三層。妙值櫻花節，來參最上乘。信知東魯小，衹向曲闌憑。奈爾驚人句，何繇副九能。

東京雨後寓樓倚望

怪風西北來，急雨增淒其。愁雲俄翕集，流電驚飛馳。大地迭震蕩，屋搖尤不支。突然作霹靂，怖人生危疑。冥心坐幽室，陰沈如囚羈。默想此變故，天心殊未知。或者竟長夜，淋漓無休時。遽遭陸沈慘，而興其魚悲。或則稍淪喪，毀我藩與籬。決流入堂下，浸淫及階墀。是俱不可測，令吾多憂思。天乎苦難問，推窗舒鬱伊。忽然風雨止，須臾還晴曦。世界恍新沐，光明如琉璃。衆綠既霑潤，葱翠多風姿。峨峨金碧樓，明浄尤增奇。仰視青天上，白雲橫空飛。妙哉此勝趣，髣髴誇燒瓷。而我多感慨，對景殊歔欷。大凡物腐敗，則必多棄遺。譬如室朽壞，必拆而更治。何者當改革，何者須遷移。鉅者或鋸之，細者或鏊之。其尤無用之，拉雜摧燒之。循是一變置，輝煌乃合宜。弗然此窳陋，得不貽人嗤。人嗤亦猶可，自解將何詞。顧當更動始，論者或我非。謂弗如舊貫，何好紛紛爲。彼其怯弱者，中道常乖離。而惟沈毅士，往往深圖維。天人消息間，默察微乎微。苟其當而已，斷然奚畏譏。亦如此垢壤，黃沙紛康馗。行者苦足汙，觀者憎目迷。假令日擾擾，胡可長居兹。必也此掃蕩，皇路乃清夷。跫然聽屐聲，不憾知音稀。

泰伯仲雍

采藥相偕策短筇，飄然携手向江東。民無讓國能名德，伯有開吴絶大功。斷髮文身徇習俗，通權達變總英雄。文明初祖今何在，西望鄉關願鑄銅。

題明孝陵圖

燕雲一夕悲笳多，匹夫濠上揮金戈。怒捉胡兒大聲唾，咄爾胡兮久居漢土將云何。爾胡自有爾腥羶之舊俗，爾胡自有氈毳之行窩。爾獨舍此而南下，久居漢土將云何。爾何不聞我漢自有軒羲之種族，蔓延糾結如藤蘿。爾胡不聞我疆我理自有完全之制度，秩如棋布如星羅。以我漢兮治漢土，其成團體如盤渦。初非勞爾爲我而操柯，初非賴爾爲我而梳爬。爾獨舍爾之沙漠，久居漢土將云何。爾時胡兒噤不語，抱頭鼠竄奔如梭。一朝大地削蹄迹，光復舊物還淳和。掃蕩胡塵歸朔漠，獨完民族奠風波。建都金陵勢雄壯，跨越江海鞭蛟鼉。功成撒手竟長謝，崇封營此鐘山阿。迄今閲世歷五百，佳城鬱鬱何嵯峨。所憐王氣已銷歇，蒙茸荆棘埋銅駝。即今展卷憶前事，令人涕淚揮滂沱。吁嗟乎！玄武湖中生白荷，故宫魑魅逼人過。淒涼盡屬悲秋況，憑吊空憐壯志磨。消磨壯氣奈何許，起舞横刀發浩歌。西望墓門三嘆息，幾時還我舊山河。

題鄭延平戰捷圖

延平郡王真男兒，忠義之氣堅不移。四海雖逢朱焰息，一木猶思危厦支。慷慨唱義意激烈，儒服焚將矢立節。一蹶金陵志未摧，再占臺澎血逾熱。胡兒一夕横江來，百萬貔貅勢壯哉。代馬似將騰海嶠，羌笳疑欲逼蓬萊。蓬萊自古稱仙島，寧許戎夷混腥臊。鼙鼓喧天殺氣騰，旌旗蔽野人聲噪。一戰再戰胡兒逃，揮刀怒吼仇今報。宛轉哀號誰與憐，大家拍手殲兹獠。吁嗟乎！虜騎當年入漢關，何人奮起振刀鐶。石頭秖見降旛出，江上誰聞殺賊還。奇哉日域田中子，母節兒賢争致死。扼守雞籠氣自豪，戕鮫鮓鰐鯤鯨徙。恭奉正朔明天皇，誓師北伐何堂堂。漢兒奮鬥胡兒創，捷圖到今留扶桑。噫吁嚱！捷圖到今留扶桑，披而觀者其毋忘。

重九歇浦示侯官林獬儀真劉光漢

慘澹風雲入九秋，海天寥廓獨登樓。淒迷鸞鳳同罹網，浩蕩滄瀛阻遠遊。三十年華空夢幻，幾行血淚付泉流。國仇私怨終難了，哭盡蒼生白盡頭。

輯陸沈叢書初集竟題首

胡馬嘶風蹀躞來，江花江草盡堪哀。寒潮欲上淒還咽，殘月孤明冷似灰。誓死肯從窮髮國，舍身齊上斷頭臺。如今揮淚搜遺迹，野史零星土一坏。

題警鐘日報

鑄得洪鐘着力撞，鼓聲遥應黑龍江。何當警徹雄獅夢，景命重新此舊邦。

贈林劉二君子

劉子醰醰學派醇，肖泉通俗語能新。世衰道喪文章敝，不逐波濤算此人。

與竹莊憲罌論女學

女學萌芽魄量低，要須俚俗導其迷。梁園詞采鄒枚筆，一例推崇待異時。

與宗素濟扶兩女士論文

六朝風格不堪看，欲論文章當世難。惟有船山數遺老，浩然正氣碧天盤。時余方輯王、黃、顧三大儒文爲《正氣集》。

未成格調豈成章，刻意規橅意便傷。上九天而入九地，都應蕩氣與迴腸。

浪使才華詎足奇，錦袍敗絮昔相嗤。文從字順詞由已，玆語吾師韓退之。

國學于今絶可哀，和文稗販又東來。寧知蓬島高華士，低首中原大雅才。

癸卯除夕别上海甲辰元旦宿青浦越日過澱湖歸於家

夢去無端已到家，醒時還自在天涯。風狂雨横江潮急，却送沈愁過歲華。

澒洞鯨波起海東，遼天金鼓戰西風。如何舉國猖狂甚，夜夜樗蒲蠟炬紅。

幾個江湖健男子，何時投袂振金戈。胡兒可却直須却，莫使機緣空錯過。
匈奴未滅豈爲家，重念慈闈兩鬢華。烏鳥私情銷不得，迷陽却曲恨徒賒。
三吴豪俊盡相知，文采彬彬有令詞。我獨何心弄柔翰，靴刀帕首過湖湄。
故宫禾黍日離離，北望中原淚暗滋。辮髮胡妝三百載，幾曾重睹漢官儀。
夢中會説革命事，截髮原因首及之。多恐武靈不胡服，大難赤手滅胡兒。
澱湖湯湯五十里，曾聞蕩虜樹旌旗。弘功未蕆陳吴死，剩讀亭林集外詩。陳謂卧子先生，吴則松江提督勝兆也。亭林先生本澱湖濱千墩人。時適讀其《羌胡引》等作，皆集外詩也。

暮春苦雨

淺岸俱成澤，寒潮直到門。不堪花月事，都付雨中論。
白日長如晦，疏檽晝亦扃。獨看榆柳葉，添上十分青。

讀史雜感

趙宋河山一旦淪，中原冠蓋屬遺民。秦淮水咽鍾山冷，九世旃裘戴女真。

蒼涼二帝竟蒙塵，五國城蕪草不春。一例聖安遺恨在，得功營是楚江濱。

和林寧復有真人，拭目濠梁景運新。辛苦江山還故主，阿誰容易畀珠申。

不用干戈用美人，漢家失策在和親。如今龍種歸沙漠，坐看風雲擁愛新。

華葩四章

華葩鮮嘉實，炫女多不貞。寄言嬉春客，毋驚桃李榮。

水乳有同性，針芥無乖方。如何金石交，而爲參與商。

我有雙明鏡，摩挲生寶光。愛子顔色好，寧嫌遠寄將。

腰間千金刀，懸之十年久。欲脱贈佳人，相逢奈非偶。

横泖懷二陸 乙巳

谷水悠悠極，伊人獨渺然。私憐入洛士，徒作辨亡篇。婉孌堂誰構，士衡詩「髣髴谷水陽，婉孌崑山陰」，後人遂構婉孌草堂配二陸。瑶珉玉想堅。潘尼贈士衡詩：「崑山何有，有瑶有珉。」「穆穆伊人，南國之紀。」華亭孤鶴在，清唳隔遥天。

泛舟游佘山

莫問雲間士，先尋物外仙。未携吴地記，恰趁陸家船。舟子一陸姓老人也。白日當春麗，青山失舊妍。草堂何處是，祆廟已崇天。干山舊有二陸草堂，爲機、雲讀書處，今失所在，獨佘山天主堂極崇麗云。

簭山懷佘瑾

我來簭山巔，高風溯佘瑾。更號笴隱生，山翠挹瑩潤。時衰運數奇，寧退不求進。一瞥六百年，去去秋雲迅。胡虜遍中原，赤焰長灰燼。入關仍出關，斯語疇能信。龔定庵句「坐見入關仍出關」。睠焉顧山椒，白日依依盡。

下山遇獵人

山禽栖幽篁，自謂得所托。宛轉一弄音，悠悠良不惡。寧知有獵人，到處善抄掠。登頓歷山椒，不惜穿芒屩。鏘然突作聲，彈丸紛錯落。雙翅雖欲飛，寸心遽驚愕。倉卒生安逃，斯須羽竟鎩。可憐軀命輕，指顧烹鬻鑊。回頭看獵人，市酒正歡樂。

仲春晦日由楊莊抵曹家渡即晚驅車赴上海作

楊莊日淹留，忽忽春將暮。謀事百不成，疇得知其故。差幸獵遺聞，高風動遐慕。梅墅獨徘徊，嘯漁侄後園有老梅一株，蒼苔繡澀，數百年物也，傳係楊鐵崖舊植。門外略彴，今仍號梅園橋。似可徵信。淇園數停駐。閒作峰泖游，登頓不暇顧。興酣發長謠，時時得佳句。扁舟乍來歸，芳醪已傾注。邱嫂出春蔬，諸昆理茶具。爲問興趣無，一一自陳愬。燭跋未嫌闌，宛曲通情愫。語久輒愀然，瑣碎及家務。兄也既頹唐，而予更乖忤。入山苦未能，處世婁顛仆。鬱鬱漸中年，何由爭建樹。悲來急上牀，轉側動驚寤。苦恨塵事多，欲留不得住。一朝别山莊，去去輕舟騖。曉發吴松江，夕抵曹家渡。漠漠樹含烟，濛濛野籠霧。心躁向前途，不擇泥濘路。荒村夜已深，匱市火方吐。時事亂衷腸，低顔醉清酤。時《警鐘報》、《大舞臺》雜誌方被禁錮。

稼園哭威丹

半春零雨落繽紛，烈士蒼涼赴九原。正是家家寒食節，冬青樹底賦招魂。

憐君慷慨平生事，只此寥寥革命軍。一卷遺書今不朽，諸君何以復燕雲。

別上海

虞卿自是窮愁身，天欲梏之寧怨人。吾舌尚存筆尚健，陽秋著述未嫌頻。

鳳谿道中用郭丹叔集中韻

風塵何處覓袁絲，落拓窮途廢酒卮。世有網羅惟許隱，生多憂患莫嫌癡。神傷烈士歸魂日，蔚丹。氣短亡人去國時。無畏。我亦徘徊歧路者，側身江上獨遲遲。

舟過青浦

桑枝簇簇柳條橫，春水醰醰皺縠生。小鳥低飛迎燕翦，天聲高落認風箏。潮因地下沙縈岸，黃流倒灌，潮日西侵。草爲根多緑上城。天意似猶憐末路，孤舟相助一帆輕。

將離思先妣也自先妣没而不肖學殖日以落雖有緑陰如黄萎何

陰陰三月雨如絲，藷落殘紅緑滿枝。多分春暉留不得，只須幽怨托將離。

夏夕讀殷氏松陵詩徵時予方盡失其拜汲樓詩稿而所輯鄉邦遺文數十卷及此本獨未散佚一若有陰護之者爰感而賦此卷故有陳夢琴希恕題詞即同其韻

天教老阮哭途窮，敝帚於今等落紅。空笑少年輕着筆，枉期流派續群公。予舊作有《松陵詩派行》。宵深獨檢松陵集，劫後彌珍爨下桐。自古衣冠羅拜盛，吾生奚敢薄雕蟲。

觀夏考功遺札

内史文章日月縣，南冠一草正重編。時予方編定公子存古遺集。考功遺墨猶矜貴，合付貞珉子細鐫。

清言霏娓多高誼，故紙斑斕發古香。若與黄門論書法，一徵圓健一清剛。黄門書法刻畫居多，而公則時露圓潤。

讀瞿稼軒蠟丸書

大地江山半入燕，孤臣搘柱只南天。何圖朝士無弘略，洛蜀紛紛搆兩賢。船山祖楚，而黎洲直吴江相國，一偏之見，賢者不免，而公獨兩抑之，卓哉！

匈奴未滅恨何如，縱有天恩斷不居。矢志未成徒立節，那堪重讀蠟丸書。帝每論功行賞，公輒堅辭，書中述之頗詳。

觀楊維斗先生小札

先生壇坫之宗匠，却笑何多方外緣。落筆寥寥三數札，大都乞米與求錢。

珠蘭

一簇濃雰錯翠翹，鬢絲斜壓抵焚椒。長門鎮日渾無事，算有珍珠慰寂寥。

吴門過程學啓祠

作賊非賊官非官，一身反側空盤桓。江湖血戰總何事，徒令八傑喪其元。

虎丘過李合肥祠堂不入

桃柳疏疏密密横，歐西亭子乍經營。春風若早嘘南國，此地應祠李秀成。

贈吴祝臣堯棟時君方贈予長興伯遺稿

驀地相逢吴季子，鰭鮃門内話遺徽。東湖吟艸今猶在，想見英靈振羽麾。

采芝圖爲沈騷廬廷鐘題

人天無計覓飛瓊，海上神山緒費縈。豈意夜來清夢適，萬梅花裏即蓬瀛。
驂鸞騎鶴恍乘霞，隱約仙人萼緑華。試問青芝山一座，深深敢是個儂家。
知君情誼似黄門，忍向蒙莊和鼓盆。栩栩不隨蝴蝶去，九原那有未招魂。

任晦園林草莫除，隱侯今復曠郊居。繁華過眼都如夢，我亦淒清淚滿裾。
空向西山去聘梅，藐姑仙子影徘徊。何當卜築雙崦際，劚取靈根遍地栽。

夢雪郎時君卒已四年矣

猶是芸窗鬥捷時，拈題作賦漫吟詩。夢中忽作唐人小賦一篇，起處作截句兩首，以示君。堪憐世局滄桑變，欲話風流事豈知。
奇絶良宵馭鶴來，翩翩無改俊豐裁。神交信有幽明感，贏得詩狂一致哀。
藟落韶華等逝波，未成絶業遽山阿。陶潛别墅今如故，忍向殘陽掩涕過。君又姓陶，所居復齋别墅，自君殁後，予未嘗再過其門。

喜得無畏書却寄

驚鴻迅天末，勞思各何如。萬里三山國，千金一紙書。崎嶇憐薄恙，來書言近得痁疾，四十日而未瘳。箸述慰蟫魚。憂患餘生後，交情忍爾疏。
一自傷離别，中原事迭殊。冤沈梁苑雪，鄒慰丹。魂斷太邱閭。陳競全。抔土秋縈草，黄腸麥冷盂。相期敦古誼，揚闡竭瓊琚。

天且期君厚，雲霄羽獨騫。不需秦力士，且振漢山川。圯上黃公履，蘆中老父船。此時應記省，毋復怨蓀荃。

我亦翻然矣，埋名隱獵漁。朝從屠狗侶，夕宿釣璜居。思想枯禪似，形神落木如。祇因餘眼福，閱遍剡籐書。予近獲睹明季東林、復社名賢手迹，約三千餘通。

斠定長興伯遺集謹書其後

浩蕩襟懷壓九州，邊陲長恨敵虔劉。黃龍痛飲心何壯，赤日揮戈願豈酬。儘有艨艟楊僕將，可無綸羽孔明謀。淒涼一夕悲笳動，極目東湖遍髑髏。

杜老文章數八哀，傷今懷古一時來。六公佳詠殊雄匹，朱竹垞云：「啓禎之際，風雅淩替，古風尤置不講，日生奮迹松陵，誦六公詠，原本杜老《八哀》之作。」諸將當年盡異材。板蕩餘生思出塞，如《紫騮馬》、《關山月》、《從軍行》、《胡無人》、《閱九邊圖》等作。陸沈無計拯奇災。留都更謁功臣廟，有《留都謁功臣廟》作。想見愁腸日九迴。

落落中興議四篇，知君不減祖生賢。赤眉恨未摧殘寇，白狄驚傳入朔邊。合沓樓船橫一隊，從容珠履納三千。何圖并作青年哭，笠澤雲間兩黯然。夏完淳《南冠草》有《細林野哭》、《吴江野哭》二詩，爲公與陳黄門哀也。

英雄騷屑亦填詞，十萬牢愁總繫之。鐵板桐琶餘激楚，美人香草寄相思。降胡獨和昭儀曲，亡國深悲趙氏兒。有《滿江紅·和王昭儀》、《摸魚兒·賦浙江潮》詞。最是滿江紅四闋，分明鵬舉北征時。

秋鐙

光陰純似轉輪車，落拓江關意未舒。醇酒苦難排日飲，秋鐙聊復賦閑居。黄冠獨有逃空老，青史誰來盡信書。自古沈憂根識字，十年懊惱注蟲魚。

夜過毘陵驛

汽笛一聲長，毘陵落道旁。吴音駭厖吠，鐙火眩星芒。濃夢觸舷覺，寒風砭肌涼。起看霜月白，城郭正微茫。

焦山中流遇急湍

鼇柱獨擎天，滄江湧一拳。奔流多激蕩，於此一迴旋。謖謖疑松籟，淙淙響石泉。投鞭非易事，還與滌腥膻。

浩歌堂詩鈔卷三

黟山集

丙午元旦

脱胎換骨從今始，莫更依人籬落間。自古丈夫多振拔，壯年何苦汝低顔。

過虞山

海虞山色黯然收，夕照蒼茫月一鈎。拂水乍傾紅豆萎，豈宜重問絳雲樓。

涇縣道中賦雪

瑶宫貝闕敞空虚，玉樹瓊林密復疏。高士有誰終閉户，勞人如我獨驅車。未遑驢背來敲句，悔不羊裘去釣魚。但得游楊時對晤，夜深三尺立庭除。

別旌德縣城喜大雪初晴

驀地銀光燿眼來，喜看晴旭撥雲開。遥知南國多春意，芳草青青映緑苔。

冒雪踰新嶺有懷金文毅公聲

石棧穿雲迴，孤亭枕雪凉。攀躋雙屐滑，長嘯萬山荒。落日明殘壘，悲風扇莽蒼。精忠應未沫，憑吊有餘傷。

來新安兩月矣卒卒未暇弄翰偶從枕上得數絶句以寄同人

含光隱曜方山子，解組抽簪太守公。漢陳業爲會稽太守，見世衰亂，棄官入黄山中。我亦江南舊門第，故拋塵事入黟中。

習之簡鍊來南録，務觀鋪張入蜀篇。慚愧何曾工筆札，幾回伸紙總茫然。

紫陽山色綰漁梁，中有弘儒起草堂。七百年來風尚變，阿誰卓立挽瀾狂。予與諸生講學，輒拈晦庵堅、苦二字以針砭其失。

十寺鐘聲聽有無，要餘風雅落吾徒。呼朋挈榼尋詩去，爛醉行觴盡百壺。連日承地主招飲練谿之上，殊快。

喜得海外書却寄

故人南海寄書來，血淚模糊着手哀。捲地風沙連朔漠，滔天洪水汨蘆灰。神州已絶揮戈望，圓嶠空思復楚才。那得相逢叙悲憤，吹笳齊上帝軒臺。

清明屯谿道中念先世祖墓有爲族人盜賣者不禁泫然

杜宇争啼怨，冬青亂落花。春風扇寒食，愁思鬱天涯。抔土何年復，孤貧屢自嗟。墓田今售吾友范孝廉處，曾許贖還。昌平好山水，一例屬人家。

自柘林横渡登岑山佛寺

一泓谿水碧如油，小有林巒比十洲。記得年時江表住，寒濤添上幾分秋。去冬客京口，頗攬金焦之勝。

太炎將脱于理詩以招之

天涯有客繫桁楊，一鐍圜扉歲月長。同坐并憐梁苑客，冤沈三月雪如霜。
亦有長淮荆聶儔，擊奸不中係纍囚。十年未許瞻天日，何似先生强自由。
避仇曾記蔣山傭，笠屩飄然西復東。兹事吾曹有成例，未妨天際作冥鴻。
前途況有無窮責，正月春王付與誰。土挫繩牀良不惡，好憑鉛槧辨華夷。

春暮獨坐紫陽書院

緑肥紅瘦正芳時，倦掩縹緗寄所思。欲上山城行不得，杜鵑聲裏雨如絲。
我有干湛雙柄劍，欲輕脱之當與誰。小鬼揶揄大鬼睨，摩挲中夜空憂悲。
春風吹老季鷹蒓，幾度思鄉夢未真。好向君平卜良日，落梅天氣下江潯。

厔廬書來多厭世語欲從予游予尤厭世人也方將振健翮事沖舉以求乎無爲之鄉又烏可偕吾游耶故歌以答之會心者當不遠也

世塗莽荆棘，涉足恒徬徨。雖處空谷間，猶然多蟄傷。會當上寥廓，振羽高徊翔。寧貽厭世譏，識者心自臧。

前路多悲風，清塵安可期。三辰自昭昭，黑雲時蔽虧。天道尚復爾，奚駴人所爲。翻覆不常好，可悟衆變機。

歙州城上望黄山作

黄山可望不可即，但見雲門峰名雙接天。白日銷沈驥足老，何時登眺漢山川。

獨坐披雲峰下

長林翳白日，清陰扇微風。適茲地幽曠，小坐聊從容。閒吟陶謝詩，高音振長空。自顧亦至樂，仿佛羲軒農。安得晤玄侶，乘雲翔鴻濛。

再游如意寺

林巒翠欲滴，孤雲白仍封。喜逢時序暄，赤日懸當中。散炎入幽麓，襟懷澹空濛。時聞鳥鵲喧，雜之以流淙。快意不覺晚，登頓常從容。焚修本吾願，奈何隨征蓬。終然祝玄髮，皈依梵王宫。

玄悟一首寄厔廬

滴漏崩岩阿，穴蟻傾巨川。庸夫忽豪髮，毒禍常蔓延。至人喻玄妙，當幾思真詮。自守貴純粹，壁壘堅乎堅。明堂燦然作，雀鼠奚容穿。一朝遽曉暢，白日當中懸。妖星立遯曜，蝦蟆何由前。用表坦白忱，昭昭享帝天。沃若蒼黎心，明禋争修虔。所以千百載，潔人無毀焉。而我薄謹飭，而汝脱幅邊。自治既缺失，奈何多周旋。萬幸白圭玷，不則寧瓦全。到此發慚沮，譬之遭風船。篙舵已決蕩，同舟皆被滰。安得扶助力，所貴强躍淵。前日吾死日，今日吾生年。祓除舊污穢，重開潔白蓮。兹亦懺悔法，持之成天仙。不然鮮決斷，隨風逐流泉。滔滔日以下，何時還高巔。徒爲衆矢的，長忘日影鞭。自笑亦何苦，不如松風眠。

病中百感紛起，無可傾吐，信筆書此，以寄吾友。蓋餐霞之侶，本自紅塵中來，脱不一回震蕩，安得一回澈悟，願吾與厔盧交勉之。蕉雨醒夢，明鐙熒熒，覺此時胸中若服一清涼散也。去病吟罷自識。丙午閏四月望夕。

自歙州入山中投止下洽三十韻

山行百變幻，陰晴良難期。自初過西谿，微雨來絲絲。忽焉風飄揚，黑雲紛迷離。陣雨遽翕集，滂沱復淋漓。呼御力疾趨，道路多逶迤。方恨天嫉人，阻我名山遲。頗思返南轅，一室甘囚羈。何圖雨迅止，白雲滿山陂。潺潺瀑布聲，宛轉穿林涯。徑過潛村口，光景真神奇。高峰闇四圍，爛焉燿陽曦。乘隙一漏光，陰雲隨蔽之。行行歷陽干，略彴殊平夷。云是黄山口，萬峰益參差。卅里達下洽，晚雲紛低垂。前程尚修阻，僕夫良勤疲。停輿急投止，卑躬入茅茨。户牖雖不完，地位差相宜。既瞻山色好，復聽鳴泉馳。入夜蛙黽喧，無分畛與畦。懸知夏令新，耰鋤將頻施。山農苦田少，陂陀皆墾治。陡上若梯級，勞瘁良嗟晞。非如吾吴民，醉飽徒酣嬉。膏腴任廢棄，稂莠憑榮滋。卒令官裏去，脊背供鞭笞。當時亦懊儂，轉瞬終猖披。安得挈之來，俾識胼與胝。庶革頑惰風，努力還皇羲。我當返鄉國，長與山中辭。

將禮天都特詣湯池洗祓還宿紫雲庵齋宫二十八韻

鷄頭溢温水，魯陽涌神泉。吾昔孿洛都，魂夢頻纏緜。未既泛滄海，一櫂求神仙。神仙不可遇，聖水時流連。芳香育靈氣，温暖猶挾緜。瘡痂縱千百，洗濯能立痊。俄焉返鄉國，憂患紛熬煎。每逢百不慰，東望徒悽然。因之日厭世，黃冠譚玄玄。朱方不足托，來登黃山巔。龍髯雖莫攀，丹籙差堪傳。奚況煉臺旁，沸水清且漣。湯院即頹廢，石室堅乎堅。咫尺煥蘭若，佛光仍湛圓。大類曲阿廟，井潭紛其前。復如南陽谷，冬夏無變遷。蘭湯復何齒，神瀵且比肩。依稀過梁縣，仿佛經藍田。相傳有丹砂，其下埋千年。要除驪山麓，赤縣鮮并焉。略聞浮邱公，賴此升青天。迢迢千萬禩，流潘彌澄湉。我本好道術，旨趣尤騰騫。一浴神志清，再浴體輕便。迨經三拍浮，蟬蜕翩乎翩。端然坐齋宫，意態何嬋娟。萬象悉洞燭，悟澈無中邊。明發禮天都，排空馳雲軿。

慈光寺

平明潔齋沐，來登黄山巔。中途得古寺，蕭條餘桷椽。猶存往代號，略睹興創年。當時聖母恩，蠲帑施金錢。善信喜增附，巍峨焕林泉。何圖世變易，兵燹相縣延。伽藍委荆棘，僧衆嗟迍邅。鳩鵲殿前語，鈴鐸風中懸。既乏善男子，何繇締福緣。嗟我屢蹭蹬，有懷不得宣。空山獨踟蹰，願力徒宏堅。安得際盛明，重來開法筵。

石門磯遇雨

上天下地俱不見，身在白雲縹緲中。山雨忽來資洗祓，峰嵐回首入鴻蒙。齋心咫尺通幽座，策杖從容到碧穹。長嘯一聲思往事，海門東遇引舟風。往在長崎曾彷彿此景。

登天都觀雲鋪海作

長松寥寥蕭復森，天風琅琅吹我襟。興酣直上千丈岑，回頭一顧迷山林。烟雲怒捲深復深，烏虖大地真陸沈。天步高高峥嶙峋，天門蕩蕩虬龍蹲。平生秉持潔白心，到此一息通神靈。風雨何來天氣陰，鳴濤萬壑轟雷音。九天九地歸混沌，長終古兮雲冥冥。

文殊院夢太炎出獄未果泫然書示衲子

萬山風雨劇淒其，讀罷楞嚴幻夢思。恍有神靈來詔我，似聞箕子尚明夷。龍蛇在壑容吟嘯，麟鳳游郊總駭疑。但乞老僧與超度，長明燈下佛虔持。

大風雨自黃山絶頂降至湯泉浴罷禮佛二首

驚濤萬壑走鳴雷，一白混茫黯八垓。風雨滿山雲滿麓，孤笻三尺獨歸來。

徑入靈泉重祓除，明心見性入玄虛。休云道力通三昧，若問塵襟便已無。

再宿紫雲庵聞山僧弄弦索高歌怪之

永夜不得寐，静聽山濤聲。風雨大翕集，奔騰疑雷鳴。禪房本幽寂，僕夫多震驚。而予獨超悟，冥心見玄靈。群魔百纏擾，譬之鐘磬清。香花供如來，燦焉生光明。咫尺見大道，悠悠趨前程。所怪諸龍象，心性何猙獰。梵唄閴復寂，新聲徒咿嚶。那得大解脱，一洗塵凡情。

浪游黄山還次湯口程翁明德治具留宿夜話有作

山郵復水郵，碧澗盡當門。涇霧穿幽壑，鳴濤沁旅魂。比鄰儲藥草，醇俗想桃源。莫問扶桑事，神仙此地存。君以日本風俗見詢，故云。

容谿夜宿

席帽行經羅隱家，主人爲門人羅蕚之兄。相逢揖客暫停車。雲横谷口亭將暮，夕照黄初庵已斜。二處俱在容谿。入座快斟霜落酒，縱譚頻煮雨前茶。朝來徑逐容谿去，回首天都霧欲遮。

將歸具區羅生蕚持紙乞言爲書此貽之

壯夫志四方，結交得良友。學術共孿摩，疑義互分剖。一鐙黯然青，古道日與守。荺荺百廿辰，臨歧遽分手。贈處可無言，人生貴自負。寧爲游俠兒，勿類巾幗婦。慷慨任𧬈難，立節勿云苟。庶幾涉世途，有碑皆在口。不然百無聞，卑哉落牛後。他日倘重逢，彼此傷心否。

放舟新安江晚泊瀨水有作

放舟新安江，攬盡好山水。三百六十灘，灘灘歷嶮巇。有時瀉長流，如將達千里。忽焉突一灘，奔流遽停滯。轉舵復回航，將行輒中止。偶或觸暗礁，岌岌不可恃。衆夫盡喧豗，長年共驚悸。跳身没江心，齊聲力撐曳。譬若分太犀，馱舟下江澨。最險梅花灘，巨石猝然起。或卧如伏牛，或踶如狂兕。或森如槎枒，或平如周砥。一一各殊形，纍纍互蹲峙。是爲歙之門，其水益加駛。過此爲嚴州，江闊水平矣。灘石既以無，風俗亦以異。蔬果漸殷緐，鄉音略相似。最愛七里瀧，鰣魚多美味。佐之以醇醪，臨江快然釃。厥名金華春，芬芳稱心地。爛醉過西臺，登高發悲涕。

七里瀧

桐江五月水縈紆，黯澹山川客棹孤。被酒乍酣眠乍穩，一聲驚破賣鰣魚。

嚴瀨謁子陵祠登釣臺西望謝皋羽慟哭處

子陵祠下暫停舟，料峭來披五月裘。太息先生一高蹈，遂令千載仰風流。臨江可惜西臺倒，晞髮如逢皋羽游。安得當年竹如意，哀吟憑吊漢春秋。

夢中過桐廬作

漸西郙人大佳士，手把芙蓉上玉京。時不遇兮天帝醉，廣陵一曲奏哀聲。

贈劉三

蜀郡鄒威丹既卒，予以書抵劉三，乞謀片土。劉君慨然割宅旁地數畝葬之，復爲封樹植碑，以彰其烈，予甚感之。時因謁墓，爰贈此詩。

鎦三今義士，借定庵句。慷慨重交游。以我一言故，而爲烈士謀。千金收駿骨，抔土樹松楸。差喜章枚叔，生還可暫休。

虎林雜詩四首

弼教坊前掩涕過，草橋門上聽悲歌。思量二百年前事，秋草荒原碧血多。弼教坊爲吳赤民、潘力田殉節處，草橋門則吳長興伯就義之所也。

勛臣祠宇接湖濆，殿繞荷花屋擁雲。底事郡人渾不解，瓣香齊上岳王墳。

落日中流打槳回，西泠橋畔費裵裒。過江名士知多少，不及當年蘇小來。

反顔事仇奚爲哉，古今端不替汝哀。枉拋軀命稱同調，一見孤山一釣臺。

江行雜感二首

風塵何事苦栖栖，一櫂邅迴日向西。行盡之江七百里，不堪聽到鷓鴣啼。

奇文一卷名辮史，著述將成可共看。若問此中言外意，陽秋微誼漢衣冠。

重過西臺尋謝皋羽墳不得返舟獲巨鯿一頭食之甚肥

重向西臺駐客船，高風寥落費流連。荒江但聽寒潮漲，頽宇誰將碧血鐫。黽勉文章搜海甸，近與友人鄧實校印先生遺書。艱難香火拜遺阡。夕陽欲下溪山晚，怊悵空撈縮項鯿。

晚經茶園 淳安縣東南六十里地也。

茶園地塏爽，烟火足千家。小市疏還密，民風樸未華。流亡方翕集，博簺競喧嘩。去去朝歌道，吾師墨子車。

讀吳駿公集

故宮離黍隱銅駝，大好神州等逝波。幾輩金蘭昭大節，一生懺悔付悲歌。屈平詞賦牢騷甚，庾信文章哀怨多。算有少陵詩史在，遺民心事不曾摩。

過方嘯琴文儁齋頭觀李長蘅爲陳文莊公所繪山水及眉公畫梅長卷

葑水無聲白石頹，雲間吴下重悲哀。銅駝落日埋荒棘，秋雨深山話劫灰。光焰千尋餘寶翰，當年諸老并天才。嗟予别有興亡感，悵惘梅花紙上開。

秋夜山中不寐

人生失母後，歡樂總無時。株守百非計，客游良可悲。秋風涼徹骨，山鬼夜侵帷。起起看明月，驚心草露滋。

良夜月色甚明屯谿沈鈺羅蓴鄭儀諸子邀飲小蓬壺示邁樞魯德

飛甍繡闥敞層樓，月白風高萃勝流。俊偉衣冠追洛社，光明世界際中秋。沈沈玉漏催銀箭，耿耿銀河隔女牛。頻向碧闌干外望，鮫宮隱約舞潛虬。

孫列五麟邀過其莊讌飲甚歡賦此奉酬

伯符家世振江東，磊落英姿自不同。擊劍彈絲餘俠骨，讀書折節有儒風。聚星我愧賢人伍，設醴君勞禮數隆。但得玄亭來載酒，問奇時詣老揚雄。

績谿胡佐邀同諸子再集小蓬壺看月用前韻

零露無聲月滿樓，清光照徹水中流。悲歌慷慨頻驚座，痛飲淋漓恰到秋。世事張皇終失鹿，人天寂寞感牽牛。田横義士今何在，合向扶餘訪俠虯。

中秋自屯谿赴唐謨飲許氏花汀同座有賀子吉嚴公上陳魯悳費公直邁樞諸子

水殿荷風拂檻涼，秋華蕉萃褪殘芳。聯翩竹箭來群彦，錯落觥籌醉羽觴。大好神仙行樂地，唐時歙人許宣平仙去。可無明月正中央。是晚，月色欠明。濡頭染翰留題去，貶損前賢墨數行。園中宋、明兩朝石刻甚多，除蘇、黄、米、蔡、文、祝諸大家外，若朱晦翁、羅念庵輩又皆以儒術顯，不特翰墨彬彬焉。

九月朔日偕邁樞作齊雲之游出門口號

忍擡醒眼見群魔，猛力牽裾渡愛河。世廟齋宫瞻突兀，齊雲山玄天太素宫，係明嘉靖朝建，而設醮焉。齊雲山色仰嵯峨。翩翻白鶴雲中侶，公孫度累聘邴原不至，乃嘆曰：「邴君雲中白鶴，非燕雀之網所能羅也。」傲岸黃花酒後歌。任爾幾經龍漢劫，到頭還算赤明多。張君房《雲笈七籤》「靈寶略」記云：「過去有劫名曰龍漢。龍漢一運，經九萬九千九百九十九劫，氣運終極，天淪地崩，四海冥合，乾坤破壞，無復光明，經一億劫，天地乃開，劫名赤明。」

夜宿藍渡

在休寧城西十里，其水發源黟縣，東下屯谿，入新安江。

冉冉霜林葉染丹，爲看秋色滯征鞍。長虹寂寞橫藍渡，黟水潺湲下急灘。雲氣沈沈山欲睡，星河耿耿晚生寒。黎明準擬朝真去，端坐沈吟夜向闌。

自望仙亭循桃花磵登天門觀羅漢洞上雲梯謁玄天太素宫有感

磵水桃花付劫灰，天門詄蕩仰崔嵬。仙人躚蹻今何在，太守劉郎去不回。明江西廬陵人劉鐸，爲揚州太守時，嘗訪張三豐於宫右之桃源洞，壁間留有詩版，今訪之不能得。鐸後爲倪文煥誣陷死。厭世低徊尋洞府，奇觀約略認樓臺。樂史《寰宇記》：「白岳山峰獨聳其東，石壁五彩狀，樓臺在室中，勢欲飛動，又如神仙五、六人憑闌觀望，久視之，乃知非耳。」予來山中證之殊信。蓬萊宫闕渾非昨，厄閏黃楊信可哀。今歲閏月中，宫殿遺火，毀其門闕。

自玉屏過紫霄崖歷三姑峰望五老獨聳諸峰上方臘寨抵聳翠庵

玉屏山翠覆層崖，真武祠荒日色斜。歷歷諸峰都在眼，亭亭孤峭獨穿霞。人從石骨攀躋上，庵仗蒼巖曲屈遮。此庵因山爲屋，故半皆洞壑。稽首空王證圓覺，萬緣銷釋鏡中花。

聳翠庵前望樂平婺源諸山有懷朱晦庵洪忠宣沐西平及范文程

黝山委宛自南來，保障荊揚壁壘開。黝山山脉自南嶺東來，至饒歙間，分爲江、皖二省。婺水灣環鍾閒氣，洪巖窈窕孕奇材。地靈人傑一時盛，學術經綸百代該。怪底踰淮能化枳，不如丐養列雲臺。西平爲太祖養子，以相隨北伐有功，封黔國公，御賜鐵券，敕世守雲南，以藩王室。其父本樂平李姓，因罪徙鳳陽，改姓沐。

東陽道院小閣與邁樞對飲望黃山作

鍊丹曾踏帝軒臺，山有軒轅鍊丹臺。一震驚迴萬壑雷。予游時值大雷雨，乃超越萬仞而下，浴於湯池。縋險幾揮韓愈淚，愈游太華不得下，遂狂號縱哭，華陰令爲設法縋而下之。探奇空詫謝公才。登高恰到茱萸節，與子同傾菊酒杯。爲指天都誇影事，雲遮不見眼纔回。

欲上香鑪峰不果

昨日方誇腰脚健，黄山白嶽兩登高。如何眼對孤岑秀，若被風吹隔海遥。差喜天梯强半陟，未妨臘屐待重遭。臨崕不忍空歸去，長歗松林氣倍豪。

珍珠簾觀滴水 在文昌巖傍。

點點珍珠滴作泉，激成清響聽潺然。休關玉液溶丹井，絶勝楊枝灑碧天。簾比水晶鈎欲上，盤疑承露淚頻懸。可堪題品渾如昨，塵世滄桑幾變遷。

羅念庵詩碑二在羅漢洞妄人以其石淵淵作響有若鐘磬擊成兩穴其未穿者尚三四不禁惋惜久之

念庵道學足名家，染翰吟成筆燦花。雙屐曾經來洞府，七言有作走龍蛇。鏘金激玉山增媚，煑鶴焚琴客太差。最是明珠遺集外，探驪無那暗興嗟。二詩集中皆無之。

過戚繼光與客同游題名處 在羅漢洞左石壁上。

戚大將軍筆仗奇，登高何以不題詩。方嚴鐵畫銀鈎字，窈窕尋幽選勝時。珠履雍容多侍從，所携客皆新安人。風流儒疋想威儀。平倭討虜今安在，墮淚模糊過此碑。

休寧過葉生世寅家 生好藏書，尤多秘籍，所以餉予者甚厚。

松蘿山色鬱蒼蒼，山産佳茗，在休寧城北十三里。有客停車夜話長。喜汝劬書尊祖國，嗟予學佛證空王。雲游自古稱天放，生藏有《熊魚山集》、《竺塢遺民先撥志始》等籍，其人皆學佛者也。運否何妨逐楚狂。抱闕守殘須倚仗，莫令金匱感滄桑。

古城巖下觀魚 在萬安街之南，旁有還古書院，爲金正希文會處。

魚樂非魚那得知，知魚真覺解人頤。静觀物化通神契，妙澈玄微息妄思。一角樓臺澄止水，無弦琴韻隱靈機。巖右石壁有刻「琴臺」二巨字。香温茶熟何言説，咀嚼純陽壁上詩。巖壁有純陽子吕洞賓題詩。

還古書院有懷金文毅公

公諱聲，字正希，休寧城東十里甌山人也。隆武即位，遣使拜表，帝特授右都御史，兵部右侍郎，總督南直軍務。歙州破，逮繫南京，不屈死之。

中朝昔喪亂，胡運方披猖。八閩建行在，真主坐明堂。爰有沈毅士，拜表進篚筐。帝心鑒其誠，下敕亟褒揚。超擢授虎符，俾之守巖疆。公也激主知，受命勤劻勷。任事不逾月，望風皆來王。進收旁郡縣，威風益飛揚。指日奏大捷，破竹出荆襄。時寧國邱祖德、涇縣尹民興、貴池吳應箕皆應之。公有齊年生，故御史氏黃。值此搶攘際，突然歸故鄉。道以援師來，衣冠殊煌煌。相見復何疑，開門奉壺漿。天道已反覆，人心都變常。嗟嗟故黃生，不若一江郎。竟賣其友去，納土逆豺狼。可憐烈烈士，駢首見巫陽。公爲同年生黃澍所賣死。自是風不競，虛焰徒高張。粤閩再蹉跌，萬事皆摧戕。試問戎首誰，潛善真不祥。即今逾百載，吊古心盡傷。登頓訪頹守，裵裒入莽蒼。殘碑略可讀，榛莽中有邵庶碑記。風流今已亡。爰知千秋業，不必盡文章。金蘭伏碪俎，反眼生炎涼。不如風塵士，節俠凌冰霜。宜賓及申甫，壯烈真觥觥。申甫故僧也。劉之綸，字元誠，宜賓人。崇禎朝虜陷畿輔，俱由公薦任兵事，殉節。并命一朝斃，國祚何能長。寂寂海陽水，萋萋古城岡。魂兮盍歸來，重圖日月光。

山中寄劉申叔

山北山南網四張，驚鴻何事獨迴翔。閉門種菜君須記，忍復相隨齊武王。
由來韜晦良佳事，不見當年田舍翁。落落青田一秀士，乘時也得奏元功。

九月初七日新安江上觀水嬉并爲有明尚書蒼水張公作周忌

半規涼月水淙淙，曼衍魚龍興未降。我爲孤臣重記念，新安江似汨羅江。
北伐當年事大難，伊人曾此下寒灘。者番恰稱招魂祀，燈火樓船夜未闌。
保障東南績未收，登山臨水總悲秋。睢陽蒼水奚須判，等量人才等量愁。俗以是舉爲保安善會，所祈禱之事，爲禳火逐疫；所奉之神，爲張巡、許遠，蓋古鄉儺之遺意也。睢陽、蒼水本同姓，而所志皆未成，故比之。
黟水黄山抱作環，天生靈境出塵寰。可憐易服微行候，莫綰英雄老此間。唐時許宣平避羯胡之亂，隱此仙去。公若終老江上，當亦不及於難。

欽州迎神出游有故明將軍胡大海劉綖二像紀之以詩

常胡開國振精神，劉杜征遼并殞身。要是南朝争祭祀，不應奔走屬山民。

御史江頭血涌濤，推官城上剡蓬蒿。鄉邦壯烈何嘗少，孰共金江補太牢。凌駉、温璜、金聲、江天一諸賢，郡中無或祀之者，故重譏之。

十月初四在屯谿遇豫章人賽會

都盧幻術善緣橦，魔舞巴歈亂羽幢。何處好風吹送到，笛聲徐撅弋陽腔。衆中有高蹺、臺閣、秋千、飛叉、弄磁、陸地行舟諸戲，又有絲竹雅奏繼之，婉約可聽，殆即擋子班耳。

白馬何人解報仇，紛紛碧血水東流。明鐙此夕笙歌滿，我獨沈吟憶贛州。明楊廷麟、郭維經、彭期生、黎遂球諸賢，皆於是日死贛州之難。

登黎陽主簿山

一拳亦玲瓏，兩峰特峻整。俯瞰古黎陽，邑改猶存井。屯谿西上一里爲黎陽廢縣，至今有上下黎陽之稱。一井猶存，可以綆汲。

懷劉三

生從倉海求雄駿，死爲要離脱左驂。莽莽風塵論俠客，大江南北兩劉三。白門秋柳蕭條極，季平時在南京。潭水桃花淺更寒。無畏時在鳩江。江上何來好消息，側身頻拂寶刀看。

題凌御史像

弘光朝，歙縣凌井心先生駉保障睢陽，城破不屈死之，即世所稱揚子江頭凌御史也。予既式廬謁墓，并重影其遺像而悼之。

飛布山高練水長，天生奇傑繼睢陽。城南一夕星辰動，公死時，有火星隕于睢陽城南。又見男兒仗節亡。

寒夜山中讀史弱翁遺詩及徐臞庵哀悼之作

亂離貧病兼無子，自古才人感慨多。生奈故交俱殉節，死非速朽待如何。京華夢醒空懷舊，所著有《舊京遺事》、《吳江耆舊傳》。滄海波深枉榷鹺。又著《河渠注》、《鹽法志》。慚愧後生披剩集，悽其風雨滿山河。

爲諸生講史

秋深木落山如薙，風雨蕭蕭晝閉門。閒與青年話青史，靈旗隱約降精魂。
興亡自古尋常事，只爲中原種族悲。辛苦驅除阿骨打，即今依舊混華夷。
無端猝遇赤眉禍，到底終懷左衽羞。億兆髡箝亦已矣，不堪騰笑遍瀛洲。
而今休痛無家國，不見稽山勵膽薪。匹婦匹夫咸與責，楚雖三户可亡秦。

晚步河西橋

日落孤亭冷石橋，白楊風動景蕭條。寒泉咽石流還澀，獨鳥穿雲意未消。荒冢荆榛枯衲杳，欲尋漸江大師墓，不得。秋山黄葉女郎樵。驚心歲晚人將老，幾度思歸望客橈。孤城斗大亞山腰，入暮魚更蕩麗譙。草薙欲完峰種種，月明無語影蕭蕭。琴樽冷落風流盡，春時嘗讌飲于此。湖海蒼茫感慨遥。聞道西江方戰伐，極天烽火映山椒。時聞萍鄉有革命軍起事，歙城亦加意防守。

冬望

冬山渾欲睡，騁望總微茫。雜樹零秋色，停雲是故鄉。有風摇葉響，如霧接天長。獨立增悲思，佳人漸老蒼。

歲晏置酒與諸友别乘夜山行十里至朱家村舟中宿

此别豈草草，拉朋罄一壺。醉來忽狂笑，揮手上籃輿。星斗寒芒斂，風霜夜氣粗。蟒蛇當道否，休被乃公鋤。

亦有諸同學，相看别淚粗。殷勤與長揖，悵惘獨愁余。月黑驚村犬，灘長叫鬼車。酒人心膽壯，魑魅莫揶揄。

曉別深渡

曉睡不得穩，起看霜滿船。谿山俱霏霏，天地此迍邅。水涸舟難出，風高羽獨騫。休嫌昏霧塞，歸去正悠然。

桐江晚泊

北風如虎浪如雷，十日澶洄浙水隈。今夕且投村外宿，烏啼月落黯西臺。

富春

長垣闍道黯然收，莫問星河亘斗牛。惟有天南餘晚霽，故應銜北隱旄頭。
千年鐵鎖脱祁支，淮海神皋絶地維。一自茫茫禹蹟杳，未知何計着災黎。

歸家雜感

抽刀斷愁愁不斷，歲莫崎嶇且放歌。琴劍飄蕭千里別，江湖涕淚一身多。風波險惡應如此，交際淪亡奈爾何。畢竟吾儕當厄運，山林朝市總蹉跎。

不成絶業不名家，落拓窮途感歲華。忍死偷過閒日月，側身耻弄舊琵琶。彌天新布珊瑚網，遯世誰乘笠澤槎。欲招無畏，偕隱不從。傳説吴江文獻盡，老人星殞淚如麻。莘廬凌先生於近日下世。

浩歌堂詩鈔卷四

褱椎集

讀鄭所南心史 丁未

烈女傷故夫，烈士思故國。同此失所人，飲恨曷云極。卓哉帝宋朝，遺臣盡瓌碩。煌煌正氣歌，中天震霹靂。下逮晞髮吟，哀音蕩心魄。俱垂天壤間，炳若朝曦赫。而如鄭億翁，耿耿尤奇特。耻爲頂笠民，甚且崇犬德。所以一卷書，洌泉不侵蝕。天使起鐵函，一朝播靈迹。要爲亡明徵，大禍陸沈迫。先機覺斯民，庶幾示之的。果爾復社賢，寧死不降敵。仗義起樓船，江湖恣討賊。天意不可知，中原遽淪没。大義日消亡，斯道益淩轢。所幸此史存，衿纓得窺測。藉明夷夏防，而嗤姚許惑。黽勉勵前修，一振雲霄翼。

吴門游後半月因事重過昌亭遂覓前舟作竟日游即示天梅諸子

陶陶盟夏日當天，落落襟懷澹欲仙。憨雨嬌雲渾散盡，未妨重坐沈家船。吴門畫船多沈姓，此其一也。

西園游盡復留園，綦迹時時印夢痕。最是一叢紅芍藥，有情無緒綰吟魂。

山塘韻事久沈埋，欲話風流祇劫灰。獨我生平最癡絶，落花時節蕩舟來。

漸離擊筑劇淒清，沈約文章并擅名。和着朱公與劉季，五湖一舸許重行。

志攘天梅俱以紀游諸作見示并讀安如題詞奉酬一律

君儕文筆皆成聖，我輩交游各有神。痛哭悲歌燕烈士，登山臨水宋遺民。吴門一夕成佳話，月旦千秋付後人。他日素車須有約，華涇同吊蔚丹墳。

丁未四月朔日再上蔚丹冢即事

烈士今何處，頻煩過墓門。杜鵑啼不住，知有未歸魂。

尚有劉三在，相逢意氣傾。鬢毛非昔比，衰颯倍心驚。劉三見示照片多幅，狀頗衰颯。

吾黨將安托，勞生況有涯。且傾陶令酒，莫負武夷茶。

墓表君須立，斯文我未工。衹應叙顛末，聊爾慰幽衷。

江上哀

爲徐、秋、陳、馬作也。初諸子創光復會於江户，以企圖革命。徐先率陳、馬二子入皖起事，秋於浙中應之。五月二十六日，徐以事泄，立刺殺皖撫恩銘于座，已與陳、馬殉焉。又十日，秋亦在越被逮死。

春秋不作小雅廢，四夷交侵國淩替。女真遺孽主中華，漢族淪亡至堪涕。東南義旅久銷沈，川楚林清藐何濟。太平天國略恢張，江左偏安終失計。稽山鏡水挺人豪，讀聖賢書意慷慨。一朝發奮誓亡秦，巾幗鬚眉并磨礪。越國三千君子多，居然拔戟俄成隊。軍名光復陣堂堂，越角吴根互投袂。多魚師漏寺人披，機密翻疏轉成害。皖酋雖斃身亦戕，越女含愁竟同繫。秋雨秋風愁殺人，沈冤七字何年霽。人亡國瘁待如何，渺渺予懷獨凝涕。城頭懸布要須登，前仆何妨後來繼。

晝寢雜感

死灰槁木復如何，晝影沈沈忍數過。難遣近來懷抱惡，病魔紛似亂絲多。
強起徘徊試一飛，圖南無計欲何依。氋氃直似羊公鶴，起舞猶嫌翅力微。
經年漂泊未能歸，極目鄉關願總違。剩有孤鴻心一片，護群中夜屢驚飛。
吴儂曾未賣癡呆，會有愁心酒一杯。畢竟自戕非易易，十年綺障坐沈埋。
盲不忘視跛想步，孰便甘心老此身。我是溺人今已矣，願他人做自由神。

讀管晏列傳

遼東皂帽去猶龍，鋤地揮金肯爾從。知我何如鮑叔子，論交惟有郭林宗。
一襲狐裘三十年，宗臣清節至今傳。成都亦有閒閒者，八百株桑十畝田。

我生示真長秋枚晦聞兼簡無畏

我生既不辰，有子安足仗。不如清浄身，完我本來相。無罣亦無礙，一銷翳與障。騰步上天衢，倏然成獨往。

鄧侯不世才，好古重耆舊。攟摭多異書，雕鐫不稍後。俊諸尤翩翩，風雅足領袖。日夕與編摹，出入共携手。高譚泯古今，蕩胸滌塵垢。玆樂亦最難，允須期白首。乘化歸帝鄉，廓然渾無有。下以見老莊，達者倘無詬。

行行上高臺，四顧多洹瀾。魚爛不復收，甌缺寧能完。徒令視陸沈，袖手空悲嘆。淹忽亦易盡，何事長辛酸。與子且行樂，放眼青雲端。

同方有中壘，經術醰且深。著書比韶頀，噌吰振元音。胡然别海上，莫鼓成連琴。思之每涕泣，徘徊向中林。時清文網疏，君子無容心。閎儒倘歸來，大夫當不禁。時無畏懼觸忌諱，莽莽出門，念之泫然。

吾友黄叔度，御己與齊年。我忝長一齡，疾病今纏綿。合并適百歲，萍梗豈偶然。予與晦聞、真長三人適百歲。三壽自作朋，匪容張廣筵。要當締貞盟，金石堅乎堅。不觀松竹梅，歲寒争煊妍。

丁未八月海上藏書樓夜坐雜感

天馬奔騰霧靄空，翩乎逐電與追風。懸知伯樂探神駿，却屬游行自在中。
頭角峥嶸洵可憐，風懷蕭灑亦神仙。人天畢竟歸平淡，九十春光幾許妍。
習習清風送晚涼，悠悠桂樹暗生香。病夫自覺添煩惱，幽致頻懷秋海棠。
金虀玉膾未歸休，落拓秋江愁復愁。相憶故人相望遠，羨他白户勝封侯。
只合瞿曇老此身，萬山深處作遺民。百千年後長寥寂，没個劉郎來問津。
夫容江上幾曾開，浪説孤山早放梅。最是委心任運好，微陽井底倘能回。
百年無分翦天驕，剩有愁心答漢朝。蹈海幾同陸君實，破家終愧霍票姚。

曼殊自海東還以童時撮影見貽蘭芽初茁婉孌可喜蓋方在其母夫人懷抱中也

正朔天南奉盛明，孤忠唯有鄭延平。百年更見田中嫗，一樣寧馨裹錦綳。

爲曼殊題孝陵殘瓦

牧馬成群檜柏催，鍾山王氣黯然哀。空餘一片蟠螭影，猶向宫門印劫灰。

萬户千門渺建章，行人誰識故宫牆。休嫌抔土無文字，曾伴簷鈴蕩夕陽。

夢得柳摇五字醒以語曼殊謂大類别情會貞壯將赴南昌因足成一律贈之

夢回聞客去，握手淚闌干。風送江流急，柳摇酒膽寒。别情增悵惘，彼美共辛酸。珍重潯陽道，琵琶莫漫彈。

腦病復發百感交集書示貞壯即送其行

積年伏土窟，矻矻空著書。窮愁且老死，有懷安能舒。私羨古遇者，意氣何鬱紆。耿弇蚤從軍，終童竟棄繻。吾才寧不逮，顧逢諸艱虞。墮地不見爺，孕腹先已孤。所賴慈母恩，翼卵使之鶵。維時初遘閔，破巢殊拮據。譬之夏后緡，逃竇争須臾。迨經再造力，晝荻尤勤劬。老天倘慈仁，豈無青雲衢。何圖毛羽長，厄運乃與俱。反哺未及計，哀哉喪其烏。遂令終天感，力剷永不除。盱衡況多故，毒焰紛狼狐。冠履一倒置，寧分華與胡。翻然去故國，來乘滄海桴。海外多年少，義俠皆吾徒。所嗟志不一，摶沙失良圖。久之事旋歸，傫然仍腐儒。信道苦不篤，涉世復病迂。以之動鑿枘，偃蹇江海壖。海壖喧以繁，蝨居皆鄙夫。從游乏騶卒，拉飲無狗屠。長謡還獨哭，祈死憑神巫。自春歷秋冬，抑塞誰歡娱。信陵縱醇酒，阮籍悲窮途。行徑絶相似，長此將何如。計須禮空王，被髮深山隅。由此了塵緣，不復争區區。念子遠行役，西上過匡廬。爲我問遠公，蓮社今有無。

孟冬十日有感

十月風高秔稻香，江邨螃蟹一時黃。書生忽地增悲感，菊酒何人老故鄉。

黟中曾記去時年，魯酒三升豆一籩。别有沈愁無可説，新安江上看游船。去歲在歙州，值蒼水忌辰，特放舟江上，觀土人水嬉。

最是江天落日中，故人携我醉秋風。魚蝦值賤醇醪美，坐話金山塔影紅。前年沼清約遊京口，每當夕陽西下，輒盡醉極歡。

秦州陳競全以名進士出宰齊魯旋來滬上啓牖國人不遺餘力今卒逾一年矣將語其嗣魯德葬之蔚丹墓右先以此詩

停雲黯西北，隴坂阻還長。之子無雙士，翩然去故鄉。牛刀容小試，鳳翮竟高翔。稷下辭群彥，吴中辦客裝。五噫頻感喟，七略細評量。指鏡今書局等。黨錮清名列，幽憂痼疾妨。文園日消渴，孔牖劇悲涼。丙舍花空發，閑庭雀可張。扶風歸緩緩，漢祚浩茫茫。待穴要離冢，孤亭署俠香。

冬夜不寐雜書數萬言仰見月色皎然輒題兩絶

中宵憂患未全忘，獨對殘鐙淚兩行。書罷罪言三萬字，一輪清峭白如霜。

鯤鵬自挾圖南具，麟鳳寧銷濟世心。若便荒荒老陬澨，諸天端爲一沈吟。

崑山道中

鹿城何處是，依約望中收。平野連雲闊，孤飃遠地浮。鎮江無鐵鎖，今秋夷人有青陽江賽船之舉。憑郭有高邱。歸顧今寥寂，臨風一涕流。

蘇蘇女學悼馮沼清

難忘期許意，頻過故人居。喜見新培土，難尋舊箸書。話言增悵惘，心迹肯迂疏。爲續雲天誼，杯薪救一車。時余與君母兄集成蘇路股款千五百金。

仲冬下澣二日被酒恍忽與人并服先朝儒服翩然殊得惟對鏡自視祇覺鬢絲未長耳

端疑白日偷閑過，恍有魔神入夢來。思漢威儀渾未見，駴人冠服已親裁。肯嫌誤我抛章甫，竟爾隨人作秀才。可惜鬢毛零落盡，不隨褒鄂列雲臺。

伊川被髮禍重來，蒿目神州自可哀。浪説天中瞻日月，似聞海上隱樓臺。東京黨錮新成傳，南國諸生舊有才。易服焚巾應有事，腐儒何用一徘徊。

歲云暮矣挈女兒亨利赴福州路市樓小飲

銷愁何處是，惟有酒家樓。落日亡屠狗，狂歌有飯牛。蒼茫聊獨飲，感慨等浮漚。莫更看題柱，楹間聯語有「文章西漢兩司馬，經濟南陽一卧龍」。吾生行自休。

汝曹良不惡，能讀乃公書。且盡一杯酒，明朝返故廬。含飴依祖母，舞綵入年初。休念飄零者，窮途賦卜居。

守歲重展神交社雅集攝影有悼馮沼清

畫圖重展一徘徊，雅集何曾有幾回。草草鴻泥留印爪，匆匆鄰笛又銜哀。懷人感逝餘三嘆，把臂論心總劫灰。自古雙星期會淺，別離容易愧岑苔。

丁未除夕得除字

愛憎恩怨略消除，料撿殘裝到故居。獨飲葡萄餘酒氣，雙燒椽燭照高廬。感懷世局良多憤，拜展遺容只自歔。三十四年今過盡，不堪重讀舊楹書。檢得童時所讀古文十餘册，皆先節孝在日不肖所親承提命者也。

戊申元旦用元韻

迂狂曾未喪其元，又揖春光到故園。十載婆娑輸弱柳，孑身栖止尚邱樊。長圖大念何時慰，出谷遷鶯近事煩。黽勉著書毋過餒，莫令文獻委秋原。

正月二十四日會葬鑑湖女俠於西泠橋畔

白傅堤長湖水清，貞魂今復妥軒亭。從教蘇小墳前草，到得秋來也放青。
岳墳于墓久荒涼，蒼水冤沈孰表章。不信中朝元氣盡，只令兒女挽隤綱。
玄酒菜香次第陳，衣冠如雪拜佳人。道旁媜孺争垂涕，道是魯連耻帝秦。
諸君高誼薄雲天，千里殷勤掛紙錢。我爲陳辭酬一斝，好將心事達重泉。

題懺慧詩集

漫數當年午夢堂，一門風雅衹篇章。韓陵片石西陵墓，長使秋娘俠骨香。

天生風雅是吾師，拜倒榴裙敢異詞。爲約同人掃南社，替君傳布廿年詩。

戊申三月十九日有事於宋六陵

橋山弓劍杳無存，誰向昌平奠一尊。祇是六陵齊在望，不嫌歌哭吊湘魂。
落花飛盡暮春天，麥飯親携蜕玉前。却有滿山紅躑躅，血痕狼藉助人憐。
艱難王業啓京闕，悲喜纔將頂骨還。未信百年遺恨在，闔宫同殉有煤山。
思陵猶自長蒿萊，奚似昆明劫後灰。脉脉九龍池畔路，天南遺老至今哀。

四月初七日立夏

三春花事日闌珊，客子行行悄不歡。閱歷較工情較拙，天涯何處繫征鞍。今歲二月，自會稽還歇浦，適遇鈍劍，僅一馳逐于龍華間。
一杯濁酒且相酬，判醉休談大九州。時方作蒙古建置行省議等文。但得南方佳果足，朱櫻勝似伏羌侯。予生平酷嗜櫻桃，以爲朱明當令，允宜食朱。

初夏越中雜詩

冠履一倒置，中原百事非。生無依漢臘，死亦采周薇。落日終成晦，陽戈孰與揮。茫茫票騎蹟，長與壯心違。

我已無家久，奚須賦卜居。飄零隨斷梗，蒼莽識歸墟。堂背羸蘐草，江東結敝廬。雙魚來遠道，謂可托楹書。時沈太君有移家東江之舉。

淮海無消息，關山曠歲年。有誰歌哭意，來覬酒樽前。白日青春晚，梅花紙帳眠。徒然感髀肉，不復據征韉。

時平壯士賤，世亂烈魄懷。意氣凌荆聶，聲名振海淮。報仇多稱意，雪耻亦良佳。偉矣越句踐，登車式怒蛙。

有懷劉三鈍劍安如并苦念西狩無畏二首

吾有數同好，性行皆軼倫。其一爲劉季，豪宕生風雲。長才擅三絶，寫作何玢璘。掉頭竟不顧，獨飲曹參醇。其二有漸離，生來耻帝秦。報仇志不遂，往往多哀呻。要我結南社，謂可張一軍。最少獨屯田，儒雅尤恂恂。韓亡知自奮，留侯豈婦人。締交逾十載，意氣侔雷陳。所憾落拓士，江海多沉淪。譬如尺蠖屈，終古無一伸。又如驕陽虐，寧怪蛟龍嗔。去去一長嘯，其人真悲辛。所以發慨嘆，噓氣摧星辰。

我歌且未了，我悲今更多。出門結朋友，所貴心氣和。況荷世衰亂，交道常參差。相期膠與添，猶苦生離佤。奚爲君子士，立行多偏頗。不知金石好，學術相磋磨。徒矜洙泗習，齗齗空齟齬。所志卒未成，同室先操戈。知己縱或諒，忌者將如何。成連空知音，徒聞海上波。管邴并良士，割席乃紛拏。思之獨泫涕，欲乘滄海槎。終教廉藺合，毋貽鍾吕嗟。不見耳餘事，千古資譙訶。

四月二十五日偕劉三謁蒼水張公墓并吊永曆帝

策馬高岡日色斜，昆明南望淚如麻。蠣灘鰲背今何在？祇向秋原哭桂花。

自清和坊跨馬出清波門經南屏疾馳達茅家步岳王墳小飲復馳過秋俠墓經錢塘門抵湧金門外凡周圍三十餘里豪氣未除率成此絶

方山栖隱情難滅，百尺豪華氣未除。祇恐秋娘向天笑，環湖隄上獨馳驅。

自武林入越道出草橋門有悼吴長興二絶

帝死國滅龍種絶，人間世亦生何爲。朝來浩氣吟成後，想見英雄悟澈時。公有《浪淘沙》絶命詞二首。

頻年歌哭吊英魂，零落詩篇僅保存。公集予已付刊于國學保存會。今日素車何處是，鬼花開遍望江門。即草橋門也，今名望江。

戊申五月既望余自諸暨來游五泄西龍潭窮極幽險入夜醉眠僧房忽若身在海上高子吹萬携其從孫小劍來顧言笑極歡無何有二女郎至一年可二十許髦髮垂肩披離左右謂是吹萬眷屬一年僅十七八亦靜婉多致俱招吹萬與譚良久即促吹萬行吹萬遂登車去余方踟躕以返于室忽天梅突至余語以吹萬適才别去君遇之否天梅曰然行復返矣未幾吹萬果返而佛子亦偕焉抵掌欣談儼然荀陳之會豈非生平得未曾有之快哉忽無畏伉儷及蔡子治民聯翩相顧而余獨狎一大蟒其長殆踰百丈頗極馴擾未知是何祥也書寄高氏諸子并作山中掌故

平生慕良友，别久常相思。浪游過五泄，乃亦夢海涯。粤惟青邱子，尤我素交知。神魂獨嚮合，言笑盈悲憙。猗嗟二神女，光景何陸離。翩翩并來止，軒車復疾馳。詎非吹萬生，福慧夙有奇。因之晤雙成，并駕游天逵。所怪百丈蛇，瑰怪侔蛟螭。奚爲獨馴擾，蜿蟺塗與泥。意者空潭物，闚見余性慈。未甘久潛伏，來作雲雨期。獨嗟薄修植，尺寸無所施。

長此老空山，乘龍豈有時。

憶昔黄山巔，曾夢章大師。屯難脱未能，令我生悲欷。厥明潔供養，乞佛施仁慈。耿耿心未忘，臨去猶作詩。何爲昨者夕，劉生夢入帷。神交自爾爾，被服何離奇。夢見劉生衣服極燦爛。我生本多感，近尤苦相思。章劉固夙好，金石無差池。乃今客海國，頗聞多是非。同舟不共濟，得毋貽嘲嗤。所願非確聞，敦好無乖離。車笠互相葆，勗哉圖猷徽。

將去粤中夜集鏡清樓聞陶怡被逮

脉脉秋心暗帶愁，沈沈長夜共登樓。歸鴻幾處驚羅網，縱鬐還須怕釣鈎。惜别祇令詩思塞，當筵惟有酒樽酬。相憐去住渾無準，羡殺平湖不繫舟。

浩歌堂詩鈔卷五

嶺南集

圖南一首賦別 戊申

惻惻中原遍罻羅，側身天地一娑婆。圖南此去舒長翮，逐北何年奏凱歌。短鋏獨携當僕健，孤鶵將護賴君多。補天填海千秋事，莫便傷春賦緑波。

訪安如

梨花村裏叩重門，握手相看淚滿痕。故國崎嶇多碧血，美人幽抑碎芳魂。茫茫宙合將安適，耿耿心期衹爾論。此去壯圖如可展，一鞭晴旭返中原。

初度將及雜成六截

耿耿旄頭燦九天，漢家殘祚幾曾延。祝宗祈死渾無準，斗酒療愁又一年。予去秋生日作詞有「祈死無靈，療愁寡術」及「斗酒十千奚惜」句。

東瞻三島動煩冤，指章、劉。北顧中原氣象昏。惟有慈雲護南海，藝香能返國殤魂。

欲爲蒼生賦大哀，側身且上粤王臺。行看丹荔黄蕉候，落拓炎荒被髮來。

中郎有女儘嬌癡，伯道無兒只自疑。回首白雲吹散處，桑弧蓬矢哭先慈。先慈亡忌在六月廿六日，去不肖生辰僅四日耳。

匈奴未滅豈爲家，菽水乖違計亦差。時托嗣母沈太君於舅家。却曲迷陽歌未已，天涯何處騁朝華。

漫向蒲團證夙因，茫茫身世未爲真。江湖倘有耕漁地，判與天隨作散人。予遷蜆江，去甫里益近。

中元節自黄浦出吴淞泛海

舵樓高唱大江東，萬里蒼茫一覽空。海上波濤迴蕩極，眼前洲渚有無中。雲磨雨洗天如碧，烈日中忽遇陣雨。日炙風翻水泛紅。唯有胥濤若銀練，素車白馬戰秋風。

温州洋

雁蕩餘支到海横，曙光暄染赭痕清。朝雲突兀添秋爽，麗旭曈曨照海明。白鳥舞風隨翅迅，碧波如鏡識潮平。回眸更得江鄉趣，三兩漁舟打槳行。

崎碌

沙上野花豔豔開，道旁榕樹整行栽。閑遊恰到淩虚地，放眼來登舊炮臺。隔岸螺蜂青若障，近江蠣殼白成堆。迴車猛憶吴儂約，擊鉢詩成莫浪催。

問雁

門衰餘骨肉，世亂各飄零。就傅憐嬌女，亢宗乏壯丁。依違徒跼蹐，悲苦總沈冥。爲問南來雁，何時返北庭。

書黄門公集

逡巡只憾當機悞，嘆息英雄遽網羅。若使冥鴻早驚逝，圖南容可奮陽戈。

松陵英簜都銷盡，謂吴長興。峰泖湖山豈尚存。我效端哥一長慟，粤王臺上見精魂。端哥夏内史淳古小名也，爲黄門公弟子。

吾家自昔多窮阨，降逮於今怨未休。一樣雲間陳卧子，不堪江表作纍囚。時陶怡方繫金陵獄中。

隆武帝后忌辰泛海登别島書寄同人

落日秋風涌海濤，碧天無際陣雲高。扁舟獨泛滄溟闊，窮島來尋越鳥巢。白帝音哀啼碧血，橋陵弓墜想烏號。空聞五指山頭石，尚荷先皇寵御毫。百舉林君語予，嘉應州唐帝巖傳有思文御題。又云有老兵當汀變時，負太子以逃，遂止於此。

篛笠行吟北顧遥，帝魂何處令儂招。登高寧識林巒趣，攄憤空憑子午潮。兩度煤山同慘劫，一時胡馬盡鳴鑣。閩中王氣今休矣，剩有汀江瘴霧饒。

沼清死一年矣情不能忘詩以哭之

故人别我無多日，乞巧日，余開神交社於愚園，大會諸名士，君尚與心淵、癯庵來會，設燕終日而散。驀地遥傳赴九泉。正是萬方哀痛節，君卒於八月廿七日，正隆武帝后忌辰。帝魂招不到啼鵑。

一篇行狀吾滋愧，君卒之踰日，心淵即以書來屬草行狀，予涕淚模糊，信筆而就，付寒灰刊之《神州報》，而别屬亞盧撰君傳。千載傳君要柳州。只惜謝庭擅詞筆，漫天風雪早悲秋。謂君侄女茜華也。

病中有感寄社友

不堪重説憺忘歸，藥裹茶鐺事事非。對鏡衹憐顔色減，思親真逐夢魂飛。故人到處愁難遣，時卧子、雙韻、漢碧、哀蟬、六如皆病矣。慧業同參願更違。將受記莂，因病不果。最是九秋霜信迫，阿誰和我製寒衣。

九月初七日爲明尚書張蒼水先生二百四十五年周忌用丙午新安江上追悼舊韻

莽然珠淚瀉淙淙，一念孤忠恨未降。壯志莫酬身遽死，枉教四度入長江。廿年措柱總艱難，飲血提戈旁蠣灘。黎洲云：「念昔周旋鯨背蠣灘之上，共此艱難。」一綫人心倘無死，八閩豈復角聲闌。

何暇虹梁亟亟收，延平真不畏春秋。如今詩史終長在，贏得中原萬古愁。

懸澳潮流尚似環，漢官儀制隔仙寰。獨令每歲重陽節，痛哭西風落日間。

九月十九日爲顧端木劉公旦錢彥林夏存古諸公三十餘人俱殉國於南京之辰用賦哀詞以告有衆庶幾終古之涕不致於我獨揮也

三十餘人俱殉國，百年前事最傷心。獄中唱和空留稿，海上風雲渺莫尋。碧血有痕皆黯澹，白門無柳不陰森。遥知毅魄應爲厲，底事淒清直到今。

彝仲高名炳斗杓，文康清節顯中朝。兩家子弟争雄駿，一例弓刀逐票姚。事縱不成餘俠烈，世雖長往未迢遥。哀歌我爲臨風奏，倘有靈旗降九霄。

九月二十晚颶風驟作入夜更烈暴雨乘之潮漲踰丈學室内外一片汪洋四壁震撼若將頽焉余方愁病不覺心悸宵深無寐記以此詩

千摇萬兀屋如舟，泱蕩洪波欲上樓。恠雨盲風摧四壁，藥罏經卷閣三秋。挑燈獨坐思天變，欹枕沈吟悔遠游。祇恐洧龍方劇戰，要將災異播神州。

十月朔日病起口號

推窗聞説嶺梅開，歡喜炎荒淑景回。病起轉嫌心較冷，春生聊與眼重擡。羅浮翠羽安排去，風雨崖門次第來。還向思明州一慟，樓船戈甲儘相猜。思明州今厦門島也。明隆武、永曆兩朝，鄭延平、王成功屯兵於此，頃爲通商港，不日將有迷利堅水師來遊。

千仞以余病且久特邀醫治之及病大瘥復置酒相慶不覺酣飲極歡乃報以此詩

梅州醫師梁芷堂，手握刀圭多禁方。爲我牽縈牝牡瘧，頻煩斟酌桂枝湯。《金匱》：「瘧多寒者，名曰牡瘧。」徐先生大椿曰：「似當作牝字，諸本皆牡，存考。」又「白虎加桂枝湯」注云：「温瘧者，其脉如平，身無寒但熱，骨節痛煩時吐，此湯主之。」神驅鬼使銷除盡，量水和丸料理忙。頓遣昌黎好南食，蝦蟆章舉恣烹嘗。韓愈《南食》詩：「蛤即是蝦蟆，同實浪異名。章舉馬甲柱，鬥以怪自呈。」

悲懷

東都風誼到今遥，黨錮清聲讓翠翹。休説一池春水縐，正看千佛姓名標。柯亭椽竹終須顯，爨下琴桐未許焦。歲晚黄花自馨逸，漫教霜霰感漂摇。

集唐寄意

北斗闌干南斗斜，中庭地白樹栖鴉。故園此去千餘里，獨自狂夫不憶家。

七夕瓊筵往事陳，楚天遥望每長嚬。白蘋未盡人先盡，誰見江南春復春。去年七夕在海上結神交社，沼清來會，今死已周歲矣。

楚魂湘血一生休，忍看花枝謝玉樓。天竺山前鏡湖畔，鷓鴣清怨碧烟愁。秋俠既葬，而侍御常徽又奏平其墓。

誓掃匈奴不顧身，與君相見即相親。遥知兄弟登高處，百尺峰頭望虜塵。
斷腸春色在江南，淪落咸陽志豈甘。倚柱尋思倍惆悵，苦心詞賦向誰論。
南國佳人斂翠蛾，枉將心事托微波。無情有恨何人見，一夜夫容紅淚多。思欲有所組織而未果。
越女含情已無限，秋來還復憶鱸魚。心期欲去方何日，宋玉平生恨有餘。
獨在異鄉爲異客，不堪多病決然歸。横江欲渡風波惡，九月二十夜，余正病中，值颶風大作，甚駭。隔水寥寥聞搗衣。余衣故付隔海角嶼人洗之，自颶發，而洗濯者經月方來。

再集唐四首

吴王舊國水烟空，柳浦桑村處處同。三十年來塵撲面，故山多在畫屏中。
幾年爲梗復爲蓬，多少凄凉在此中。今日嶺猿兼越鳥，一聲聲似怨春風。
辭家遠客悵秋風，未掣鯨魚碧海中。莫怪鄉心隨魄斷，明朝歸去事猿公。
高梧葉盡鳥巢空，落日平原秋草中。不用憑欄苦回首，布帆無恙掛秋風。

三集唐六首

冰紋珍簟思悠悠，欲采蘋花不自由。正是客心孤迥處，碧天無際水空流。
烽火城西百尺樓，水流無限似儂愁。行人莫上長堤望，風緊雲寒欲變秋。
半下珠簾半下鈎，不知身世自悠悠。今朝誰料三千里，離思茫茫正值秋。
黄昏獨坐海風秋，月色江聲共一樓。自説江湖不歸事，羅衣濕盡淚還流。
榆落雕飛關塞秋，夢君身繞曲江頭。熏籠玉枕無顔色，無那金閨萬里愁。
瘴水蠻中入洞流，騷人遥駐木蘭舟。今朝北客歸思去，上盡重城更上樓。

自潮海赴厦門道中風雨交作

才遣愁魔與病魔，又從滄海策蛟鼉。遥空瘴氣連天遠，極目洪濤撼岳多。板蕩餘生還震惕，月明長夜漫婆娑。翻教噩夢頻頻見，伏枕凄涼淚似波。

自厦門泛海登鼓浪嶼有感

西風落日晚天晴，列島遥看戰一枰。番船正連鵝鸛陣，怒濤如振鼓鼙聲。憑高獨攬滄溟遠，斫地誰爲楚漢争？海水自深山自壯，不堪重憶鄭延平。

與漳州游君談鄭延平遺事

樓臺海上接炎天，自古羲輪引列仙。粒粒相思種紅豆，年年望帝降啼鵑。無端廢壘埋荒草，定有長蛇隱率然。一客欷歔爲余道，於今非復舊山川。君云延平故壘在鼓浪嶼巖仔山巔，其山半有穴，深二三里，可通海濱地，曰内厝澳。相傳爲當日埋兵處，仿佛吾吴藏軍洞也。聞今有大蛇甚多，故人皆不敢入。

厦門寮仔後街爲鄭延平王操練水軍處四山纍纍皆荒冢也通商以來市廛櫛比鼓舞如雲非復昔時景象矣余居於此十日詩以紀之

思明州畔獨思明，骨白原荒蔓草縈。遺獻無徵餘壁壘，余求漳、泉二府及同安、厦門志書皆不獲。天因有淚哭滄瀛。山寮繞綺今多麗，舴艋衝風舊水營。海中小艇甚多，俱極平穩，余無日不乘之以習風濤。自挈奚奴居此地，宵來如夢鄭延平。

志儒書來言黄亮叔先生象曦死矣

松陵文物太飄零，又見薇垣隕歲星。水利當年多述作，老成自此少儀型。君有《水利考續輯》。悔於身後臨風慟，恨不生前侍德馨。獨抱遺編向誰語，余所輯先輩著述，屢欲就正於君而輒未果。九秋烟瘴客南溟。

天悔以與渠别字相同作詩見寄余既答之矣復念亞盧名亦與余類詩以贈之

將軍票鷂慚非我，骨肉交情罕逾卿。殘月曉風徵姓氏，荷花桂子識才姓。少年如此公真健，期許生平總可驚。願與良朋共相守，歲寒松柏締貞盟。

十月二十三日有事於雙忠大忠之祠

天風推蕩月西奔，落拓行吟到海門。清酒一尊餘痛哭，靈旗千載接英魂。休嗟少帝今淪没，指顧睢陽得保存。代雁況銜飛檄至，賀蘭行自謝中原。

潮陽海門灣蓮花峰宋文丞相望少帝處也余登東山水簾亭見其地白日銀濤漾漭無極以相距二十里不及至遂賦此章

潮陽南去海門邊，貼地孤峰似碧蓮。望帝争傳文相國，傷心誰挽漢山川。登高此日空憑吊，袖手何人去著鞭。祇喜和林行自返，投崖天子起龍淵。

十月二十七日自潮海赴香港中夜望海有作

落日崦嵫裏，圖南氣未降。孤身别潮海，飛夢到珠江。星斗芒如掃，風濤怒拍艭。遥知朔方事，此夕正紛龐。

試問深宵際，燈花焰若何。歸期終恍惚，陳約屢蹉跎。北極腥風動，南天熱血多。吾曹應有事，努力礪征戈。

留題羅浮山黄龍洞

天華宫闕黯然收，祈福難徵玉簡投。一代雄圖歸寂寞，百年孫子只焚修。觀主劉薦卿，云係南漢後人。崎嶇石磴盤空峻，夭矯松身拔地遒。驀聽夜來風怒發，洞龍吟嘯不曾休。山多古松，入夜風濤作響，尤有萬馬奔騰之勢。

自厓山麓之干沖横渡海面至三村作

忍説元龍氣自豪，兩厓風雨一輕舠。群峰合沓圍人急，衰草凄迷觸浪高。塊肉不存徒涕淚，荒祠何處認蓬蒿。文山正氣欣還在，且剫黄蕉抵濁醪。時余方覓酒爲奠，而土人誤以蕉進。

厓門四律

新會縣南之厓門，宋陸丞相負少帝蹈海處也。余於仲冬七日，自江門獨游至此，宿全節廟一夕而去。風雨四合，陰森怖人，賦此誌哀。

江門南去即厓門，一水微茫白日昏。烟雨忽來山驟合，桄榔生處廟猶存。蒼涼獨有遺民拜，惝恍難招少主魂。自數興亡亦常事，不堪胡騎遍中原。

歲晚夫容尚未開，幽禽啼血豈勝哀。瓊樓玉宇今何在，地老天荒我獨來。潦草觚棱瞻宋闕，廟門一額題曰「有宋存焉」四字。凄其風雨泣寒灰。慈元殿閣終多幸，唐桂何曾一庀材。楊太后母子得聖明御宇而彰顯之。若隆武、永曆二帝，事同一轍，不知何日爲之哀恤也？可慟！

淙淙遥夜雨聲多，獨哭荒祠淚似波。若有人兮留勁節，自今誰與共丘阿。挑燈快讀殘碑字，危坐頻吟正氣歌。一事祇防山鬼笑，楚囚胡服竟如何。

奇石鐫功笑此兒，百年胡運豈須悲。當時漢祚雖云盡，轉瞬冠裳究屬誰。賢后永存全節廟，孤臣争拜大忠祠。扛龍更有吾宗筆，義卓陽秋幾絶詩。謂白沙先生也。

厓門阻風雨

盲風怪雨黯山椒，獨泛厓門鎮寂寥。閒想趙家天子事，精禽遺恨總難銷。

十一月七日爲瞿張二公殉節桂林之辰慨然有作

桂林雲樹黯生涼，風洞山高墓木蒼。師弟百年留氣節，乾坤千古振綱常。當時雷電昭天變，此日英靈炳帝鄉。休羨孔家仁聖裔，即今誰憶定南王。

浩歌堂詩鈔卷六

呻吟集

病中雜感 己酉

南行不得志，東望徒淹滯。塊焉返故鄉，寂寞衡門閉。慼念平生交，磊落半長逝。餘子雖倖存，精氣悉頽敝。而我獨耿耿，犇走未忘世。徬徨策治安，何者非匡濟。山高不厭攀，水深不厭厲。涉江采夫容，誰能待晴霽。

時窮壯士見，世亂腐儒斃。達識有高懷，烏從形迹泥。況當厄運年，胡漢一衰替。澒洞勢傾舟，何暇怨操枻。應與振奇危，亂流急同濟。庶幾繫長纓，略可傲荒裔。功高吝其賞，長揖返江澨。聊以表深衷，自不同繆戾。

我有同心人，淹滯曲江澨。歲歲不得逢，相思各流涕。何計使之并，昕宵對姝麗。燈炮共填詞，更闌還擁髻。如此度長年，亦足忘昏噎。天意阻長涂，徒令日侘傺。文君信妙妍，臨卭悵迢遞。願言憑征鴻，音書莫遲滯。

貧士百不歡，著書亦幽滯。鬼伯日揶揄，長年半疲斃。所以雄奇文，霾藏不出世。長門莫與仇，鷸裘輒蔽。衰病復途窮，由來阮生涕。顧惟歡愉人，漠然不關繫。譬如南冠囚，寧邀北胡契。荆璞且自珍，瞬晤重華帝。

病愈矣忽復大作不覺戚然

不堪多病廢尊罍，長負林花次第開。草草光陰駒過隙，沉沉心事劫餘灰。平生纂述先民遺著，多所未就。蒼茫四海無家別，潦倒中原絶代才。只合蒲團老身世，萬緣删盡息悲哀。

送楚傖之粤

群龍無首戩方延，落日虞淵急景旋。破碎山河餘錦繡，莊嚴國土奈戎旃。呻吟我已垂垂老，努力君應虎虎前。吹陣好風向南去，會看平地上青天。

病榻書懷

莫惜華年與盛名，試觀時事足吞聲。霸才無主君休病，節義云亡道孰行。野鳥居然來繞室，江南何處可忘情。思量便逐閑鷗去，烟水微茫一羽輕。

楓江漁父黯然悲，叔季應教曼倩飢。文體漸卑輸古味，狂泉争飲奈群兒。息心且泯千秋想，稽首誰爲百世師。只有静參微妙理，亂山黄葉一茅茨。

三紀初度書寄同志時瘍病漸瘳由滬回居蜆水

沉寥天氣又新秋，弧矢重懸我獨愁。多病不堪人事廢，壯懷空負海天游。茫茫家國千秋恨，落落浮生幾輩休。强起自將明鏡照，鬢絲曾否白盈頭。

少年何事起悲歌，矯首蒼茫淚似梭。身世風前飄弱絮，美人天末隱微波。兵戈滿地神龍小，日月經天百寶多。漫向秋江怨蕉萃，芙蓉花發未蹉跎。

七月十四夜對月有懷

回首滄波闊，伊人近若何。相思千里别，悲涕不成歌。日薄魚鴻少，秋深病渴多。可憐茂陵客，惆悵憶銀河。

重過西塘就醫

元龍湖海士，豪氣未全除。又作遨遊想，渾忘憂患餘。乘風列禦寇，秋雨馬相如。遂此烟波老，浮家即隱居。

蘆墟泗洲寺永安橋爲楊維斗先生殉國處余過其下屢矣爲賦一律以誌哀悃

秋風蕭颯白蘋開，欲潔椒漿奠一杯。烈士有靈終不朽，虜塵如霧豈勝哀。遺書掇拾將何補，予曾輯公遺文爲一卷。短艇荒茫慨獨來。惟有中聲天地壯，悲歌應得似西臺。

吴門寓齋題壁

金昌亭下寄儂家，俠骨高風渺莫誇。要離、梁鴻二墓在専諸巷城根，今已蕪没。只有専諸門巷在，明珠穿遍女兒花。巷内多珠肆，故俗名穿珠巷。

五噫吟罷曜初暾，省識皋家廡尚存。底事齊眉人影遠，蒼涼梅福隱吴門。

賦得韓亡子房憤爲安重根作也

慨昔三韓地，于今一旦休。俄然來大俠，猶解報深仇。博浪椎重奮，輼輬血迸流。翻憐寂寞士，難斬郅支頭。

唐莊 庚戌

六橋烟柳爛如霞，緑螘春濃買酒家。正是難逢三月節，怎生遲汝七香車。行行陌上今休緩，去去湖邊日欲斜。爲報唐莊好消息，碧桃猶有未開花。

題沈君墨小詞

上馬歷秦川，下馬筆如泉。跋踄關山道，書生今少年。人面不知處，梅花仍發英。可憐幾經過，愁殺瘦腰生。

送春

落紅成陣委芳塵，悵悵天涯又一春。只我强能支弱骨，可憐猶有病中身。無計留春强自寬，伊人天末想平安。何當一權滄波去，翦翦風多欲渡難。

紀夢中人語

索居多苦辛，思君令人老。乘龍一遠翔，何時返蓬島。黄塵播中原，寇盜紛難掃。我欲從君游，崎嶇盡蜀道。天壤邈蒼茫，英雄忍潦倒。何如事長生，去覓安期棗。鉛華勿復陳，但種瓊瑶草。

與諸生夜話

百年幾見邴根矩，并世多逢華子魚。漫信一錢程不識，能同完璧藺相如。持節誰憐蘇屬國，新聲争慕李延年。還宜玩世東方朔，不作刑餘司馬遷。

夏日過全福寺

微風振晴昊，泛櫂出湖湑。蘭若愜幽趣，衣冠多隱淪。摩挲碑碣古，開闢徑畦新。龍象應長護，禪宗今有人。

清遠庵有懷熊魚山相國

孤臣今不作，餘此一茅茨。摇兀荒江外，徘徊夕照遲。永懷明社稷，無睹漢威儀。剩有遺篇在，丹衷炳水湄。余藏公遺文數十篇。

寄天梅小景

大夢不常覺，浮生何太空。三春芴過眼，飛絮又隨風。奈爾滄波老，憑誰感慨同。寄言高季迪，長與托情衷。

初抵虎林酒樓坐雨 辛亥

孤蓬落遠道，寒雨當春天。情意一失稱，幽意何緜緜。緬彼素心人，正爾谿山邊。音書頗迢遞，身世尤纏牽。亦有平生親，興會方騰騫。尋梅負前盟，獨乘鴛湖船。緣是不得并，勞燕儼劃然。陰沈苦無俚，閒憂且自蠲。罏頭一買醉，剩要和衣眠。中夜復何囈，道晤瓊瑶仙。

金陵雜詩

帝京風物信繁華，故國邱墟亦可嗟。欲向鍾山去憑吊，午朝門外屢迴車。初抵金陵。

黍離麥秀待誰歌，潦水縱横版没多。最是郎當聲過處，故宫瓴甓馬争馱。偕曉公過明故宮，積潦縱橫，宮牆毀壞盡矣，感成三絕。

當年此地集群臣，肅穆冠裳拜聖人。今日空懷蘧伯玉，滿宮車轍動轔轔。

觚棱金碧黯然收，極目荒茫水國秋。底事橫流今未已，陸沈真個屬神州。

不爭家國只爭墩，晉宋風流可尚存。輸與鄰林老開士，蕭蕭暮雨掩山門。

半山晤鄰林寺僧大道，與曉公談禪甚洽。

桃葉人家水没扉，秦淮閣子映斜暉。半晴半雨太無賴，六月金陵穿袷衣。

青溪閒泛示曉公。

復成橋畔柳垂垂，一槳中流日乍移。閒與群公話風雅，青溪應築小姑祠。

清涼山色撲眉青，避暑何人降彩軿。記得年時携手過，低徊曾訪翠微亭。

龍蟠里閱藏書，因過清涼山至掃葉樓閒坐。

文淵閣子久罹災，剩有閒情理劫灰。頻向石頭城下過，人人知是看書來。

倚馬文章夙擅長，猶龍道德勢能張。霍王小女奚癡絕，錯認當年李十郎。

暾廬有翁子之憾，慰以三絕。

不堪重唱大刀頭，一著差池一局休。溝水東西流不定，問渠何地可埋愁。

大好團欒月一規，倚闌閒玩儘移時。明心見性應如此，莫復中邊悟徹遲。

雲程萬里圖爲陳劍魂題

澒洞風波捲地來，中原此際正喧豗。憑君直向南溟去，他日相逢破浪回。
少年亦有志封侯，手挾鯤鵬萬里游。老我十年吴下住，空教冷眼矚神州。

後望嶽圖爲祝心淵題

衡嶽峰高氣象雄，扶輿磅礴鎮寰中。當時誰是開天手，第一君家老祝融。
融炎光氣炳南方，大有人材厲劍鋩。底事西風摧健翮，至今遺恨説瀏陽。
陽鳥賓南又此時，側身凝望總成癡。微聞消息秋來好，木落洞庭波正奇。

浩歌堂詩鈔卷七

光華集

贈張溥泉 壬子

與子十年別，相看各老蒼。論交餘感慨，多難罕文章。救世情逾切，共和願豈償。勞生知未已，何暇計耕桑。君語予欲卜居江浙間，躬耕課桑，自食其力，余笑應之，而知其未能也。

自浙入湘喜晤夢蘧君劍諸社友

脱帽一爲禮，浮蹤江海來。吟朋都到眼，歡飲復傾杯。時事且耽置，文章要主裁。懷湘兼望嶽，齊上楚王臺。

偕夢蘧醉厂游岳麓有悼陳天華烈士

結交得良儔，昕宵恣讌游。駕言出西郭，揚舲渡中洲。湘江水清淺，橘樹青油油。恍悟湘之靈，鼓瑟臨清流。俄然抵岳麓，夾道青楓遒。小憇愛晚亭，捷上如猿猴。瀹茗虎岑下，鶴去泉還留。遂超千級磴，而淩群峰頭。新塋築壘壘，雄鬼聲啾啾。中有湖海士，吾家之驊騮。昔時共肝膽，今焉隔明幽。傷心一隕涕，悲風徒颼颼。去去上雲麓，氣壯身益僂。琳宮忽在眼，洪鐘疑贅瘤。云是先代物，款識今堪求。溯當萬曆際，索虜方虔劉。潰癰卒遺患，被髮長含羞。濡忍三百載，決絕終無由。人心忽思漢，天運復來周。荊楚一振臂，天下皆同仇。遽翻往古局，一洗群倫愁。因緣得來止，豁焉開心眸。青天亦何問，金尊且暫休。芳蘭況滿前，春意豈清秋。浩歌一采擷，安用哀高邱。

紅拂墓在醴陵縣西李衛公祠後山上

獨上高岡吊俠魂，美人長謝蹟猶存。當時朱邸辭華轂，此日青山繞墓門。巨眼殷勤卿有幸，布衣飄泊我何言。隔城鶯燕知多少，好擷芳蓀奠一樽。

題湘鄉成琢如本璞填詞圖

玉田騷雅碧山工，七寶樓臺未許同。六百年來清響絶，如君應得振宗風。
綺語能忘難復難，玉簫問擁碧天寒。詞成黄絹知何似，笑與從旁幼婦看。君寵姬侍側。

題宋癡萍菊隱圖小景

秋菊澹如何，斯人亦可多。雅懷彭澤令，羈迹洞庭波。顧影生禪悦，臨風得醉歌。萬梅花樹裏，我亦任婆娑。余有《鄧尉探梅圖》。

題醉庵小影

窈窕青楓峽，攀躋一徑通。孤亭常愛晚，高樹盡拏空。有客能逃俗，余懷恰與同。披圖留後約，來賞一林紅。

中秋夜左湘陰園池坐月

洛社清遊已足誇，是日長沙南社同人開讌于烈士祠，會者數十人。宵深遠詣故侯家。亭臺零落供吟眺，士女清嘉樂歲華。座有朱静宜、品瑩姊妹，均明楚藩裔孫也。一老驚人尊古德，指尹先生金陽。得僧閒坐説天涯。海印上人將有京津吴越游，因暢談天童西湖近事。文章我亦差堪幸，擲筆來烹藏衛茶。經輿出藏茶餉客，適余方著《西藏行省議》成，飲之殊喜。

長沙題鈍根小照

風度淵凝若有思，知君心事在天涯。堪憐長夜何時旦，轉盡愁腸不自持。還似行吟湘水邊，或携樽酒或參禪。興來便捉漁竿去，湖雨湖烟渺一船。

洞庭舟次寄别湘都督洎南社諸子

湘江水碧楚山青，一棹衝風下洞庭。最是别情無限好，滿携縑素返西泠。耿耿心期未可攄，周旋江海總成虚。何當卓絶雲霄上，卷軸山川一展舒。

一天風雨又重陽，吴楚兵銷漢胄昌。難忘去年今日事，君侯决策定瀟湘。
淼瀰君山一髮青，伊人何處覓湘靈。不如西子湖邊去，長日閒遊風雨亭。
披襟來上岳陽樓，荆楚江山一覽收。重憶吾鄉范老子，平生後樂與先憂。

孤山探梅未放即呈鐵華女士

獨抱孤芳傍翠隈，向陽無分上瑶臺。浣花女史休相惱，山背寒葩豈易開。

偕遯初遊靈隱韜光烟霞石屋諸勝 癸丑

武林山水擅南中，躡屩登臨興不窮。蜃氣遠含滄海白，夕陽斜掩寺門紅。春梅凍雪花逾潔，石棧穿雲路許通。且莫籌邊論史去，君約予撰《南明史》、《後金國史》等作。兩高峰上一支筇。

靈隱僧房與遯初諸子夜話

萬事紛乘總偶然，宵深閒坐竟譚玄。漩渦一入真無主，法象全超豈盡禪。吾道由來桶脱底，佛心應似蜜忘邊。溝通儒釋存真理，白絮青蘋未算緣。

哭鈍初

柳殘花謝宛三秋，雨閣雲低風撼樓。中酒懨懨人愈病，思君故故日增愁。豺狼當道生何益，洛蜀紛争死豈休。祇恐中朝元氣盡，極天烽火掩神州。

自兗州過曲阜謁聖廟孔林四首

假蓋欲出門，主人不我與。驅車輒長行，去去向東魯。初過泗上橋，官柳緑呈嫵。迤邐接平原，良疇益膴膴。忽逢棗柿林，或者環以堵。土風雖不華，富庶隱可睹。約略卅里餘，遥天露璃宇。趲程意復前，漫空突飛雨。牛車塞闉闍，欲行更横阻。護短愧未能，解衣一長憮。

曲阜古魯國，少皥之遺墟。周公首封此，禮樂盛一隅。伯禽征淮徐，武功亦絶殊。胡爲隱桓間，骨肉争璠璵。簒弑既相循，王道日以渝。卓哉孔聖人，章逢步天衢。一朝集大成，遂爲萬世儒。春秋素王業，今古復焉如。

巍峨孔子宅，依約魯王宫。宫牆高萬仞，循走傴吾躬。稍焉得門入，碑碣森穹窓。徘徊歷階墄，登堂拜聖容。聖容温以和，盎然儒者風。循循知善誘，博約能折中。彬彬後君子，允哉吾其從。

出自魯北門，遥望見高隴。盤松如游龍，夭矯夾修甬。徐行渡洙水，水枯草獨葦。嶙峋石闕多，淩雲特修聳。千材聚一林，心知異方種。獨無衛賜楷，墓廬少帡幪。爰瞻宣聖碑，爰謁尼父冢。其旁子若孫，纍纍悉環拱。下逮古來今，佳城益巃嵸。如堂亦如斧，間以馬鬣埬。周垣十里餘，無墳不姓孔。乃知族葬禮，能令風誼重。

陋巷

憶昔顔子淵，樂道恒守貧。簞瓢處陋巷，其陋應無倫。疇知今不然，里閈俱一新。即投逆旅息，鷄黍紛焉陳。詎同石門宿，儼逢荷蓧人。所嗟末俗敝，婬葩允城闉。昔也弦歌地，今藏鶯花春。東魯尚如此，奚況天下民。逆旅主人酷嗜雅片，故及之。

去魯

驅車渡泗水，泗水不盈咫。我既漫褰裳，車亦詎濡軌。魯風雜淳澆，別去尚可揣。匪若鄭衞間，淫聲輒靡靡。治魯先於齊，東邦庶有豸。

登岱

泰山之脉遼東來，橫截黄海趨登萊。之罘琅琊各呈勢，捷出汶濟巍虖巍。汶水西流濟東逝，梁甫亭云互藩衞。儼然齊魯獨稱尊，如仲尼父亘萬世。嵩衡恒華迷浮雲，小天下處今猶存。登封昔記七十二，奈何晚出相如文。文非諛頌始不朽，李相秦碑復何有。懸知造極必登峰，莫使裵裒落人後。

泰山絶頂登封處題壁

天門訣蕩蕩，海甸莽蒼蒼。石棧千尋迴，汶流一綫長。風多松愈勁，雲擁壑難藏。雷雨中宵發，雄心動八荒。

立夏再集崇效寺分韻得丹字即送芷畦南歸

春風三月滿長安，次第評花到牡丹。壇坫主盟慚我弱，湖山無恙任君看。及時行樂休推醉，限韻分題且自寬。祇是一枝紅芍藥，故撩離恨上眉端。

雨後

六街初洗淨無塵，雨後樓臺色倍新。堂上簸錢榆展莢，梁間私語燕留春。綠肥紅瘦將誰主，草長鶯飛又一辰。寄語東皇好歸去，莫教愁損陌頭人。

哭夢逋老友

君諱蜕，字蜕庵，陽湖人。遜清季世，首創《蘇報》館于滬上。聘章、鄒二君子主筆政，以提倡革命。光復後竟以侘傺死。

同甫當年負盛名，揮毫驚起攘夷聲。破家不已重亡命，萬死何曾剩一生。惟有威丹知己感，空餘枚叔故人情。介推無禄真堪憤，欲按心頭總未平。

十年一别老陳琳，未信歸來雪鬢侵。詩酒誰令逐年少，文章依舊斷知音。西湖有約偏難主，南社無君忍重尋。最是楚魂招未得，鵑啼猿嘯激哀音。君長女擷芬，嫁四川某君，在巴蜀未返。

京師重晤黃晦聞

六年不見黃叔度，執手驚看鬚鬢蒼。與語前塵各惝怳，爲談時事只悽惶。龍蛇戰野宜沉隱，虎豹當關敢稱量。惟有蒓鱸歸去好，秋風斜日滿江鄉。

鈍初卜葬有期詩以哀之

九月幽并氣似秋，招魂南望豈勝愁。龍蛇起陸翻天地，風雨橫江黯斗牛。坐使楚材供晉用，更誰儒雅足風流。驚心我亦終無告，先日值先節孝亡忌。忍自三長理索邱。

出塞望蒙古

我欲登崇岡，石骨何峋嶙。我欲度沙磧，陷馬且没人。驅車悵徘徊，臨發復逡巡。朔風驀地來，撲面驚胡塵。胡氛日以惡，剿撫終因循。防邊閱二載，衛霍功誰陳。兵增不征討，苦哉塞下氓。

平生有奇策，悉開諸邊屯。繁盛爲郡縣，曠土移流民。耕農兼畜牧，富庶期先臻。間乃列横舍，文化推無垠。非徒鶩鞮譯，將使明彝倫。庶知天漢威，努力傾葵忱。誓詞戴中國，弗復私强鄰。謀忠地位微，耿耿誰與陳。發篋仍自緘，撫髀徒悲呻。

夜宿張家口獨步通橋望月

朔風晚益號，河水夜益喧。寂聽苦不耐，出門且盤桓。門外有長橋，蜿蜒如龍蟠。登橋見明月，皎皎青雲端。下照渾河間，如練張檀欒。依稀月有聲，静探乃激湍。對景忽懷思，隨流下桑乾。去去海門東，大風生層瀾。舟輕曷可達，艱哉道修難。何如老塞上，鐵衣支夏寒。

通橋月夜聞歌

撲地征沙不可支，悲風獵獵響流澌。羌笳聽徹愁無際，記取邊城月上時。

獨上河梁玩月明，忽聞歌管若爲情。東南民力思還在，奈爾淒迷一片聲。

四十初度黄海舟中遇霧一首

祲氛何事屢溟濛，極目南天路欲窮。一鳥不飛惟見海，孤舟高駕獨當風。漂摇身世馮唐老，跼蹐關津阮籍同。安得吴淞江上去，緑簑青笠作漁翁。

落葉

轉緑迴黄幾度秋，洞庭波起不勝愁。青娥若解題紅字，儘許傳情出御溝。

贈勇忱

南風忽不競，陰氣何森然。處士無好懷，行行良難前。曷若務高曠，去游東海邊。聊同徐福智，寧云求神仙。大陸日以沉，洪禍日以延。君行我益悲，誓從淵魚潛。

酬鈍根醴陵山中

再難海上遇成連，常使湘靈繫舊緣。小别幾同龍漢劫，幽居奚啻竹林賢。時危合共名山老，秋盡誰爲病骨憐。惟有新培桃李盛，聊垂絳帳送華年。

哀陳勒生

知君崇實際，亦頗事文章。有筆能扛鼎，傷心起障狂。圓將匕首見，身竟掌雷戕。慚愧漸離筑，悲歌易水長。

春暮集樸學齋 甲寅

市樓一角日西斜，細雨櫻桃正落花。尚有斯人存古誼，獨招朋舊泛流霞。殘春欲去情猶戀，乳燕初飛力未奢。底事荼蘼消息晚，故教魂夢繞天涯。

重游北固山

寥落西風候，重來北固山。孤城環鐵甕，一水擁螺鬟。王氣孫劉盡，歡游沈宋攀。妝樓遺迹在，我欲畫眉彎。

題潘老蘭圖卷時余方從京口無錫歸也

纔向泉邊聽雨還，更從京口踏三山。松濤謖謖江濤壯，笑與先生一例閒。

陽冰書法信通神，斯邈之間可等倫。記得鳩兹歸櫂日，一篇謙卦搨來真。乙巳冬在蕪湖，李春波贈余謙卦拓本，頗佳。

哭黄摩西人

過從猶得記吴門，文獻滄桑細共論。最是寶刀輕脱手，南州遺著荷君存。君嘗以所藏吾鄉徐松之《詩風》初集見贈。

淵雅權奇兩有之，玉樵觚剩信堪資。如何一疾猖狂甚，秋盡江南氣變衰。

哭徐子鴻秀鈞

悲來難忘故人存，元日梅花正閉門。微雨乍晴初雪際，白雲曾與話黄昏。

慚無奇計供籌策，却有良朋許笠車。萬一燕郊閒税駕，那堪重過廣安居。君見余嗜越釀，嘗約杜仲虙輩觴余於此，釀之最佳者也。

梨花里留別亞子

誰家水楊柳，秋末尚青青。倒影自娟娟，臨風亦娉婷。離人懷遠道，小飲過旗亭。向晚揚舲去，縈情入杳冥。

夢季高

强死已三夕，身名委逝泉。何圖忽入夢，英爽若生前。慮短應罹患，時危貴自全。韓彭今已矣，誰復事神仙。

夢劉三

不見劉三久，經時復隔年。朝來忽入夢，丰采故依然。似説躬耕樂，微聞新婦賢。鄒陳荒冢在，宿草想芊芊。

吊張伯純

湘鄉老名士，湖海久推尊。風雅一門葉，清高卧雪袁。可憐杯酒罷，長斷故人魂。嘆息斯翁逝，中原那可言。

重過逸廬

一自斯人逝，空餘燕子樓。飢鷹集未散，群鬼瞰難休。矧值南風競，猶勤北顧憂。鼓鼙聲漸急，棖觸起牢愁。

泛舟碧浪湖因游道場山登絶頂騁望

一櫂信縈紆，言尋碧浪湖。山高渾似弁，城隰合栽菰。湖州舊菰城縣也。塔影中流柱，鐘聲野寺疏。養魚兼種竹，我獨慕陶朱。相傳范蠡滅吴，泛舟五湖，養魚種竹，於此山頂見此景。

嘉平望日自吴興放舟至鶯脰湖月色皎然遂過梨里訪亞子

皓月晃中流，妖氛四野收。江郵連樹遠，湖水極天浮。星淡猶横漢，粱低不礙舟。故人知近在，一宿許相投。

夜過分湖一路看月出谷水

浩渺分湖水，東風吹月明。江潮落復上，雲氣莽難平。世事隨流轉，雄心帶淚并。何當謝鄉國，攬轡事澄清。

挽虞山沈母趙夫人

一琴一鶴舊家風，絶技鷗波異代工。叵耐瘦腰騎鶴去，遺琴長自冷焦桐。

夙聞諫草懾神姦，矧復冰霜訂俗頑。他日詞林修信史，一門忠節豈容删。謂沈北山疏糾剛毅也。

我亦當年鄭小同，傳經常傍繐帷中。不堪衛霍蹉跎甚，輸與賢郎百戰功。

劉廉卿先生七十令子季平徵詩

令子十年交契久，而翁七十古來稀。人生快意須當醉，況值黄花秋正肥。

爲蔡寒瓊題郭頻伽手寫徐江庵詩册

話雨難尋舊小樓，零星遺稿更誰求。多君獨向長安走，拾得瓊編手自讎。
振古奇才郭十三，窮交端不負江庵。一燈午夜齋心寫，脱贈賢于舊館驂。
斯文顯晦果誰教，秘本分明尚可鈔。却喜拈來雙璧合，願君珍重莫輕抛。

訒广見眎韋齋初我懷廬諸公肥寬韻倡和之什因繼聲投韋齋

雲根聞説掩荆扉，杜牧寄李諫議句「雲根掩柴扉」。自愛鱸魚雪片肥。剩有詩情忙未了，漫嫌歸鳥倦還飛。
四愁寫就琅玕碎，一舸歸歟笠澤寬。只惜陸家豪士賦，不曾傳與晉廷看。

酬初我

彭澤歸來日扣扉，秋園還喜菊花肥。君園中忽開并蒂菊。齊民信有生來福，何似劉郎斫荻飛。

甘棠乍種吴皋遍，君去任時，邑人繪《棠蔭圖》贈之。澤國初聞笠水寬。我欲重修名宦傳，世南功德許同看。鄞人郭世南初宦吴江，修長橋，旋知常熟縣。

再贈初我

棄紱投簪老故扉，多君隱遯合稱肥。正官更自吴儂了，龍卧應知夢不飛。干文傳登第後，一夕夢入選挂名爲長吴正官。覺而笑曰：「我吴人，安得作長、吴二縣正官？」已而果知長洲縣，復知吴江州，適與夢符。君于光復後，亦先任常熟本縣官，旋知吾邑，與文傳同。

跼天蹐地曾何益，尊酒聯吟也自寬。且喜賢人聚吴分，垂虹秋色好同看。張先爲吴江宰，與東坡宴于垂虹亭上，作《定風波令》云：「盡道賢人聚吴分，不應旁有老人星。」一時以爲佳話。君宰吾邑，獨捐廉修建長橋，興亦不淺。

述懷疊前韻

我亦頻年戀破扉，著書徒遣蠹魚肥。往歲選刊《松陵文集》四卷，分贈友朋外，所餘八百帙存舍下。日久多毁壞，今春已盡遭劫火。《笠澤詞徵》雖倖存，亦徒飽蠹食而已。滄桑幾度經來慣，那復能令海嶽飛。茶陵都督嘗集定公「世事滄桑心事定，胸中海嶽夢中飛」句，手書楹聯見贈。

十月滄江天正寒，澆愁惟覺酒尊寬。一池春縐渾閒事，忍向東風側眼看。

有感四首

儼然宫闕敞綸扉，絶倒言真食後肥。祇恐尹家勞役輩，觚棱也復夢中飛。

皇煌帝諦曾何事，繭縛絲纏總不寬。何似一竿洹水上，悠悠身世任人看。

漫道深宫莫破扉，帝羓争比媚豬肥。一朝樹倒猢猻散，烏鵲空令匝地飛。

浮瓜沈李今安在，賣履分香慮豈寬。却笑圭塘酬唱久，雀臺遺史不曾看。

民國四年除夕飲訒公家

歲盡一杯酒，憂深話更長。鴟鴞憎牖户，家國感滄桑。惟子修名立，能教苦節揚。還應籌大計，一爲起南陽。

浩歌堂詩鈔卷八

湖上集

湖上懷貞壯 丙辰

南山隱約北山昏，曉色初明霧尚存。小艇縱横疑欲渡，春花燦爛却無言。憑欄擬作滄溟想，入耳惟聞鳥雀喧。奚事故人長落莫，深深簾幕不開門。時在朱將軍幕，數謁之，竟不見。

江上遲烈武

鳳皇山頭宿霧消，泉唐江上晚生潮。憑闌鎮日無人至，惆悵青山高復高。

烈武邀集江樓

十里錢塘路，薰風拂面輕。背連山翠重，門掩浙潮平。入座饒馨逸，披襟見性情。還憐憑眺處，戎馬正縱橫。

江樓與烈武别

送君泉唐江上行，送君此去展生平。他時握手重相見，我任參軍子擁兵。

湖上閒游簫劍并載過西泠橋見者幾疑白石小紅再世也

西湖六月水生寒，荷雨荷風攬碧灘。獨我扁舟自摇蕩，輕妝不厭百回看。
蘇小墳荒夕影偏，芳蹤閒與話當年。西施網得今何許，只在垂楊淺水邊。
玉立亭亭豔一枝，閒時相對總相宜。碧簫底許連番招，中有纏綿不斷絲。

秋心樓晚眺

向晚一憑欄，湖山恣共看。心情粗自在，兒女小團欒。漸覺浮雲幻，還驚夕露寒。月明遲未上，惆悵越羅單。

避雨照膽臺晤季陶孟碩因同謁香山公於湖舫

天教吾輩作詩囚，湖雨湖風莽欲秋。携手忽然同一笑，欲迴天地入扁舟。

陪香山公西湖秋泛回集秋心樓有作

秋心樓上晚生涼，小飲從容語獨長。六幅窗楞齊展拓，一時賓客盡疏狂。艱難家國良多故，領略湖山且自强。昧旦北高峰上去，銀濤旭日任評量。

會稽遊應孫公教

我公好游兼好奇，越中父老欣相隨。晝槳朝從鑑湖泛，巾車晚向蘭亭嬉。峩峩大舫抑何麗，寧知滲焉同漏卮。長年把艫不暇顧，公獨笑謂能補之。褰裳箕踞不一瞬，泯然無縫如天衣。自來賢聖不世出，補天補袞隨其宜。公本素具回天返日之妙手，力驅胡虜還皇羲。金甌乍固責未卸，牛刀小試寧嫌疲。衝波直上自容與，中流膠解何憂疑。宣防既塞漢武熹，憑公探奇禹穴搜秦碑。

象山港即事

浙東多海灣，灣灣盡開擗。最奇爲象山，中闊亦外窄。既可資保障，復足容琛舶。所以籌國防，兹焉動規畫。悠忽復經年，任付魚龍宅。德也既未孚，險棄徒堪惜。居安竟忘危，臨危問何益。偉哉香山公，雄圖托游迹。既探禹穴奇，復不憚遠役。萬頃覽蒼茫，一泓泛澄碧。舢板隘如蠡，幾不容片席。賓從都折還，公獨窮幽僻。爰知弘毅士，抱負自雄碩。寧同山澤癯，忘情任所適。涼飈送遠空，清輝澹秋夕。公也竟歸來，歡呼一浮白。

普陀兩首呈香山公

昔聞三神山，今見補陀澳。東海渺茫茫，鼇峰高矗矗。砥柱水中央，雄奇掩王屋。蔚焉列招提，比似三天竺。緇流千百人，悠悠脱塵俗。或云有茅篷，蔭芘山之腹。老僧坐其間，道行最超卓。問年已不知，擬形殆槁木。證果倘修成，享盡來生福。

福慧我未修，幽奇喜相逐。妙相睹莊嚴，林巒恣躑躅。最上佛頂山，豁然曠心目。東望極榑桑，西盡曲江曲。層雲若可攀，奔濤奈驚簇。悄焉下危岑，旃檀襲芬郁。山靈恍來迎，雲中見羽纛。去去我弗知，且罄中山醁。

唐繼興靈櫬南旋詩以吊之

繼興被捕前一夕，偕闕玉麒麟書過余小飲，酒半披衣遽去曰：「酒能誤事，予今有事，留待再飲可也。」越宿而君被捕之信遍滬瀆矣。傷哉！今玉麒忽復病殁，感念夙好，曷禁泫然！

何如一飲沈冥去，忍見靈旗黯澹還。別有緑波亭畔客，幾曾歸櫬麗陽山。亭山皆在處州，時玉麒尚在殯所。

英士歸葬吴興爲賦輓歌送之

慷慨陳驚座，高懷迥不群。談兵多智略，討虜建奇勛。鬼蜮終難禦，膏蘭忍遽焚。霸才今已矣，揮涕一憐君。用温庭筠詩意。

驚世久蹈海，湘中陳天華。勒生還自戕。閩中陳子範。吾宗何不幸，於子益堪傷。湖海豪懷盡，龍蛇厄運張。道場山下路，松柏總蒼蒼。

寤寐若生平，從容入漢京。指揮餘劍略，談笑見心兵。信有靈旗護，誰尋息壤盟。風流悲頓盡，青史浪傳名。昨夢偕君在都。

馬鬣營高廠，遥窺碧浪湖。霸先懷舊業，仲舉本吾徒。會葬來千里，哀吟動九衢。漫嫌徐孺子，一束有生芻。

謁克强靈幃

一天風雨闇征車，慘絶人琴邈海涯。漫向黄花岡上望，秋來依舊哭黄花。

湘中老友如公少，海國周旋十四年。重憶陳天華楊篤生兩奇烈，楚天寒雨總茫然。

可堪宋玉負沈冤，義旅相將起白門。未信元凶今已滅，思君重復賦招魂。
幾度高張革命軍，不應地下早修文。傷心最是孫討虜，乍哭陳蕃英士又哭君。
南社風流亦可吁，鹿門和靖邈云徂。龐檗子、林寒碧先後下世。千秋絶業今誰繼，豈獨酸辛舊酒罏。

重上京華示諸同志

香南雪北又重來，感逝懷人亦可哀。事有從違須佩玦，胸多塊壘且銜杯。登高合賦哀時命，濟世誰爲大雅才。惆悵西山晴雪滿，莫嫌雙鬢已皚皚。

北出居庸關

從容一騎蹴平沙，嵒岈群山夾道遮。歲晚晴雲烘笠屐，西風黄葉露槎枒。漫矜驢背饒詩思，直欲龍堆卜住家。多少芻尼頻報喜，磧中多鵲。防秋應莫動悲笳。

宣化道中

軒皇神聖古無儔，巨斧能開大九洲。涿鹿山高餘黑霧，荻蘆灰冷渺蚩尤。黄塵遠上迷京觀，碧血深埋憶故侯。明英宗土木之變，恭順侯吴克忠及其弟都督勤先力戰死，成國公朱勇、永順伯薛綬往援，又全軍俱覆。及帝被虜，英國公張輔、泰寧侯陳瀛等五十餘人皆死之，官軍殉者數十萬。漫笑平城圍易解，防胡還自要良謀。

少年行四首張綏道上作

少年負才兼好奇，少年涉歷臨邊陲。少年拔劍歌慷慨，少年矢志平羌夷。羌夷犯順素不測，將士防秋罕功績。少年不用當奈何，轉恐年衰憚冰雪。

白日匿兮大漠寒，邊草衰兮冰雪殘。我行西兮當歲闌，意慷慨兮凌重關。重關自昔誇雄壯，天限華戎若屏障。潛移默化會有時，今日重關已開放。

勸君莫誦行路難，勸君莫復居長安。長安居固大不易，緇塵汙人尤難堪。何如飄然去絶塞，可牧可耕總自在。一朝中外大用兵，我有奇謀足防衛。

浩然行矣復浩歌，關山越兮哀笳多。傷高懷遠自惆悵，手無斧柯當奈何。即今車書久同一，奚事窺邊猶未絶。征胡我愧霍票姚，獨上陰山望高闕。包頭鎮即漢高闕縣故地，時方有寇亂未靖。

自陽高縣抵大同

雲軿飛處射晴光，三晋雲山接大荒。摘盡葡萄歌未已，雄心長自落邊方。

太原公子今何在，代北佳人世尚存。小立不妨容再顧，傾城傾國漫須論。

大同懷古

紇干山上雪皚皚，在府北。凍雀號寒信可哀。故壘低迷蘇武節，武故城在府西北，爲使匈奴時所居。朔風高撼李陵臺。在府北燕然山。流泉飲馬今何似，府北白道泉相傳爲飲馬長城窟處。詩老封龍去不回。渾源西南上多勝概，李治、元好問、張德輝嘗游此，時號「龍山三老」。剩有妝樓遺蹟在，佳人傾國鎮相猜。府西北有遼蕭太后梳妝樓，又諺稱雲中出美女，今俗猶然。

贈孔庚時爲大同鎮守使

獨向雲中擁節旄，風流儒雅亦吾曹。君本兩湖書院高材生。輕裘緩帶思羊祜，織錦回文笑竇滔。自喜籌邊逾十載，不愁飛雪滿征袍。北門管鑰終須仗，好列查梨校六韜。君於西北邊防計劃甚遠。

晚抵豐鎮

平疇彌望息邊塵，蔬果駢闐物候新。如此風光無限好，清詞應譜塞垣春。

豐鎮車站長崔君語余明妃冢所在余考之舊志良是并聞蒙語歸化城爲青城尤可異

長幸明妃舊有邨，更聞青冢近猶存。遥知歸化城南月，夜夜能招漢女魂。

崔君又語余豐鎮西去十里爲德勝口古紫塞也戲成一章示之

亡秦者胡非匈奴，紛紛築牆何爲乎。勞民傷財古所戒，邊陲乃役千萬夫。墩臺相望踰萬里，西起隴坻東臨榆。其間一塞獨名紫，安知汗血非祥符。驅胡逐胡，群胡遠趨。意猶未足，更還扶蘇。坐令沙邱暴，亡柄移佞諛。轀輬載歸，蟲穿腐軀。蒙恬賜死，李斯誅屠。指鹿爲馬交欺誣。帝皇萬世遽絶望，降車軹道徒趦趄。爰知貴德不貴險，守在四夷非迂疏。噫吁嘻！守在四夷非迂疏，空言戰伐豈良圖。

豐鎮見雪

胡天一夜雪，四望盡無垠。萬樹枝凝蠟，千家瓦匿鱗。邊軍紛出塞，笳吹總驚人。願作豐年瑞，時危好指囷。時胡匪侵犯包頭鎮。

歸櫂

歸櫂一身輕，時時濁酒傾。故書徵越絶，鄉夢繞吴羹。老去詩還健，慵來眼獨撑。江湖多舊歷，應與白鷗盟。

家居雜詩

老子年來百不憂，一竿漁釣藐王侯。王侯第宅紛誰在，漁釣生涯樂未休。
杭大宗徒賣舊鐵，郭靈芬乃紀神廬。書生結想終癡絶，千載空令願欲虚。葺屋二首。
百年老屋日傾頹，忍作薪材付劫灰。豎起脊梁振門户，不妨蜃氣幻樓臺。
孳精倉鄦紹絶學，韓柳文章自老成。一掃町畦與瑣碎，底須依傍到桐城。論文二首。
近儒齗齗論文法，怕到文成已下乘。奚似屠刀一放手，茫茫彼岸立時登。
長女粗能弄柔翰，次女乃亦識之無。字以希虞曰齊蔡，衣鉢庶幾傳老夫。課女一首。

立夏前三夕紀異 丁巳

丁巳三月十三夕，豐隆震驚閶列缺。俄焉飛雹大於拳，錚鏦打窗勝金鐵。琉璃破碎奚足論，四野摧殘至堪惜。回飈疾捲去復來，瞬息中庭積冰雪。心知天變必有因，况值南郊迎夏節。陰陽相搏太離奇，鬼氣森森劇蕭瑟。江南兹日正苦暘，太湖水枯底龜坼。深愁螭子將蔽天，或者秋霖成澤國。何期災沴遽相侵，豆麥桑秧盡戕賊。茫茫浩劫眼前來，吁嗟蠻觸争猶烈。

大雹後有感

春雷一震黯然昏，閭巷驚呼婦孺喧。何似栖霞山館裏，盲風横雨打柴門。時聞有人謀危秋社。

眎李曉暾縣長

知君深悟大乘禪，物我渾忘道力堅。我亦年來厭標榜，著書還似觀心賢。
儒釋由來共一家，明心見性莫參差。時人不識歸墟義，競逐浮雲玩物華。
相期此後要論心，釋躁平矜理可尋。一笑拈花自神悟，寧憑言説始深湛。

嚴夫子墓在爛谿東風蕩水中潮汐衝決傾毁日甚春初言於邑侯李君伐石修之秋晚過此有作

當時游讌列平臺，臺在睢陽城東，爲梁王與鄒、枚、司馬之徒游讌處。千載猶留土一坏。騷雅情懷追屈宋，風流文采軼鄒枚。牲牢水北今誰奉，王曉庵、張淵甫諸前輩嘗奉祀夫子栗主於水北庵。松柏谿陽好共培。容我扁舟獨憑吊，寒泉秋菊幾徘徊。

自嚴墓至梅堰道中

梁園遺史渺難論，逃社風流亦罕存。雪水茫茫餘繡穀，弁山隱隱識眉痕。扁舟臯兀邨墟遠，象教淪胥短碣尊。南麻明慶教寺頽廢極矣，惟潘稼堂碑石尚存。何限蒹葭霜露意，漁歌聲裏覓柴門。時欲訪王硯農先生後人。

盛澤晤沈秋颿即題其櫂歌

青草灘平合路長，圍田千頃幾滄桑。龍迷大野還沈睡，燕啄皇孫此遯荒。漫説紅梨饒豔佚，可堪緑曉少清狂。繽紛羅綺風流盡，唱徹吴歈總斷腸。

寄安如

明七子教人不讀唐以後書，雖甚激切，然余頗亮其懇直焉。自後世撥西江之死灰而復燃之，由是唐音於以失墜。閩士晚出，其聲益噍殺而厲，至於今蜩螗沸羹莫可救止，而國且不國矣！柳子安如獨能揮斥異己，挽狂瀾於既倒，予甚壯之。因爲詩三章以寄，庶幾益自勗勵而勿懈其初衷乎。

冠履一倒置，中原無是非。豺狼當大道，狐鼠任横飛。弘獎今難語，元音世本希。黄鐘還自寶，彈射力終微。

不見范文穆，涪谿有讜詞。獨勘魯直誤，寧免一靈嗤。蠡管應無忤，門牆要自持。騷壇旗鼓在，高唱莫嫌遲。

亦有慎交社，楓江道自尊。猖狂吴季子，傲岸笠東門。一集秋笳健，中朝變雅存。汪堯峰尤西堂徒碌碌，人物漫同論。

客有述黄花岡之役紹興某女士殉焉爲賦二絶

一自軒亭吊烈魂，秋風秋雨闇朝昏。何圖越國多才俊，重向南天霣淚痕。

芳蘭端合刈當門，君子三千豈尚存。漫向黄花岡上望，可憐中有女兒魂。

别西湖經歲矣重過寥寂異常不覺淒絶

列岫微茫樹隔烟，閒鷗空泛鏡中天。西湖鎮日無人至，零落紅蕖又一年。

耕烟圖爲顧静厓題

不寫神廬不夢鷗，不隨烏目去騎牛。錦囊長吉探奇句，漁釣玄真得勝流。著就玉篇饒逸興，種來瑶草足清秋。心光養到渾閒煞，奚事瀼西二頃謀。君著有《養心光室詩草》。

浩歌堂詩鈔卷九

護憲集

湖上雜感二首 戊午

寒雨朝來霽，春光望裏賒。當門新插柳，如面隔年花。獨往成孤詣，餘情愛晚霞。平生知己在，寧復一思家。

亦有風雲意，何堪憂患經。蕭條增白髮，慷慨拂青萍。世事嗟離合，閑愁任醉醒。鬱沈誰與解，天外落春霆。

秋感

居閒長自拂吳鈎，十載談兵志未酬。事有難言惟縱酒，身無可托獨含愁。隆中詎令綸巾老，彭澤何堪斗米求。準擬乘雲破空去，大風騰嘯海天秋。

賦别

日影侵幃掩復開，驪駒高唱客心摧。十年情好難爲别，兩度崎嶇只獨來。但乞鱗鴻酬夢寐，莫教勞燕動悲哀。星河乍渡中秋近，贏得征途首重回。

泛海

縱酒行吟日易過，扁舟遄發未蹉跎。秋風海上波濤壯，義旅南中戰伐多。孤影不須愁鬢髮，美人渾似隔天河。相期錦字時時寄，莫使征夫變徵歌。

重過韓江分贈

十年不過潮陽路，今日重來只夢痕。賴有故人情意好，新詞催起舊吟魂。林一厂。

兀傲居然古逸民，不衫不履見天真。書成獨斷終須秘，焦尾休教爨下珍。蔡潤卿。

登龍豈獨識荆州，叉手吟成亦勝流。如此襟懷誰得似，庾公清嘯最高樓。吕清夷。

相看休訝鬢成絲，喜汝鬑鬑頗有髭。只是梁鴻太簫瑟，白頭如雪向天涯。陳廸予，兼懷梁千仞。

清標誰似謝司封，倒屣迎門幾度逢。儂自松陵種松者，問君松口可栽松。謝良牧。

義旅三千君子多，一朝齊奮魯陽戈。懸知陳涉迴天手，能免王郎斫地歌。陳肇英、王文卿、贊堯三君。

風華跌宕足名家，門外争停問字車。我獨願君成獄史，夜闌秉燭記蚺蛇。鄧籍香。

潮汕道中

一行馴鷺飛還集，七月新秧插未齊。勝似江南好風景，春犂翻向夕陽西。

酬王愚真

章舉蝦蟆恣意搜，憑君南食更何愁。慇勤舊雨重逢日，塏爽韓江第一樓。四海干戈仍敵愾，半天風露欲驚秋。長圖大念知何已，倚劍從容看斗牛。

偕荷公小枚愚真登韓江樓

九月天南暑乍收，相携同上最高樓。兩行粉黛添情思，幾輩清狂足勝流。風雨不來人欲倦，山川能説我曾游。兵戈未靖江關遠，赢得張衡動四愁。

金山援閩浙軍總司令部登眺用石上所刻宋熙寧間廣東南路轉運副使許君見遠亭韻

叔世何甘隱草茅，高冠長劍入南交。書堂鹿洞塵封户，壯士蛇矛竹礙梢。漏綱魚憑江鱷去，向陽枝喜越禽巢。臨風忽動觀潮興，芥子休貪水覆坳。

食龍眼

風味何殊十八娘，新秋時節色微黄。一丸金彈憑伊拾，百斛珠璣儘我量。比似鷄頭差脆薄，笑他鴨脚遜甘芳。温柔敦厚詩人品，明眼應須仔細嘗。

輓江柏堅先生

鱷浦鮀江屢過從，襟懷奚啻月溶溶。誰知一掬傷時淚，痛絶窮途阮嗣宗。
我病君能藥療之，君行我更挹瓊卮。如何楊柳長亭怨，化作朝曦薤露詞。

紀夢

五千里外一身單，客夢蕭條千夜寒。却喜留賓還截髮，雙萱努力治盤餐。

有望

一聲哀角動西風，萬里依然嘆轉蓬。魯望遥吟餘晚菊，周顒清啖只秋菘。誰家春暖花先發，故國天寒褒欲籠。路人時有折一枝梅者，乃家人書至，又道江南早寒。悵望江南不歸去，玉顔何處訴情衷。

内子安霞死一年矣于其忌日感成三律

叵耐心頭刺刺酸，去冬時節過來難。黄腸無地理遺蜕，白髮他鄉憶佩珊。萬里崎嶇仍戰伐，廿年盟好付汍瀾。遥知兒女霜幃裏，泣盡寒灰抵漏殘。無分雙栖比鳳鸞，衹携瑶瑟謾輕彈。生芻一束臨朝奠，繡榻孤懸守夜寒。信有渠儂存弱息，可毋遺恨托秋紈。由來離合尋常事，只學蒙莊付達觀。後事茫茫苦繫思，更何長策迪諸兒。飄零一劍餘肝膽，錯落三霄振羽儀。只與英豪提舊夢，每從騷雅結新知。黄花憔悴西風緊，瘦盡腰肢不自持。

重過見田别墅

漫從三徑費徘徊，無那群芳匝地栽。楊柳迎風渾欲舞，芙蓉如面喜争開。黄花秋老人應瘦，紅葉霜多雁乍來。惟有稼軒成獨往，兟肩斗酒賦循陔。

自沙汕頭泛海赴香港一首

西風吹老菊花秋，又策靈鼉賦遠游。萬里滄波浮一粟，滿天星斗落遐陬。鯨鯢未戮餘腥穢，虎豹當關識壯猷。莫問荒荒群帶路，祇今蜃氣總成樓。群帶路一名群盜路，在香港西隅，蓋昔海盜群集之地也。

素馨斜禺樓第一集分題

環珮聲稀月影賒，白楊蕭索黯啼鴉。千秋豔迹餘芳草，終古繁華屬漢家。梵唄誰繙耶悉茗，香魂同吊玉鈎斜。劇憐夜夜妝臺畔，薌澤猶疑末利花。

新會橙

色亦堪餐味忒酸，迴黄轉緑只團圞。老而愈辣輸薑桂，氣或能平佐肺肝。儼與橘櫞爭入貢，未妨蕉荔共堆盤。徒憐下士都皮相，比作王孫金彈丸。

禺樓三集分得不字

壯歲志四方，端居常鬱鬱。義旅起南中，風雲入芒笏。投筆竟從戎，長劍青萍拂。巨鱷縱已驅，尺蠖依然屈。遂來南海游，擬拜南華佛。南社正多材，聲氣夙遠迄。延津劍遽并，興會互飈欻。書從君謨求，寒瓊畫向安仁乞。觶仲公瑾醪并醇，洛奇子雲口非吃。緄子落落青邱子，詩才號奇崛。天梅方回與徐孺，申亭從先戎機參密勿。競病獨能工，盧仝真俊物。滇生聯翩集一堂，道大莫能詘。我如吴季子，蘚苔遇僑肸。又如山陰亭，觴詠共清紱。縞紵儘相投，風流自髣髴。所惜猿臂將，李印泉根源射虎氣仡仡。又慨鄧孝威，尒疋翛然脱篸袚。室邇人則遥，唐棣思豈不。聊復托短吟，敢比長城屹。

禺樓四集分得無字

綺懷難寫壯懷粗，亂世功名愧狗屠。白社未妨澆塊壘，青娥誰與解羅襦。百年漂泊憐蓬鬢，幾輩疏狂過酒壚。爲問紛紛餔糟者，也曾領略一杯無。

不寐一首賦寄亨兒 己未

耿耿星河夜不眠，蕭蕭白髮苦盈顛。春來只作投荒客，酒醒空懷欲曙天。寡過未能思讀易，濟時無計强參禪。報恩釋怨知難了，回首鄉雲一黯然。

三月二十九日有事於黄花岡禮成有作集玉谿生句六章

嫩籜香苞初出林，積骸成莽陣雲深。十年泉下無人問，碧海青天夜夜心。

可憐才調最縱橫，欲舉黄旗事未成。海闊天飄迷處所，望中頻遣客心驚。
捨生求道有前蹤，鳥覆危巢豈待風。自是當時天帝醉，楚歌重疊怨蘭叢。
風飄大樹撼熊羆，羊祜韋丹盡有碑。左右名山窮遠目，淚痕猶墮六州兒。
早晚星關雪涕收，不知借得幾多愁。傳之七十有二代，埋骨成灰恨未休。
巫陽不下問銜冤，爲拂蒼苔檢淚痕。賒取松醪一斗酒，紫蘭香徑與招魂。

題畫蘭

蕭灑出塵姿，風前不語時。德鄰何處是，馨逸有靈芝。
天自鍾奇秀，人應號國香。幽居不炫燿，差勝小南强。

天貺節爲亡婦生日

撒手黄埃又一年，魂兮縹緲落誰邊。當時生日渾閒事，此際尋思轉惘然。獨客天涯誰與伴，買山歸去竟無錢。眠牛未卜頻惆悵，半夜躊躇月正弦。

孟秋朔日初度一首

塞上鴻飛氣欲秋，天南長自賦離憂。驚心白髮催人老，回首青春逝水悠。小叙親朋聊自慰，無多杯榼許相酬。鱸魚味美鵬圖倦，極目蒓鄉羨去舟。是日供魚，殷佩六大令謂頗似故鄉之鱸。會其夫人將歸，故末句及之。

中秋卧病百子岡得亞青死耗

自是非人所居地，可堪憂患此餘生。千山瘴重原多厲，一劍身輕奈獨行。肝膽而今誰與仗，平生應待我傳名。恩仇未了君先死，忍向秋原看月明。

壯志如雲不可收，幾回李郭許同舟。西湖春暖迎新漲，甬上潮寒惜逝流。如此風塵仍落魄，一生骯髒付悲秋。澄清合是兒曹事，已分羊裘瀨水游。

粤歸喜晤樸安

經年江海别，鬢鬢各蒼然。世道日淪喪，文章多變遷。故應商舊學，相與惜華顛。莫問南天事，淒涼寶劍篇。

天平看紅葉賦示樸安仲可子實屯艮哲夫景瞻際安諸同游

曉雨初停日色涼，西風蕭瑟動輕航。青山謁面能迎我，紅葉經秋半有霜。勝友幾番尋舊蹟，風流還自立斜陽。白雲似解歸人意，晻靄林巒足景光。

胥江即目

小橋流水送孤篷，負手閒看理釣筒。晴日散空天正午，一灣殘柳獨摇風。

仲可丈囑題純飛館填詞圖

浙西詞派極清微，劫後風騷嘆日非。賴有復堂賢弟子，巋然孤館峙純飛。
湖海樓荒孰可窺，靈芬空復説浮眉。西泠只有徐淵子，清響猶留絶妙詞。

題屯艮所藏雷峰塔經文拓本

諸刻委榛莽久矣，漪園僧意周始拾置廊下，亦不甚愛惜。嘗欲舉以贈予，未敢私也，頃乃嵌入壁中，拓以傳世，閲之慰極。六和塔尚有高宗刻石，頗完好，亦可貴也。

十年坐對黄妃塔，覽盡莊嚴法相奇。奚事慈雲未迴護，輸他浙臉保清姿。

題河東君像暨妝鏡拓本

省識歸家院裏人，雨巾風帽著丰神。可堪幾復當年客，輸與紅顔寫影真。

欲上虞山訪劫灰，絳雲無復舊樓臺。何如過我紅梨渡，尚有風流粉本來。像爲計儋石所摹。

題寒隱圖

頃在歙浦，蘚苔高君吹萬，辱以廉夫陸先生所繪《寒隱圖》見眎，并囑題句。昔南宋畫院待詔朱鋭善橅雪景，嘗繪《雪山運糧圖》，坡上枯木數株，枝幹垂下，似皆爲雪所壓。吴其貞《書畫記》稱其精細文秀，足爲超妙入神之作。又有《雪莊行騎圖》，一人乘騎循山莊行，蒼頭後隨，一童前導，若尋幽探勝者。見《書畫彙考》，兹圖頗兩似之，蓋先生畫本之最佳者。因成一律，以和雅懷。質諸吹萬，庶幾其相喻於微也歟。

落木寒鴉雪片粗，分明天意伴清臞。梅堯臣詩：「天教飛雪伴清癯。」人間只合梅花煮，君所居名閑閑山莊，平顯《松雨軒集》題梁楷《雪禽圖》句：「高人正煮梅花雪，減筆描來畫裏看。」夜夢何嫌鶴影孤。吴仲孚寄高疏寮詩：「敲竹風清鶴夢孤。」屋有丹光憑學佛，平顯詩：「屋有丹光凍不寒。」藏來斗酒足圍鑪。高啓題夏珪《風雪歸莊圖》句：「山妻自炊稚子沾，不羡炙肉圍紅爐。」野心總被雲留住，見《宋史·隱逸傳》陳摶謝表。我亦摹成別墅圖。倪雲林遯迹吾鄉，繪《葉湖別墅圖》以見意，所居名倪家匯。先節孝其遺裔也。余家自祖父以來，世居此匯者七十年矣。因采雲林舊句，名其居曰「緑玉青瑶之館」，繪圖徵題，蓋一以慕高士之風，一以誌先慈之節云爾。

近游集

題鈕巽溪先生遺像應令嗣家魯囑　庚申

憶昔居城南，時時見老宿。曰鈕與施翁，學行盡醇樸。勉爲鄉里師，造就俱不俗。一去二十年，歸來黯城郭。施翁既凋喪，鈕丈亦霝落。裴裒遇喆嗣，殷勤話遺躅。乃知垂暮年，猶然事京雒。惆悵染緇塵，吁嗟萎梁木。梁木亦何嗟，師道日乖錯。禮貌付東流，詩書置高閣。子弟儘庸材，主人蘄化速。坐令學術壞，醇風遽澆薄。世變不可回，師傳弗復作。吾道竟如何，昌黎應一哭。

往者子超謀葬勒生西湖之上余爲覓得其地購之頃聞安櫬有日不禁悲喜交集矣

分來一片孤山土，葬我千秋烈士魂。知汝平生私願慰，曠觀高冢四圍存。雄心祇化爲雄鬼，義旅終須起義門。準擬梅花好時節，瓣香重與奠清尊。

洪濤之滇賦此爲別

年少能爲萬里游，長風巨浪一扁舟。碧鷄金馬探奇勝，楚嶠唐蒙鬱壯猷。應有流人懷故國，頗聞節物似蘇州。吾鄉莫、張、徐諸氏因沈萬三婿顧學文牽入黨案，俱流徙雲南，故至今滇中風俗與蘇州無異。五華宮闕今何許，好向斜陽發浩謳。

書嚴濬宣庸女圜事略

天風吹徹佩珊珊，感逝重逢萼小鸞。玉樹有庭誰詠絮，層峰無驛可埋棺。撤環從古能全孝，封篋於今耐再看。一語寄君休太損，東門吴自老懷寬。

壽陸廉夫丈友恢七十

顧陸丹青孰與同，丈有私印，文曰「顧陸丹青」。頻將家學闡宗風。文毹沈細能兼擅，漢隸唐碑亦并工。雜誌故應珍研北，舊聞還許續吴中。曩修邑志，關金石、書畫二門邀丈贊助。何當攬取長康筆，團扇親描老放翁。

話雨樓頭數過從，髫年曾得仰詞宗。鬱林一去陸懷橘，粉本徒欽顧見龍。聞道耆齡躋七秩，争如冬嶺秀孤松。先節孝酷嗜法書名畫，去病童時嘗命就丈乞畫，因得以試帖相質，丈輒殷勤斧削之。迨負笈東江，復更世變，頻年奔走，地北天南，轍迹靡定。離家既遠，乃益與丈相隔闊，蓋不見杖履卅餘年矣。「冬嶺秀孤松」即當時試題之一。葉湖别墅今還在，願寫遺徽倘我容。倪雲林避蹟松陵，於同里最久。往往形諸翰墨，嘗繪《葉湖别墅圖》，遜清收入内府，有純廟題詩。又有慧日懺堂諸詩，雜見前人記載。余家倪家匯，當葉湖之瀕，昔多倪姓，聞諸先節孝云係出梁谿，殆即懶瓚支裔耶？未可知也。因即其《同里雜詩》名吾小築曰「緑玉青瑶之館」，繪圖徵題，藉伸慕尚，并擬乞丈爲之撥墨云。

酒醒有懷

中宵酒半醒，風雨一燈明。世亂徒憂患，棲遲念友生。匡牀支病骨，慧子時在病中。倦羽急歸程。屯艮書來告别。我獨尊高隱，草堂欣且成。方命工構緑玉青瑶之館。

茅舍粗成適閲香山浩歌行欣然有會因取以名吾堂

摧枯拉朽事尋常，易位移方盡向陽。舊居本西向，今盡作南向。苟美苟完粗自在，一花一木任裁量。香山詩味醰醰詠，杜老愁懷澹澹忘。正好齊年四十七，香山作此詩時年四十七，余年適與之同。蘭楣且署浩歌堂。

屯艮席上送安如還里時屯艮將還湘中予亦歸隱故并及之

知交苦久別，會晤歡難任。張筵召故舊，披襟抒素心。暢飲不算爵，高譚無古今。婆娑日既晏，流連漏且沈。辨難益喧競，玄妙相追尋。往復總無忤，諧謔情彌深。豈若勢利徒，泛濫同野禽。飢集飽乃揚，喙距紛相侵。緊維吾黨子，同心且斷金。促膝固不厭，支頤復沈吟。倦鳥戀故栖，歸雲依舊岑。柳惲去笠澤，傅玄還湘陰。我亦賡同調，別墅懷雲林。聚散本常事，況乃稱知音。移情詎海上，所貴成連琴。

蘭皋席上聞巴陵之捷即送屯艮歸里

鯨波高撼洞庭秋，壯士歡騰下岳州。一髮君山明似畫，三千虎旅健於彪。靈均此日愁應慰，賈傅何人涕尚流。只有汪倫情誼重，楚天明月送歸舟。

不見效魯静安二子數年矣頃來握晤不勝感慨係之因貽以一律亦幸二子之還以教我也

天生吾輩豈尋常，十載重逢各老蒼。憶昔相期多遠大，堪嗟塵世屢滄桑。無言可説應逃佛，有地能容且善藏。獨我栖栖江上客，因風還復一回翔。

效魯屬題所居坐忘廬

陰陰門巷罨垂楊，小有亭林足晚涼。且學齋心顏氏子，漫教結客少年場。灌園種菜聊爲爾，勒石銘勛儘自忘。我亦希夷老孫子，息機長願事蒙莊。

分湖游兩首題曉風殘月之舫兼贈亞子

楓葉蘆花幾度秋，吴根越角復來游。高冠長劍羅群彦，桂櫂蘭槳叶平發浩謳。蟹舍漁莊憑歗傲，荒祠古渡足句留。白雲蒼狗君休問，送抱推襟且自由。

白蘋紅蓼逼深秋，挈榼提壺恣讌遊。細雨斜風迎越舫，銅琶鐵板助吴謳。珠簾金粟人何在，午夢疏香迹尚留。玉珮瓊琚惟爾仗，幕天席地任巢由。

分湖雜詩

一樹梅花一草堂，雪亭遺事我能詳。楹書藞落風流盡，忍向東谿吊夕陽。過金澤陸氏故居。

雨絲風片打頭來，一櫂烟波亦快哉。尋個隱君祠宇去，桃園遺迹未全灰。

故家喬木日蒼然，省識河東舊列賢。巢燕儘非遺澤在，烏衣子弟盡翩翩。勝谿草堂爲遜村、古查、蒔庵諸老先輩故宅，弘大爲一邑最。今雖舉族他徙，而安如、搏霄、率初、公望諸子俱能繩其祖武云。

當時不乏耆英集，指樗寮、復翁諸賢。最後争迎碩德來。謂熊含齋、凌退庵及杏盧先師。有道太丘今已矣，銘碑誰是蔡邕才。退庵、杏盧尚乏碑傳。

三先生傳信奇文，諸老瞿王并軼群。畢竟勝谿多勝事，一時儒俠播靈氛。三先生傳，先師客勝谿時作，瞿工技擊，王爲胠篋之雄，諸先生則先師自謂也。

東蘆邨喜得磬折廊刻石酬錢鈞璜

靈芬故館日荒涼，惆悵當年磬折廊。誰分韓陵一片石，相貽還得似琳琅。

從今始識釣璜居，圖史駢羅樂有餘。歷劫不磨殊可信，鋪張應復屬吾徒。

投桃報李未爲珍，故物搜藏信有神。何似寶刀輕脱手，主人情意重汪倫。

侯保三鴻鑑以所著塞外紀游見貽書此奉答

老驥能忘伏櫪悲，君近號病驥老人。飄搖千里絶塵鞿。朝從碣石闚秦島，夜撥琵琶吊漢妃。我亦飽更關塞壯，不勝興羨草原肥。歸來一卧滄江晚，長使雲軿繞夢飛。

苦雨

白日沈西去，陰霾罨地來。分明天帝醉，貽我下民哀。芳樹催紅葉，空庭長緑苔。應教迴蕩極，高震一聲雷。

喜得梅邨西江紀游册子蓋爲吴來之昌時作也即用鴛湖感舊韻題之於後

一片閒情任往回，蒼茫如履鬱孤臺。梅邨與楊公廷麟同年交契，楊爲清江人，死贛難者。風光滿眼家何在，稼軒詞《京口登北固樓》云「何處望神州，滿眼風光北固樓。」圖中有金山一幅，故及之。富貴當年事可哀。烟雨有樓今欲暝，畫圖無恙喜重開。憑教寫幅鴛湖曲，付與詩人慨息來。

續題西江紀游畫幀八絶

細柳絲絲拂暮烟，栖鴉點點落遥天。南湖風月今誰主，讓與蘆花渡口船。
江山北固信雄哉，忍使詞人賦大哀。瞥眼神州何處是，可堪重上妙高臺。
兩行鷗鷺一扁舟，遠水遥山黛欲流。應似琵琶亭上望，青衫淪落怨清秋。
世路真如蜀道難，羊腸千折一迴瀾。風塵策蹇知何處，空是章江十八灘。
瑶琴一曲鶴歸來，訪友何辭印緑苔。流水高山今已矣，松筠�落至堪哀。
濕雲如霧漲秋池，隱約巴山夜雨時。猛燭窗前知共剪，西江緩緩定歸期。
層峰聳翠逼雲端，拄杖渾令宇量寬。此是廬山真面目，不應徒作畫圖看。
白浪掀天信可危，鄱陽返櫂未嫌遲。如何歷歷篷窗景，寫與鴛湖總不知。

墜樓三章

平生觸處逢蹉跌，豈獨婆娑醉舞閒。賴有元龍豪氣在，撑持詩骨尚堅頑。

豈有雄文去劇秦，漫勞投閣殉亡秦。終須百尺樓頭卧，完我金剛不壞身。
天梯百丈登臨慣，金谷深藏古昔難。我本陳摶老孫子，墜樓比似墜驢看。

蜆江留别亞盧摶霄率初大覺公直君崇諸子

陰森劍氣逼人寒，詄蕩靈襟露膽肝。甲帳迎風春澹宕，錦屏遮夢淚闌干。當罏泥飲君休笑，小閣圍鐙意自寬。只有沈愁三萬斛，欲尋奇俠一傾難。

酬董望周 正

故人相别婁經年，雲樹情懷各惘然。却笑眉公今老矣，枉教思白費吟牋。
當時奚減次公狂，拔劍悲歌劇慨慷。四十無聞復何畏，董狐直筆漫評量。

覺生於廣州市上得古畫一幀爲題二絶

仙山樓閣敞雲端，一片笙歌降采鸞。應是汾陽逢織女，玉階涼露不知寒。
海闊天空湧暮濤，仙槎髣髴遇盧敖。人間那有東方朔，閬苑休禁王母桃。

喜粱任見過

不見朱粱任，於今已五年。豪情都在眼，華髮遽盈顛。世變日云亟，窮愁故自賢。風波休嘆息，相與惜吟篇。

汝航省三同集草堂有作并眎粱任

故人一笑肯同來，作畫論詩并軼才。把酒不禁忘歲晚，推窗還覺似春回。文章洛下原非賤，時命嚴生未要哀。儘爾澆書攤飯去，蒼葭六琯已飛灰。

浩歌堂詩鈔卷十

從征集

十年歲首對雪有作 辛酉

獻歲三朝漫放晴，橫空白戰闃無聲。飛將軍自天而下，伍大夫疑恨未平。萬徑千山齊滅沒，琱戈銀甲任縱橫。瑶臺那見西王母，梁苑徒存馬長卿。叵耐龍蛇今起陸，待披韜略夜談兵。瓊樓祇恐饒寒思，玉宇分明擬上清。簷際但聞乾鵲噪，階前無復一蟲鳴。河山再造當如是，松柏於今獨向榮。豈有旗亭供壁畫，聊燃活火把茶烹。江東道韞渾閒殺，醉卧匡牀了不驚。

畲羽生

萬籟沈沈雪後天，驪龍初伏九重淵。遥知嶺外梅花發，欲往從之又隔年。

紀夢

仲春天氣冷於秋，簷漏沈沈滴未休。贏得夜來心緒惡，夢魂飛去海西頭。分明煨燼痕猶在，約略瘡痍恨未平。叵耐萬方多難日，一番湧現已吞聲。蓬萊宮闕絶塵寰，玉女金童見一班。要是慈恩隱迴護，故教重認普陀山。

蘭臭圖爲率初題

少年重氣誼，結交貴朋儔。朋儔豈易得，刎頸常寇仇。君子澹於水，庶幾終不渝。希蹤者誰子，乃見分湖頭。分湖多舊族，往往稱俊流。淩柳有兩生，意氣恒相投。繪圖要終始，盟誓非悠悠。蘭爲王者香，臭味芬以幽。托生在空谷，清貴良難侔。以之厲薄俗，炫燿真堪羞。憶昔齊晏子，交久敬益修。亦有管與鮑，分金且脱囚。降逮漢季世，李郭還同舟。神仙足豔慕，車笠頻綢繆。君等盍引鑒，式好當無尤。目成倘非偶，莫復哀高邱。

重遊粤中放洋口號

一念扶摇百慨平，荷華生日又長行。己符候鳥三秋健，前時赴粤必在初秋。更逐摶鵬六月征。此行獨早。江上有山雲氣聳，海中無暑晚風清。懸知此去蒼梧道，澄碧西江月正明。

將爲曼殊卜葬湖上呈元首六絶

皇覺真人往事陳，吴門道衍又非倫。同盟會友知多少，争及吾師道味醇。

燕子磯頭日欲斜，朝陽門外月生華。振衣立馬知何事，漫擬斯人是作家。

少賤多能信有之，苦耽禪悦又耽詩。試繙文學因緣集，盡是中西絶妙詞。

彈箏人住海東邊，玉腕紅紗蕩客筵。畢竟阿難能解脱，至今愁聽十三弦。

荷風十里桂三秋，艇子瓜皮憶舊游。最是孤山梅更好，不曾磨鏡易眠牛。

奚啻從亡似介推，晉文應得有餘哀。願將駿骨千金意，换取綿山寸土來。

哲夫四十溶尼以甘天寵畫蓮爲壽來乞題

白石山人老畫師，青藤八大窺雄奇。粗枝大葉何離披，一花矗立風前姿。是何歲月洎日時，佛龕供養歸浄尼。蔡家擅越生太癡，花之生日能同之。美人何來彤管貽，一幀竟壽寒瓊簃。嗟君本是遺腹兒，少失怙恃疇其依。孤蓬孑立能自持，儼然菡萏臨芳池。我生較君七日遲，白沙身世良堪悲。祇今歲歲思母儀，君幸圖之慎勿遺。君生六月廿四，俗名荷花生日，予生七月朔，皆遺腹也。予爲先節孝繪《懿範圖》十頁，君允作一幀，故末句促之。

重過荔支灣

底須擊劍更吹簫，曲港通潮且避囂。欸乃一聲風力勁，輕舟已過柳波橋。

紅荷如舊向陽開，仙館依稀認劫灰。摘盡荔支渾不管，此身原爲看花來。灣中荔香園，即海山仙館舊址。

立秋

一雨竟成秋，朝來涼滿樓。遥情托豪素，詩思入邊愁。鄂渚烽烟黯，龍編伏莽留。徒令扶義士，長嘯拂吴鈎。

將還吴門詣觀音山與元首話别

千尋復道起呼鸞，劍履從容詔令寬。玉宇瓊樓渾忘却，漫云高處不勝寒。

前席親承策治安，江南回首有餘酸。孫吴義旅今蕭瑟，忍逐諸軍壁上觀。時元首將下親征之令。

鮀江晤蔡潤卿李展雲各貽一絶

滄海揚塵幾度來，與君話舊重徘徊。十年未遂澄清志，長使詞人賦大哀。蔡潤卿

别後頻聞盼我來，壯懷時復爲君開。何當共涉滄溟去，力掣鯨鯢首重回。李展雲與君有臺灣之約。

辛君卓人招飲并以越南犀杖見貽奉酬兩絶

憶昔周旋汕頭，黄花同賞海天秋。詞人老去英雄逝，欲話蘋蹤祗我留。同遊諸君，或存或殁，俱已星散，惟予獲重來。
豨來青兕屬君家，角杖磨成許觸邪。勝似東坡笻竹好，儘陪笠屐到天涯。

卓人爲予言别墅命名之意即題一絶

平疇千畝自成村，祖武其繩老稼軒。漫信潛虬能破壁，須知深柳已藏門。

重過見田别墅贈卓人

又從浮隴醉霞觴，芳味於今得未嘗。一夜夜來香到曉，曉來還嚼夜來香。
芳塘一畝濬來寬，養鴨潛龍水不寒。若更遍圍桃柳樹，此間堪當聖湖看。

瓜涇夜泊

風雨狂如許，蛟龍怒未降。孤舟兹野泊，心事亂于瀧。烽火連三楚，波濤接大江。豈勝飢溺感，長夜倚蓬窗。

到家即目

巨浸連天闊，洪波直到門。隄防都已没，松菊喜還存。風雨開三徑，江湖對一樽。却憐湘水上，猶有未招魂。

憫澇

太湖三萬六千頃，七二高峰青亂堆。匝地陂塘隨客占，接天蘆葦任人栽。千軍撩淺今何在，八月乘潮我獨回。惆悵愛遺亭畔路，靈胥長自挾風雷。

酒間與家人話亡婦軼事

吾年未三四，便離阿保手。高跨奴子肩，去覓先人友。友中誰最親，粤維吾外舅。既憐吾孤惸，又許吾匹偶。拉吾過其家，引吾見新婦。婦時方害聤，韶顔成老醜。歸來爲母言，請却弗之受。母聞一解頤，温然未可否。寧知舅病危，斯言重脱口。良朋非泛交，遺言忍相負。零丁七歲雛，一朝屬吾母。吾母本慈仁，撫之意良厚。厚薄豈盡喻，童養易紛糾。重以時運乖，鴟梟蹲户牖。巢破莫能完，十年兩出走。南郭痛罹殃，東江更遭咎。睠焉返鄉關，空房耐獨守。兒女日長成，芻糧足持久。老屋稍更新，完美略云苟。天倘假之年，寧非同白首。如何疢病侵，鸞鏡遽焉剖。迄今已四周，遺余成老叟。思之重悲辛，酹以一尊酒。石爛海亦枯，人生誰不朽。

題西園雅集第二圖

菊影松聲奈爾何，西風歲歲此經過。蕭騷黄葉三秋盡，窈窕紅顔一笑酡。鱸膾漫撩張翰思，鯨波猶動杜陵歌。江湖滿地興高會，日暮無忘烈士戈。

留別斜塘諸社好疊前韻

江湖流宕竟如何，草草斜塘一再過。排日宴窮魚尾赤，錢維善《松陵詩》：「笠澤水寒魚尾赤，洞庭霜落樹頭紅。」名句也。挑燈人喜玉顔酡。恩仇未了慚招隱，貧賤粗安足寤歌。去年草舍落成，用香山故事，名其堂曰「浩歌」。那得重尋投轄飲，擬約諸君于明春見過寒舍。看君奮筆似揮戈。歐公《讀徂徠集詩》：「奮筆如揮戈。」

墮地和亞子韻

跼天蹐地總無聊，況爾悲歡萃此宵。老矣頭顱原可惜，乘來驄馬復誰驕。相依只合憐卬距，觸緒何堪夢斗刁。我亦平生怨蹉跌，小山叢桂枉相招。

夜讌

十年綺夢互相通，何似連宵燭影紅。中酒歌殘金縷曲，西風歸去大江東。薰香再拜陳三願，卜築西湖老一弓。償我白頭偕隱事，賃舂還可傲梁鴻。

辛酉殘臘挈亨兒冒雪過嚴扇雜感

陳湖南接沐英莊，雲水微茫隱婿鄉。難問淮南舊鷄犬，又看塵劫小滄桑。自天嫂殤，内子等輩之親盡矣。摇城地陷麋王死，無夢園荒野史亡。聞沭莊華氏尚有舊藏未能得。惟有漫天冰雪皎，大姚圖似米元章。嚴扇北即大姚村摇城諸地。

内子安霞將祔先人之兆詩以叙哀 壬戌

君初來我家，其年才踰六。衣食教誨之，慈恩重山嶽。余時始就傅，君亦相隨讀。如是三五年，乃從繡娘學。質性固温良，智慧苦不足。吾母素慈祥，漫不加程督。如何忽乖舛，去去弗之告。幸而終合并，百年締眷屬。我命屢蹇屯，少小迫寒族。毁家猶未已，甚且棄老屋。咫尺松陵城，皇皇鶯出谷。一朝瓜兆徵，呱呱墮茵蓐。有女聊勝無，擎掌看珠玉。何圖降鞠凶，吾母遽不禄。銜哀返鄉閭，長揖謝鄰塾。航海走榑桑，壯懷劇騰踔。所志迄未成，此身遂遷逐。經年偶一歸，情好未遑篤。維時沈孝慈，居向東江卜。君獨事之虔，奚啻曲意曲。玉燕復投懷，嬌雛乃再育。方欣和氣臻，詎遭鄰火毒。老母遽終堂，破巢盡翻覆。乃從海上居，一廛頗局促。半載返里門，敝廬力回復。悠悠兩歲間，房櫳耐幽獨。東海浪掀波，我疾趨戎幄。君病我弗知，我行君曷覺。事敗急還航，幾幾罹推鞫。怫鬱復何言，到家且就宿。君已弗可爲，迨明徒一哭。大女方及笄，小女僅丱角。中道遽分離，真同輿脱輹。静念君生平，稟性頗端愨。裙布與釵荆，一弗施羅縠。井臼更親操，每飯僅脱粟。而我事交游，過從喜頻數。高談泯古今，促坐昧涼燠。千觴不算多，緡錢奚足録。君素謹畏余，賓至動嚬蹙。倉猝市魚蔬，咄嗟辦粱肉。猶恐余弗歡，未晚急燃燭。余亦深諒君，事後輒慚恧。方謂糟糠妻，於理當柔淑。皋廡案齊眉，餉家車挽鹿。古來賢婦人，鮮不異凡俗。詎知轉瞬間，君遽捐芳躅。我年迫五旬，而尚艱嗣續。豈不急鸞膠，高邱究誰矚。何如營穸窀，爲君事畚築。下伴慈姑居，上聽松風謖。

從香山公於韶關行幕

杖策從征亦快哉，登臨時傍九成臺。遥看北伐軍容壯，近列南薰殿陛來。諸將歡呼爭獻捷，元戎饑渴正求才。孔璋詎復工書檄，倚馬聊憑賦落梅。時值五月。

同梓琴諸子集得月樓即事 樓在韶州城東門外湞江之上。

貔虎軍容怒未平，湞江梅雨浩縱横。漫山翠色連芳渚，照眼紅妝佐酒兵。江上妓船甚多，大似潯陽風韻，昨周仲良曾招飲其中。因夜深别去，殊悵悵也。草閣涼生邀過客，蘭橈燈静有歌聲。何當叱馭樓頭坐，連日捷報，我軍已得大庾嶺，叱馭樓即在嶺上。鐃鼓從容賦北征。時予將赴前敵講演。

曲江浮橋觀月

勝概休誇白鷺洲，三山高挾兩江流。瀧聲洗石沙痕浄，月影篩風水殿秋。應有蛟龍來效順，可無貔虎賦同仇。遥聞諸將親前敵，已向虔州下吉州。

偕玄玄民畏伉儷暨鄭冬心 衡之 劉漢川 雲昭 重集得月樓

彩虹飛處夕陽妍，墟里遥看隔野烟。水閣涼生人影瘦，關山月上酒杯圓。春深屢揖探梅使，風競何愁下瀨船。舉座忽然成一笑，江南人物嶺南天。

圍城自遣

霓旌一片擁蚩尤，知有妖氛罨海陬。搔首問天天已醉，抽刀斷水水仍流。前驅多半逾梅嶺，坐鎮何人據廣州。辛苦賊中須自拔，莫教杜老賦離愁。

下半年生我最先予童時語也頃自粵歸偶與散木及之遂鐫一章適值初度輒成五絶索同好和焉

下半年生我最先，兒時戲語竟能傳。竭來百歲行將半，頑石欣教字字鐫。

下半年生我最先，居然生日又當前。知非學易曾無據，慚負韶華七七年。

下半年生我最先，驚心華髮已盈顛。親恩未報師門逝，欲仿遺型淚滿牋。

下半年生我最先，幸存今已脱烽烟。駿鸞未遂吴船轉，枉敏虞衡桂海邊。

下半年生我最先，南艤北駕總茫然。慚他緑玉青瑶館，未見勞人一息肩。

南雍集

重至白門與瞿安把酒倡和

萬木經霜四野秋，江山今古動人愁。白雲靉靆凌蒼翮，金粉叢殘掩古丘。佩忍舊雨言懷時中聖，新晴曠望一登樓。憑高又觸南天夢，十載多君借箸籌。君頻年縱迹多在粤中。瞿安

重與瞿安小飲倡和

慚愧重尋白下秋，故人多半賦仙游。謂克强、英士、木良諸子。南强北勝憐中頓，虎踞龍蟠失上流。自陳氏倒戈，而北伐之師乃絶望矣。佩忍老去相如仍作客，天生李廣不對侯。臺城東望頻搔首，殘照荒荒冷荻洲。瞿安

偕瞿安夜過下關歸吴車中倡和

黑月排雲漏夜光，鷄鳴隄外莽蒼蒼。鼓樓燈火同樊市，大道楊枝接教坊。瞿安小飲旗亭

誰畫壁，欲尋舊院已銷香。何如逕向梧宮去，菰米蒓羹得飽嘗。佩忍

倚軨誰笑鈞天醉，何地狂奴着此才。烟柳斜陽辛棄疾，横塘梅雨賀方回。瞿安應知別有詞人感，叵耐難澆塊壘杯。差喜朝來逢舊侣，酒龍詩虎任交推。佩忍

秦淮畫舫有名多麗者頗精雅可喜因與瞿安小飲聯句

十年不理秦淮棹，打槳還疑夢裏游。絶少豔情試歌酒，强將歡笑慰羈囚。瞿安東京舊録思才老，南國新聲少莫愁。安得漁洋詩伯在，柳絲重賦白門秋。佩忍

尋徐中山東花園及舊院遺址還集多麗舫鵷鶵瞿安俱斐然有作余亦繼聲

蒹葭處處狎閒漚，風物蒼涼逼晚秋。誰問中山舊花圃，一畦寒菜動人愁。

紅板長橋咽暮泉，休尋洛浦舊神仙。憑君自上蘭橈望，一任新聲檻外傳。

附作

蘆荻蒼蒼接冷漚，斜陽古柳釀高秋。漫從舊院思陳迹，剩有滄桑一片愁。銀尊華燭酒如泉，容與中流望若仙。莫脱綸巾長嘯去，錯教人作畫圖傳。鵷收拾浮生付一漚，帝京雲物已殘秋。長橋花事都消滅，那有閑情訪莫愁。曾試中泠第一泉，松寥雲壑稱神仙。輸君十日閑窗坐，自賦新詩白下傳。瞿

又夜飲聯句

多麗舫中延夕景，瞿小紅歌處憶前塵。脂香酒暈初燈見，鵷漢佩湘靈别淚陳。略有新詩寄瑶想，佩從知吊古亦天真。胡牀鎮日頻揮麈，瞿勝事終歸寂寞濱。鵷

過舊貢院觀明遠樓號舍至公衡鑑諸堂遺迹聯句

江華黯淡月華明，氍毹風前自不平。等是劉蕡嗟下第，居然馮婦未忘情。佩長街日觀人非舊，短屋風簷迹已更。留得高樓明遠在，紞如衙鼓久無聲。瞿

紅燈魚貫列諸生，頭白孫山愧盛名。兩度槐花如隔世，三秋桂子憶前程。瞿由來庾豆探無準，未必金泥盡有聲。圍棘摧殘樺燭燼，樓臺處處起飛甍。佩

鄉庠聚序闢新黌，誰復笙歌賦鹿鳴。一樣滄桑看小劫，當時甘苦誤浮名。佩掄才那比周多士，避弋還餘魯兩生。説與君家付嗢噱，幾曾識字有公卿。瞿

移家白下一首

流水棲鴉白下城，荒荒殘照黯前程。飄零劍佩餘肝膽，樂育菁莪愧友生。詩酒徜徉陶靖節，江關蕭瑟庾蘭成。端居不盡平生意，長夜沈吟直到明。

感逝

四海兵戈宿願枯，當時遺恨失吞吳。如何八月黃茅瘴，又遣孤魂白日殂。闕玉麒、鄭亞青、陳洪濤。

黨錮東京盛一時，相看出入總肩隨。如今風誼銷磨盡，剩有琳瑯付與誰。王偉人、龔未生二君先後任浙江圖書館館長。

莫愁湖有懷徐中山王 癸亥

無復當年玳瑁梁，冕旒端拱識名王。一枰大定中原局，片席聊分兒女香。小閣江天應共坐，人豪今古孰流芳。百年命世終能繼，討虜勛威振八荒。南京臨時政府成立後，有欲爲香山公建坊于此者，嗣以事變不果。

五十初度

百歲光陰抵半馳，知非學易信堪師。白頭如雪寧嫌老，綠蟻盈尊詎敢辭。中酒但稱文字樂，披襟猶説少年時。宅心事外吾奚屑，王樂風流任與誰。

卜居洪武街夢中得此

蒼莽鍾山下，遛然誰與期。江湖日遷變，朋儕多乖離。平生千萬心，寂寞無一施。徒令負筇杖，惆悵白日馳。

少小負奇節，亦復志勛業。蓄願既弗償，修塗日以陿。安得掣石鯨，秋風動鱗甲。庶慰平生心，一挽昆明劫。

輓徐母馬太恭人

人壽非金石，鑠如薤上露。悠悠百歲間，彭殤同旦莫。猗嗟徐恭人，端凝著風度。慰情能勝無，孫曾況堪數。絳帳有遺規，一經守儒素。雙鸞何翩翩，文采振天路。同群遇鳳皇，高岡互親附。方期奮雲程，詎遭弋人慕。鳳兮既摧戕，鸞也未忘故。拮据復綢繆，漂搖捍風雨。抔土迨未乾，貞珉自哀訴。寧知虜令嚴，刊章急名捕。舉室盡憂危，母也獨無懼。片石保韓陵，儼然勿毁仆。卒之天運旋，神州奠洪祚。母也重欣然，來上秋孃墓。迄今七四齡，神明喜强固。猶思海上遊，一領滄洲趣。老懷正未償，鬼伯遽憎妒。一朝天命傾，江天諷哀訃。福壽允全歸，誰能益清譽。所嗟慈蔭隤，蓀荃失培護。中夜起悲鳴，孤鸞悵無據。

夢羽生長鄉縣醒而異之書以代簡寄天台山中

竊鈎者誅竊國侯，今豈其時良獨愁。宵來忽作天姥游，夢魂直上群峰頭。石梁華頂頗兀突，赤城霞起風颼颼。其中有人大自在，清臞兀傲山之幽。何緣捧檄長鄉縣，居然富貴如可求。發姦摘伏逞英武，牛刀小試何其優。飛牋邀我爲上客，令我遐思言子游。武城弦歌聲悠悠，得一賢人徑不由。兩蛟夾舟何所憂，揮劍截之適安流。君今視我殆其儔，我宜佐君策弘猷。狐狸眇小不足責，豺狼當道寧無尤。撫循休息足自固，加以訓練彌綢繆。一朝風雲大際會，鼓行而出歌同仇。誓清妖孽息紛糾，一團和氣延鴻庥。斯則我願具償君亦足，可以長揖歸山邱。躬桑力穡老孫子，天台笠澤同千秋。

運甓圖爲陶亦園題

戮力中原志未酬，忠勤遥挹武鄉侯。分陰惜去寧耽逸，百甓携來足運籌。述祖有圖能作訓，陳師討賊向誰謀。八州都督今安在，忍看雄城陷石頭。

雲南起義日歲寒社第一集示溥泉精衞右任安如懺慧志伊陶遺樸安楚傖十眉心蕪孟芙漳平景秋劍曜諸子

共和一十有二載，回首前塵總惘然。桃李有花多霣落，蒹葭無際孰洄沿。居閑只自尊高隱，歲晚何妨結舊緣。比似蒼松兼翠柏，任看拔地與參天。

十二年除夕精衛招集香山公私邸賦呈歲寒諸友

華鐙璀璨玉繩低，入座渾忘夜色凄。帝魏書憑承祚筆，避秦人似武陵谿。八千子弟今還健，萬里烽烟望不迷。我慕能詩瑪麗愛，革除歌就法蘭西。

精衛連夕招飲會其南去余亦西邁因以爲別

深情真覺味醰醰，勝友多於益友三。謂仲愷、香凝、安如、佩宜、楚傖、孟芙伉儷暨懺慧、樸安諸君子。討虜旌旂方破虜，嶺南人物萃江南。解衣磅礴情何壯，痛飲淋漓興亦酣。安如、樸安、鳳蔚、楚傖連日會飲，俱極豪壯。差喜朝來新甲子，桃花春水滿澄潭。張說《三月三日定昆池奉和蕭令詩》：「春水桃花滿禊潭。」又李白詩：「桃花潭水深千尺，不及汪倫送我情。」

浩歌堂詩續鈔

序

柳亞子

巢南自刊《浩歌堂詩鈔》十卷，斷乎於十二年癸亥。越十年而有龍蛇之厄，女公子綿祥獲其續稿，携以歸余，爰囑魏塘顧康佛粗爲排比，輯成《浩歌堂詩續鈔》一帙，上起十三年甲子，下訖二十二年癸酉，詩一百九十九首。其後余復從他處，旁搜博采，張皇苴補。每有所得，輒以短楮移寫夾置帙中，慮其浸久而復歸於遺軼也。乃窮三日之力重爲寫定。以較初本蓋增加四十六首云（二百九十五首）。巢南之殁也，余擬募款萬金，盡其所撰著《百尺樓叢書》五十餘種，造端弘大，有志未成。荏苒數載，值東夷犯順，京雒丘墟，綿祥流離浙、贛，西去宜山。余焉蟄居海曲，土室生埋，唯以故書雅記自遣，溺人必笑，巢燕偷安，感逝懷賢，百端交集。倘僥倖不死，獲睹中興河山，還我文獻，足征奢願，其猶有一日遂與？則當與綿祥循覽遍而歌哭不遑矣。中華民國二十七年十二月二十三日，吴江柳亞子撰。

大風雨渡黄海北征示柳翼謀顧鋏鋒 甲子

朔風淒以號，急雨捲崩浪。奚爲事行役，征舟苦摧蕩。世路本艱虞，書生自高曠。有志竟欲前，中塗曷淒愴。柳子意最閑，賦詩占絶唱。顧生亦猖狂，吐語多奇創。予也久奔波，意氣夙悲壯。觀海登舵樓，尋夢傾越釀。去去任所之，安危置若忘。轉瞬踰重洋，得句誇飛將。

香山公卧病津邸久之未愈戚然賦此

猛虎在深山，樵蘇自引避。潛虬栖遁窟，漁釣亦不至。彼未藉風雷，奚爲遽驚悸。徒有所挾持，不覺動神異。聖賢當如何？所希在盛治。苟利於國家，寧屑一地位。偉哉香山公，保民心特熾。唯義之所從，天南樹一幟。公理既昭彰，嫌怨忍捐棄。北風方怒號，儼然動行蹕。并欲孚豚魚，開誠遠相示。因之感寒威，一朝頓疲顇。偃卧天津城，鬱怒倍愁思。君子可欺方，人心日虚僞。獻曝固無系，食肥豈知愧？竹食絆飢皇，鹽車困良驥。天地何不仁？冥然竟如醉。

故宫雜詠

觚陵金碧敞虛空，結構分明異代同。記得燕王初御宇，少師規劃愜宸衷。
乾清宫闕蔽坤寧，帝后端居樹典型。最好中涵交泰殿，關睢麟趾吐芳馨。
桓桓松柏景山多，薪米潛藏計不磨。誰料烈皇蒙難日，紅羅三尺殉寒柯。
一箭居然着帝檐，闖王凶焰信炎炎。如何正大光明殿，御極難銷暗座嫌。
大禮恭逢太后婚，興朝穢史忍重論。寧知他日儀鑾殿，還染羌胡醉夢痕。
贊佛清涼忍遽歸，蒼舒一慟悟禪機。五臺山上新披剃，半爲慈幃半董妃。
奏凱歸來更獻俘，策勛且喜得名姝。徒憐一片氏州月，照入空閨總可吁！
綏遠城頭月色新，生兒來作漢宫人。一從聽政垂簾後，誰憶當年四季春。
宵旰何由慰至尊，聰明妃子最承恩。堪憐一夕哀笳動，眢井長埋玉女魂。
國破家亡可奈何？深宫聊自禮維摩。驚心一葉秋邊盡，難復娥皇步屧過。

《珊瑚》第一卷第十期，一九三二年十一月十五日。

冬盡出塞至歸化城 蒙語歸化城爲青城。

歲莫苦淹留，何如問行役。念彼蒙兀兒，浩蕩掩沙磧。寧無絶異姿，放眼通今昔。度因乏良儔，徘徊昧決擇。老馬我識途，嚮導非誰責。矧逢諸年少，殷勤頗來益。一朝邀與俱，欣然奮鴻翮。夜半上征車，凌晨見戈壁。大宙何茫茫？千山盡一白。固知邊塞寒，冰雪交相積。俄焉露晴曦，遥峰暈紺碧。大造信無私，隨在施恩澤。寰宇倘歸仁，萬象都煊赫。迨晚達青城，居然異荒驛。列炬耀通衢，明燈永幽夕。賓客恰如歸，熾炭爐中赤。予也夫何求，只解劉伶癖。一醉竟陶然，渾忘陰山客。

謁明妃冢

冢在綏遠城西二十里，隆然突起。甲子臘月下澣七日土默特雲生邀游冢下，久之乃返。

凌晨策車騎，莽莽赴平原。衝寒十餘里，巍然見高墳。春草雖已盡，根荄欣尚存。青青色可辨，千載含靈芬。所惜亭殿廢，瓴甓徒留痕。墓前有詩刻。倘非騷雅士，曷以慰冰魂。

朔方久歸附，版圖入中原。穹廬變城郭，寒谷回晴暄。登高一曠望，四野羅鄉村。乘興覓田家，春意闐柴門。呼童拜床下，呼婦潔酒樽。殷勤相勸儔，禮數何其敦。飽飯別君去，殘月烘餘醺。丁姓。

綏遠即事

撇眼歲云莫，羈人澹未歸。陰山積雪霰，青冢落斜暉。適意看村塾，閑情問衲衣。客懷殊不惡，奚事理征騑。

大同度歲

西上黃河阻寇氛，東迴紫塞逐奔雲。殘年景物都相似，代北風華世共聞。兒女笑迎如傅粉，屠蘇開飲有奇芬。太原公子應無恙，好裼貂裘醉夕曛。

寒夕歸孝友舊業碧草盈階笋芽怒發殊異荒寒氣象爲書叢桂間

蕭齋沈寂掩重門，客子天寒返故園。小草有情縈碧砌，短檠無語想黃昏。懸知生意盈蓬户，喜酌春醪引玉樽。聊起徘徊舞庭樹，明年準與住江村。

柳亞子注「蓋此行以後所，宜移入《大風雨渡黄海北征》之前」云。

喜得謝□書

十載相違一面遲，俄聞綦迹滯鳩茲。低徊靈澤夫人廟，追逐陽春白雪詞。芳草怨來應未已，野雲飛處欲何之？平生亦有漂零感，玉樹風前倍繫思。

題延年益壽扇袋

玉墜玲瓏傍勝流，顧家新樣艷蘇州。若蘭好與連波語，聚面今須到白頭。

乙丑元旦詣雲岡禮佛 乙丑

雲岡古佛國，造象特奇創。大小千百餘，一一見心匠。瑰麗至無倫，詭異莫名狀。僻遠世罕聞，頹然若天放。往者客語予，苦被事相妨。靈境莫能闚，歸來徒怏怏。茲行值歲闌，意興頗閑暢。雨雪既不霏，腰脚本無恙。日吉復良辰，首祚幸來貺。遥夜戒僕夫，昧旦即西向。層冰塞川原，寒風力飄蕩。兩馬苦不前，予神益加旺。久之逢雲岡，陡現秘密藏。或垂瓔珞冠，或示菩提相。或散天女花，或坐雲母帳。或矯如天龍，或猛若虎將。或同獅象伏，或類優曇傍。最奇丈六身，迥出青雲上。石窟窈而深，岑樓倍高曠。展謁獨徘徊，懷古益凄愴。拓跋已云遥，女真亦淪喪。蒙古不恒來，奇迹憑誰訪？憔悴美人姿，慷慨悲歌況。遲暮復如何？登高一長望。

大同歸興是晚方游雲岡還

客館逢春又一年，天涯長自倚征韉。河山表裏縈三晉，日月光華照九邊。漫詡新詩留雪窖，故應歸夢逐雲軿。關心況是宣南地，起疾誰爲七發篇？

春夜銕獅子胡同侍香山公疾

春風日和煦，萬物盡昭蘇。夫子爲何者，沉疴獨可虞。忍隨仲由禱，愁聽兩楹吁。長夜獨無寐，鐘鳴漏益孤。時天將曉，精衛急出語衆曰：「夫子殆將逝矣。」予驚曰：「大行總須在己刻也。」

哭孫總理

地坼天崩泰岳隤，萬方哀痛集燕臺。雲龍風虎人千古，鐘鼎旂常土一抔。自是中原多劫運，不教雄俊澹沉災。繁花滿苑春無主，長使蒼生哭奠來。京畿父老連日率其婦子來中央公園吊祭者恒十數萬人，莫不涕泣嘆息而去。

爲香山公謀萬年吉地詣紫金山騁望

神烈山高接帝閽，極尺星斗待誰捫？石城虎踞情如昨，鍾阜龍蟠勢尚存。王氣未應消漢臘，長江終古屬岷源。萬年遺蜕誠堪托，拜手聊酬國士恩。時獲一地於二茅峰下，僉以爲大吉，蓋山之主峰也。

恭纂總理哀思録告成謹賦 丙寅

一榻彌留在眼中，雙頰如火色逾紅。攀髯莫遂嗟遺履，望帝難歸泣墜弓。哀詔殷拳驚漠北，萬年葱鬱泛江東。書生只記當時事，南董文章愧未工。

朱小汀先生八十

吴中盛門第，四姓朱爲首。有宋最著稱，樂圃尊老叟。著書足名家，傳世更長久。迨今六百年，賢嗣益敦厚。少歲問戎韜，中年事扞掫。遺愛自彰彰，有碑皆在口。功成便還鄉，翰墨相與友。興到輒臨池，颯爽龍蛇走。頖水慶重游，村社欽遐耇。頤養得天全，獨挺喬松壽。令子吾故交，觴祝肯云後。詩味較清醇，敢當荼蘼酒。

酷暑經旬忽逢朝爽喜緘懺慧

涼飈起天末，之子近如何？大有秋來意，能無客思多？魚蝦饒水澤，牛女燦星河。好激歸歟興，臨流發浩歌。

十五年歸歲除

丙寅歲盡丙寅日，𢍰好東風𢍰好晴。自是洪鈞回淑氣，漫斟靈渌話昇平。百年過半人將老，一世方中政屢更。三十年爲一世，今光復已十五載矣！慚愧春申江上住，不知舉國尚鏖兵。

十六年元旦 丁卯

丁卯元辰丁卯年，春門啓處一欣然。群花着露沾微潤，萬户迎風散曉烟。開卷乍逢新眷屬，著書何似小神仙。宜春帖子揮毫罷，信手吟成第一篇。

元旦後一日地震

殺機塞天地，大陸起龍蛇。漫爲春陽轉，應惟劫運賒。閭閻紛駭愕，匕箸亂交加。時方餉年。孰與持綱紐，殷憂詎有涯。

陳巢南先生遺詩

丁卯正月十一日重來吴江，至傳笏堂敬觀周恭肅公遺澤。獻歲發春才十日，故人相對，倍交親式。瞻傳笏欽遺直載詠孤吟嘆，嘆逐至。新於周君迦陵處，借得其九祖從祖闇昭公《澤畔吟草》。各有新詩競騷雅，遍斟名醴識芳醇。歸來盡道梅花放，合向江城證宿因。

集唐　三首

野莊喬木帶新烟，郎士元往事空思意浩然。劉滄何處最添羈客恨，盧弼疏籬荒宅古坡前。賈島

野麋林鶴是交游，白居易幾度高吟寄水流。譚用之入夜更宜明月滿，法振也同漁父泛扁舟。韋莊

愛閑真與世相違，無名氏便欲因君問釣磯。李商隱數尺寒絲一竿竹，李洞渚烟溪月共忘機。

權德輿

謝雪竇　丁卯夏日在上海

詞賦深慚馬長卿，題橋奚敢詡知名。垂青却有臨邛女，漫記琴心已自成。

慕才如此卿真摯，垂老相逢我太遲。唯有年年江海上，月明千里寄相思。

誡侍者

柳絮既隨風，生來已飄泊。幸而化浮萍，何曾着行脚。水淺根復孤，要當善結托。不然遻秋潮，詎禁波浪惡。

新都口號

龍蟠虎踞擁神州，舊物重光孰與儔？錦蕝朝儀追漢室，羽觴遺俗慕成周。過江子弟爭迎擔，打槳嬰娃盡莫愁。莫愁湖初名迎擔湖，相傳晉室東遷，士族來歸，都人相率迎擔於湖上，因名其湖曰迎擔，即今莫愁湖也。從此東南佳麗地，金陵常得似金甌。

吴斯千以苦熱詩見示值新涼中人因别作二章答之

才洗炎氛又着涼，分明白帝乍司方。班姬執扇添新詠，張掾蓴絲憶故鄉。嫋嫋風多辭木葉，粼粼波起蕩菰蔣。杜陵獨有悲秋客，怕看胥濤萬丈長。

一時越燕盡驚飛，報道横江雁又歸。吴苑梧桐知自落，甬東舟楫欲何依？爭傳鯨甲臨風動，錯愛鱸魚似雪肥。最是東南兵燹後，萑苻滿地稻粱稀。

促織吟四章寄意

促織，促織。管制絲床，一齊着力。秋涼夜長，毋徒將息。織成文章，姿容生色。此言愛國之士當同心僇力，以赴國家之難也。

促織，促織。陰陰墻隅，荒荒殿側。嗚嗚夜鶯，何其悽惻。黄姑隔河，木蘭絶或。此言當國者不宜排斥異己，使懷才莫展也。

促織，促織。瓜架斜傾，豆棚低植。胡弗憚勞，唧唧唧唧。懶婦驚回，頑童捉得。此言小有才者雖煊赫一時，而終致傾覆失敗也。

促織，促織。土穴號寒，金龍賣力。跳蕩不休，終憐反惻。宰相何辜，因以覆國。此言爲政者不宜容納異類，卒致自貽伊戚也。

絡緯吟

既成《促織》之吟，忽兒抱宗周之痛，休嫌饒舌，聊復呻吟云爾。

絡緯絡緯，悲哉秋氣。瑟瑟蕭蕭，勉離罾罻。蟬曳殘聲，鱸添香味。歸去來兮，滿堂富貴。此勉成功者之須急流勇退也。

絡緯絡緯，振羽如沸。露冷風涼，王孫歸未。銀漢波深，梧宮枝蔚。魂兮歸來，予心用慰。此牛女渡河意祝王孫之勿羈漢水也。

絡緯絡緯，炎蒸可畏。心憂宗邦，寧嫌詞費。赤雲燒城，甘霖誰溉。歸來歸來，相期毋諱。此蘄迷途者之猛醒而速返也。

偕溥泉理鳴群士泛舟玄武湖

玄武湖中千葉蓮，當時娟娟絶人憐。如今零落歸何處，只爲周遭漲葑田。湖中蘆葦甚盛，而紅蕖僅見一朵。予謂群士：「此可以見小人之傾軋君子，大約類是。」群士深然之。

菰蘆中自有人在，天地外斯無所愁。漫道一泓江共遠，《韓詩》：「江共蒹葭遠。」雁聲到處總成秋。陸游詩：「驛外清江十里秋，雁聲初到荻花洲。」

一棹縈回只自航，水禽飛處賴生涼。俄看夕影沉西去，又見東山月上墻。

溥泉述湖中水鳥晨夕喧聒清絶可聽予因此而韻之得詩兩絶博同游一笑

姑惡姑惡姑不惡，得過且過竟自過。只恐朝來呢滑滑，直教行不得哥哥。

阿翁阿翁無一可，朝朝貰酒提葫蘆。兒獨捕魚自辛苦，脱却布袴來淘湖。

紀夢

秋霖一夜驟生涼，錦被微温覺夢長。不學神仙化蝴蝶，非關名利熟黄粱。渠渠夏屋瞻南阮，藹藹慈容戀北堂。自笑鬢毛今已白，少年情事總難忘。

孟秋下浣八日梁溪席上

星河明滅夜生涼，酒緑燈紅語笑香。業自枉存猶作態，略教平視未容狂。珊珊玉骨筠同瘦，淡淡秋心菊綻芳。聞道近來初病起，對人依舊懶梳妝。

佚園圖册應效魯囑題

微雲一抹露山眉，淮海風流允可師。春漲看殘新緑水，栖鴉占盡最高枝。天教孫子開圖畫，我與嘔唫酌酒卮。要許名園尋寄暢，呼童拂石更題詩。

丁卯仲秋六日有事於孝友公祠既畢祀閑步墻陰見碧桃枝上有蕡其實不禁喜絶以語研耕謁靈秀所鍾理或然歟詩以紀之

庭中千葉桃，種逾七年久。歲歲自開花，娟娟類新婦。所嗟主人差，衣食苦奔走。每逢花放時，歸期恒負負。徒令絶世姿，寂寞難爲偶。黄塵起中原，金風動林藪。睠焉返鄉閭，喜值秋涼後。莼鱸得飽嘗，遂與松竹友。静念武陵人，倘或同蒲柳。望秋或先零，不然更衰朽。誰知灼灼華，得天良獨厚。碩果竟垂垂，報我如瓊玖。最奇是重臺，結實未嘗有。於兹幸老成，忍供貪饞口。酹酒且自珍，長共喬松壽。

秦淮雜詠 戊辰

紫金山色鬱葱蘢，今古佳城氣象雄。記取金縢遺詔在，漫教大壑起潛龍。總理臨終遺命卜葬鍾阜，意在長傍孝陵也。頃聞有人擬發掘明陵者，竊不謂然。

逐盜勛名未可忘，蔣侯遺澤總靈長。如何一曲青溪水，無處重尋粉黛香？四象橋東邀貴井，故有蔣子文妹青溪小姑祠，今不見矣。

朝來新製木蘭舟，小泊青溪古渡頭。若問兒家住何處？平江府巷最高樓。毘陵女郎雪舲，居姚家巷南街。常棹小舠往來河上，紅裳碧檻，掩映多姿，見者争羡。
酒緑燈紅夜未央，隔船吹盡綺羅香。由來金粉南朝盛，況值新都景運昌。
月色看看上女墻，獨携艇子傍垂楊。吾曹自有風流在，未擬笙歌鬧晚涼。

題比玉詞後用雲翬韻

妙手新拈絶妙詞，吴儂倩語軟於絲。外孫幼婦工撫擬，鏤月裁雲費夢思。喪亂頻仍唯縱酒，瓊瑶投贈信宜詩。雲英比似雲翹好，打槳青溪幸及時。

題比玉詞竟東柳語及彼姝小字有與予姬相吻合者因再用前韻寄瘦筠惠麓

臨觴驀地起遐思，高館曾吟却扇詞。報以梁鴻雙玉案，綱來范蠡一船絲。寧馨小弱良堪惜，之子伶俜到幾時？差喜陌頭花爛熳，莫教空賦曰歸詩。

京蘇道中

吴天一夜雪，萬里皓如銀。山色未嫌冷，豐年尚可臻。漫教詩思闊，誰濟庶黎貧。但說陰陽轉，煦寒及早春。

《江蘇革命博物館月刊》第十八期，一九三〇年十二月。

揚州和亞子韻示同游諸子并塵思緘蔚西蘅意諸丈 己巳

不曾綺夢過揚州，枉説平生汗漫游。短艇渡儂來水曲，落花如雪滯溪流。自將肥瘦量湖面，未許興亡話石頭。閑向平山堂上去，廢池喬木覓清謳。

疊韻呈思老

未敢高談大九州，得親儒雅足陪游。禪心此日空諸有，節鉞當時掩勝流。我亦頻年驚蠆尾，君應揮麈薄羊頭。文章自是吾曹事，豈獨荒江發浩謳。

趙伯先祠堂和亞子韻

天生奇傑冠南州，誓掃東胡作壯游。正許王孫恢故國，不堪砥柱失中流。獨慚創病夔憐足，痛絶孤危浪拍頭。留得當時私印在，只應珍重托吟謳。

《江蘇革命博物館月刊》第二期，一九二九年九月。

吸江亭閱紅衣大炮

江山一曠望，闔辟見陰陽。左右悉早下，雲霄如可翔。欄危休去倚，險設滂相忘。多少澄清事，誰歟柱一航？

焦山晚步呈同游諸子

絶頂偃新月，孤樓明夕陽。驚濤忽振響，群鳥自高翔。杖策且行樂，餘情盡與忘。玆山良不惡，旦晚莫迴航。

翼謀亞子均以和作見示因疊前韻奉政

幽勝覓山背，高寒臨海陽。風流茲韻絶，吾輩足翱翔。文史況多闕，搜羅詎可忘。相期同不朽，還與禮慈航。

三疊前韻酬蘅老并呈砥流先生

平生喜登涉，心迹慕華陽。鼇背曉相策，羽衣宵共翔。罡風忽吹墜，仙境遽遺忘。幸得逢真逸，中流泛一航。

再酬二柳四疊前韻

黟山昔棲遯，服食慕陵陽。五石脂頻采，往居黄山中所著名《五石脂》，用凌陽子故事也。九霄雲獨翔。四月中曾於山頂觀雲海。群蒙忽馬發，遺史未全忘。洪水今猶烈，還期渡禹航。

翼謀復以詩過奬五叠前韻奉答

柳州擅詞筆，鳴鳳炫朝陽。南國游從盛，東田紀載翔。近者沈萬三一篇考證極詳實。家珍如可數，野史要難忘。好與收秦籍，重浮渤澥航。民國十三年冬，曾共××君航海入燕，檢查清宮古物。

思老見題緑玉青瑶館圖册賦此誌謝

夫子文章伯，陽湖派自尊。先人若賢孝，椽筆何誰論？銀艾原非志，楹書喜尚存。終當鄰鶴冢，史法敂龍門。

江上送亞子伉儷還歇浦亨兒亦自京來謁因叙瑣屑

聚散亦常事，因緣相互生。吾曹須解澈，心迹自分明。慈愛根天性，典型仗老成。除非孔文舉，骨肉總關情。

是夕還松寥閣感不絶予心矣因寄賦㦸慧吴門亞子海上

空桑已三宿，彌復念蘧廬。吾道自良適，諸兒幸未孤。將令事田稽，粗與識之無。近稔文相國震孟姚孟長希孟誼，遥還誦二疏廣、受。

總理奉安病不克赴詩以紀哀

一卧荒江歲月遲，寢門回首有餘思。天花倘赴靈山會，君自普陀佛頂山下佛寺，忽顧從者曰：「寺前何熱鬧乃爾？」衆答曰：「未有所睹！」公曰：「否！否！予見有彩坊、旗幟，人物甚衆。而云無睹，何也？」衆咸愕然。既入寺，公復導衆出。至一石壁下，曰：「吾所睹者乃在此。初以爲山僧結彩歡迎，今果無之。奇哉！」方丈乃揖賀曰：「大總統洪福齊天，此佛光相照也。」展堂急止之曰：「慎勿言！滋群疑。」衆遂默然。妖鳥曾驚粤水湄。一日，予與梓琴、仲良諸子集湞江水閣納涼。忽東南角有斷雲一片，如五色旗幟，鮮明異常。予狂駭曰：「此所謂旄頭也，不祥。廣州殆有奇變乎？」衆同笑之。予曰：「不三日，當得分曉。」明旦，火車不至，夜集酒樓，予與汪毓瑞言之，亦未之信也。既而楊昆如兵至，事已不可爲矣！表墓式廬承異數，大書深刻仗豐碑。公既爲先人書《二陳先生之墓》一碑，又爲倪節孝君書「女之師表」額，以示旌異。未幾又撰墓碑銘，俾勒諸石。感恩知己今何在？神烈峰高淚滿頤。

總理所撰先節孝墓碑鐫成恭記

苦節貞松仰孝慈，明堂清廟稱銘辭。輯陵片石公休道，兹是松陵第一碑。

與楊少筠周仲良狄君武朱佛公張亞潛諸子話香山公遺事一首

登舟高唱柏梁詩，游夏何人贊一辭。獨見漏卮還自塞，任談懿德轉相知。既從寶刹揮柔翰，更策瓜皮問險巇。自會稽東游，先生顧余：「盍賦詩以排遣？」予謂：「先生首唱！」竟得五言一句。而從游諸子謙謙未遑，莫爲之繼。惜哉！時船底稍漏，先生急起塞之，予謂：「此舟人之責，何必親勞！」先生云：「操舟人少，不當再益以事。」卒補成之。既而，欲寢，飛蚊交集。予與展堂坐船底，互談先人懿德，先生卧帳外静聽，只輕摇薄扇而已。明晨，過百官，爲寺僧書法堂諸額，駸駸入古。至象山灣，獨坐舢板探海，久之乃還。見予立於甲板上，即援梯欲登。既，忽疾下，曰：「殆哉！」予急從之，且叩其故，曰：「此無綫電處，勿宜登。」予不覺悸甚，蓋時在建康艦中，艦長則閩人任光宇也。愧我馳情滄海闊，不曾珍重電波危。

以上見《江蘇革命博物館月刊》第一期，一九二九年八月。

邗上紀游 己巳夏

古木叢篠映碧流，疏疏臺榭亦清幽。何當築個新祠宇，一瓣心香祀少游。高郵公園。

讀書雜記今猶在，經濟承家世共聞。只是微雲佳婿杳，怕教愁殺郭靈芬。

登車剛值洗塵雨，推背重來解愠風。堤外烟波堤上樹，高郵城外總空濛。

菜花結子蠶成繭，豆麥青黄秧插田。想見淮南歲豐稔，老翁牛背欲酣眠。

群龍兹日占無首，天水當時慶有人。我愧希夷老孫子，道旁羞見女兒身。

風前閲遍柳腰輕，雨後聽殘喜鵲鳴。更有湖田三萬頃，一天長傍大堤行。

寶慶城南乍息肩，倚裝可自理吟篇。無端隔院啼聲壯，却憶兒曹竟不眠。

曉霧隨風襲肌涼，又看朝日欲騰光。大輣車里閑人少，布谷聲聲要插秧。

萬頃平蕪里下河，水雲烟樹十分多。憑誰寫幅江村景，着個沙禽掠棹過。

淮海名區古楚州，高城雄傑鎮邗溝。休夸虜騎呼銀鑄，應與群氓導濁流。

胯下橋平水絶流，淮陰年少已休休。六奇三進渾閑事，忍辱終須出一頭。

古木蒼涼夕影低，碧紗無復有籠詩。誰家兒女抒青眼，猶傍叢祠理素絲。韓侯祠後樓三楹，極幽静成趣，有女郎三五，楚楚生姿，相與織襪於此。

濩落川原一釣臺，王孫當日信堪哀。蘆中亦有窮途客，賴有投金浣女來。漂母祠釣魚臺，本在淮陰，今故里亦有之。

喜看故里傍新堤，尚想生兒賴小妻。却笑劉安憚招隱，桂山難覓一枝栖。時匪警甚烈。

以上見《江蘇革命博物館月刊》第七期，一九三〇年二月。

緑楊村小憩 己巳秋

緑楊城郭緑楊村，一水回環緑到門。渺渺蒹葭秋未半，疏疏梧竹暑無痕。庭閑只覺幽蘭秀，山静何來鳥雀喧。一笑莫嫌西子瘦，扁舟重與細温存。

和懺慧瘦西湖作

逸興未渠央，居停問緑楊。招邀多舊侶，窈窕覓余芳。自覺秋懷遠，何嫌玉體涼。采菱歌一曲，隔水有紅妝。

和懺慧贈翼謀韻

歌嘯起潛虯，揚州復潤州。參禪尋古刹，擊楫渡中流。顧曲徐淵子，談兵馬少游。相逢都不忝，莫負此清秋。

隋堤吊古

十里隋堤路未賒，行人誰識玉鈎斜。何來錦纜牽飛鷁，剩有垂楊噪暮鴉。從古難銷亡國恨，隔江空唱后庭花。廢池喬木紛紛在，白石重來自可嗟。

晚坐松寥閣和懺慧韻

文采劇風流，前游更後游。三山俱在望，一葉話扁舟。十年前偕君游焦山寺時，係駕一小舟，破浪而來。野泊瓜州口，高吟赤壁秋。奚須動歸興，會看月當頭。

和懺慧湖上見寄之作并示翼翁

綽有新吟紀旅行，江淮吴越一身輕。懸知隼翮凌霜健，盡管芙蕖照眼明。自喜隋堤秋柳緑，未妨天竺晚雲晴。環肥燕瘦吾俱好，漫與躊躇月旦評。

以上見《江蘇革命博物館月刊》第四期，一九二九年十一月。

玄武晚歸小飲秦淮之作

依舊風光屬五洲，蓼花深處識中秋。紅蕖老去猶存媚，翠柳蔭濃未許愁。待月人來多俊侶，采蓮歌斷剩寒流。遥看暮靄蒼然起，促坐何妨一唱酬。

己巳開國紀念與慧子小淑及寄女林隱游黄龍洞攝影

群龍無首欲如何，贏得書生兩鬢皤。只向空山發長嘯，滿天蒼翠任婆娑。

又題人比黄龍影片

矍鑠精神算乃翁，分明老健似黄龍。來朝重九今雙十，獨上吳山第一峰。

民國紀元十有八，老夫生年五十六。潛龍勿用待如何，且復狂歌當一哭。

自題照片詩

一泓清淺最宜秋，蕩我胸中萬斛愁。猶有芙蕖香在握，可無萱草號忘憂。興懷家園情何已，坐對湖山倦欲休。聊向幽篁來寫照，挺然直節墓前修。庚午雙十節玄武湖上意興之作。勤補學人。

《江蘇革命博物館月刊》第十六期，一九三〇年十月。

焦山偕小淑觀落日賦示諸賢

夕陽樓外夕陽明，萬態千容眼底呈。塔影倒懸江岸闊，布帆高挂晚潮平。無邊秋色來天地，横海樓船動甲兵。莫復苦吟淹歲月，好抒偉略慰蒼生。

晚興一首

游山難得幾詩人，策杖偕來不厭頻。歸去漫忘風景好，夕陽如火月如銀。

松寥閣和小淑韻

當時淒戀處，重過曷勝情。依舊饒風月，何心問甲兵。酒人持大斗，詩句重長城。氣誼千秋事，還應慕尾生。

聞雁

雁聲嘹亮自天來，寒雨縱横蕩八埏。心事萬千渾不寐，夜深猶自倒金罍。

有寄 四首

雁影縱横夕影斜，知君消瘦似黄花。秋風我亦傷憔悴，落帽依然老孟嘉。

故園松菊喜猶存，歸去終須對一樽。漫笑閑情陳十願，好携稚子候柴門。

骯髒風塵老逸民，清標我慕顧寧人。文章經濟空千古，浪蕊浮花過一身。鬢影飄蕭雪色多，花枝插帽忍情何。據鞍顧眄神猶健，試看征蠻馬伏波。

以上見《江蘇革命博物館月刊》第五期，一九二九年十二月。

兒子綿祚周歲作 庚午

去歲初春，瑜芬生兒於吴門吉利橋之緑水故園，予感其有同德焉，因名之曰綿祚，字穀豐，乳名曰吉利，以誌所生。頃值周齡，爰取革命博物館所藏六十二縣市舊印製「吉利」二字賜之。紀詩：

人復穀日生，兒報歲周歲。峥嶸露頭角，啼笑見風流。門户他年柱，桑榆晚景收。親朋都在眼，相與示觥籌。

徐王府故園海棠被雷雨摧殘極矣示懺慧翼謀亞子震初

淡粉輕烟正好春，無端狼藉變香塵。天心亦復行秋令，我輩惟應墊角巾。冰鑒一泓翻止水，園有故鑒止堂，即今之静妙齋也。雷車三月送花神。紅妝自古遭奇劫，銀燭徒憐照病身。

《江蘇革命博物館月刊》第九至十期，一九三〇年四至五月。

答翼謀詩

兒子綿祚去年己巳正月初八日生於吴門織里橋南之朱家園，俗訛織里爲吉利，故乳名以之。猶予之始名慶林也。而柳君謂襲阿瞞故智，不禁爽然，詩以答之。

兒子當年曹孟德，而翁再世霍驃姚。縱知謝客稱康樂，盡有英奇比鄭僑。

思老蔚老蘅薏翼謀諸子招飲枕江閣歸舟即景

櫻筍出僧廬，江天入夏初。暖風吹酒醒，長日下山徐。一棹回波闊，孤亭倒影虚。釣車隨處是，多分爲鰣魚。

焦山醉歸翼謀復飯之於别館同座吴君因言去臘曾爲予推命賦此以謝

蒼莽過旗亭，披衣酒欲醒。餘生殊感慨，塵夢劇忪惺。飽飯别君去，跫音任自聽。一輪遲不上，西北有長星。

馨兒東渡亞子有詩送別賦此致謝

奚爲遠行役，憔悴自堪傷。四海兵戈滿，三山藥草香。神仙倘可遇，病體好扶將。多謝臨歧意，歸來話舊長。

十九年五月二日曼殊十二周年忌和亞子

慷慨論交廿七年，當時猶記在神田。予留學日本始識君於神田，相與組織軍國民教育會。風雲才略曾何濟，江海飄零儘可憐。一代騷心歸浄土，畢生遺恨托吟編。多情仗有西湖水，長與青蓮繞畫禪。五月十二日，勤補學人書於徐中山王故園。

總理奉安周年恭謁陵寢暨謁梓宮禮成感賦

鼎湖龍去復經年，墜履遺弓恨未捐。宿雨全收煊白日，觚稜高聳接青天。蒲觴角黍逢關節，是日端午。丹茘黄蕉燦綺筵。只是烽烟消不盡，中原遥望一凄然。

以上見《江蘇革命博物館月刊》第十一至十二期，一九三〇年六月。

京滬道中雜感寄懺慧亞子 此爲擴大會議作也。

見仁見智自分明，出處奚須畏友朋。我輩只應存恕道，世間難與話交情。鵬程進展深知幻，驥足高騫未可輕。休矣漫談今昔事，信陵醇酒慰平生。

枕上憶香山故邸

杳靄環龍路，潛龍此隱居。盈門多俊傑，入室有圖書。天地頻經緯，豺狼任剪除。風雲今已盡，夢想欲何如。

有贈

惜花奚忍綴煩言，低首徒慚國士恩。一片冰心猶似昔，十年綺夢許重溫。揮戈填石餘愁史，誓海盟山付淚痕。仗有雙魚寄情愫，漫教幽怨訴天孫。

玄武湖晚歸小飲秦淮之作

依舊風光屬五洲，蓼花深處識中秋。紅蕖老去猶存媚，翠柳陰濃未許愁。待月人來務俊侶，采蓮歌斷剩寒流。遥看暮藹蒼然起，促坐何妨一唱酬。

七月一日值天貺節合新舊曆言之則予與亡婦安霞均生辰也感成一律

弧帨同符信有天，幽明遥隔一凄然。當時繞膝存嬌女，此日營齋愧俸錢。嫺把清尊酬白髮，獨憑稚子拜瓊筵。瀧岡阡表行看植，好傍慈姑守墓田。

哭梓琴

知己如君少，交情念昔多。琅函猶在眼，七月一日君猶致書黨史史料編纂委員會，述病狀及不能赴會之意。書法峻整，不類病者。孰知逾夕而歿，痛哉！哀挽忽聞歌。壯志銷閑話，君近著有《革命閑話》。雄文釀宿疴。太平空想像，愁殺魯陽戈。

憶昔淹京國，蓬門爲我開。尋詩郊外去，結社酒邊來。黨錮征新鬼，兵戈話劫灰。壯懷承勖勵，鞭雪李陵臺。五年冬予游京國，君特下榻相招。旋游塞上，更貽書孔庚先容，情誼彌篤。

幾度同袍澤，南溟作壯游。宵深聊顧曲，霜冷各悲秋。落帽今無恙，君嘗於重九邀予及我華登高白雲山絶頂，風吹予帽落地。勞薪愧借籌。十年重組國民黨，君與溥泉力招予相助，進以寧缺毋濫之説。如何成大錯，遺恨滿山丘。

最是湞江上，從征興未央。水邊樓得月，歌罷月生涼。韶關水閣有得月樓者，每與君宴集於此，唱酬殊樂。驀地長星起，相偕歛翮亡。一夕見旌霓一片高懸東南角上，予甚怪之。逾夕復然，凡三四日，而電報亦斷，火車不時至。予心知廣州當有奇變，屢語君，未省。恰逢梅雨節，回首淚成行。楊坤如君既至，予遂伴君眷屬還廣州。

老友滿朝野，惟君最倔强。一貧徹骨髓，兀傲總平常。討虜情何已，同盟願豈償。只應爲厲鬼，被髮謁孫黄。

再哭梓琴

奚令君至此，一念一潸然。狡兔争營窟，豢龍盛吐涎。饑荒盈草澤，烽火滿山川。抉目良難忍，何如地下眠。

綈袍猶在笥，韶關之役被劫殆盡，君立脱布袍以贈，乃得還廣州。貞幹已潛形。感舊情何已，傷時淚獨零。蕭墻彌可懼，魯難幾曾停。國步艱如此，知君總不瞑。

屈指諸朋舊，傷心半逝泉。元龍豪氣盡，謂漢元。季迪酒杯捐。謂天梅。肝膽仍相照，乖離亦有緣。九原如可遇，盟好幸勿愆。

死別良堪念，生離亦可哀。艱貞居士節，謂覺生。寂寞禮賢臺。謂溥泉。功狗憑誰諒，冥鴻逝不回。谷城何處是？黄石好追陪。

沉吟獨何意，還復自悲傷。人海潛行迹，江湖問稻粱。飲河聊果腹，窺壘不棲梁。漫計南陽事，躬耕十畝桑。

以上見《江蘇革命博物館月刊》第十四期，一九三〇年八月。

七夕自焦山還吴門

宿酒人初醒，攔朝雨乍過。登臨殊適興，清淺不揚波。山翠明於晝，秋雲淡似羅。今宵歸去好，橋鵲正填河。

臺城騁望遂過後湖示蔡潤卿張遠輝

臺省全非寺尚存，蕪城草没認秋痕。登高曠望襟期遠，話舊殷勤笑語温。隔水蒹葭人影杳，新洲花木鳥聲喧。閑尋册庫今何在？只有階前古井渾。湖神廟爲明太祖藏天下版籍處。

自清涼山還過莫愁湖展粵軍陣亡將士墓并謁中山王像

直上岑樓望遠湖，晶瑩何啻鏡平鋪。千山繞郭争如抱，一鳥摩雲勢獨紆。落葉滿空餘敝帚，美人無恙識秋芙。徒憐壯士垂垂盡，輸與名王百世模。

盧青海招飲話總理及伯先英士諸公軼事感賦

倦抬星眼睇神州，戲逐成連海上遊。已分精魂來入夢，恰聞遺事話從頭。苞桑大計曾何及，蠻觸紛争可暫休。悲憤滿腔誰與寫，只將詩思壓高秋。

夢得落木二句因足成之

黄華滿地秋深矣，舉目河山自不同。落木蕭蕭江上雨，啼鴉啞啞晚來風。慣常作客身還健，苦恨思鄉夢未通。獨上高樓頻悵望，白雲西盡月沉東。

再展先墓有作

俯仰松楸淚暗吞，鬱葱佳氣喜還存。西山聳翠連屏障，北渚溶銀傍水源。墓本西向，遥對楞伽，諸山駢列如障編。小沚則卜谷亭之故址也。阡表遲回滋我戾，御書重叠荷君恩。先君歿五十七年，慚無一字表墓，獨香山公褒揚不遺余力，如「女之師表」、「二陳先生之墓」均其手書，又爲先節孝撰碑銘，今方建亭及樹坊云。惟期篤守廬中住，長望慈雲蔭墓門。

以上見《江蘇革命博物館月刊》第十七期，一九三〇年十一月。

枕上一首

瀰天浩劫莽難平，蒿目時艱只暗驚。滚滚塵沙迷路迴，團團雲氣逆空更。空憐膏澤塗原野，孰聽黔黎播頌聲。頫仰自堪成一笑，鍾山無恙大江横。

歲晚夢得百年一聯因足成之

離合悲歡幾變更，追懷心迹總雙清。百年大計關天意，四海蒼生屬老成。坐看風雲多際會，不愁饑溺負平生。歲寒松柏由來少，要與南枝證夙盟。

夢得烈士句爲兒啼所覺曉起才足成之

歲來風雪劇凄凄，醉卧荒江夢不迷。烈士暮年心更壯，嬌兒稚齒夜猶啼。杜門却掃身誰許，幹蠱承家耳要提。且喜墓廬新展拓，萬人翹首頌褒題。中山先生題贈先公墓闕及先節孝墓碑，均已勒石建坊，道旁過者莫不驚羨。

庚午大寒節日生次兒於江蘇革命博物館予以館本中山王暢春園故址因小名曰達利并爲此詩

故家喬木鬱蒼蒼，五百年來景運長。毓秀鍾靈如可信，願兒生似武寧王。

鄭僑博物稱君子，靈運工吟號客兒。我亦舉家同此例，故應尚龍起遐思。予生於吴門之慶林橋，亨兒生於吴江南郭貞，兒生周莊，寧兒吉兒俱生吴門，今達兒又生於京師，舉家無一人生於故宅者。

達兒彌月攝影戲題

去春長兒綿祚生於吴門通坡坊之織里橋寓次，予以織里又名吉利，因以字之。而翼謀柳君輒謂「孟德復生」，何敢望也。今冬予居暢春園，而次兒綿康生。感精魂亡默護，益崇拜之彌深，爰字之曰達利。而翼謀推算之，謂他日必能振戈躍馬而同仇敵愾也。阿瞞、中山故封魏，重念畢萬往事，遂并書之。

長兒未闕曹孟德，小兒却慕中山王。大名盈數或天啓，待看五世占其昌。

辛未元旦枕上一首 辛未

春意融融到枕邊，新來歲月浩如烟。行藏出處將誰許？骯髒權奇只自憐。保國有懷存熱淚，療貧無計愧青氈。何當展我鯤鵬翮，下脱九淵上九天。

平陽亭望積雪 元旦

入春已半月，飛雪竟兼旬。縱雲殺螟害，將何療民貧？民貧不可療，民命其安保？四顧白茫茫，惆悵江南道。

聞雷

宿霧漫空日色寒，春雷起處動愁端。禰衡撾鼓陳琳檄，嘆得當塗拭眼看。

偕香南長橋閑步

柳眼舒青映翠蛾，松江澄碧縐春羅。鴟夷遠去姜夔老，剩有先生策杖過。

春雪

罩地陰霾慘不開，神州赤縣只皚皚。微聞老伯烏臺盡，幾見中天白日迴。選愞已成新士習，清剛誰是出群才？朝陽鳴鳳誰何許？剩與哄堂笑語來。

達兒百日浩歌堂小集戲示李星北聞極范葵忱祖培

一飲花前百感消，順時行樂且逍遥。頻看玉樹舒瓊蕊，又喜修篁長緑條。塵夢只應談笑却，詩腸須賴酒杯澆。東京黨錮良多事，李范何曾益漢朝？

家居即事

嫩緑分明次第新，盈庭花木自精神。枝頭好鳥時相過，竹外緋桃又占春。寧許文章供藻飾，獨看蘭桂長兒孫。浩歌堂前桂樹及屋後辛夷都長孫枝。歸來百事都閑適，洗盡元規萬斛塵。

無題

獨占新聲自不群，故應鄉澤許微聞。何時一卷曇花記，來寫屠龍懺悔文。

辛未四月既望東柳招飲舊時月色樓賦四絶

樂國迷樓笑史多，墜歡難拾意如何？誰知今夕桐華里，又聽桐花小鳳歌。

洗盡鉛華洗盡塵，舊時月色此時身。小菱匯畔新來往，勝似青溪水上人。

食魚豈必黄河鯉？生子奚須孫仲謀。一笑自憑欄檻説，且看明月照高樓。

影事分明十五年，彩雲散去恨如綿。小姑今日應無恙，不識何曾值一錢？

後十日重集舊時月色樓示同座諸子

落梅天氣欲何之，遍意相將罄一卮。檢個座兒向窗口，納涼須趁晚來時。

酒落詩腸分外寬，偶談往事却心酸。誤人却被他人誤，贏得湘妃淚未乾。

爲人謀可不忠乎，近水應教辟一隅。棐几湘簾隨意置，莫愁明鏡夜來無。

一丈長竿百丈絲，釣魚豈必傍河湄？安排香餌當前事，莫悔臨淵結網時。

苦雨

鷹犬狐狸遍舊京，北司東廠任横行。韓彭自合栖鐘室，種蠡都應付鼎烹。豈有雄鷄工斷尾，枉教白馬屢刑牲。天心亦復瞢如睡，六月曾無一日晴。

瑜芬來言御書樓下燕去巢空賦示一首

漫説空梁落燕泥，寄將樓下總堪栖。試看鴻不因人熱，却有皋家許并栖。

初秋自南都歸見庭前桃實盈枝有鳥名白頭公者正巢岩桂間哺乳甚樂喜而賦此

有蕡其實鳳將雛，喜氣絪緼溢户樞。古得春風曾共賞，栖來秋桂亦良圖。白頭偕老應如願，青鳥銜書倘未誣。漢武不逢方朔老，金門待詔只嬉娱。

家食一首 辛未七月

家食甘粗糲，秋來興若何？舉杯絶朋舊，張目見兵戈。風雨連天闊，饑荒入夢多。老懷長惡劣，空賦五噫歌。

失題

居閑何以度其生？性命之交賴友朋。痛飲不妨來小市，當壚殊可慰幽情。兵戈滿地難爲隱，憂患相煎恨未平。我欲乘風歸去也，瓊樓玉宇怕寒盟。

夢得詩扃四句醒而異之因續成一章固不自知其何指也

欲叩詩扃暗不開，更尋芳夢見亭臺。萬花如海春痕在，一徑通幽竹影徊。世事易於棋局换，朔風吹似角聲哀。籌邊我愧無良策，草檄何曾遇檄才？

夢得一絶

日落碧空浄，天含山翠多。偶來池上坐，涼意復如何？

吉兒滬孫攝影

渭陽竹箭喜雙清，小阮原來是鄭甥。一樣峥嶸露頭角，文姚風骨要修成。

甲申之役海疆不靖吾鄉費毓卿軍門奉檄防守象山會法酋孤拔乘夜率艦來侵軍門鳴炮力擊竟沉其舟陶文怡、孫爲作蛟門奏凱圖以紀其績軍門既逝哲嗣凱生曾屬題句久無以應東夷肆虐舉國震駭一夕忽夢軍門闖然入室似急欲索視日本地圖者醒而異之爰書卷末以寄憤慨云

一卷論功伐，羌夷此受懲。海氛今未靖，靈爽忽來憑。夢里如相詔，毫端得未曾。庶應爲厲鬼，三島許重膺。

歲暮感逝

平生知友劉申叔，慈孝能傳先母賢。只惜中年感牢落，竟令晚節愧堅貞。劉師培

先時客死梁公約，兹歲重亡李審言。等是江淮老名宿，即今鱗爪已無存。梁菼李詳

杏廬門下敂傳人，疏柳蕭條慘不春。柳念曾、慕曾。江曲書莊屋廬兄弟故居。面場圃，軒名在雪巷，更生故居。更無猿鶴許相親。沈廷鏞、廷鍾、維中。

東江才子王玄穆，年少文章劇老成。衛玠風神今已矣，只從難弟話平生。王德鍾

梓琴卅歲能知我，南北提携見幗誠。今日綈袍猶在笥，要從何處哭田生。田桐

太常家世我能知，騷雅爭傳絶妙詞。賴有僑吴沈八丈，黍離遺奏到今悲。沈臨莊又刊沈伯明詞多種，皆世所未見之作。

酒狂詩聖益能書，南社人才盡不如。我與若衡數湘士，旗亭交痛傅文渠。傅熊湘。若衡，其鄉人魯蕩平也。

漢園疏宕劍公狂，酒膽詩盟最激昂。奚事窮途怨蕉萃，迷陽却曲總堪傷。陳家鼎、高旭。

死而不朽如公少，銅像巍峨石墖高。陳其美銅像在西湖濱，又建塔於滬西門。我獨迴車猶腹痛，

三湘遺烈待誰褒？黄興、宋教仁二公皆卒於滬，今罕有道及之者矣。

失題 壬申

辛亥一革命，瞬息踰廿載。南北屢紛紛，幾度市朝改。金陵鼎雖定，□林國還在。東隅盡淪喪，赤眉稱焕采。大官既附庸，小官并駑駘。

壬申入春五日東柳招同汀鷺重過月色樓

鼓鼙聲急雪紛飛，風鶴驚心客乍歸。入市喜逢春釀熟，登樓只覺酒人稀。頭顱如許人將老，鄉澤微聞願總違。子弟八千猶可募，推尊我欲賦無衣。

東柳以泛舟郊外之作索和

石湖老去樂田家，雜興吟成碎墨斜。前輩風流信堪繼，隔溪丫髻況如花。漁歌晚唱低殘照，柔艣摇平暈碧沙。比似天台逢艷侶，松陰曾否飯胡麻。

題竹綺夫人近作

歷落珠璣字字新，令嫺才調洵無倫。最難三絶詩書畫，自是雙修福慧人。對客未須施步障，凌波宜許逐輕塵。連日泛舟嬉春，殊樂。劇憐王霸蓬頭子，翠袖年年暗愴神。謂亨、貞二女。

竹綺夫人招同星伯仲禹煮葵伉儷玩月

四海兵戈漫不收，萬花成陣總含愁。盈庭風月今如此，小集賓朋夜未休。中酒悲歌誰與和，一天涼露欲疑秋。鼠姑開遍春將老，慚負蒓鱸計絡游。時與星伯均有南都之游。

憶庭招同仲禹雲暈式如笠僧於西津修禊　三三

未須成洛慶新猷，自覓良朋作勝游。帶水縈洄迷古渡，予宅前一水甚闊，本名南匯蕩，以倪家匯得名，隔岸則爲南棣小菱灣諸地，今漸侵占盡矣。荷裳褭沙仗孤舟。機雲辭賦空繁縟，羲獻琴尊足唱酬。肆眺散懷原不惡，舞雩異世信同流。

喜得劉子和荷渠小幅

我生甲戌孟秋朔，恰喜圖成亦此年。草草光陰并花甲，盡看蒲柳委君先。

戲兩生

形模句仿究何因？漢魏周秦太逼真。一代奇才至難得，不應貌似竟遺神。

翻來花樣忒嫌新，原來從教失盡真。轉佩書淫能鍥苦，典型還似老成人。

紀潤州南山之游示病驥

先慈負弘抱，篤志慕前修。南陽述龍卧，栗里懷風流。探討及圖象，頌嘆恒弗休。一卷獲聽鸝，墨妙誠罕儔。持以召孺子，勉勵毋悠悠。寶之五十載，清操靡暇求。茲焉偶來過，乃作南山游。竹林既攬勝，招隱復尋幽。高風倏已渺，奚從問栗留。徒聞班馬鳴，叢桂森戈矛。譬之八公逝，淮南無諸侯。故人有侯子，興會殊不侔。銜杯共夕飲，擊節還唱酬。睠我紀游篇，老筆何其遒。仲宣際衰亂，作賦嘗登樓。平子感遭遇，亦復歌四愁。我今實同此，亻亍京江頭。幸子獨可語，意氣相與投。贈我金錯刀，奚用佩吴鈎。還應泛江湖，來去隨浮鷗。

懺慧詞人六十

堂背栽成六出萱，捧觴來與沁詩魂。青山莫漫思偕隱，白髮相看喜共存。太息十年一彈指，依然長日掩柴門。平頭詎算垂垂老，兒女欣同語笑温。

湖上雜興

十日平原飲，沉酣不自持。醒來逐魚鈎，夢去禮希夷。雨覺林巒暝，晴看畫舫移。未須聞杜宇，啼上最高枝。

春盡矣東柳邀同香南及亨貞二女小集月色樓

緑肥紅瘦紫藤稀，九十韶光轉眼非。流水落花春欲暮，淡雲微雨送將歸。楝風吹到黄魚美，華屋看殘乳燕飛。把酒只堪成一笑，百年休慮壯心違。

壬申孟夏十有七日東柳來言去年今夕初集月樓三兩吟朋酬唱甚樂頃者歲閲一周酒人星散唯予與子時復過從回首前塵曷可無言以資佳話因相與歡飲而別夢回酒醒率成此章藉探珠玉

清和天氣去時年，影事分明在眼前。漫許雲英尋玉杵，盡教崔護駐銀韉。詞人老去應頹放，團扇吟成任醉眠。正是璚芝生日裏，未妨重肆浣花筵。《玉海》：「元豐七年四月十七日丙戌，景雲靈宫芝草天生於天元殿。」《老學庵筆記》：「四月十九，成都謂之浣花遨頭，宴於杜子美草堂滄浪亭。傾城皆出，錦綉夾道，自開歲宴游，至是而止，故最盛於他時。」

夏至後二日重過舊時月色樓則已成魚肆矣因市得銀鱸一尾以歸

朝從三泖泛歸舟，買醉難尋舊日樓。縱許銀鱗盈尺好，臨觴還覺不勝愁。

仲夏重過鱸墟

長興開府地，極目總難忘。市小人烟密，村多襏襫忙。有懷翠岩樹，無復緑沉槍。只惜萑苻盛，予傳虎豹藏。

酬沈生

故人子弟多佳俊，贈我詩篇劇老成。一語報君休懃置，五言屹若似長城。

贈孫轶才闕

庭桂宿鳥爲犬所害

嚮晚群動息，巢林安一枝。既無射宿者，奚事復驚飛。觸藩猶自可，遇犬竟罹菑。救援我無及，撫視徒傷悲。偉彼山梁雉，時哉能見幾。

紀夢

彼岸雲未遠，一水竟悠悠。危梁斷不續，凜乎難久留。扁舟忽來艤，居然渡中流。問易得既濟，稻粱詎用謀。

聞寒山法螺庵趙凡夫陸卿子廬墓被豪强侵占盡矣示昭三大師

化城空谷鎮長蕪，麥飯誰供處士廬。澡雪千尋漫瑩潤，旋螺一徑任縈紆。何來山賊探幽勝，無復生王禁采蘇。獨上高崗望華表，栖栖遼鶴近歸歟。

先塋新建中山亭落成謹賦

近水遥山一覽平，金風吹徹白雲横。高梧葉落秋將半，秔稻花香雨乍晴。防墓自今應不朽，美人何處可忘情。羹墻愛慨俱寥寂，停罷危欄涕泗并。

九秋重過雲林即目

意行殊自適，暮靄更蒼茫。古寺蒲牢吼，深山霧豹藏。蓼疏秋欲晚，楓冷色逾黄。獨有源頭水，空明貯月光。

賦蚊

既醉且復眠，涼風扇秋夕。蘧然一夢長，雷聲動鼻息。彼蚊奚自來，嗚嗚鼓雙翼。視之雖渺微，賁育難爲力。

夢得涼沁句便足成之

一醉自忘機，休嫌夢境非。悠悠池上水，涼沁藕絲衣。

紀夢

漁火耐尋秋雪影，霜碪愁聽搗衣聲。寒宵幻夢詩成謎，誰與枯禪證得明。

壽王銘之五十 二十一年十二月

我愛王居士，家聲絶輞川。平生何所好，泥飲最歡然。朝市憑更换，流光任變遷。有懷彭澤令，時詠菊花篇。自是清高侶，於今五十年。知非能寡過，學易且耕田。吾與君同嗜，先施況復虔。秋風容易至，七夕再開筵。

歲晚遣懷 二十一年十二月七日

濩落江湖老病身，倚天長歡一逡巡。非關放廢成迂懶，别有胸懷貯苦辛。萬物去來知有數，百年哀樂總成塵。愛憎恩怨俱休問，認取寒梅孕古春。

紹興辛亥除夕羌堯章自石湖歸吳興夜過垂虹賦詩寄慨有少小知名之句予自乙未初春以鄧尉探梅賦受知攸縣侍郎龍公湛霖**亦嘗掉臂名場馳騁當世迄今忽忽四十年矣而南艤北駕百無所成偶檢得此不覺悵絶因次其韻用遣老懷**

未須重話少年場，一覺盧生夢已涼。算有梅花是知己，白頭長伴酒杯香。附原詩：「少小知名翰墨場，十年心事只淒涼。舊時曾作梅花賦，研墨於今亦自香。」

夢游塞外并得斗室二句因足成之皆紀實也二十一年十二月十四日

塞北歸來亦有年，夢游應識是前緣。飛書馳檄情何壯？縱酒狂歌興更騫。斗室歲寒家萬里，千山積雪月無邊。防胡乍急烽烟熾，獨上燕然鉦不眠。

壬申除夕

身閑漸覺成疏懶，世亂何須問吉凶？且與梅花共生活，任教銀翦送殘冬。百年心事餘青史，一瓣欽崇只赤松。北望天涯暗惆悵，胸中奇氣亘如龍。

癸酉元旦 癸酉

歲朝晴旭敞虚空，庭宇交輝蠟炬紅。塞北故應消宿雪，江南欣復占東風。千秋漫計長生術，六十初誇不倒翁。只是慰親堂未就，依然明髮負深衷。先君下世已六十年，擬今春爲建一堂，名曰慰親，猶中山先生志也。昔總理才八歲，有鄰人奪其山田者，其父達成公怏然謂之曰：「兒乎，汝能反此田乎？」總理曰：「今固不能，然兒稍長，當與力争，不反不止也。」時爲同治十二年癸酉，踰年甲戌，予家宅旁地亦有被盜者，而先君適於是晚逝世。先叔考憤甚，結諸俠少强力争之乃已。今皆一花甲矣，曷勝慨然。

避囂北寺旬日矣獨庭前盆蓮朝晚相伴頗識其趣爲歌一闋以貽之

重玄寺中千葉蓮，悠悠對我心爲憐。盈盈姣如好女兒，亭亭立似淩波仙。嗟吾六十非少年，飄蕭白髮霜盈顛。朝歡暮悦亦何幾，況復欲去難久延。初陽照徹何鮮妍，湛湛珠露園復園。開花開到七月七，新凉一味來秋邊。衆花零落已將盡，僅兹碩果儼煊然。盎如滿月攤宵半，又如群蜂採蜜前。密向華房攢苦心，脱離五濁方翩遷。優曇一現本常事，盈虚消息時迴旋。塵緣懺盡佛緣促，更策一步無乃全。鞭辟入裏幸無懈，系來松柏能貞堅。

夢汪季新歸國

之子昔云邁，遥遥信可哀。春宵勞夢寐，車馬忽歸來。蕉萃驚顔色，匡扶仗主裁。新途今已闢，夢中爲君除道。毋負濟世才。春初得此夢，因爲詩記之。既而果聞君將歸國矣。及春莫君在南京，遂屬門人致之。

癸酉人日仲禹邀集諸子來飲草堂

晴雲開處冷雲收，春氣溶溶襲敝裘。豪興未宜辭酒壘，清詞還與理歌喉。庭花蓓蕾欣無恙，老子婆娑自白頭。好向東皇問消息，何時鄧尉一扁舟。

雷雨不寐枕上有作

陰霾積弗散，偃卧何凄清。殷雷驀地起，檐溜紛鏘鳴。邊開烽火急，寰宇都震驚。安危問誰仗？四顧徒吞聲。

吞聲弗能已，起舞空徘徊。秉鈞者誰子？靦顔猶登臺。脂膏日以盡，民命日以摧。草野何蕭條？豆麥窮根荄。

聽經北寺辱精衛老兄損書存問并示近況感慨繫之矣詩以畣之

旃檀香裏日閑居，雙鯉愁看尺素書。孤憤未蠲縈宿慧，仔肩重任懍前車。來書略云：獨惜遠道歸來再作犧牲，背疽突發，無濟時艱，念我如先生，當亦爲之憮然失望也。猙獰虎豹闞山黑，虀膾莼鱸夢寐虛。唯有杜鵑啼不住，長安西望獨躊躇。

謝顧衡如惠新茶即書其扇頭一首

故人好事製新茶，香味温馨色倍加。且喜端陽逢令節，穩教詩思發天葩。從來西磧能招隱，會與南枝卜住家。爲愛清風增美德，勉書鸞鳳比花花。

梅雨中結伴作富春之遊

萬重山外一江平，黛色波光弄午晴。緑樹四圍隨野闊，白雲千里護春耕。前游歷歷從堪憶，短鬢蕭蕭只自驚。咫尺故鄉應不遠，予先籍蘭溪。何時來與白鷗盟。

重上釣臺慨然有作

雙峰高峭白雲横，策杖重來百慨并。一水連江梅雨闊，孤亭凝翠晚風清。蛟龍振鬣魚蝦遠，虎豹當關夢寐驚。時欲覓魚時魚不得，欲野泊又不敢。聞道四方多戰伐，秋蟲先候已争鳴。四山蟋蟀鳴聲甚厲。

自嚴瀨還宿桐廬

一聲柔艣下嚴江，水暖波沉送客艭。遠近峰巒凝莫靄，兩三漁火引前矼。雲横夜月明還滅，石咽寒瀧怒復降。且喜桐君無恙在，故應招我賦蘭茳。

喜獲煎餅

美莫堪言矣，餦餭總不如。分明纖手製，奚礙道旁咀。比似春綿軟，應憐翠袖儲。歸來還自炫，奢願未全虚。

題高澹游法螺秋色圖卷二絶并序 癸酉浴佛節

漫堂中丞法螺圖卷向未之見，吾友朱君梁任始得而寶之。嘗以昭三大師方隱山中，意欲歸之。而梁任慘遭滅頂，其家不忘前約，特介余致之於師。予因案中丞詩題辛巳九月，則康熙之四十年也。後十三年而爲甲午，則其孫華金重游獲觀是卷之歲也。再庚申而迨今癸酉，又得百有三十三歲。然則是卷之留存於世，蓋已二百三十有餘載。倘未漫堂諸公寫作之妙與凡夫先生呵護之靈，曷克致此。則是卷也，寧不足爲山中掌故哉。會予游第四橋於南渡院故址，得凡夫先生所撰碑記，喜其遇合巧，以爲有默相之者，爰題兩絶以畣大師，幸彼此共寶之。

舉目滄桑異昔時，秋山誰復覓霜枝？寧知一幅荆關筆，留得商丘父子詩。

居然歷劫不曾磨，片石韓陵比更多。只惜朱家已長逝，獨持斑管記浮螺。

夢梓琴

春宵寒欲絶，擁被劇凄清。夫子有奇節，能留千載名。交情托肺腑，寤寐各平生。國步今如此，思之涕淚横。

寄右任

去春鶴緣來同里謂于右任不讀曝書亭集竟不識斑魚字予頗笑其鐃舌見鶴望詩亦及此事益爲髯翁抱屈因復成三絶與解嘲焉

□□□□□□□，□□□□□□□。斑魚味美恁君嗜，莫遣河豚逆水還。

急就凡將制已陳，説文解字亦休論。宋時多少王安石，奚獨苛求法制新。宋儒多不講小學，今人執波爲水之皮以笑荆公，未免冤屈太甚。

假借諧聲例可推，象形會意理尤該。宛陵歐九誠知己，早撇鯸鮐兩字來。左思《吴都賦》

「魟鮪鯸鮐」註：「鯸鮐，魚狀，如科斗，大者尺餘，腹下白背上青黑有黄文，蓋即豚之本字。」然歐梅詩集已沿用俗書，不遵古訓矣。

鴻詞漫詡曝書亭，食譜新添筆未停。比似山西尋白狗，風流一樣眼垂青。竹垞在太原見女伎有名白狗者，竭誠訪之，賦詩而去。

六十述懷詩四首

我後荷華五日生，甲戌六月無三十，予生七月朔，距荷誕僅五日耳。百年過半若爲情。逢僧便欲參禪去，選勝猶能策杖行。春間住萬歲報恩寺聽經者，幾及二月。又作杭州嘉禾松江之游。漫笑兒曹俱幼稚，却看頭角已崢嶸。長兒吉利才五歲，次兒達利則四齡，頗異常兒。名山事業曾何有？只合深藏晏子楹。生平所著《百尺樓叢書》百卷都未付與人。

乍入春來興便豪，看花飲酒日勞勞。連年修葺倪雲林舊隱爲戴高士祠，今春又奉先生栗主爲别龕祀之。并約故里友看遍村社諸花，甚樂也。搜奇未敢輸靈運，慟哭重煩訪謝翺。孟夏在杭游靈隱、天竺、五雲、郎當嶺、雲栖諸山，端午後又溯桐江，上釣魚臺而還。最喜槎頭鯿縮項，於桐廬客館得巨鯿一頭，其長逾尺。待持江浦蟹雙螯。「江浦得霜螯」、「斫雪蟹雙螯」，皆陸游句也。昔予年五十，秦效魯贈聯云：「上馬殺賊，下馬作露布；左手持螯，右手引酒杯。」誠善頌也。今老矣，詎復能殺賊草檄邪。尋碑更自抄書去，多少珊瑚一網撈。今春訪得邑中古碑甚富，又於西湖圖書館閱書，多未見之本。

鉅富爭夸沈萬三，遺聞軼事我能諳。一門子弟容天放，其孫曾有號天放生者，王止仲作文以爲之解。六十年華鮮内慚。萬三子達卿年六十，謹慎敦厚，惟蓄經書子史古圖譜法書，名翰樓而庋之。子婦孫曾秩焉序進，一堂四世，所謂禮法之家也。日觀葡萄傳顆顆，萬三弟貴爲温日觀弟子，工畫葡萄，能傳其法。彝齋金石味醰醰。萬三孫伯凝，好學而勤於古，家治一室，聚金石書畫於中，題曰彝齋。草窗遺像尤堪寶，瞻仰侔於鄭所南。元季吴門有鄭所南、周草窗遺像二軸，俱瑰寶也，而伯凝藏其一。

貞一名標舊草堂，吾宗清節未容忘。李印泉根源得明代陳貞豐居士一門三世墓石十方，皆吾宗物也。中有云：高祖永年妻金守節與沈萬三子姓締爲婚姻，鉅卿賢士相與題其堂曰貞一，爲詩章以詠之。永樂間被旌。周文襄公撫吴日，嘗登其堂賦詩而去。當時歌詠嗟流散，先母儀型賴表章。印泉昔在京師，曾與同志具呈黎黄陂褒揚先節孝君倪太夫人，我總理孫公復親撰墓碑，今皆勒石。剩有江村饒遠意，周莊陳和之年七十，王止仲爲撰《江村遠意樓記》。盡承遺澤播餘芳。百朋用拜騰沖賜，待録銘詩細考藏。貞豐爲范譎贅婿，范又爲教授朱塤贅婿，不啻朱陳結好焉。塤爲北平布政朱士能子。前邑志均誤朱作諸。獨王彝常宗集吴驥先哲志作朱，與墓志相吻合，益信金石之有裨考證而不可忽也。又墓志五篇，除潘府、杜啓二人外，若趙宬、陳九章、申惠皆邑前獻，其遺文絶少概見。

今得此，足補往者《松陵文集》之遺。癸酉六月勤補居士陳去病稿。

《珊瑚》第四卷第一期，一九三四年六月一日。

前題疊三字韻一首

重玄緇侶叩昭三，慧業同參次第諳。孝友一門唯自勉，公卿他日漫相慚。閑翻貝葉心逾遠，老共青燈味最醰。底事胡塵消不盡，百年心事托巢南。

落齒寄吟

折齒非關孺子牛，心雄猶自佩吴鈎。道逢知己直相許，劇孟由來解報仇。

注：柳亞子題曰《齒折一首》，并注曰：「見珊瑚四卷一號陳佩忍專號金世德文内」云。

癸酉孟秋朔予以六十生辰方與香南瑜芬及兒女輩禮佛萬歲報恩講寺適衡如老兄以天孫錫瑞圖屬題不覺欣感交集圖作於同治甲戌之冬即予生之歲也輒書一絶歸之

展卷才更六十年，當時佳偶已成仙。朝來我亦逢同甲，却向空王結静緣。

病榻口占仍疊三字韻

損友多於益友三，近來交誼費須諳。文章何處求真價，魑魅驕人不自慚。書賡跑交欣有會，酒闌罵座味老醰。愛憎恩怨如何了？唯有乘槎□□南。

柳亞子記：此詩補入最後一首，得自何梅英，據云癸酉舊曆中秋日黎明，巢南病中口述，屬其筆録者，距臨終僅六小時耳。撰厥詞旨爲有憾於其友而作，豈真所謂「愛憎恩怨如何了」者耶！

浩歌堂詩補鈔

題黑奴吁天録後 癸卯

專制心雄壓萬夫，自由平等理全無。依將黄種前途事，豈獨傷心在黑奴。

《新民叢報》第三十一號，一九〇三年五月二十日，署名醒獅。

讀史三首

秦皇昔馭宇，壓力恣暴亢。爰有張子房，發憤首與抗。搜求力士椎，長嘯赴博浪。一擊雖不中，心膽自沮喪。十日不可得，義聲益鼓蕩。鬧動自由奴，激起獨立狀。勝廣始發揚，劉項益膨脹。奴隸終慷慨，獨夫卒流放。嗟哉驪山宫，一炬付炎煬。

何來老婢子，生性侔妖狐。外戚極隆寵，兼之奄與巫。吕雉爲作俑，唐鵡踵其車。憂患不足懷，游觀且樂娱。靈魂亦何貴，挾之臨天衢。將作日多事，少夜徙空虚。教惠徒自戕，廬陵疑有無。遂令慷慨士，横刀增悲吁。朱虚起宫掖，敬業來田閭。家居自完好，非種終誅鋤。可憐淫昏婦，掩袂歸黄墟。當時曰禍水，千載譏下愚。

要離不可作，專諸今已矣。蒼涼國士橋，寥寞深井里。疇陳荆卿徒，莫挾夫人匕。擊筑不聞聲，袖椎渺難企。嗟哉老大邦，竟無俠烈士。安怪棼亂絲，千手不能理。專制心越雄，壓力譬牛豕。蒙難終酣嬉，黨禍日興起。舉首望中原，百非無一事。痛哭也徒然，狂焰燕丹子。

《新民叢報》第三十一號，一九〇三年五月二十日，署名醒獅。

警醒歌

警警警：白禍燃眉鹿走鋌。醒醒醒：龐然巨獅勿高枕。奮奮奮：偉大國民莫長病。興興興：舍身救國爲犧牲。

《南社研究》第七輯

建州女直考繪圖題詞

北方曰狄并群荒，賤種由來是犬羊。沙草萋萋人不見，一群豺虎一群狼。

揚州十日記繪圖題詞

板蕩蕪城劇可哀，蒸黎百萬尺成灰。奇冤十日休嫌慘，九世於今繫割來。

忠文靖節編繪圖題詞

落日孤墟掩寺門，蘆中人去只存村。荒荒一片汾湖水，嗚咽徒聞吊國魂。

嘉定屠城紀略題詞

一屠未逞再三屠，血肉模糊死復蘇。最是傷心淫酷處，只堪揮淚不堪圖。

以上見《江蘇》雜誌第六期，一九〇三年六月，署名季子。

閻公祠題影

記曰：「神祠鬱鬱澄江隈，蒼涼吊古哀復哀。模糊封碣不堪讀，但見蝌蚪詰屈，莓苔侵蝕，偃然僵卧没蒿萊。江干漁父整襟揮涕而告語，云是當年典史閻公之祠宇。偉哉我公國民宗，匈奴未滅公餘怒。我本軒轅黃帝之子孫，神靈華胄巍然尊，氣概如何公岳岳，能醒七億里四百兆漢族之國魂！」

華夏之防古所寶，麟經特筆資搜考。巍巍神禹甸九州，忍令大地走群獠。朱祚不綱燕去潰，嘘雲吹雨驕蛇虺。南朝鐵甲中流斷，渡江胡馬紛紛來。縱横猰㺄日相逼，君山草木暗無色。江流浩浩砥柱傾，南方保障誰與值。

偉哉！我公義可薄雲天，嬰城墨守堅又堅。魯陽揮戈日將没，精禽冤起石猶填。九衢倫楚各誓死，揮刀躍馬帥以起。手斬樓蘭提其頭，横戈欲搗胡奴壘。昊穹無靈百鬼呵，犬羊蟻集益以多。鬼妻可餐骸可析，郎邪滔盡無如何。靈鼉不舉鼓色絶，萇弘化碧空餘血。掃地衣冠今何言，但留神宇標奇烈。吁嗟呼！金陵王氣東南無，中原北顧皆胡奴。邙山赴吊滿榛荒，青燐夜走巨奴瓠。

偉哉如今直是爲民流血之大夫，三百年後中原志士磨血和淚繪兹圖，懸之夜半陰氣蕭颯天模糊，猶聞鬼雄暗泣聲嗚嗚！呼嗟乎！公身雖死心靡他，幾時還我舊山河。

按：陳去病謁江陰爲民族流血閻公應元祠宇并君山，得《閻公祠宇》及《君山形勢圖》照片兩幀，刊留日學生《江蘇》第六期，《浩歌堂詩鈔》未入此詩。

論戲劇之有益題後

十部梨園奏上方，穹廬天子亦登場。纏頭豈惜千金賞？學得吴歈進一觴。

味蒓園看焰火

涼蟾如冰霜華中，女士駢闐笑語盈。絶勝鰲山新氣象，不愁烽火滿東京。

蘆區重過陸郎甫郭頻伽故居

中丞清節高天下，上舍才名播九州。一是吾師一吾友，當年心迹盡風流。余少時曾繪邑先輩數人爲師友圖。

切問寒齋晝掩門，靈芬館徙剩招魂。遥知鷗夢圖難得，才福如君繪水村。頻伽嘗繪有《鷗夢圖》、《水村園圖》二圖。

拜楊維斗先生祠

落日荒墟尚有村，依稀蕭寺托忠魂。胡塵到處高千丈，枉説江東士氣存。

歇浦病中哭陶亞魂

十日沉愁未出門，病中情緒正昏昏。何期盼到中秋夕，却向西風哭亞魂。

偕光漢子觀汪笑儂桃花扇新劇

久無人復説興亡，何竟相逢在劇場。最是令儂凄絶處，一聲斷腸哭先皇。

八月十九日之夕春仙園主熊文通以續演桃花扇見招因偕同人往與斯會棖觸舊感情不能已爰各贈絶句一章

菊仙

舊事重題和者誰？中原名士盡傷悲。北朝供奉真奇絶，却唱南都懊惱詞。孫菊仙在内廷供奉已二十年矣！

也作雲亭也敬亭，滿腔悲憤總沉冥。知君别有傷亡感，特借南朝一哭醒。伶隱　汪笑儂

休云金粉散如雲，猶有斯人拾墜芬。第一寫將俠情出，令儂心醉李香君。周鳳文　鳳文演

李香君《却妝》一出，尤爲出色。

觀縷金香新劇

胡然臨難遽逡巡，仗此貞魂勵藎臣。痛惜虞山老宗伯，一泓辜負柳夫人。

偕笑儂觀玫瑰花新劇

白話道人真解事，閑來却説女玫瑰。村中惡虎村人捕，錯見引將獵户來。

分明當日思陵事，李闖張王起競争。惱殺平西太鹵莽，無端借得大清兵。

如今大錯已鑄就，志士欲謀光復難。不見太平天國事，徒令骨肉再摧殘。

挈君同觀戲中戲，大家暗地一傷心。珠申王氣今何在，會見歐西如禍臨。

以上見《二十世紀大舞臺》第一期，一九〇四年，署名佩忍。

喜得力山朴闇魯林薇伯海外書

故人别我已盈月，累寸相思積不平。航海肯從徐福隱，圖南遥祝大鵬程。中原事變日荆棘，謂湘事及粤南近狀。大地山河多甲兵。勉矣諸君各努力，歸來白馬警同盟。

《警鐘日報》一九〇四年十一月十九日

贈某君

地球圓徑九萬里，兹物君家固有之。持以遺君良自恧，栖栖落魄尚天涯。

國旗

輝輝國旗呈特色，喜看黄種日文明。倘教喻徹尊周意，此是朝陽第一聲。

感時

唐譚無一應大哭，悲哉不竟是南風。雙雙烈士頭顱血，又灑瀏陽滿地紅。

一望

一望龍旗涕淚多，謂他人母奈卿何。國亡屈指無多日，誰唱思陵紀念歌。十月初三日，爲大明崇禎先帝殉難亡國之期。

一望龍旗涕淚多，國權喪失奈如何。順民插遍燕都市，庚子前塵駭乍過。

一望龍旗涕淚多，江湖滿地震風波。惠州三色今摧倒，何處重吟光復歌。

一望龍旗涕淚多，凄涼身世太蹉跎。猛獅獨醒曾何補，拚向爐邊買醉過。

以上見《二十世紀大舞臺》第二期，一九〇四年，署名佩忍。

白浪庵像贊

猗歟滔天，東方大俠。眷我宗邦，奏其驍捷。一擊不中，去而爲優。潛龍勿用，我心孔憂。

吴三桂借清兵歌 丙午

正月裏梅花開來心裏呀嗚喝喝香，那大明朝氣數忽消亡。崇禎皇帝吊殺勒煤山上，個李自成便要坐朝堂。
二月裏杏花開來心裏呀嗚喝喝馨，那吴三桂要去借清兵。李闖爺爺殺得都逃走，個小狼主就此坐龍廷。
三月裏桃花開來片片呀嗚喝喝紅，那福王爺酒醉在宫中。一兵不發到揚州去，可憐那枉死骨格忠臣史相公。
四月裏梔子開來帶雨呀嗚喝喝香，那滿洲兵一直下長江。弘光天子嚇得難逃走，個阮圓海就逃出條褲子襠。
五月裏榴花開來心裏呀嗚喝喝明，那滿洲兵就此破南京。一時百姓都歸順，只有那不怕死忠臣要誓滅清。
六月裏荷花開來觸鼻呀嗚喝喝香，那大明朝出現個小唐王。浙江還有魯監國，也守住個舟山死不降。
七月裏海棠開來遍地呀嗚喝喝紅，那大明朝又出仔個鄭成功。提軍百萬真雄壯，倒殺得那滿洲兵大敗轉江東。
八月裏桂花開來朵朵地呀嗚喝喝黄，那張煌言就此入長江。提兵直到金山上，還望着朱太祖皇墳哭一場。

九月裏菊花開來各樣呀嗚喝喝嬌，那合天下都要重復個大明朝。頭上換掉烏紗帽，身上還穿件大紅袍。

十月裏芙蓉開來像杜鵑呀嗚喝喝丹，那吳三桂逆賊要南來。永明皇帝急得真無路，只帶領着個人民暫避開。

十一月裏長松生來分外呀嗚喝喝青，那吳三桂直逼到緬甸城。把個大明天子殺得乾乾淨，還要逼着個永明王一命竟歸陰。

十二月裏天氣吹來陣陣呀嗚喝喝寒，那大明朝從此不相干。滿洲韃子稱皇帝，只把我中國的人民當馬看。

《復報》第五期，一九〇六年八月二十日，署名季子。

燕都名優朱素雲像贊

是爲幽并少年，群許風流儒雅。即振響乎歌臺，獨怡情於文社。分明顔柳之間，似曾極意模寫。安得長縑大幅，乞其淋漓揮寫。

日本名優市川團十郎遺像贊

噫！之二者是皆團十郎之遺像也，雖少壯與衰頽，各殊形而異相。然其精神激越，意氣高朗，曾無爽於銖兩。何況騰播口舌，燦發思想，速扶桑之新，振國民之慷慨，豈非東方偉人，寧祇舞臺雄長。獨奈天不憖遺風流長往，蕭蕭芝居，誰其嗣響。遂令合之興者，過市川之區，讀伊原之傳，有不勝其低徊而悵惘。

文殊夢太炎出獄未果泫然書示衲子

萬山風雨劇凄其，讀罷楞嚴幻夢思。恍有神靈來招我，似聞箕子尚明夷。
龍蛇在壑容吟嘯，麟鳳游郊總駭疑。但乞老僧與超度，長明燈下佛虔持。

題寄塵女士聽竹樓詩集 丁未

不數當年午夢堂，一門風雅競篇章。時艱運否更多故，瞬間前塵已渺茫。
忍讀陶嬰寡鵠詞，天乎伉儷忽分離。丸熊畫荻非難事，滂母蘇妻要可師。

我也陳家寡婦兒，還思聖善總成痴。七年未續隴岡表，痛殺原頭没字碑。如今要乞更生筆，大放瓊琚玉佩詞。比個秋家亭子好，高文長照葉家湄。漫嫌失却掌中珠，塊肉猶存趙氏孤。不似中郎生命薄，書成惟可托嬌雛。余只一女九歲矣，粗識之無。天生風雅是吾師，拜倒榴裙敢異詞。爲約同人掃南社，替君傳布廿年詩。

今歲來海上與順德黄節同居藏書樓者甚久忽急電自粵來謂君令嗣得暴疾及遄歸已彌留矣一見而訣君凡四丈夫子其三者皆不育獨此長且賢而又遽喪人匪槁木詎能忘情君之悲愴自不容已然余之見解正復不同故詩以慰之

吾道已窮何可說，百年有限豈容愁。拚將浩氣還天氣，願截情魔付幻漚。世運未回寧絶滅，一身無礙盡飄流。人間庸福君休羡，不見穹廬遍九州。

題天梅萬樹梅花繞一廬卷子

種得嶙峋萬木梅，年年花朵向陽開。庾嶺即今消息斷，月明應有魂歸來。
極天陰雨路漫漫，北望蕪城草樹寒。記得嶺頭抔土在，苦吟常使淚闌干。
曾上孤山處士墳，香魂冉冉見斜曛。何當殺賊臨途死，藁葬花前要讓君。
肅殺乘時月色凄，一枝我竟未安栖。惟餘數卷巢南集，余自東游歸，名其詩集曰《巢南集》。合向癯仙乞品題。

《復報》第九期，一九〇七年。

神州女報題詞

嗟哉女界，世紀沉幽。莫或之拯，萬花悠悠。欣兹弘撰，光我神州。千秋萬歲，花開自由。

《神州女報》第一號，一九〇七年十二月。

夏劍丞用和東野句興懷賦示漫和一章 戊申

郢唱一聲發，天花千片春。繁弦并急管，妍笑復工顰。狐媚還成妒，燕支總愴神。故應浮大白，擊節墜梁塵。

西湖三潭印月晚歸遇雨同懺慧小淑作

晚涼天氣不勝秋，結伴同爲打槳游。剛是藕花初破蕊，清香時掠過船頭。

退省庵前皺碧波，亭亭亭上好風多。潭空莫映團圓月，但見白雲飛滿波。

剛怕前山動迅雷，回船急雨又相催。青衫濕透何須脱？贏得兒家醉一杯。

無畏天梅亞廬嘐公翩然萍集喜成此什

星辰昨夜集，豪俊四方來。别久忘憂患，歡多罄酒杯。文章餘老健，生死半淒哀。謂馮沼清。待續雲間事，詞林各騁才。

按：一九〇七年十二月，劉師培夫婦從日本歸國，受到黨人熱烈歡迎。一九〇八年一月七日，陳去病等於上海設宴爲劉氏夫婦洗塵作。衆皆知之。席間，陳去病提議繼明雲間幾社事業，倡組文社。《神州日報》發表了他們的唱酬詩作，實南社之先聲。

《神州日報》一九〇八年一月七日，署名佩忍。

烟雨樓題壁

澄波映晴旭，來此小勾留。樽酒淡浮緑，時光清入秋。故人不我見，往事感重游。剩此鴛湖水，蕭蕭生暮秋。

《南社》第三集，一九一〇年十月。

惜别詞 八首有序

有中國男子與西方美人密締盟約將成，忽爲倉海君所破。余甚惜之，故作此詞，以鳴不平云爾。

一夜東風泮碧池，堅冰無力碎如絲。憑欄何暇傷心問，鵑血啼枯只自知。

苦恨春波誑盡人，落花飛絮諦前因。浮萍此日終流水，悔煞乘槎一問津。

交甫休云有夙因，月明空遇漢皋人。料應玉佩隨流盡，那復相逢楚水濱。

狂笑重來吊尾生，哀君持信太分明。而今抱柱空遺恨，流水悠悠豈復情。
怊悵吟成惜別詞，淚痕如水意如痴。金猊欲燼香原在，何限蒼涼獨坐時。
秋深寒雨透窗紗，叵耐心情亂似麻。豈敢人前訴幽恨，中宵唯覺病來加。
南東金粉足清妍，檀板清樽奏管弦。此後自應埋駿骨，可憐難忘洛中仙。
由來悲樂信無端，嚙臂盟成總易寒。只是一池春水皺，關卿底事要相干。

絳雲

絳雲驀地起吴天，千里來投瘴海邊。竟有瓊瑰三萬斛，向儂抛擲到懷前。
一幅翩鴻寫影真，祈來杯筊也通神。殷勤合個瑶函寄，心事今番訴盡人。
侍女楊家拂影紅，相逢曾記畫堂中。何圖慧眼垂青甚，欲嫁書生李衛公。
朝雲隨宦損華年，玉局天南只自憐。分付渠儂須記省，行行休上木蘭船。

中秋旅行紀潮州

潮江抱郭如弓彎，南馳赴海不復返。天生沙洲塞江口，似與閩郡爲門關。層臺巃嵸立江上，望若鰲背浮東山。方舟絶流一登眺，江山縈回作玉環。榕荔陰中鋪畫堞，蔚藍天外排烟鬟。長橋橫截白銀浪，古塔倒浸蒼龍灣。南溟去北咫尺近，鯤者鵬翼微茫間。經須乘槎訪仙侶，何事飄梗凄塵寰。十洲靈藥不可採，三山欲倒風濤艱。君門九重身萬里，清霜入鏡絲斑斑。地主作情解相慰，玉壺盛酒玻璃般。蘭梅綺席招勝友，睇空遠眺舒愁顔。觴政森嚴角楚漢，楸枰變幻争觸蠻。客中良會豈易得？幸無職守身優閑。丹山九雛在天際，詎有彩翼來斑斕。高賢凄止便如鳳，韓陳渺矣誰能攀？謂韓愈、陳堯佐也。兩公皆以除鰐患著稱。韓則驅，陳更捕而戮之市。故自後潮州遂無鰐云。

中秋旅中感張石里著作無存

總角誦公文，不啻編三絶。半世味公道，無能劍一吷。維公不朽姿，薄雲貫虹霓。謗傷與夸炫，兩者具蠓蠛。氛氲一瓣香，萬古應同爇。舉舉何末生，敢去景行切。潮陽謫宦區，偶然鴻爪雪。藉此倏炎陬，海濱斗杓揭。湖流漾清泒，峰勢環飛接。江山銜明德，臨眺心神澈。白雲飄檐楹，恍憶靈旗掣。

史公識尊聖，世家表弟子。後雖未敢例，義在可竊比。濟濟伊洛徒，游楊復羅李。韓門數入室，若籍湜服喜。唐宋兩朝史，附傳共編紀。匹夫百世師，坡言得之矣。配禹尚非夸，傳軻又何訾？荒荒海水南，明珠孕天水。過化遂成材，廟食芳蘋芷。蚪枝侍郎木，蚪枝云云，蓋指韓公當時所植之橡樹也。其樹花開若桃，作紅白色，簇簇附枝。檜楷同嶷嶷。

中秋旅行聞韓祠左有寧丞相祠陸君實祠堂逾祠一里又有衣冠墓及其後裔惜以倉猝均未往之聊寫海陽鄭平階昌時一詩以作紀念而已

崖門風雨感摧殘，又拜雙旌紫玉壇。嶺表伊今留俎豆，天南何處葬衣冠。馬銜路絶黄龍渺，鰲殿波沉黑水寒。惆悵東郊尋古碣，木棉花外篆痕丹。墓多木棉。鄭爲道光人，著有《韓江見聞録》，頗博雅可觀。

潮陽歸題天梅風木圖

展卷難禁淚滿裾，知君心事略侔予。春風三月清明節，惆悵天南話墓廬。

病中得亞子書四章 己酉

天帝不我宥，先靈不我佑。神鬼相與謀，癰疽生我肘。地轉復天旋，呻吟五月久。伏枕待悲辛，捫心且自咎。

五月之痛楚，觸我大感慨。天帝不我死，先靈不我罪。此意何以故，要之在懺悔。齋沐禮空王，妙蓮花自粲。

而況失群馬，猶作千里思。而況貧家媪，耿耿卒歲資。千里縱不達，卒歲當緝治。牽蘿補茅屋，此意良堪師。

少亦苦失學，抱殘寡異聞。儕輩有子厚，廉悍無等倫。昨者疊書至，勗我多苦辛。涕泣感君意，發篋重沉吟。

惻惻

惻惻中原遍罻羅，側身天地一婆娑。圖南此去舒長翮，逐北何年奏凱歌。愧殺須眉遜巾幗，要將兒女屬嫦娥。補天填海終須仗，豈謂徐陵彩筆多。

脉脉秋心暗帶愁，沈沈長夜共燈樓。歸鴻幾處驚羅網，月影中宵怕似鈎。惜別只令詩思塞，當筵惟有酒樽酬。相憐去住渾無準，看殺平湖不繫舟。

有悼

幻影空花忒渺茫，挽留不得幾回腸。優曇一現真無那，蠟淚低垂只自傷。玉折蓀摧愁萬疊，霜清月冷夜方長。碧璃窗畔今如故，碎鏡當年恨未忘。

金風悽惻殞芳枝，憔悴潘郎兩鬢絲。不盡青春懷夙昔，欲裁紅豆寄相思。蠶心已死空成繭，蝶夢方酣總帶痴。腸斷中秋猶記省，朦朧月色漫填詞。

寶鼎

寶鼎沉沉篆爐烟，高堂華燭乍開筵。虎頭戴勝西王母，鳳帔凝妝蕚緑仙。醇酒殷勤親勸酯，玉容羞澀愈鮮妍。憎他青鳥頻來去，未許東方一放顛。

金屋

淒清金屋困文鴛，芳草池塘漫涉園。燒盡緑章空有淚，數殘紅豆總無言。痴人説事休嫌盡，舊病情餘未共論。嘆息昌羊有同嗜，落梅如雨盡銷魂。

春游八首集定公句

對人才調若飛仙，小語精微瀝耳圓。且莫空山聽雨去，一燈紅接混茫前。
道場䳘䴇雨花天，道韞才鋒不落詮。償得三生幽怨否，論詩論畫復論禪。
萬一天填恨海平，梅花四壁夢魂清。文章風誼細評度，兜率甘遲十劫生。
初弦相見上弦別，江上女郎眠未眠。百事翻從缺陷好，避卿先上木蘭船。
鸞鶴相逢會有時，渡江只怨別蛾眉。征衫不漬尋常淚，留報金閨國士知。
閱歷名場萬態更，南巇北駕怨三生。不如歸侍妝臺側，整頓全神注定卿。
江湖俠骨恐無多，甘隸妝臺伺眼波。悔向侯王作賓客，秋風張翰計蹉跎。
吟罷江山氣不靈，佩聲耳畔尚泠泠。一家倘許圓鷗夢，重禮天台七卷經。

自題蝶戀花詞後再集定公句

年來花草冷蘇州，過目烟雲浩不收。誰分江湖搖落後，盤堆霜實擘庭榴。
美人十五氣英妙，鳳泊鸞漂別有愁。若使魯戈真在手，三生花草夢蘇州。

惠山秀氣近客貴，惠泉那許東北流。萬恨沉霾向誰咎，南望夜夜穿雙眸。珠聯璧合有時有，婢如夫人難復難。何處復求龍象力，如鶼如鰈在長安。

漢元席上示天梅次公 庚戌

大隱金門非我事，江湖浪迹舊知名。廿年憂患餘文字，蓋代交情屬誓盟。南社風流前有幾，東山絲竹近無聲。何當爛醉狂歌去，十二陵邊訴不平。壁間見有明陵圖，而余亦作塞上之行。群龍戰野血玄黃，小集京華剩酒狂。至死不甘秦一統，有生豈料漢無疆。黄衫好覓虬髯去，皂帽休爲龍尾傷。回首江南千里近，要須歸隱白雲鄉。

《南社》第九集，一九一四年五月。

有柬

感君情誼兩纏綿，消息春風著意傳。愧我有家徒壁立，如伊佳偶亦前緣。珠聯璧合人何幸，翼比枝連誓總堅。準擬荷花生日裏，鳳鸞長住有情天。

雜感

莫惜華年與盛名，試觀時事足吞聲。文章值賤應多病，節義云亡什麼生。有所指。什麼生見《誠齋集》。野鳥有時來繞室，江南何處可忘情。用賈生、庾信事。思量便逐閑鷗去，烟水微茫一羽輕。

楓江漁父黯然悲，意念蕭條氣力衰。文體漸卑輸古味，嚚風常扇奈當時。息心且泯千秋想，稽首誰爲百世師。只有靜參微妙理，亂山黄葉一茅茨。

歲暮雜感

南行不得志，東望徒淹滯。塊焉返故鄉，寂寞衡門閉。慼念平生交，磊落半長逝。餘子雖倖存，精氣悉頹敝。而我獨耿耿，奔走未忘世。徬徨策治安，何者非匡濟。山高不厭攀，水深不厭厲。涉江采夫容，誰能待晴霽。

時窮壯士見，世亂腐儒斃。達識有高懷，無從形迹泥。況當厄運年，胡漢一衰替。澒洞勢傾舟，何暇怨操枻。應與振奇危，亂流同急濟。庶幾繫長纓，略可傲荒裔。功高吝其賞，長揖返江澨。聊以表深衷，自不同繆戾。

我有同心人，淹滯曲江溰。歲歲不相逢，相思各流涕。何計使之并，昕宵對姝麗。燈炧共填詞，更闌還擁髻。如此度長年，亦足忘昏曀。天意阻長塗，徒令日侘傺。文君信妙妍，臨邛悵迢遞。難言訴征鴻，音書莫遲滯。

貧士百不歡，著書亦幽滯。鬼伯日揶揄，長年半疲弊。所以雄奇文，霾藏不出世。長門莫與仇，鷫裘輒隳敝。衰病復窮途，由來阮生涕。顧惟歡愉人，漠然不關係。譬如南冠囚，寧邀北胡契。荆璞且自珍，瞬晤重華帝。

春夜苦雨 辛亥

春雷隱隱雨繩繩，欲上扁舟計未能。中夜似逢雙翠羽，夢回猶剩一龕燈。

梅花消息要能諳，幾度孤山許共探。怎得春風無限好，清明時節在江南。

題水仙花畫幅

杜蘅芳芷并清妍，赢得蕭郎取次憐。羅襪自温塵自軟，凌波長護洛川仙。

交甫因緣未易忘，當時曾解佩琳瑯。可堪一脉銀河水，不遣雲軿渡鵲梁。

以上見《南社》第四集，一九一一年六月廿六日。

西湖游唐莊賦此

六橋烟柳盡繁華，幾度停留意念賒。已是漸交三月節，怎生遲汝七香車。陌頭此日行休緩，江上連番望正遐。爲報唐莊好消息，碧桃猶有未開花。

春暮二首

落紅成陣委芳塵，怊悵天涯又一春。只我强能支弱骨，可憐猶有病中身。

無計留春强自寬，伊人天末想平安。何當一棹滄波去，翦翦風多欲渡難。

別杭州

松柏何年會再青，最淒涼是一西泠。臨岐敢與湖山約，築個秋家風雨亭。

偕懺慧重興秋社并建風雨亭有作 壬子

風雪山陰記往年，新成馬鬣總徒然。如爾大地春光後，可與湔裙到水邊。

《越鐸日報》一九一二年一月十三日

潮江騁望

沉寥天氣獨登樓，雁陣驚寒逼九秋。山翠沉沉迷遠岫，滄波隱隱接長洲。漫吟橘頌憐湘客，任岌南冠憶楚囚。我亦頻年憂漢室，栖遲江上待誰謀。

長沙有贈

絮泊蓬飄亦有因，竟從湘水擷荃蓀。繁華落盡春無主，占領群芳要此人。自是天南第一花，擬將木筆洵非差。蕭郎只惜難爲客，無福常從油碧車。名士青衫落拓多，美人香草奈君何。惟將一握齊紈素，并著痴魂傍綺羅。羅敷未嫁似雲英，二九年華已老成。我是揚州狂杜牧，十年一覺若爲情。

與徐自華登風雨亭

西湖之水兮清且漣，曾埋俠骨兮思當年。遭逢虜忌兮中變遷，毀厥青冢兮真堪憐。堪憐兮秋墳，重經營兮邱園。有臺有榭兮花繁，永永憑吊兮秋之魂。秋魂兮招蘇，驅强胡兮恢皇圖。美新亭兮蕖蕖，長無極兮與民國而流譽。

戲作 癸丑

子雲今日真難了，要鋸身軀作兩人。此撰方言貫風俗，彼張鴻著祖新秦。玄亭或者猶投筆，天禄何年再殞身。贏得經生大紛擾，揚楊兩姓辨難真。

自岱宗下降小憩龍泉觀有作

霧裏看山那見山，渾淪一氣擁螺鬟。懸知不是神仙侶，只在人天兩大間。

讀長卿傳有感

牢落中年際，思量百不存。美人共遲暮，絮語欲銷魂。白日三春病，青衫四壁蹲。雄文徒自惜，何處賣長門。

未厭子虛賦，先懷消渴憂。梁園徒作客，生氣已成秋。中酒沉沉病，思君故故愁。休言楊狗監，空曲鷫鸘裘。

秋海棠

識得人間薄命花，秋來紅淚總如麻。遥知南國多幽恨，不盡相思樹幾丫。

白秋海棠

淡淡冤華慘慘情，梨花貼地未分明。可堪素女空房怨，夜夜銀燈淚暗并。

趵突泉一首

朝發泰山巔，夕游趵突泉。風塵亦勞瘁，興會却騰騫。白湫旋旋起，明珠顆顆圓。暫來知未盡，昧旦去幽燕。

《南社》第八集，一九一四年三月。

和亞子觀春航貞女血即事贈子美之作次一庵韻 甲寅

省識春風已十年，嫣然疑俠復疑仙。聰明不爲多情誤，絶伎原憑我輩傳。漫信尹邢須引避，由來瑜亮莫争先。可堪雨覆雲翻後，剩有心情付管弦。

刊蒙藏議成率題一首

北蒙西藏皆危境，舉世滔滔誰與謀？我是西湖多病叟，雄文一卷獨綢繆。

《南社》第十集，一九一四年六月。

題梅陸集

平生未識斯人面，握管如何作品題。只好憑欄閑想像，珠喉約略燕鶯啼。

竭來才信陸郎嬌，楊柳風前鬥舞腰。自是汪倫情太重，一般妙筆兩般描。

《南社》第十一集，一九一四年八月。

龍泉觀贈女尼

百折千回落澗邊，潺湲聲裏劇淪漣。仙山神女渾閑煞，日日孤亭自聽泉。觀中有亭曰聽泉。

崇效寺看牡丹分韻得巴字

吁嗟新建國，何異舊中華。望古空遥集，盈庭只落花。風流悲宋玉，心事亂天涯。但覺知音少，紛紛下里巴。

《南社》第十二集，一九一四年十月。

新年辭

人道新年喜，我以新年悲。志業百無成，老大忙相隨。臨風悵江梅，攬鏡慚須眉。對客强歡謔，逢場聊酣嬉。四顧誰與娱，笑中哭自知。驚心應鳥友，濺淚酬花兒。宵深獨坐處，早起無言時。狂歌不可遏，怒嘯欲何之。一去二十載，家鄉竟如遺。朋徒數百輩，生死忽分離。枯棋剩殘局，欲以空拳支。嘵嘵舌三寸，皇皇筆一枝。經綸貯滿腹，乃僅餬口資。頎頎七尺軀，匏繫將奚爲。孟浪悔平生，雕蟲矜俗詞。潮流浩無際，株守將安宜。誓乘新日月，力抉舊藩籬。誠至剖金石，氣作寧慮衰。茫茫精衛海，沙填會有期。視彼愚山公，終須自我移。體魄脱有變，精神永弗隳。願我同舟人，誦此新年辭。

《浙江兵事雜誌》第一百二十八期，一九一四年十二月。

大哀集唐十首題莽男兒

故國春歸未有涯，年光誤客轉思家。横江欲渡風波惡，馬踏春泥半是花。

幾年爲梗復爲蓬，自愛名山入剡中。黄鳥不堪愁里啼，耶溪暮雨起蕉風。

負罪將軍在北朝，二年空被酒中消。一作「尋春放醉尚粗豪」。春風淡宕無心後，泰山一擲輕鴻毛。

楚雲滄海思無窮，一郡荆榛寒雨中。草木榮枯似人事，祇今誰數二師功。

白馬驕行踏落花，憐君不遣到長沙。秋風忽灑西園淚，枉破當時國與家。

雨絲烟柳欲清明，一片傷心畫不成。倚柱尋思倍惆悵，何人島上哭田横。

酷憐風月多爲情，還到春時别恨生。今日會稽王内史，一場春夢不分明。

中庭地白樹棲鴉，争有山河屬漢家。今日春光太漂蕩，殯宫空對棠梨花。

漢將歸來虜塞空，祇今誰是出群雄。無情有恨何人見，未掣鯨魚碧海中。

且將團扇共徘徊，往事空成半醉來。無恨春愁莫相問，鷓鴣飛上越王臺。

莽男兒書尾詩

雨過天青憶舊勛，浙江潮接皖江雲。輝煌約指羅星宿，光復先推此一軍。
秋風秋雨暗孤墳，鬱鬱同仇怒火焚。一擊明兒人不覺，幾疑天上落將軍。
剡山河處覓桃源，三匝無枝敢望門。却笑蘆中同出險，居然楊僕是昆侖。
千金五木戀花叢，禮數何由溷乃公。漫道温柔消壯志，婦人醇酒亦英雄。
丹書日望放金鷄，那料魂歸母未歸。旅館一燈長嘯起，斷腸疑聽峽猿啼。
剖心徐穉成仁日，風雨秋娘瀝血時。若便當年同一死，也應俎豆列崇祠。

湖上聞游簫劍并載過西泠橋見者幾疑白石小紅再世也

按：原詩六首，此三首《浩歌堂詩鈔》失收。

碧妙衫子稱身裁，妙絶靈芸竟夜來。自是吴娃非越女，此身端合貯蘇臺。
阿儂生小住山塘，省識貞娘與泰娘。却悔人稱劉碧玉，幾疑偷嫁汝南王。

萍踪離合豈無端，本來詩成合共看。只是十年交契久，欲論行輩即今難。

爲泉唐汪彤静姝女士畫微波落木圖題詩

木落天高霜信寒，紛紛鳧雁下前灘。遥山一抹斜陽晚，誰與征途着意看。

《婦女雜誌》第一卷第一期，一九一五年一月五日。

一水盈盈雨乍晴，自呼黄犢課春耕。此生但學錢重鼎，何必長風萬里行。静姝汪彤寫意，垂虹亭長題句。

曾向黄山雨裏看，亦從五泄聽啼湍。泉聲汩汩松聲壯，六月真令衣袖寒。去病爲婦弟子汪彤題。

秋山一角映眉青，秋茶丹黄下洞庭。自是紅鄉風景好，不爲鱸膾也揚舲。静姝繪，巢南題。

浮梅樓閣敞虚空，韻事争傳郭復翁。絶妙水村畫一幅，美人曾記夢魂中。泉唐汪彤繪，蟠螭山民題。

《婦女雜誌》第一卷第七期，一九一五年七月五日。

都門崇效寺立夏得兩絶 乙卯

十年革命老同志，一夕重逢宣武門。聊與閑游過蕭寺，美人清酒盡消魂。

黄天當立蒼天死，却笑斯人憒憒多。日日留春春不住，看君消夏又如何。

《南社》第十四集，一九一五年五月。

和馮秉鈞五十壽誕 丙辰

西序筵開值誕辰，家傳尊古澤猶新。端凝自在宜呼錦，道德堪師好樹人。彈鋏與歌曾市義，閉關却掃許交親。芝蘭競秀當前事，快舉瑶觴祝大椿。

《百和集詩鈔》一九一六年

書高天梅詩後 丁巳

漸離擊筑我哀歌，燕市相從奈老何。贏得一編游草在，傷今懷古淚痕多。

著書學劍總無成，北駕南艤恨未平。獨有千秋心事在，要須慷慨一談兵。

《民國日報》一九一七年五月十日

過柳棄疾家夜話

皓月晃中流，妖霧四野收。江村連樹遠，湖水極天浮。星淡猶横漢，梁低不礙舟。故人知近在，一宿許相投。

書高吹萬精裱扇頁一幀七絶三首

死灰槁木復如何，晝影沉沉忍數過。難遣近來懷抱惡，病魔紛似亂絲多。

抬眼羞看霧裏花，兩三同志又天涯。閉門覓句渾閑事，并世何人是作家。

盲不忘視跛想步，孰便甘心老此身。我是溺人命已矣，願他人做自由神。

按：據高鉟云：「此乃十九折金紙扇面，書寫共二十二行，款爲『吹萬先生教正　去病』。」

述懷二絶

我亦年來戀破扉，著書徒遺蠹魚肥。今春東江寓廬被焚，遂歸同川老屋。滄桑幾度經來慣，那復能令海嶽飛。茶陵都督嘗集定公「世事滄桑心事定，胸中海嶽夢中飛」句，手書楹聯見贈。

十月滄江天正寒，澆愁惟覺酒尊寬。一池春皺渾閑事，忍向東風側眼看。

自居庸關南騎行入口漫成

從容一騎蹴平沙，崱屴群山夾道遮。歲晚晴雲烘笠屐，西風黃葉露槎枒。漫矜驢背饒詩思，直欲龍堆卜住家。多少匒尼頻報喜，磧中多鵲。防秋應莫動悲笳。

《南社》第二十集，一九一七年七月。

留潮陽蕭氏宅值颶發不得還雜成四絶 戊午

木落寒砧向晚秋，悲風遥發海西頭。刀環莫賦征人老，惆悵狂瀾盡日流。

海上年年震鼓鼙，中原愁望滯輪蹄。遥知此夕深閨裏，製罷征袍淚眼迷。

裙屐招邀過選樓，揮毫得句盡風流。主人喜事客豪宕，飲盡葡萄不盡愁。

縞紵聯歡要有因，德星何異集荀陳。八龍譽美三姝媚，意誠有八男三女。省識齊梁世澤新。

潮陽歸舟

浪花低處海雲平，轉眼歸帆路幾程。獨倚危欄凝望久，泠然渾似御風行。

十年前事未能忘，一語驚人網四張。戊申秋，予主汕頭《中華新報》，指斥大阿哥及攝政王事，頗爲當道所忌。却笑狂言偏幸中，北廷哀詔賁如霜。會游潮陽未罹於厄，歸則哀詔已紛下矣。

過蕭氏新居 戊午

海上神山詎渺茫，飆輪遄發趁清狂。孤忠絶島懷先烈，文文山祠。姹女高丘得衆芳。賢主喜逢蕭穎士，意成。知音還仗蔡中郎。潤卿。一尊風雨秋燈夜，選體同熏班馬香。

題蔡哲夫大吉刻字有序

民國五年荷誕余在杭州，女兒綿祥來視，因同游小瀛洲，極目騁望，誦荷氣衣香之句，悠然意會，乃橋石斷俱墜入水，賴遇拯援始脱於厄。迄今思之，猶復心悸。哲夫得此紙湖上，竟亦以采菱高莊落水。爲之絶倒，因題而還之。

君唱菱歌我採蓮，翩翩同慕水中仙。凌波羅襪欣無恙，故事蘭亭倘有緣。
慨惜中郎遁迹時，外孫幼婦識殘碑。誰知此夜娥江月，又照跳山絶妙詞。

悼李侃如伉儷

桂香蘭芬兩俊才，綺年何至萎蒿萊。碧荷萬柄恩波闊，父女曾蒙手援來。民國五年荷誕，余挈馨兒游三潭印月，橋斷墜水。賴君手援得免。君夫人吳月娥復解衣爲馨兒易焉。

歲晚廣州見牡丹詩以嘲之

歲朝清供引花王，艷迹分明出窖藏。只恐開時易憔悴，春來難得占風光。

寫怨集香草箋七首

十年舊恨觸來新，慧業如何了淨因。拋下可憐君不管，青天碧海獨傷神。
天上黄姑聘有無，停梭不語悵悽烏。因多玉筯香奩債，不寄秦臺一紙書。
春來懶倦病來加，倚竹吟屏日又斜。擁髻可憐談往事，只因薄命是梅花。

夢寢荒唐亦感恩，斑斑哀怨至今存。十年冷落秋風扇，湘管湘簾總淚痕。
曉霜初日滿紅樓，倦寫相思略寫愁。坐定鏡臺侵早起，把郎終日上眉頭。
未易箋天上緑章，吟聲園轉斷鶯腸。可憐滴滴珍珠顆，自共銀河訴短長。
亦曾慰籍過從多，青雀從來鳳凰歌。不信東風溝散後，紅墻咫尺是銀河。

答怨再集香草箋十七首

花氣熏人十二年，明珠羅帶結纏綿。可憐碧海青天夜，觸憶紅潮上臉邊。
蝶夢寧分上下床，曾教玉佩繫衣裳。烟霞痼疾宜同病，一盞瓊漿不去嘗。
小飲瓊漿過十年，蘭橋孤負玉京仙。萬千悔恨都何益，腸斷春江祓禊天。
通辭不合太牽連，怨鶴愁鶯絶可憐。自與樊姬江上别，多情難懺薄情緣。
峰青水碧阻南湘，百結纏君一寸腸。霓雨浪風知不遠，春來還覓舊雕梁。
又寬帶眼幾分多，其奈銀燈擁髻何。光景旋消哀怨極，怕他紅淚損秋波。
碧雲初散日初長，暗解明璫結佩囊。交甫夙因肖不得，可憐餘暖又餘香。
神光離合三陰陽，猶托清塵一水香。唯有錦衾知此意，不能添錦綉鴛鴦。

縱記清塵亦可傷，枕屏夜夜夢瀟湘。如何命斷湘南渴，消息沉沉困一場。
不及屏風燭影親，故應相見話來因。但教江尾江頭住，羅襪凌波綉洛神。
六張五角是身宫，推算輪番我亦通。莫問園陵近消息，衡陽錦字絶江東。
伯勞飛燕自西東，鳳管鸞臺事已空。只合單栖風水畔，不容雙影月明中。
真珠密字寫來工，萬里傳來塞外鴻。今日却成交甫遇，一團紅淚不教通。
無聊有恨是漳濱，又送墻東一日春。怨泣較多歡較少，清譚或可解雙顰。
調高格好自然工，渺渺犀心一點通。今日蘼蕪香滿手，剛剛二十四番風。
對分恩怨亦無尤，不識江天有蹇修。我寫金經君綉佛，甘心紅燭掩重樓。
青鳥空勞探幾會，自書宫體奉奩臺。鄙人句子無多麗，苦被蕭娘訕笑來。

再集香草箋答怨

禪板香燈作證盟，上元齋日兩簽名。宋家薄幸東鄰賦，豈有鸞膠續得成？
自譽相憐各幾分，故應新婦配參軍。玉臺新詠江郎賦，倚柱沉吟日又曛。

浣紗曲

郎上重山妻浣紗，浣紗日日水之涯。涯邊緑水争流急，一似郎心不戀家。
鄭旦西施盡入吴，苧蘿村裏美人無。效顰只有東家女，鎮日妝成望五湖。

贈玄穆一首上作　庚申

蜆江東去水淪連，薛淀雲天莽接天。中有奇人王穆倩，横胸兵甲獨談玄。

和作

笑斟靈醁薦瓊杯，斗閣春融氣驟回。劍態簫心皆入抱，酒龍詩虎本奇才。江湖跌宕新成例，夢寐荒唐莫浪猜。歸去自教清睡穩，羅浮仙羽幾曾來。
流水寒鴉日暮天，香温茶熱竈爐烟。孟公投轄憑豪飲，阮籍狂吟盡值錢。題上酒家還自惜，調來雅謔亦前緣。東江此夕成高會，留與吴娃一笑妍。

十年十一月六日偕十眉重過斜塘與亞子玄穆諸同人會飲酒家有作 辛酉

辨色而興亦太痴，呼朋挈侶竟何之。魏塘過去斜塘路，衆妙重賡絶妙詞。籬菊未輸前度艷，岩松還挺歲寒姿。一尊到口君休却，痛飲黄龍會有期。時中山方下親征之命。

樂國和亞子

又向旗亭拜下風，當筵調笑漫匆匆。詞人老去情猶在，酒國春深夜更融。何物美新揚子賤，由來罵座灌夫雄。青霞奇氣原難鬱，一縱居然劍吐虹。

贈張冀嬰女士

落葉西風扇影清，欣看才調頗縱横。離鸞别鵠悲年少，菰飯蒓羹索令名。余初聞君名，謂是季鷹。臉蹙眉彎知有恨，栖鴉流水可無情。破除錮蔽君休憚，莫爲陶嬰誤此生。

中夜聞鷄苦不得睡和亞子韻

逝水東流月向西，百年如夢等醯鷄。龍蛇起陸身難老，瓦釜鳴雷衆易迷。賴爾相思千里駕，更誰就教一樽携。障瀾逐日吾曹事，拔劍休嫌夜色凄。是夜寒甚。

李花曲

環秀橋頭認阿環，替人作嫁不常閑。天寒日暮窗敲竹，翠袖殷勤露玉顔。
居然到此便旋來，膽大王生亦快哉。謂玄穆。一味讕言殊可笑，海棠情願嫁寒梅。

彩雲詞

瀲灩秋江映晚晴，芙蓉如面眼波明。懶殘不作芋仙逝，未要佳人瑣子輕。
豐容盛鬋炫明妝，如水雙瞳爛有光。奚似醉楊妃子好，泥人春色滿昭陽。

留別探珠吟舍叠前韻

照乘珠光近若何，宵深踏月喜重過。茱萸漸老餘心賞，醽醁依然識面酡。百尺樓高容醉卧，五噫鄰近許狂歌。朝來共逐征車去，投却毛錐更荷戈。雜句：「少年投筆復操戈。」

奇淚一首和亞子疊前韻

工愁善病待如何?太半駒光一瞥過。阮籍多逢青眼白,信陵空逐玉顏酡。頭風負汝曹瞞檄,涕淚憑誰易水歌。差喜樓船今下瀨,好從討虜振雕戈。

海上招亞子十眉小飲亞子即席有作余亦繼聲

莫話昆明劫後灰,消寒且復薦瓊杯。驚看卞璞含雙瑴,謂小眉、無忌。慚負吴娃稱俊才。三友故應争歲晚,一詩還要鬥心裁。偃王指日膺天討,好向瑶池奏凱來。

贈小眉無忌

鳳雛能有幾,於汝得雙清。珠璧齊輝映,神姿并老成。通家數文舉,小友識慈明。漫詡傳經事,徒慚老伏生。

樂天吟

華胥此夕乍游仙,又挾青鸞駐樂天。醇酒不辭千日飲,美人奚啻十分妍。憑他赤舌燒城去，盡我黄壚爛醉眠。安得便爲白居士，小蠻樊素共嬋娟。

禁臠一首疊用歌韻

固知禁臠莫如何，却貯醇醪盼我過。且喜淡妝能似玉，不須中酒已如酡。嬌憨況復夸豪飲，謡詠由來動怨歌。典盡鷫鸘成底事，回天應借魯陽戈。

與十眉把酒深談并簡亞子疊馨兒與亞子唱酬韻

不盡芳心易盡灰，挑燈且進菊花杯。雲英已嫁空追憶，崔護無緣枉費才。從古文章成底用，漫因狂狷鮮知裁。鯤鵬只合圖南去，莫爲情天束縛來。

不成眷屬總成痴，腕底狂翻絶妙辭。蕩氣回腸徒有恨，筊鸞檻鳳肯相隨。百年只分情爲累，三窟終嫌計太遲。頭白相逢奚可説，别離且趁酒醒時。

燈紅三首疊前韻

燈紅酒緑奈君何，屢遣雛鬟索我過。嬌女竟令三舍避，馨兒時方逃席。玉顔初見一番酡。

辛盤喜近椒花頌，時在友人洞房中。子夜渾同玉樹歌。只惜鼉更容易盡，好持猛燭抵陽戈。

地老天荒恨未灰，瓊筵開處合飛杯。婆娑宛作參軍舞，辨慧還矜謝女才。步障青綾圍執解，外孫黃絹句應裁。自憐奇氣銷難盡，欲向高丘慟哭來。

詎分殷勤捧玉卮，縱教沉湎敢容辭。狂於阮籍當壚醉，勝似劉伶荷鍤隨。閉置巾車何所事，破除藩溷未嫌遲。夜光徑寸原無價，珍重明珠照乘時。

重過樂天倒叠歌韻

再中奚羨魯陽戈，畫壁還宜子夜歌。白傅酒痕新舊漬，泰娘容態淺深酡。休疑劉禪此間樂，但願杭州得數過。一棹山陰猶可記，素君歸興近如何。

凱歌一章叠前韻

整爾干矛礪爾戈，揮毫齊賦凱旋歌。長驅鐵騎丹心皎，直搗黃龍雪面酡。一掃紛紛牛馬走。奚來滾滾鯽魚過。青天白日重開朗，漢幟高揚快若何！青天白日係黨旗也。

題蓬心草後寄亞子

上天堂更下蘇杭，一水中通伍子塘。斜塘亦稱胥塘，以伍員得名。風物吴頭兼越尾，佳人芳雪間疏香。一作「英賢陶振接袁黄」。蓬心句好蓬然起，樂國春深樂未央。回首喜留情興在，依依三宿戀空桑。

歸自峴江忽桐君急遞來招因馳赴之相見驩然已復掩涕若不勝情貽以兩律索亞子和

彎彎才掛一鈎銀，正喜中邦歲歷新。時值元旦。高館何來青鳥使，尺書如睹衛夫人。鸞漂鳳泊嗟離合，藕斷絲牽任效顰。回首東西溝散後，經年重得見真真。

羽琌山館鬱嶙峋，中有支離老病身。難買長安玉杵臼，錯征天上石麒麟。姮娥枉自求靈藥，宓女徒憐涴襪塵。雙腕擘甌成底事，雲英此日總含顰。

明日重贈桐君用歌韻回環二首

仳離身世奈卿何，皋廡從今許我過。修竹天寒憐袖薄，女兒酒暖喜顔酡。時復款君越釀，馨兒亦侍側，故戲及之。緣深漫抱還珠恨，瑞應欣符得寶歌。數日前方得白玉筆山於杭州。自古英雄情意重，據鞍聊倚雪芒戈。將從大元帥於桂林軍營。

猰㺄同室自操戈，桃葉秦淮且放歌。弱女勝男應力努，射屏中的漫顏酡。北宮孝思憑君展，絡秀門庭待我過。雀角鼠牙奚足憚，明庭執法有蕭何。

題潁若梁溪歸棹圖

伯鸞溪上水瀠洄，曾共休文着屐來。驀地江湖動歸興，一時圖畫振新裁。東田好賦郊居樂，南社俄增大雅才。風雨對床知不忝，靈芬絕業待重恢。

闃寂二首

伯勞飛燕又西東，小苑芳華遽落紅。無復煎茶來竹裏，漫疑逢怒辱泥中。寬柔悔抱袁絲度，應對何來李密僮。夜半夢回還一笑，不然毋乃類王崇。

昨夜分明興最酣，曉來奚事惑浮譚。春華競逐秋雯去，梅額空隨菊蕊篸。問燕只憐聲寂寂，泥人還覺味醰醰。臨觴何限低回感，飲盡醇醪總未甘。

吴門阻雪雜用歌韻二首索亞子和

如此漫空白戰何，恍披銀甲厲霜戈。青鸞有恨書難致，緑蟻無情臉易酡。一盞燈寒憐瘦影，四廂花睡少清歌。熏籠倚遍天重曉，惆悵翩鴻竟未過。

六出瓊霙掠面過，一重城隔奈伊何。丁簾卷盡人還遠，卯酒沾殘我竟酡。便欲騎驢看凍萼，未妨獵兔仗雕戈。山陰訪戴原乘興，興盡端宜發浩歌。

上燈時節重晤桐君備悉近況再用歌韻得二首仍索亞子和

申相衙前得再過，忽披肝膽喜如何。鑄奸禹鼎形奚遁，悔禍輪臺臉自酡。歧路漫揮揚子淚，回天還藉魯陽戈。人間不少黄衫客，努力終須奏凱歌。

明媚韶光映面酡，玄都觀裏共相過。萬花如海春誰主？一笑逢君我獨歌。要有奇謀憑曲逆，漫因不武小隨何。殷雷動地龍蛇發，試看書生又振戈。

以上見《蓬心和草》

贈鄧籍香先生 壬戌

風華跌宕足名家，門外争停問字車。我獨願君成獄史，夜闌秉燭記蚺蛇。

題鴛湖雙槳圖

圖爲老友余君十眉與其配胡淑娟夫人作也。今距夫人之逝又四稔矣。而十眉思之不已，因爲題之如此。

文鴛兩兩水連天，烟柳空濛映畫船。有客從容携俊侣，無邊福慧稱神仙。奚須桃葉早迎槳，勝似鴛湖夜扣舷。吾鄉徐山民先生與其配吴珊珊夫人俱工韻語，伉儷殊篤。夫人歸寧，山民思之。一夕竟飛櫂促之返。只惜麗娟今已矣，棹歌空憶十年前。

以上見《壬戌詩選》

五十造像自題

一脚踢翻鸚鵡洲，一拳捶碎黄鶴樓。少年奇氣本如此，至今老氣猶横秋。

《珊瑚》第四卷第一期，一九三四年一月。

題歲寒社攝影 甲子

共和一十有二載，回首前塵總惘然。桃李有花多零落，蒹葭無際孰洄沿。居閑只自尊高隱，歲晚何妨結舊緣。比似蒼松兼翠柏，任看拔地與參天。

連日同里大戰舍間亦難免鋒鏑矣可嘆哉可嘆哉 丁卯

罩地陰霾慘不舒，風風雨雨暗愁予。昭蘇只合祈蒼冥，泡影何堪付太虛。日月有丸跳未出，妻孥無計各長吁。百花生日今朝是，故國烽烟繞敝廬。

按：作於三月十五日舊曆二月十二百花生日。

粵臺殘瓦 戊辰

廣州粵王臺，漢趙佗所居之遺址也。友人潘致中曾得其殘瓦一片，特拓成數紙，要予題之，爲書一絶於後云。

黄屋當年事可哀，佗城回首付蒿萊。誰知一片東山土，尚有詞人掇拾來。

按：此詩收入陳去病《江城日札》，約一九二八年作。

京滬道中雜感寄亞子懺慧 己巳

見仁見智自分明，出處奚須畏友朋。我輩只應存恕道，世間難與話交情。鵬程進展原知幻，驥足高騫未可輕。休矣漫談今昔事，信陵醇酒慰平生。

庚午雙十節玄武湖上意之作 庚午

一泓清淺最宜秋，蕩我胸中萬斛愁。猶有芙蕖香在握，可無萱草號忘憂。興懷家國情何已，坐對湖山倦欲休。聊向幽篁來寫照，挺然直節慕前修。

按：此乃陳去病是時爲竹林全身攝像照片自題之作。《江蘇革命博物館月刊》第十六期刊登於《本館紀事》一欄，題爲「主任近影」。

下榻金荃精舍夢中兩律 辛未

塞北歸來已有年，夢游應説是前緣。飛書馳檄情何壯，斗酒狂歌興更蹇。斗室嚴寒家萬里，千山積雪月無邊。防胡昨急烽烟熾，獨上燕然鎮不眠。

蔑落江湖老病身，倚天長嘯一逡巡。非關攻廢成迂懶，別有胸懷貯苦辛。萬物去來知有數，百年哀樂總成塵。愛憎恩怨俱休問，認取寒梅孕古春。稿存金荃精舍。乃金世德齋名。

八月丁酉孔祀初廢詩以紀之

上丁釋菜至今休，贏得諸生動地愁。千古奇聞開老蔡，此議倡自孑民。三斤胙肉斷黄牛。本來不會彈琴瑟，從此無須學獻酬。好個前朝翰林院，早年忘却頖宫游。

送學究還村

這個先生慣打諢，烏烟瘴氣滿乾坤。真容直是老妖怪，綽號群稱小熱昏。主義造成無政府，黨徒招盡舊春阮。可憐一夜西風起，吹破床頭犢鼻褌。

按：此詩爲吴稚暉作，屬打油詩類。

無題

野花疏竹媚幽姿，翡翠簾前雨散絲。玉霞春露捧金芝，一樽相對憶鱸魚。周砥。

平生解識滄海趣，研池水滿墨花香。一簾秋色看青山，醉寫新詞一兩行。

詠史一首

三軍懼未遑，《左傳》：夫子有三軍之懼，而又有桑中之喜，是將竊妻以逃者也。奚事竊妻忙。竟有桑中喜，能無垓下亡。新縑休比素，故劍詎銷芒。古詩：「新人工織縑，故人工織素。織縑日一匹，織素五丈余。將縑來比素，新人不如故。」尚學鴟夷子，扁舟遠遁荒。

皎然奉應顔尚書真卿觀玄真子置酒張樂舞破陣畫洞庭三山歌

道流節異人只驚，寄向畫中觀道情。如何萬象自心出，而心淡然無所營。手援□毫足蹈節，披縑灑墨稱麗絶。石文亂點急管催，雲態徐揮漫歌發。樂縱酒酣狂更好，攢風若雨縱橫掃。尺波澶漫意無涯，岸嶺崚嶒勢將倒。盼求方知造境難，象忘神遇非筆端。昨日幽寄湖上見，今朝舒卷手中看。興餘輕拂遠天色，曾向峰東海邊識。秋空暮景颯颯容，翻疑是真畫不得。顔公素高山水意，常恨三山不可至。賞君狂畫忘遠游，不出軒墀坐倉翠。

石家堂畔瑣記

潮州南去接宣溪，萬里辭家事鼓鼙。離别莫言關塞遠，一封書寄數行啼。
自説江湖久不歸，嵐樹光中信馬蹄。如今再到經行處，依舊烟籠十里堤。
永晝迢迢無一事，胡山望斷不知處。官場羈忽共悽悽，雲水蒼茫日向西。

病倩詞 附聯語箴銘

浣溪紗 雨中櫻桃花

雨潤櫻桃濕幾枝，含情脉脉費猜思，春愁無限似蛾眉。愛護直教遮錦帳，飄摇誰與弄晴暉，不勝紅瘦緑肥時。

前調 盆中緑萼花漸零落矣爲作錦囊貯之

一盎瓊瑶貯古春，亭亭疑是洛波神，不堪明月老黄昏。青鬢幾曾簪蓓蕾，白頭唯與共精魂，古歡新恨莫言恩。

念奴嬌 鄧尉山中題諸瞿上人一蒲團外萬梅花册子用石帚韻

扁舟一葉，向湖山深處，招携鷗侶。依約藐孤仙子在，逸興清游何數。鐘識邾鏗，經翻貝葉，忘却簾纖雨。精廬大好，琳瑯吟盡佳句。薄暮重上層樓，雕欄閑倚，便擬驂鸞去。怪底吟盟天樣遠，飄瞥真同南浦。嶺表春遲，孤山夢斷，只合龕鐙住。萬梅如雪，相依休問歸路。

蝶戀花

一捻纖腰工結束。翦翦秋波，眉黛争飛緑。妒殺猩裙看不足，小名試向花間録。身本當年劉碧玉。第二泉邊，生小牽蘿屋。翠袖天涯鴻影獨，可憐漂墜西溪曲。

鳳凰臺上憶吹簫

碧玉身材，破瓜年紀，照人眼底真明。況司書捧硯，會理瑶箏。不是隨春憨態，圓午夢、一味嬌嗔。還應似，櫻桃楊柳，蠻素風情。凄清，恰才相值，這秋半團欒，明月如鉦。豈吴剛仙窟，七寶瓏玲。自有嫦娥靈藥，煩玉兔、搗徹瓊英。渾無那，裴航市上，杵臼空尋。

菩薩蠻 水仙花

紅窗日暖琉璃碧，伶俜約略呼之出。羅襪黦香塵，微波一盎春。鵝黄濃染額，腮粉春葱托。最怕是寒盟，冰紋石上生。

前調

金猊香褪銀燈緑，提鞋悄地來掀幕。只道夜風生，原來却是卿。卿情真似蜜，儂奈慵無力。要剩抱香眠，盡卿恣意憐。

前調 詠榴有贈

驕陽時節花如火，猩紅一樹裙兒妒。莫説柳三多，多男算是他。并刀和露剖，粒粒相思豆。端的費相思，問伊知不知。

鷓鴣天 辛亥九秋吴門賃廡養痾有作

朱鳥窗開夕照紅，華堂歡宴又從容。燈明滴渌欣還在，霧鬢雲鬟恨未逢。花燦爛，月玲瓏，靈犀一點幾曾通？瑶池舊會何須説，路隔屏山一萬重。

清平樂 泰山絶頂騁望

登峰造極，雙手捫天碧。匹練吴門鄉路隔，惟有白雲低拂。　松濤耳畔泠泠，當年翠輦曾停。浩蕩神州何際，齊烟九點青青。

百字令 偶經閶門酒家得宋淳熙明永曆錢各一枚用宋曾覿淳熙九年中秋隨駕詣德壽宫起居上皇賞月應制韻

土花暈碧，相青銅恰似，古時明月。難得方兄完好在，真個兩難奚別。兩片寒瓊，唐鈺詩：「親拾寒瓊出幽草」。一朝吴市，邂逅欣重疊。阮囊增采，清商應和新闋。　曾記破碎金甌，如蚨飛去，半壁争凄絶。一擲何曾孤注判，陷盡中原宫闕。陵散金錢，孝宗璽分御寶，永明國耻誰家雪？邊聲厲響，驚心何限虧缺。

浣溪紗 昨夢漫游塞外見土田肥沃頗宜耕植欣然有屯墾之志未幾峰回路轉徐度溪橋則微茫萬頃宛然身在水雲鄉矣枕上偶得二闋推衾寫之

塞草青青塞柳妍，壯懷猶自説開邊，桑芽初緑好屯田。 小小漁村逢野店，疏疏簾桁揚茶烟，具區縹緲遠連天。夢中恍惚一老漁語余云：「此梅花塢也。」

瘦影凌波絶可憐，個儂原住太湖邊，梅花點點擁嬋娟。 一舸鴟夷曾許隱，半椽茅屋合參禪，兩崦深處稱仙神仙。

踏莎行 張家口旅行竟日愁不能已寫此寄懷

攬轡登車，憑高瞰遠，胡沙一片連天晚。故園消息近如何？梅花落盡愁難返。 瀚海烽多，哀鴻唳斷，天涯白髮人應倦。朔風吹徹亂鳴笳，伊誰解道春將半。

蝶戀花

寒食清明都過了。盼得春來，又怕春歸早。緑暗紅稀鶯燕老，天涯何處尋芳草。

獨上高樓思渺渺。感逝懷人，幾度愁盈抱。白日蹉跎清興少，落花流水江南道。

鷓鴣天　亞子輯子美集成戲題一闋

絶妙清新俊逸才，偶翻曲調上歌臺。青衫紅淚斑斑認，白雪陽春續續彈。　珠宛轉，玉回環，願指倦眼爲君抬。黃河遠上憑渠唱，我自貂裘换酒來。

湘月　題懺慧畫蘭紈扇扇爲其祖亞陶翁所命繪閱稔已十二餘年矣翁風流弘獎藝事兼長爲清同光間詞林尊宿晚歲悉以所學授諸女孫故君亦遂通六法自翁殂謝君即不復揮灑會譚往事遽承見畀爰填是解用寄感慨

唐宫巧制，喜一握齊紈，團欒如月。纖手描成空谷艷，争似徐熙彩筆。楷細鈎銀，詞工飛絮，長技驚三絶。風流文采，謝庭當日誰匹。　詎料一慟人琴，頻年篋笥，抛擲誰憐惜？墨涴塵侵花黯澹，付我重來拂拭。玉軸瓏玲，芸香馥鬱，珍護逾珠璧。素心共對，晴窗何限薌澤。

人月圓　詠折枝桂花香橼

丹黃滿目香盈袖，正好是秋天。薌林宴後，栴林供罷，盡許參禪。　當時曾盼，一枝折取，十缶傳宣。而今只向，小山招隱，橘録旁箋。

菩薩蠻　題慈姑鷺絲畫幅

菱塘一片波如鏡，依稀認取蹲鴟影。青草白蓮間，春鋤意態閑。　水蘋遮不盡，一足拳來穩。寂寞頂絲垂，窺魚魚可知。

前調　題菖蒲佛手柑畫幅

安期已服如瓜棗，麻姑未見舒長爪。鈎弋擬前身，鬖鬖緑鬢勾。　青瓷宜供養，配以仙人掌。才盡笑江郎，文章妙吉祥。

清平樂　題鈍劍花前説劍圖

沈沈簾幕，午夢人初覺。一劍鋩寒花影簇，知有翠眉飛緑。　悲歌莫認漸離，疏寮竹屋依稀。獨我飄零長鋏，何年去逐鴟夷。

清平樂 題潘蘭史惠山訪聽松石圖

琅琊碣石，底處尋殘刻。只有惠山泉咫尺，認取唐賢遺迹。一拳奚啻玲瓏，佑微栗里高風。漫道書狂似虎，還疑樹老猶龍。使李聃事。

念奴嬌 丁未清明虎阜謁張東陽祠不果

人人争道，在虎丘東麓，有新祠宇。瞜水戰功驚海外，瞜水今陽澄湖也。一夕八王如鼠。奇石鎸功，城頭罵漢，吾意終無取。幾回經過，瞠目九天未睹。差喜一老相逢，黄鸝橋畔，絮絮和儂語。絶勝忠魂香火地，花木亭臺無數。上冢船多，踏青人聚。底事扃雙户。瓣香清酒，怊悵難陳嘉俎。

虞美人 五人墓

五人已矣何消説，有碣誰能没？淒清如我五人存，只是年年上冢漬啼痕。時與天梅、屏子、劉三、道非偕。温馨别有真娘墓，艷迹傳千古。可堪名士詡風流，對著名山名妓總含羞。

天仙子 重謁張東陽祠

短艇輕橈隨處艤，又到中丞香火地。神鴉社鼓不成聲，哀欲死，無生氣，入門撮土爲公祭。痛飲黃龍今已矣，亮節孤忠空賫志。滿園花木又凋零，餘碧水，向東逝，祠在緑水灣。盈盈酷似傷心淚。

念奴嬌 由山塘泛舟過野芳浜游留園及戒幢寺有慨

蘭橈輕揚，有雲間佳士，秀州狂客。虎阜横塘隨處艤，浜底野芳幽絶。盛事難追，餘馨猶在。我意良飛逸。爲君道故，華屋丘山歷歷。留園不是劉園，一花一石，大抵今非昔。只樹香林誰繼起，一笑相逢彌勒。留園西有戒幢寺，俗名西園。其僧日走城中宦家，募金如山，遂得興復，游人至者甚衆。震旦香燒，恒河沙没，我佛應凄切。印度已爲英人所滅。低眉入定，心事大雄誰測。

減蘭 席上有感

人衰代謝，卞董風流今莫話。欲聽琵琶，除却兒家更那家。紅樓曾記，有個惺惺嬌欲死。圖畫親描，説到魂消意也消。

惜分飛　欲游支硎未果戲代船娘譜此闋

澹粉輕烟春欲暮，一棹横塘飛渡。準備西山去，朝來賣得時鮮果。　好事多磨天忽雨，畢竟彼蒼心妒。妒了郎心苦。妒儂更妒西山路。

念奴嬌　丁未七月朔日馬齒三十有四矣漂泊海上百感填膺適值秋至因邀秋枚晦聞真長屏子天笑屋廬無涯式如小飲酒間賦呈

韶華荏苒，又桐飄一葉，驚秋時節。碌碌浮生卅四載，憂患始從今日。入海探珠，登山采玉，流轉曾無益。歸來江上，依舊布袍長鋏。　可堪卷地風潮，吴山越水，兩處頻悽惻。彈斷薰琴渾不競，士氣天南如墨。祈死無靈，療愁鮮術，撫劍空嗚咽。信陵醇酒，算了這生歸結。

攤破浣溪紗

月殿雲廊鎖碧流，滿村風景足清幽。猶聽一聲歌白苧，女兒喉。　胡馬嘶風常戀闕，靈狐枕首不忘丘。怎奈五湖人不返，兩邊愁。

高陽臺 有感徐湘蘋夫人事

筆格横珊，鏡奩嵌玉，南州高士人家。有個俜伶，小名記取蘋花。比肩嫁得元龍婿，逞豪情湖海堪夸。好年華、翡翠蘭苕，璧合無瑕。　徐陳本有苔岑契，況樓高百尺，奇氣衝霞。玳瑁梁間，雙栖海燕周遮。略談風月供消遣，盡憑欄看遍山茶。只堪嗟，福慧修成，之子天涯。

前調

擁髻填詞，憑肩玩月，當時幾許歡娛。底恁匆匆，留伊不住何如。翩鴻一瞥靈氛邈，剩孤懷渺渺愁予。影模糊，雁杳魚沈，沒寄封書。　驀然錦字傳來快，詎看猶未了，淚已漣洳。道受新涼，懨懨人忒慵疏。秋風從古稱多厲，怎禁他辛苦程途。病曾無？碎矣儂心，夢也驚呼。

鷓鴣天 春暮與景瞻匪石痴萍楚傖無射旗亭偶集

薄霧濃雲半帶烟，鷓鴣啼亂奈何天。綠楊巷陌人誰過，細雨櫻桃色可憐。　情脉脉，意綿綿，愁來且向酒家眠。鱸蒓味美盤飧好，莫問春歸何處邊。

菩薩蠻 夏五社集雲起樓即事分韻得寒字

名園幽寂宜春晝，相携幾度銜杯酒。四顧綠陰濃，可人滿座中。　蘭亭非昔比，復社差可擬。吟興盡闌珊，斯盟何可寒。

醉太平

黄花韻長，用漱玉詞意。榴花蕊香。用東坡本事。花花葉葉相當，傲王郎趙郎。　畫圖滿床，釵鬟兩行。烟波去去微茫，勝鴛鴦一雙。

臨江仙　水仙花

好個瀟湘妃子影，風風雅雅宜人。襪羅不染一些塵。似懷瑶瑟怨，傾倒盞臺銀。　漫説江皋曾解佩，三生要有前因。微波欲動暗生春。春情流不住，繚繞楚腰身。

浣溪紗　南濠舟次望月

側側輕寒翦翦愁，殢人天氣又中秋，扣舷惆悵月當頭。　一縷幽情如篆繞，兩行清淚似泉流，伊人何處認扁舟。

月白風清幾度秋，思量曾得似今不？隔河牛女爲增愁。　十幅蠻箋尋舊約，數聲柔櫓訝中流，不堪鄰笛唱涼州。

前調

日薄西風暮靄横，重簾低彈碧波生，乍翻還落不能平。　萬事不如潮有信，千愁難慰夢無憑，鏡花水月直銷停。

薄薄羅衾裏夢單，秋深怎奈五更寒，不堪曉月又團欒。藕斷絲連縈病骨，香殘粉褪息余歡，一番腸斷唱孤鸞。

秋冷衾寒眼淚多，文園此日病如何？若聞遥夜怨湘娥。恨海幾曾填木石，愛河驀地起風波，聲聲行不得哥哥。

雁杳魚沈訊問稀，征人天末獨悲思，可憐勒寄一寒衣。脱輻豈宜占易象，分釵忍肯譜新詞，薄情還算是蛾眉。

鰈鰈鶼鶼總合宜，不應抛撇任天涯，拒人千里太差池。縱汝鐵鞋雙蹴損，覔來誰復似儂痴。怎生回盼故遲遲。

滿庭芳 夜間酒罷偕貞壯游避暑花園作

銀燭光收，金樽宴罷，不堪酒氣難銷。風纖露薄，又好是良宵。耿耿玉繩低去，和碧漢、摇影瓊霄。深閑煞，裳松籬畔，且與把涼招。同爲故村營壘。匆匆過幾平橋，馬蹄疾，直到西郊。聽三弦鼓板，猶是前朝。竊與舊不肖吴門清唱。瞥眼，無花亂墜，不思議幻術争高。每時鐘演電光燈戲。按：日本博覽會有一室名不思，即演此者，予東游時見之。鷄鳴矣，一鞭歸去，殘月挂林梢。

百字令 寫懷

秋風徐起，正金虀玉膾，漸饒芳味。大好家居争撞杯，一木安從撑抵。張㨾扁舟，天隨漁具，高致真堪企。五湖烟水，好逐前塵去矣！　誰知惡浪翻鯨，張羅趨利，多少纖兒得意。一劍飄零，無着四處，幾倍嗚蹇風逝。檢點袈裟，安排飄笠，覓個精藍地。觀滄海，準續駱丞句耳！

賣花聲 寄贈雲栖子

丹桂倚庭東，揺曳秋風。銷魂最是五更鐘。檐鵲未聞身未起，一枕朦朧。　晨起懶推窗，卧病滄江。閑愁難遣惱心腸。願賦先生歸去也，紙短情長。

玉漏遲 見懷寄贈王子桐閣

擻廬欣聚首，連朝又共吟詩酌酒。鵝水清游，却喜誼聯婚媾。那肯神離貌合，但願與河山長久。時自咎，今生晚結，老成朋友。　門外忽唱驪歌，咫尺竟，天涯月明如晝。書室淒涼，人與菊花同瘦。鄰舍砧聲不斷，更一陣秋風飄袖。程四九投報，重叩情厚。

賣花聲　又贈桐閣子

門外綠波長，秋漲橫塘。水程四九到山莊。桑櫓自搖風自送，蟹舍烟涼。　却病本無方，且自扶將。從來丹訣駐心囊。江南江北同是寄，賺殺蕭郎！

清平樂　丁卯上巳感懷

鍚蕭聲咽，又是湔裙節。芳訊沉沉春寂寂，燕子不來愁絶。　陰陰深似三秋，天寒難卸重裘。一片烟蕪慘淡，傷心怕上層樓。

前調　翌日寒食重賦

禁烟令節，處處鵑啼血。倦眼天涯愁欲絶，心事這番難説。　介推遺恨如何，晉重詎免譏訶。贏得雲龍風虎，紛如春草還多。

前調 清明三疊前韻

血花怒裂，滿目胭脂色。招盡冤魂心欲訴，況是清明時節。東皇奚事冥冥，半陰半雨難晴。不但芳菲未吐，還教鶯燕無聲。

悼鄒容烈士

抔土屬劉三，幾度華涇悲宿草；一麾興漢水，到今革命竟償余。

悼徐錫麟

君死我爲傳，往昔神交殊可念；漢興胡已滅，而今素願已能償。

《大漢報》一九一一年十二月二十四日，署名南公。

題秋社聯

秋菊有佳色，社會惜此人。

挽陳其美

數十年憂患餘生，卷土重來，畢竟斯人真健者；新大黨中華革命，拚身一擲，不堪遺恨滿塵寰。

《民國日報》一九一六年五月三十一日

挽孫中山聯

題榜銘碑，慈母累承褒大節；南巖北駕，不才空自怨三生。

《總理哀思録》

挽高天梅

江户結同盟，壯歲雄圖成舊夢；津門嗟落魄，旗亭揮手至今哀。

《高天梅先生哀挽録》一九二五年，轉引自《書友》二〇〇七年五月。

悼表兄沈堞雲

聽悲歌兩地偕來，言念親情，凄愁曷已；與主計當春并謝，相逢泉壤，沉痛何如！

又悼

四五年舊學商量，尊酒論文，淵雅心情惟我欲；三十載命宫鮠𩻞，半途撒手，蒼涼身世爲君悲。

題蜀館聯

蜀江錦色，抑何美哉！懸如貰酒壚邊，炫服争憐卓女；峽水詞源，還倒流否？試問傭保叢裹，雄文誰似相如？

題城隍廟聯

露井溢寒漿，十弓地借周郎拓；金城環粉堞，百雉功侔伍相高。

壽陸稼孫母聯

海上涌蓬萊，喜聞淑德如松，定有飛瓊來頌悼；雲間開壽域，難得賢郎似玉，好隨魯望振家聲。

賀欽祖揚新婚聯

皋廡托芳鄰，行看鴻案相莊，眉嫵正齊青玉碗；小山有叢桂，還喜鹿車共挽，釵荆長伴碧岩岑。

贈沈志儒聯

姚惜抱論文，神理氣味，格律聲色；曾滌生治世，早備考室，猪鷄魚蔬。

又贈沈志儒聯

遺世獨立，與古爲徒。

爲吴良伯題屏聯

法書名畫供陶寫，漢隸堂碑任斠量。良伯先生爲三十年前名場老友，平生風雅性成，筆床茶竈，有雲林倪迂之習。頃以屏聯相屬，爲撰十四字以貽之，并希教正。

浩歌堂聯

平生服膺明季三儒之論，滄海歸來，信手抄成正氣集；中年有契香山一老所作，白頭老去，新居營就浩歌堂。

書房聯

其人以驃姚將軍爲名，垂虹亭長爲號；所居有緑玉青瑶之館，淡泊寧静之廬。

自撰楹聯

炎黄種族皆兄弟，華夏興亡在匹夫。

墓門石柱聯

慚長慚卿，令聞百世；難兄難弟，抔土千秋。

墓門聯

壎篪伯仲魂猶樂；桓表崇閎世莫京。

又聯

晚近以來，鮮兹長者；明德之後，必有達人。

爲吴良伯題屏聯

法書名畫供陶寫，漢隸堂碑任斠量。

白瓷酒卮銘

繄惟佩忍氏之卮。愼之愼之。毋酗於酒，以侃厥儀。以隳乃母訓，而不之或思。

端溪硯銘

噫！是先節孝所寶貴而遺予小子者也。與其弆之，盍磨礪之。與其閟之，盍陳試之。弗礪弗試，何以求知。毋弆毋閟，庶宛睹乎爾母氏之儀。

雲濤硯銘 有序

屢求端友，動爲人先獨得。茲棄材波譎雲詭，亦復可喜，爰銘而藏之。百年以還，殆有視若球琳者乎！巢南時在粤中。

仰而觀之，悠然如長雲曳空，乘風而遠上。俯而察之，滃然如奔濤出瀧，激石而推蕩。惟其中坦然，如余懷曠朗。豈非上隱神龍，下伏修蟒。將日著其靈奇惝恍，慰乃公之骯髒。

瓜瓞硯銘

憶昔女宗，種瓜得瓜。綿綿之祥，利生女娃。柔嘉維則，如玉無瑕。賜之端友，以光若華。

勤補齋銘 并叙

疇昔之夜，夢登一堂。仰視楣間，額曰勤補。書體剛健，類曾湘鄉。不覺恍然曰：「是殆公之所以求闕名齋歟？」未幾而醒，因自號焉。客有詢其故者，曰：「子殆有契於勤能補拙之謂歟？」予曰：「唯唯，否否。夫勤以補拙，拙誠可免矣。然而拙之外者，寧遽無當補者在耶？荀卿述孔子之言曰：少而不學，長無能也。老而不教，死無思也。故君子少思長則學，老思死則教。予少失學，遂至無能。今年且老，忝膺教授，其闕蓋亦多矣。不勤補之，將無能無學，竟老且死，尚何思之足云。君之疾没世而名不稱焉。及今而補所學與其能，猶或可以教授於一時。倘復邁往而前，力圖吾身之所當補者而亟補之，則不特於學於能多所裨益，而於教亦庶幾其無愧矣。寧可不知所鍥厲哉。」既以榜吾齋，復爲之銘曰：

學不殖將落。惟力耕焉乃獲。是穮是蓘，既沾既足。吾庶幾乎不辱。

附録一　巢南詩話

黃由軼詩

宋黃子由尚書，有《題孝女廟》一絶云：「入水尋親淚不乾，至今遺廟鎮江干。孝娥一段移忠事，愧殺當年老阿瞞。」見《曹江孝女廟志》。顧稱其爲元狀元學士，誤矣。又陳堯咨《咏曹孝娥》一律：「父兮生我恩難報，義所當然死不辭。一片香魂隨逝水，平生奇節在豐碑。空江夜雨寒潮泣，孤冢秋風老樹悲。況是虞川同里閈，移忠畢竟屬男兒。」志於姓上亦注一元字。二公於宋并官顯要，誰不知之？而修志者疏舛若此，異哉！

丁遜學遺詩

明初詩人丁遜學，著聲吴中，與高、楊齊名，而詩不多見。錢牧齋《列朝詩集》，已極致感慨。予撰《吴江詩録》，殷勤搜輯，略得古今體詩六首，亦云富矣。頃閲《丹徒縣志》卷五十集詩有丁敏《金山寺》一律云：「水天樓閣影重重，化國何年此寄踪？淮海西來三百里，大江中湧一孤峰。濤聲夜恐巢枝鳥，雲氣朝如出洞龍。幾度欲登帆去疾，蒼茫遥聽隔烟鐘。」或云趙文作，其人爲誰，殊不可曉。

王叔承金山詩

王叔承浪游南北，著作甚富。予既録其《三山游記》於《松陵文集》矣，頃得其《金山詩》一首，尤爲豪宕，因并載之。詩云：「黿宅龍宫紫氣驕，壯游南北倚清霄。蜀江萬里來春水，吴驥千峰帶早潮。夾岸帆檣揚子渡，隔天寒樹廣陵橋。臨流無限風塵思，濁酒淋漓倒影摇。」

潘江如

潘江如名陸，潘木公子也。居京口日，有《丁卯稿》、《懷許渾同大風用五微》云：「誰從兩岸問苔磯？想象田居隱少微。一自青山空麗藻，又看緑野冷雲扉。漁樵舊憶村邊住，烟火初經戰後稀。江國鼓鼙何日罷？老農還向此中歸。」情詞淒楚，有黍離麥秀之遺。大風當是張風，上元諸生，工畫山水人物。先節孝嘗購得《雙柑斗酒聽黄鸝圖》，神妙欲絶，即其筆也，今藏於家。

陸又有《登金山》一首云：「春風一放金山櫂，古廟門開酒甕香。瓜步遠烟含柳色，秣陵殘照動波光。杏花自發前朝樹，蘋藻還祠異代王。惆悵夜潮看月上，幾時重宿覺公房。」亦頗感慨。

冷士嵋

京口遺民冷士嵋，有《吊宗忠簡公》一律云：「英雄此地埋弓劍，隴木荒蕪隧道平。慷慨一心歸二帝，艱難百戰保孤城。空山落日思旗壘，野老春風薦杜蘅。自爾渡河人去後，倉皇誰復守東京。」傷今吊古，自與咏史不同。

又有《哭史相公》云：「宿德膺符將鉞臨，上公分閫著儒林。渡河忠略三呼壯，相漢憂勞六出深。望重蒼生名已副，祚移宗社力難任。致身不愧完臣節，淮海東流萬古心。」眼前恨事，言之更爲親切。又《陳後主》云：「南朝天子愛風流，花月笙簫夜夜游。每署女官爲學士，更翻新曲教驪騮。金尊狎客臨春宴，玉樹佳人結綺樓。尚説景陽宫畔井，胭脂猶染舊時愁。」則直刺弘光矣。

五律亦多感慨，《哭子晉兄》云：「吾兄雖弱冠，忠義古人難。憤血千秋碧，操心一寸丹。旌旗落泗水，魂夢繞金壇。痛作包胥淚，霜飛六月寒。」子晉名之曦，崇禎間，見天下大亂，曰：「安用是毛錐爲哉！」遂去。學騎射，能取中百步外。弘光朝，爲史閣部牙將。乙酉南都不守，竟死於難，予已别爲傳矣，姑不詳載。

至古體尤見節概，《擬陶潛飲酒》云：「斯民三代後，直道本其行。嗟嗟喪亂餘，世故多紛更。安得首陽人？激而使之清。詩書既已燼，福樂亦以傾。嗚呼百代下，道喪暗不明。愧餘悾悾者，於世無一營。

情有秉耒耜，力爲隴畝耕。暇則傾壺漿，不顧世上名。竄身蓬蒿間，聊復托此身。」又《寓懷》云：「海水飛清天，夷羊滿中土。游魚匿層淵，飛鳥驚鼙鼓。余將去深山，日與木石伍。顔子生亂世，簞瓢樂環堵。而我爲耕氓，白首老田父。醉讀周易書，彈琴於石户。浮雲幻無端，升沈事可睹。世故惡足論，投釣滄江滸。」

然猶不若《壬辰春孝陵山下作》，悲從中來，不能制止，讀者至此嘆觀止矣。詩云：「四宇崩坼龍戰争，真人奮起收群生。北馳沙漠影消霽，南顧江海光澂清。蟄雷一聲草昧辟，日月忽開天地明。撥亂反正歸華夏，文明制作垂宗社。鼎湖龍去寶弓藏，鬱葱浮護鍾山下。十萬熊羆守翠微，羽林環列周其舍。列聖相承三百年，寧知玉殿委寒烟。一盂麥飯誰陳薦？空對空山哭杜鵑。」

冷字又嵋，號秋江，丹徒鎮人。明諸生，著有《江冷閣集》。吾友冷御秋，其遺胤也。生平與寧都魏叔子交莫逆，由其志節有同符云爾。其在金陵日，有《大功坊》絶句云：「當年賜第親仁里，開國湖山冠百僚。今日雲臺總難問，大功坊裏草蕭蕭。」予主持江蘇革命博物館，即中山王當時故邸，雖亭臺花木，位置天然，而世異時遷，曷能無滄桑之感。讀秋江此作，益不勝其憮然而已。

邢孟貞

邢孟貞名昉，高淳人。明季有聲復社，與楊龍友、史弱翁交莫逆。嘗相偕至永嘉，唱酬甚富。居京口日，有《送潘江如移家吴江》詩云：「江柳千條覆碧灘，黄巾未滅曉烽寒。海門潮汐渾如舊，城郭春風半已殘。不使姓名通騎省，却教妻子傍漁竿。他年鶯脰湖邊路，便作桃花源水看。」江如本黄溪人，其父木公先生，以經商僑寓京江，著有《中清堂集》。至是以國變，遂還吴江。

孟貞又有《送弱翁還吴江》一首云：「百里瞻海色，吴江連具區。絪緼井邑盛，變態霞雲殊。君爲南徐客，蹉跎春已徂。麥苗秀早夏，江岸回征艫。敝廬臨水曲，日夕來鷗鳧。以我去鄉久，門徑多蓁蕪。愛子南鄰好，將謀遷我孥。却開桑麻野，環通橘柚湖。風波易遷轉，世路愁崎嶇。踟躕把别訣，永願遂良圖。」自注：予亦將卜廬避地於其間。然弱翁旋歿，邢亦未嘗居吴江也。

弱翁名玄，明諸生。與同邑吴日生易、趙少文焕相友善，號東湖三子。著有《東湖酬倡集》。嘗客燕京，携妓今宵以還。一時名流，以詩相賀者盈箱篋。又著《舊京風物記》六卷，載北平勝概甚詳。自日生起義討虜殉國，弱翁亦侘傺失志以死。風流文采，澌焉盡滅。故孟貞有《己丑追哭詩》云：「分手一揮淚，相悲是亂年。題詩猶未寄，别路已重泉。牢落空詞賦，飢寒絶墓田。一孤無六尺，松槚更茫然。自得吴江信，憐君劇苦辛。兵間貧嫁女，竄後病無身。魂魄空歸舍，孤嫠别倚人。遺文必零落，殘篋已成塵。」蓋傷之者至矣。

弱翁遺詩，予嘗輯而刊之矣。頃於《石臼集》得其《題孟貞象贊》一首，誠鳳毛麟角也，急録之，以實我《詩話》：「年逾五十，鬢絲斑白。中何所思？聳肩蹙額。正鳳凌夷，不絶如髮。維此老人，允爲詩伯。」雖郊寒島瘦，仿佛於須眉顴頰之間，要非開元以下人物也。文筆簡浄超脱，亦可想見其爲人。

邢孟貞二

孟貞七古，尤奔放有氣勢。《劍池濯足歌》云：「六月十五日正午，艤舟揮汗汗如雨。虎丘巉岩已攀陟，劍池窈窕誰斤斧？仰觀翠壁生蒼烟，轆轤千尺引寒泉。下有闔閭干將之寶劍，上有莓苔剥蝕之字元符年。懸崖倒垂松與栝，掩映日溜鳴濺濺。解衣濯足當澗立，炎歊忽失心陶然。劍池之劍何悠悠，此地曾悲麋鹿游。眼前所得已快意，何必長臨萬里流。」又《楊龍友戎服御盜歌》：「楊子好文亦好武，乞得閑官一尺組。堂前日日羅梟賓，左染丹青右揮麈。松江城西飛白羽，城頭吹角晝伐鼓。白刃騰騰氣亘天，楊子拔劍怒起舞。馬前止立一健兒，馬後更帶兩彊弩。千人一呼城門開，觀者如墻聲如雷。賊夜不來甲不卸，百姓遮道拜馬下。吁嗟楊子奚爲者？彈棋擊劍何閑雅。會取葡萄入漢家，且携苜蓿來官舍。爾餐苜蓿勿復憂，他日當封博望侯。」又《楚江雁》云：「江南八月蒲稗黄，天邊雁叫烟蒼蒼。歷落沙頭并水際，三三五五分成行。當時見雁心惻惻，本爲思家嘆離隔。如今繫艇武昌城，始知身是江南客。木葉蕭蕭下漢川，參差鴻雁忽聯翩。白雲洲上疏還密，黄鵠磯頭斷復連。沔口雲深迷楚樹，分行作隊紛無數。聞道瀟湘菰米多，天寒更向瀟湘去。」意爲北兵南下作也。

五古亦恬澹有真意。其《贈潘江如徐旻若徐松之枉過湖舍》云：「孟冬寒氣薄，楊柳半垂榮。客從南徐來，水落澄江清。楊舲溯金瀨，遵渚枉茅荆。潘子既國秀，二徐皆岳英。懷中出嘉藻，朗咏金石聲。東菑忻時稼，登劓亦暫營。幸以供粱黍，況未厭藜羹。霜天疏樹直，浦嶼孤霞明。床頭一斗酒，淹留尚可傾。」又《同弱翁爾止江如集徐旻若小園》云：「春城扇和風，習習芳菲路。紆徐得三逕，綣此幽栖處。新緑已滿庭，殘英猶在樹。蕭條檐宇間，時時見北固。樽醪方欲展，中坐忽回顧。忼慨詘言詞，世網苦多懼。四月葭菼生，江鄉水初渚。拂衣可同歸，耕桑事朝暮。茅齋依稼圃，竹牖垂瓜瓠。生理儻不足，更携捕魚具。」又《送弱翁還吴江予亦將卜廬避地於其間》云：「百里瞻海色，吴江連具區。絪緼井邑盛，變態雲霞殊。君爲南徐客，蹉跎春已徂。麥苗秀早夏，江岸回征艫。敝廬臨水曲，日夕來鷗鳧。以我去鄉久，門逕多蓁蕪。愛子南鄰好，將謀遷我孥。却開桑麻野，環通橘柚湖。風波易遷轉，世路愁崎嶇。踟躕把別袂，永願遂良圖。」清微澹遠中，自有身世蒼凉之感，洵名作也。

又其後集有《哭吴中友人》五律三首，傷感獨絶，細玩之，蓋知其爲長興伯作也。長興與史弱翁、趙少文本號東湖三子，著聲壇坫。孟貞與弱翁交善，遂并交二子。故集中有《閶門再贈弱翁兼寄日生少文》一首，云：「幾日吴江聽棹聲，姑蘇猶是片帆程。他鄉別袂愁仍在，此地逢君意更傾。行役故人勞問訊，飛揚詞客重縱横。延陵自有千金劍，趙璧堪酬十五城。」其氣誼之厚，略可見矣。因并録之，俾天下知吴公自有不朽者在也。詩云：「朝亂職方賤，同時三十人。世皆争濫秩，君獨誓孤臣。水戰魚龍窟，天亡甲蟲身。吴江千載緑，芳芷最含辛。」其二：「史相一軍在，君參計畫深。未須同日死，不負此時心。

潮淺皋亭月，雲低震澤陰。瞻烏前歲恨，寄我白頭吟。」其三：「九鼎組初解，吴生勢亦微。能令太湖水，忽睹魯陽暉。貢禹彈冠易，郗詵裹革稀。惟余開篋淚，日日尚沾衣。」

太史椅

太史椅者，吴中文衡山待詔之遺物也。待詔風流文采，輝映一時，歿後椅歸其門人彭隆池先生年。彭卒，椅復歸待詔孫文起相國震孟，可謂光復舊物矣。值北騎蹂躪，南都淪陷，雁門子弟，竺塢遁藏，而兹椅再入堯峰汪氏之室。堯峰文名，亦震曜一世，顧不久殂謝，椅歸萊陽姜仲子，蓋貞毅公之哲嗣學在先生也。冷秋江有長歌以紀其事，詩云：「憶昔明當嘉靖時，四海平寧無亂離。衡山名德重天下，揮毫對客常於斯。衡山既没存此椅，付與隆池門下子。隆池奄忽此椅存，復歸故物衡山孫。衡山之孫爲相國，坐此謀謨補衮職。吁咄嗟！誰知相公没後成永嘉，國難崩奔亂似麻。門閥一時漂没盡，此椅流入堯峰家。堯峰文章天下著，置此堯峰讀書處。起居不或暫相離，把酒賦詩常此據。一朝謝去作修文，堯峰之子持贈君。追惟想象前朝物，異代興亡安可云。此椅雖微百餘載，兵火身經幾更改，世間無事不滄桑，此物依然尚存在。嗟君之家向來亦是飄零後，對此何能不懷舊。椅乎椅乎！倘君傲然擁書萬卷坐其旁，能令白屋生輝光。而今雖伴烏皮几，他日曾陪緑野堂。避世若非徐孺榻，逃時端是管寧床。從兹千頃雲樓上，高對南窗注老莊。」

靈谷寺殘梅

靈谷寺梅凡數千百株，故老相傳，爲明高皇所植。弘光失國，翦伐殆盡。冷氏《江冷閣集》有絶句二章吊之，不減黍離麥秀之歌已。「鍾陵廢刹莽蒿萊，伐盡高皇手種梅。留得寺前三兩樹，寒花猶向雪中開。獨龍岡下蕭條盡，落日杈枒幾樹梅。老幹不將人事去，年年還傍孝陵開。」

管紹寧

武進莊思緘先生藴寬，近以其鄉先哲管紹寧所著《賜誠堂集》見貽，凡十有六卷。大抵奏疏居最，代言次之，雜文又次之，詩僅三十六首爲一卷。沈著頓挫，頗類唐音，七古尤雄健有氣勢，《送周星雄守備川沙》云：「周郎標格太奇絶，神鋒一一飛蓮鐵。露布嘗騰穎客豪，霜刀欲淬胡兒血。學書學劍雙擅場，兩持銀爵酬鷹揚。結束翩翩赴闕下，懷中挾策干明王。黑山忽遘涂眉客，貂裘獸錦成抛擲。黄雲慘澹紛撲人，蕭然孑走長安陌。」「陌上逢君莽自驚，班荆絮語雙眸瞪。駢肩捉手返僑次，掃榻呼醪慰宿怦。明朝投牒試司馬，時不逢兮淚盈把。馬革空懷報國心，虎頭誰識傭書者。慷慨悲歌擊唾壺，陰風夜半虢豐狐。匹馬衝寒欲東走，自言願一當匈奴。我急控馬諫勿激，鴻毛一擲亦何益。丈夫會合遇有時，長風豈阻垂雲翮。彤墀昨日下如綸，草澤英雄盡辟門。周郎踴躍應明詔，一朝敕守川沙屯。車前爪士排鳶翼，帳外牙旌飛絡繹。前茅水下闔閭城，先聲已落蠻王魄。憶昔先將軍，細柳威靈赫。軍中有令馳不得，天子徐行待開壁。百葉雲礽復見君，雄名直與前人敵。於今四郊多鼓鼙，至尊宵旰時拊髀。即看金鵲挂如斗，縛取呼韓換蟒犀。」又《張憲使泰夔初度》云：「鎬京三輔誰最雄？京江獨扼金陵東。左障徐淮右溟海，吴粵萬里當其衝。洛陽銅駝没荆棘，南國一朝成反側。悍兵悉變巾紅黄，惡少竟探丸赤黑。江南千里如雲擾，粱肉雖餘不得飽。枹鼓烽烟處處聞，萬家羹沸吴幾沼。我公持節鎮三山，白羽指揮若等閑。樓船外遏潢池焰，牛犢中消渤海奸。阮瑀軍書士雅楫，赫赫威名遐邇懾。坐鞏西周豐水基，因成建武南陽業。始信名賢籌策奇，勢當盤錯更委蛇。水犀星布名君子，銅馬蜂屯克大師。君不見鳳翔鄭節度，片檄能令凶黨懼。又不見漁陽郭細侯，盜賊盡散歸田疇。古來壯猷何可窮，惟當板蕩功彌隆。以兹安民并安國，雲臺麟閣將無同。百城喁喁偏户祝，共祝我公膺百禄。康侯用錫復壽臧，方如旭日升旸谷。」

金陵十六樓

明祖定金陵，於都城内外首建樓十六，爲都人士游冶之所，用意至遠。厥後秦淮水閣，盛極一時，幾、復諸賢，并留艷史。迄今讀《板橋雜記》，其流風餘韻，猶芬芳齒頰間也。案陳石亭《金陵世紀》，樓每座六楹，高基重檐，棟宇弘敞，悉以大書署額。惟缺清江、石城二樓，只稱十四樓。或又缺南北市二樓。意燕王北遷後，南都日以寥寂歟？未可知也。頃讀《金陵詩徵》，得李叔通五言集句十六首，於諸樓所在地址，及當時風物情狀，描寫極致，頗堪諷咏，因亟録之。

南市樓 在城内斗門橋東北

納景乾坤大，南樓縱目初。規模三代遠，風物六朝餘。耆舊何人在？登臨適自娱。皇恩涵遠近，莫共酒杯疏。

北市樓 在城内干道橋東北

危樓高百尺，極目亂紅妝。樂飲過三爵，遐觀納八荒。市聲春浩浩，樹色曉蒼蒼。飲伴更相送，歸軒錦綉香。

集賢樓 在瓦屑壩西

迢迢出半空，畫列地圖雄。魚水千年慶，車書萬國同。長歌盡落日，妙舞向春風。今古神州地，康衢一望通。

樂民樓 在集賢樓北

江城如畫裏，迢遞起朱樓。白日催人老，青樽喜客留。百年從萬事，一醉解千愁。帝德同堯大，洪恩被九州。

謳歌樓 在石城門外

西北高樓好，閑宜雨後過。憑欄紅日早，回首白雲多。廣檻停簫鼓，深江浄綺羅。千金不計意，醉坐合聲歌。

鼓腹樓 在清涼門外

翼翼四檐外，居人有萬家。盤空齋屢薦，舞破日初斜。小酌知誰共，新詩敢自夸。聖圖天廣大，爛醉慰年華。

清江樓 在清涼門外

涵虚混太清，時轉過雲聲。湖雁雙雙起，漁舟個個輕。世情何遠近，人事省將迎。談笑逢耆老，終身願太平。

石城樓 在石城門外

翠袖拂塵埃，煩襟出九垓。清光依日月，逸興走風雷。鴻雁幾時到？江湖萬里開。文章成錦綉，臨咏日盤桓。

來賓樓 在聚寶門外之西，尚有來譯橋

地擁金陵勢，烟花象外幽。九天開秘祉，八極念杯柔。造化鍾神秀，乾坤屬遠猷。吾皇垂拱治，不待詔書求。

重譯樓 在聚寶門外之東，尚有重驛橋

使節猶頻入，登臨氣尚雄。江山留勝迹，天地荷成功。干羽三苗格，車書萬里同。聖朝多雨露，樽俎日相從。

輕烟樓 在西關南街

久坐惜芳塵，鶯花不棄貧。關心悲地隔，有酒縱天真。不問黄金盡，應慚白髮新。登臨聊極目，紫陌萬家春。

澹粉樓 在西關南街

郡樓閑縱目，風度錦屏開。玉腕揎紅袖，瓊卮泛緑醅。參差凌倒景，迢遞絶浮埃。今日狂歌客，新詩且細裁。

鶴鳴樓 在西關中街之北

翠挹憑欄外，樓高不倦登。抑揚如有訴，凄切可堪聽。白日移歌袖，青天掃畫屏。古來形勝處，重到憶曾經。

醉仙樓 在西關中街之南

自得逍遥趣，乾坤獨倚樓。天籠平野迥，江入大荒流。待棄人閑吏，來爲物外游。蓬萊自有路，雲雨夢悠悠。

梅妍樓 在西關北街

天地開華國，招邀屢有期。風烟歸逸興，鐘鼓樂清時。對酒惜餘景，逢人誦舊詩。平生無限意，莫信笛中吹。

柳翠樓 在西關北街

白幘岸江皋，開筵近鳥巢。交疏青眼少，歌罷彩雲消。落日明孤墖，青山見六朝。平生愛高興，回首興滔滔。

案：叔通名泰，字仙源，南京人。洪武丁丑夏榜進士，博學知天文，掌欽天監，遂入監籍。私謚安敏先生。有《集句詩》二册、《令節候考》等著。所謂夏榜者，是年有春夏兩科，泰乃夏榜三甲五名也。

松陵先哲詩拾

予爲《吴江詩録》六十卷，高掌遠蹠，窮極幽隱。自漢迄元，差無失墜矣。獨明一朝，文獻至鉅，探討不易，故久之未敢出以問世。兹忽得王、何諸先哲佚詩於《金陵詩徵》，其喜蓋可知已。

（一）王鑾，字汝和，一字西治，其先由吴江徙南京。父瀾，字宗本，以孝友長厚名。鑾登正德辛未進士，授吏部主事，晉郎中。嘗以流賊甫平，瘡痍未復，恐兆後憂，乃爲《原治》二篇。言守令非人，監司惟利趨承，撫按無核實效。當禁奢靡，立禮法，敦教化，嚴貪墨，此弭盗之本也。太宰楊一清異之，因諫武宗南巡，廷杖卒，惜哉！《夢至江上》云：「耳畔不住蘆花風，陡覺秋水連蒼空。金焦兩龍蜿蜒出，欲破駭浪走長風。老漁招手唤且止，相邀共醉篷窗底。鴻雁一去碧雲高，醒來清簟涼如水。」

（二）何鉞，字勛伯，一字東溪。曾祖文廣，由吴江徙實京師，遂爲江寧人。祖澄。父瑄，字素庵，補天文生，年八十九而卒。長兄鎰，襲天文生。次鐸、次某，勛伯其季也。欽天監籍，正德辛未進士，授行人，擢浙江道御史，巡按浙江，轉荆州知府，調常德致仕。當按浙時，兼司文柄，甄拔殊衆。守荆州日，大修學校，翕然稱賢。告老後，放情泉石，以耕讀世其家。子適，嘉靖廿八年貢，讀《黄山谷集》云：「風力多慚豸獬冠，鵷鶵罕有一枝安。年華荏苒功名薄，官舍蕭條景物殘。俗學近知回首晚，病軀渾覺折腰難。二句乃山谷詩。閑來細讀涪翁句，好向烟江理釣竿。」

（三）何遵，字孟循，一字昧淡，鉞從子也。正德癸酉舉人，甲戌進士。官工部主事。丁丑督税荆州，以諫武宗南巡，杖死。嘉靖初贈尚寶卿。當督税時，即申禁令，斥奸胥，一時稱快。舊課有丈尺、畸零、樣木、熟抽諸名色，入官備用，積歲不下數千金。公廉得其弊，悉革除之。凡徵課遇小商貲百金下者，視常額減十分之三；或罹風水耗折幾半者，雖大商必盡蠲焉。戊寅歸，一肩行李，巨浪掀天，舟不能鎮。公投一詩與江神云：「兩袖清風歸去好，滿船明月順流安。此心若與神明悖，一任長江有急湍。」少頃風浪頓息，蓋視鬱林之石翻覺多事矣。相傳其母夢赤葵而生。六歲見日食，即跪護之。及其將諫也，貽書鄉人，以親老爲托，語不及私。廷杖時，或勸賄吏輕其杖，公曰：「法不可枉，囊亦無錢。」竟死之。昭雪後，既祀鄉賢忠義，而應天府又請於吏部專祀。宗伯霍韜名其祠曰廉直，紀實也。子世守，以蔭爲國子生，叙授臨江通判，移永昌，定木邦之亂，更補吉安，救荒除寇，推爲清官。孫，夢鼎。

徐弘基

《詩徵》又有中山王十世孫徐弘基，《贈曾近江》詩云：「譚經青歲擅雄名，絳賦琳瑯播玉京。養得烟霞耽豹隱，愛從泉石締鷗盟。烏衣楚楚鐘雙瑞，黃髮皤皤列五更。石鼎丹砂應早就，鸞車霄漢待君迎。」句亦工穩。案弘基字六岳，世襲魏國公。曾祖鵬舉，字篤軒，守留京五十餘年，姬妾七十餘人。贈太保，最稱福壽。祖邦端，字少軒。父維志，字沖宇，藏書尤富。六岳咸能默識，背誦如流。詩字有晉唐風。甲申聞變，感愴卒。子天爵，字青君，明亡北去，不知所終。余澹心《板橋雜記》謂：青君在故邸受杖，非其實也。抑予聞之，分湖義旅之起，弘基實預其役，徒以豪家反抗，遂及於難。《吴江縣志》所載甚詳，而蘆墟陸樹棠，又藏有弘基書，筆畫雄健秀整，則《詩徵》所云，亦可信已。

焦弱侯

弱侯名竑，字澹園，上元人。旗手衛籍。嘉靖甲子舉人，萬曆己丑進士，一甲第一人。官翰林修撰，追謚文端，著述甚盛。相傳公大魁時，居北門橋之豆巷。先是有張鏜者居此，堪輿謂之曰：「此地合出鼎元，所謂一灣辛水向東流也。」既而果然。有《孫楚酒樓》詩云：「澄湖抱石城，飛翠橫空斷。烟霞互明滅，爽氣亘清旦。傍連孫楚樓，突兀出天半。疏簾面青葱，下瞰緑筱岸。揭來謫仙人，拏舟一游欸。綺裘馭長風，彩筆燭銀漢。篇章至今垂，字字星斗爛。耳孫有高懷，撫景發凄惋。枕流風尚存，凌虚勢已變。冀從荒墟中，仿佛還舊觀。我老苦摧頽，聞之再三嘆。作詩告同心，成此奇一段。他日聯翩游，觴咏互賡勸。快哉江湖心，適我魚鳥願。」自序：孫子荆酒樓遺址，在今石城莫愁湖側。唐李謫仙同崔侍御泛舟往尋之，歡飲達旦，風流文采，與江山相照映，而樓之荒久矣。新安孫子真慕其風尚，慨然以興復爲任。表先哲之遺踪，增舊都之勝概，異日韻人勝士，憑高吊古，有不嘉其用心者乎？乃爲詩以導之。

又爲《帝京篇》咏燕都情事，裔皇典麗，風雅遺音，自今讀之，尤不勝滄海桑田之感。詩云：「星躔奠箕尾，光耀滿皇州。共睹天居壯，安知地胏浮。太行千里排空下，黄河幾曲回奔馬。日月高臨碣石門，風雲長護幽并野。紫殿氤氲樓上臺，銅龍雙闕徹明開。柳迎御仗垂垂發，花拂仙韶裊裊回。千門窈窕群官入，鳷鵲虚明鵷鷺集。上公車轂挾星飛，内史衣香沾霧濕。星飛霧濕日悠悠，更有驕奢恩澤侯。金張夜月連錢騎，趙李春寒翡翠裘。説客常持小冠出，公子時飛高蓋游。追游翠黛紛相接，合態含嬌情未歇。相看蟬鬢步生花，幾度羊車行就葉。日移調馬埒，雲擁鬥鷄場。緩轡回長樂，鳴笳出未央。東觀風光歷未能，西山攬轡復堪登。濺濺寒水懸千澗，艷艷朝霞羃九陵。九陵千澗鬱參差，仙觀僧藍兩蔽虧。佽飛校尉偏能獵，供奉才人總解詩。西湖歸路酒方酣，十里芙蕖萬頃潭。錦纜瓊舟連塞北，水秧堤柳類江南。漢主離宮那足數，秦關百二空雄武。何似車書今日同，萬方玉帛歸明主。門掩青春著作廬，花光夜色映窗虚。時平願獻《三都賦》，肯學相如《封禪書》。」去病案：名都白馬，自昔所稱。江南佳麗地，金陵帝皇州。豈非述六朝故迹者之美談乎？若顧太初《留京上元篇》，洵足紀已。

留京上元篇

「高齋元夜無與適，燈焰幢幢動深碧。緑酒千鍾手倦拈，黄柑三寸心慵擘。何意清歡逝不追，憂天心事杞人知。昔時玩月如今日，今日觀燈異昔時。燈月輝輝游未已，當年樂事遍閭里。五夜鰲飛海不揚，六街馬過香初起。東第笙歌嬌上春，中宵紛度可憐人。道旁柳妒纖腰弱，扇底花羞粉面新。即今禁網還疏斥，少年詎敢輕投擲。暗塵欲躡仍畏嗔，遺鈿争拾猶虞索。曼衍魚龍百戲張，錦棚歌舞競排場。冰珠四射分星氣，雪炮孤飛并月光。誰家見此能閑坐？誰人遇此能虚過？壘中露液耻教空，花下霓裳忍驚破。荏苒年華去復歸，驚看盛事見來非。葳蕤銀鎖宵常合，爛縵金紅夜漸稀。閶闔愁嘆猶艱食，欲踏春陽脚無力。娼家寶瑟雁沈沈，侯邸銀箏鶯嘿嘿。七支千影事難憑，天街錦綉冷如冰。博徒處處聞揎袂，憲吏年年禁放燈。倏忽俄驚風物改，不待桑田變滄海。鮑老當筵舞漫陳，髯仙度曲詞空在。獨坐傷時淚暗流，空階三五月如鈎。漢主尚聞祠太乙，九微初動鳳凰樓。」

案太初名起元，字鄰初，江寧人。萬曆戊戌會元，殿試一甲第三人及第。累官吏部左侍郎，弘光朝贈尚書，謚文莊。有《遁園漫稿》、《懶真堂集》、《寒松齋稿》、《歸鴻館稿》、《武陵稿》、《客座贅語》、《雪堂隨筆》等著。所居花盝岡，在鳳皇臺側。林泉自賞，未嘗輕至公庭。魏閹盛時，有乞爲其生祠記者，公以手疾却之，其持正不阿多類此。嘗爲《名賢咏》六十首，低回俯仰，備致深情，足爲金陵文獻之徵。文多不録，録《鍾山望孝陵》一首云：「龍蟠奠坤輿，斗建表乾象。合沓垂四野，孱顔突千嶂。屼嵂宇宙間，跨騰江海上。金銀乃異氣，昏曉固殊狀。靈韜大業阻，符發雄國王。沈沈漢寢嚴，肅肅橋山葬。丹樓高闕拱，碧瓦修莖抗。松杉鬱綿亘，風雲莽排蕩。翠華儼神儀，象衛肅天仗。雲來玉殿迴，日射金城亢。神尊五岳廟，維奠三靈鬯。千峰盡羅列，四水共演漾。皇輿雖北徙，神寢自南鄉。落日渭水游，秋風灞橋望。蒼然滿長安，億載帝圖壯。」雄健峻整，極頌颺之致。視蔣山傭作，凄涼激楚，有不可同日而語矣。又有《杏村諸園》詩十九首，具道一隅亭林之勝，亦頗資掌故。如《李茂才園》云：「瓦官寺南高樹陰，中有幽人横素琴。曲房小徑磵還往，夜静獨聞鐘磬音。」《二弟羽王園》云：「欲隱何須更買山，但教心迹遠人寰。亭前花竹深無路，高倚闌干春鳥還。」均自然入趣，不同凡響，略掇一二，以存大概。

璫焰歌

《璫焰歌》者，明江浦丁劍虹之所作也。丁名明登，字蓮侶。萬曆丙辰進士，仕至衢州知府。治事之暇，嘗修爛柯山亭，與文士觴咏其中。歸田後，築室烏龍潭上，徜徉著書，無閒歲月。其名目甚衆，而以《璫焰歌》爲最。詩云：「天子神武攝四夷，除戎聚糗振六師。外廷恇怯難專任，分布貂璫嚴謾欺。禁軍十萬旌旗焕，東南輸挽兼度支。制械緝奸彈丸邊，一時貴璫儼熊羆。户工總攝責尤巨，權勢薰灼不自持。威行廷臣久削色，惟余郡國猶參差。今年輯玉萬方集，誰敢高步揚雙眉。上言海内司府官，請宜手版伏謁之。螭頭章奏蒙報可，敕令郡縣承以祇。魚朝恩第馬如屯，仇士良府趾相追。簪纓委地勢若掃，須眉望風從所嗤。姑蔑拙吏再三嘆，四品專城職非卑。事涉刑餘士氣短，胡爲涂面摧防維。與其長跽保烏紗，寧若短歌咏紫芝。況昔敵騎臨城日，恰值鬼樸逼人時。猶且挺節抗璫焰，肯於平世甘詭隨。此頭可斷膝難屈，豈獨夢陽是男兒。吏役環跪吁且泣，笑而麾之原不知。青史千年有衮鉞，紅塵百歲誰期頤。丈夫行己法宜峻，妾婦順人安可爲。縱令觸權得擯斥，不過徒步歸蒿藜。亦有饒州張太守名有譽，秀州刺史李仲綏名化民。亭亭勁氣各勃鬱，侃侃直道無磷淄。素心淡致互相砥，巾幗髻黛同寄咨。吁嗟乎！璫焰雖熾膽自薄，設使同心相戒均無往，蛇虺蘊毒將安施。胡爲乎！裂冠毁冕走如狂，奴顔婢膝趨如飴。雖有一二强項者，勁草寥寥大體隳，致使朝廷紀綱墮廢深足悲。」憤時嫉俗，大筆淋漓，真令人一讀一擊節也。

朱嗣宗洗影樓詩

張瑤星《洗影樓集序》言朱嗣宗先生於天啓中，隨父由吴門遷京，遂補應天諸生。南都建國，嘗謂都御史劉公念台曰：「爲政之本，莫如去私。去私之道，必先去忌。」公以爲名言。又謂：「公卿中氣定骨勁者，必完名；氣矜骨脆者，必失節。」其言皆驗，既築洗影樓於盧龍山下，復出游不歸，候者往往於空山古刹遇之，洵畸士也。頃讀其《五思詩》，慷慨悲憤，末句咸以未聞作結。項莊舞劍，意在沛公，固未可與尋常咏史相比擬矣。因備録之。序云：古者中興之佐，夏有伯靡，越有范少伯，漢有諸葛武侯，晉有王茂宏，宋有岳鄂王。或恢復舊疆，或偏安一隅，功烈不同，忠誠如一。未有挾擁立之名，以逞衺慝；憑城社之寵，以快私仇，以狂蠱誣陷爲相才，以焚劫横争爲將略者也。目極今日之情形，慨然於古之良佐，爰作《五思詩》以紀之。

我思夏伯靡，忠憤氣填膺。太康耽逸豫，有窮勢憑陵。伯明讒子弟，戰濰勇力矜。覆舟滅帝相，帝緡奔有仍。神州沈九鼎，涂山遂騫崩。維彼藐諸孤，執鞭豢豕橧。椒求幸脱網，常恐禍患乘。逃虞充庖正，刀匕矢兢兢。靡也起有鬲，慷慨應雲蒸。帥彼二斟燼，一鼓壯先登。汝艾曁伯杼，同心合爲朋。浞澆女歧輩，血染刀劍棱。禹貢復舊物，萬國瞻旒凝。少康固英主，亦資良股肱。人謀苟協從，一旅猶可興。未聞互傾陷，議論空沸騰。其一。我思范少伯，策究天人地。持盈與定傾，隨時以節事。勾踐違其言，五湖戰不利。甲盾保會稽，辛苦竭諮議。蛇豕敵正强，卑辭談厚餌。委制甘臣妾，石室三年侍。茹荼幸生還，采葛淚雨墜。朝謀飢不餐，夕籌寒不睡。盈盈若耶女，芙蓉鬥妖媚。教舞獻吴宫，烏啼秋夜醉。重賂嗾宰嚭，上下遂携貳。伐齊益侈心，忠臣屬鏤賜。贏縮審陰符。枹桴斥吴使。麋鹿游姑蘇，甬東隕厥嗣。時危貴知幾，力蹙出奇智。未聞縱驕奢，炙手擁勢位。其二。我思漢丞相，風雲起隆中。朝爲梁父吟，暮遇大耳翁。魚水一德合，顧命永安宫。受詔輔幼君，股肱竭其忠。五月渡瀘水，飛鳶跕濛濛。南人不復反，北伐總元戎。洪惟我高帝，一劍削群雄。世祖天再造，車書會洛東。桓靈失其馭，曹丕嗣父凶。漢賊不兩立，六出祁山攻。斬郃馘王雙，誓將成大功。星隕五丈原，餘光尚熊熊。迄今出師表，坐讀生英風。後主雖孱弱，奉之以鞠躬。親賢遠小人，宫府一體同。未聞植私黨，可以保令終。其三。我思王茂宏，英名振已久。一馬倉黄來，孤弱勢難守。況復耽鞠蘖，日夕飲醇酒。正色陳讜言，持杯覆以手。吴會攬英豪，顧賀相師友。觀禊擁肩輿，崩角拜馬後。爲政貴清浄，人民獲安阜。遂發桓彝嘆，夷吾堪與偶。偉哉庠序書，巍巍峙山斗。先教而後戰，德植基乃厚。劉石豺虎雄，未敢垂涎口。一言定皇都，雙闕指牛首。中興多名臣，無人出其右。晉祚雖偏安，維公時納牖。帝典闕復修，恭儉資纊黈。未聞逞荒淫，厄運拯陽九。其四。我思岳鄂王，兵法邁往古。發奮起相台，勢欲掃敵虜。陣圖何必拘，出奇真神武。仁信智勇嚴，御軍有其五。庖人鶵勿供，與下同甘苦。西蜀吴少師，名姬教歌舞。資奩巨萬遺，却之良非侮。大仇恥未雪，逸樂將奚取。軍至敵必摧，要在肅部伍。兵士取一錢，斬之血釁鼓。湖賊八日平，浮屠斫巨斧。民力耗東南，流離盡招撫。威名鎮襄陽，桑麻咸安堵。大將儒者風，英略同白羽。但恃令如山，不恃猛如虎。未聞肆焚掠，赤子結怨府。

案：是時馬阮當國，務植私黨，以陷正人。而武臣又驕横不堪驅使，致國事益以敗壞，此先生之所由扼腕嘆息也。

朱震青相國遺詩

予曩讀《松陵詩徵》前編，得朱震青相國題畫一絶，云：「山雲忽蓬蓬，遠水自漠漠。野徑寂無人，藤花自開落。」頗嘆爲泠雋，有右丞韻致。惟寸鱗片爪，不足以窺全豹。因力加搜討，復得《採蓮曲》諸作，兹特録之如下：

採蓮曲

橫塘月千里，頭上雲光冷。流螢散空波，隔花來小艇。紅衣卷絳帳，碧桐凋金井。落日何處歸？垂楊一溪影。

門人餘岸少選盱江六大家文有感

昔登麻姑峰，巒木盡太古。低回長松間，一一靈氛吐。之子若鳴泉，泠然在遠浦。滴瀝讀書聲，六家共甘苦。編輯非等閑，鴻灝滿環堵。椽筆噴花香，蒼色逼石鼓。於斯回狂瀾，浸以玉山乳。啓户清風生，盱江日方午。

過銀杏堂遺址有感

崑山徐傳詩《星湄詩話》：貞里銀杏堂。宋侍御史龔漪，從高宗南渡，因來貞里，以銀杏一枝，插地而活，遂家焉。以名其堂，後成大樹。明初堂猶無恙，至鼎革時，則樹與堂俱不存。朱文靖公天麟方家居，有過銀杏堂遺址有感，詩云：

曾聞銀杏敞華堂，侍御名垂弈葉光。一片斜陽餘野草，千年遺構幾滄桑。因思往事傳今日，更得前型共此鄉。我恨栖遲生已晚，來游聊復賦甘棠。

過平樂村山茶正開

《星湄詩話》：平樂村積慶庵。宋淳熙年建，有山茶樹，大可合抱。古枝虬幹，葉密花繁，爲邑中名勝。花時買舟過訪者絡繹而至。明朱文靖有詩，可想見往時看花之盛。

升平樂事竟何常，是處兵戈亦可傷。底事孤村花發候，畫船來往似山塘。

送張舟虚給諫左官次王介清韻以下三首據《明末四百家遺民詩》。

天星自卷舌，籌國豈能安。冒雪關山迥，傷春道路難。村烟何處發，禁柳尚餘寒。此去君無恨，須傳諫草看。

夜泊龍王山夢日

龍王廟下水烟寒，暝色來舟入醉看。捧日有心山岳動，揮戈欲戰海天寬。朱旗一隊從天下，赤羽千重匝地蟠。此夕東皇漏消息，使君前路莫盤桓。

弘光寺望諸山

幽崖埋伏何年刹，狂客攀躋正早春。日月兩朝空復老，雨晴千嶂各爲春。丹砂化鶴歸來晚，碧海看雲起坐頻。蒼翠回環爭入望，諸山誰是法王身。

案：相國名天麟，字游初，崇禎戊辰進士。司李饒州，戊寅特擢翰林院編修，奉使山東。京師陷，至雲南。永曆朝，官東閣大學士。壬辰八月，卒於嶺南，謚文靖。著有《雉城詩集》、《一弦草》，今俱未見。

徐仙里

予讀《四百遺民詩》，而得邑之人有徐仙里者，不覺異之。其小傳云：仙里名觀光，字素民。其先以御倭寇功，封指揮，故仙里襲祖職焉。鼎革後，野服終身。著《適興吟詩稿》。子景行，從戴笠游，因考之《吴江詩略》、《松陵詩徵》，均未見其名。乃嘆世之懷文抱質而湮没弗彰者，蓋亦夥已。其號仙里者，殆居陳昉登仙處耳，則東門人也。有《萬事不如杯在酒》詩云：「有酒常傾未是貧，騁懷飛舉樂天真。最宜對月吞銀海，何必乘風上玉津。任彼求營烏有氏，放予疏懶葛天民。須裁黃菊三千本，好與柴桑結素鄰。」讀其詩，可以知其節概已。

王定

又有王定者，亦不稔其行誼。《四百家遺民詩》云：字來威，吴江人。有《寒松堂詩集》行世。予生也晚，集固未之見也。其《避跡》一律云：「不向南徐去，東皋且自閑。家寒一劍在，世亂二毛斑。失勢羞稱傑，安身耻破顔。知交從此絶，無復話名山。」家寒一聯，饒有唐音，而感慨自寓其中矣。

顧英玉世系

顧英玉名瑮，正德甲戌上元籍進士，官至河南按察副使。著有《寒松齋集》六卷。徐師曾《吴江縣志·科第表》列其名，予甚疑之。惟徐爲嘉靖癸丑進士，與顧相去僅四十年，當必有所本。頃閲《四百家遺民詩》顧夢游詩注，云江南吴江人，江寧籍。按：與治爲英玉曾孫，與治而爲吴江人，則英玉之列名吴江科第，不亦宜哉。又按：朱緒曾《金陵詩徵》東橋顧璘詩注云：「東橋曾祖福，以匠籍隸南京。祖誠字仲實，生四子，紋、綱、縉、紳。紋字廷綉，號愚逸，年八十一。有二子：長曰琮，字方玉；次即璘，字華玉。而英玉之父即縉也，字廷賁，號雙楡，有隱德。子四瑮、珩、珂、琨，英玉其長也。有三子：岦、崇、巒。

巒字懋功，號松山，嘉靖乙未貢生。官貴池司訓，升於潛教諭。子端祥、鳳祥。端祥字孝直，萬曆己酉選貢，官汝寧通判。子即夢游也，崇禎壬午歲貢，有《緑茂軒詩集》，以遺民終。蓋自英玉以來，迄於與治，一門四世，風雅相承，誠當時所罕覯者矣。」兹特録其父子孫曾詩各若干首，以見一斑。

英玉《寒梅》云：「梅生庾嶺北，積雪封其枝。含芳葆貞素，不愁東風遲。東風一朝來，暗與孤芳期。芬香因風發，凋壑生妍姿。柔條既璀璨，豐幹亦葳蕤。凝冽豈不苦，榮華當有時。向來南枝燦，飄落沈沙泥。」又《乙酉除夕》云：「不恨年華速，其如漸老何。宦情隨地改，鄉夢入春多。柳色分金縷，江流起碧波。當杯應取醉，且莫嘆嗟跎。忽看年又盡，更問夜如何？宦拙青雲遠，心危白髮多。物情憐歲序，世路足風波。滄洲終有托，吾道未嗟跎。」又《寧陽分司夜坐》云：「秋館明燈夕，天涯獨客心。月中雙杵發，露下一蛩吟。短劍風塵色，孤琴山水音。匡時吾未遂，莫遣鬢毛侵。」《送彭秀才還襄陽》云：「桃花楊子渡，雙槳送蘭橈。之子從兹去，前期歲月遥。江山峴首淚，耆舊鹿門招。送爾空懷古，乾坤正寂寥。」《送楊生東歸》云：「南雁驚鄉思，新寒入客衣。故人憐遠別，把酒送將歸。楊柳暮潮暗，蒹葭夕露微。今宵江上月，何處共清暉。」宛然唐音也。

《松山樓頭暮酌》云：「相對無尊酒，其如旅況何？綉生雙劍短，霜入二毛多。心事摇飛絮，年華逐逝波。厭厭同夜飲，斜月任垂蘿。」《早秋》云：「涼滿虚庭秋氣清，木葉未脱山峥嶸。天高白露酒初熟，虹斷滄江詩未成。靈鵲忽移河漢影，賓鴻相送塞門聲。老翁枕書睡不足，怪爾西堂蟀蟋鳴。」案：松山天性長厚，與人交如飲醇酎，詩亦新穎可味。

《孝直送客雜言和成之》云：「月没天未明，荒鷄無絶聲。微霜沾衣袂，游子悲遠行。離歌一曲折楊柳，横笛欲吹吹不成。莫厘峰頭秋色分，莫厘峰下秋送君。離情萬壑墮紅葉，行色滿空飛白雲。天意於人解留客，重陽風雨故紛紛。」又《答滄溟》云：「竹塢煩囂絶，山翁枕簟隨。酒消中散辟，愁逼杜陵詩。日氣深林薄，年光閏月遲。秋田瓜早熟，與子重相期。」《陳靖獻公迪祠》云：「靖國初新鼎，行歌獨採薇。一門還七烈，古史似今稀。峰色雄争起，溪流怒欲飛。含情過舊址，惆悵挹清暉。」《秋興》云：「太湖霜落水微消，歷亂諸峰殺氣高。白雁隔年書不到，玄蟬抱葉夜猶號。三湘愁思歸吟鬢，九日新寒上緼袍。山館更寒仍不寐，青藜吹火讀離騷。」「闔閭城頭啼暮鴉，子胥門外悲秋笳。霜凄故苑靡蕪草，月照空林蘆荻花。神廟千年存血食，英雄百戰没泥沙。劍池水冷干將泣，莫唱吴歈過館娃。」「往事流聞吴僞年，笑談揮翰滿賓賢。龍衣御酒烽烟裏，風輦宮娃涕泗邊。菰米西風秋冷落，桂花涼月夜嬋娟。城狐社鼠終投竄，半戴神堯蕩蕩天。」「殘霞飛散暮烟收，山色湖光暗結愁。衰草隔雲迷古寺，夕陽留樹映西樓。乾坤旅舍生如寄，邊塞戎衣戰未休。蘭槳何人泛明月？數聲長笛下滄洲。」隨意揮灑，自成妙諦，顧文莊起元所謂賦稟英多，矢口而成，籠蓋人上，洵不誣也。讀《雜言》、《秋興》諸作，知其轍迹，似恒在吴下云。

與治《題梅杓司響山圖》云：「梅子人中英，本懷非棄世。只因吾道窮，遂結山水契。誅茆置岩間，扶杖入雲際。兹山擅名久，空響猶未墜。溪水日夜流，千峰一門閉。曾經青蓮游，斯人去千歲。明月照青天，高風復來詣。舉杯與之揮，乾坤亦何細。」《登周處臺》云：「茲臺傍吾廬，一月必幾上。自予抱疴來，經歲不一往。勉隨良朋游，步步入高爽。山川悉如昨，我齒忽已長。静言念伊人，年少稱粗莽。折節能爾爲，千秋係遥想。予少乃不鈍，老大轉迷罔。顧茲病廢躬，望古但悲愴。悠然咏三立，願以勖吾黨。」《秋客吟》云：「草盡牛已賣，公家正催租。正額十未三，兵餉尤急呼。軍府别有令，搜括米豆芻。刻期至軍前，不得緩須臾。邑長向我喟，無肉豈堪刳。刳肉猶自可，賜劍捐頭顱。不征爲已峻，征急民盡逋。急民但益盜，無乃非良圖。」《秦淮感舊》云：「淮流雨足波光膩，詞客停船午相遲。文園多病阻清歡，坐起尋思溯洄意。此時落日酒初酣，望裏悠悠總詩思。何人對此最深情？風前獨下鍾山淚。游子皆言風景殊，居人倍感河山異。余生曾作太平民，及見神宗全盛治。城内連云百萬家，臨流争僦笙歌次。一夜扁舟價十千，但恨招呼不能致。佳人向晚傾城來，只貴天然蒲珠翠。不知薌澤自誰邊，樓上舟中互流視。采龍斗罷喧未已，蜿蜒燈光夜波沸。偶將一葉到中流，半夜移舟無槳地。當時只道長如斯，四十年中幾遷易。波頭猶是六朝烟，畫閣珠簾久憔悴。鷁首全隨戈甲人，馬嘶亂人王侯第。即今月好幾船開，惟有空明照酣醉。繁華既往莫重陳，幕燕摇摇定猶未。但願游人去復來，再見太平全盛事。」《杜于皇生日飲眺孔雀庵》云：「橋想佳人倚，園思公子爲。惟餘夕陽好，空照柳絲垂。流水無情去，東風著意吹。暗將吾鬢换，君少亦生悲。」《徐昭法山房同姜如須楊明遠賦》云：「未免塵中去，其如惜别真。得朋能愈疾，留客不知貧。天地存諸子，蒹葭老此人。相逢惟痛飲，往事莫沾巾。」《許菊谿觀察重五前二日集止鑒堂限韻同賦》云：「洗酌詩成後，余思輟遠尋。友朋夸盛事，風雅起衰音。天藻神靈護，王家洞壑深。野人瞻眺意，似共楚臣吟。」自注：憲司即中山王舊第，有宣宗御書在。《夜至東園探梅》云：「白月入户人未眠，驚鳥一聲開野烟。梅花兩村對香澗，竹枝十畝穿水田。袖手不語立中夜，倚石孤吟看遠天。城軍有禁悵歸早，此意悠悠誰與傳？」《乙酉除夕》云：「青熒燈火不成歡，薄醉微吟强自寬。何意有家還卒歲，久知無地可垂竿。壯心真共殘更盡，淚眼重將舊曆看。同學少年休問訊，野人今已擲儒冠。」《真州拜文丞相祠》云：「揚子江頭丞相祠，春帆吊古獨看碑。中興百死猶思濟，正氣千年儼在斯。風雨如聞九合語，乾坤又見陸沉時。吞聲野老偷生久，未薦蘋蘩淚已垂。」去病案：詩中《止鑒堂》一首，其遺址即今江蘇革命博物館之烈士廳，所謂静妙齋是也。

附録二 鏡臺詞話

詞肇於唐，盛於宋，衰於元明，而再振於清。然則清之詞，將仿佛乎宋之徒歟？亦未也。唐宋研精聲律，其詞多可入簫管，而清賢俱謝不能。此古今優劣之比較略可睹矣。往讀李易安《論詞》之作，輒用傾倒。茲特迻録如下，庶能得此中消息已。

論云：樂府聲詩并著，最盛於唐。開元、天寶間，有李八郎者，能歌擅天下。時新及第進士，開宴曲江。榜中一名士，先召李，使易服隱姓名，衣冠故敝，精神慘沮，與同之宴所。曰：「表弟願與坐末。」衆皆不顧。既酒行樂作，歌者進，時曹元謙、念奴嬌爲冠，歌罷，衆皆咨嗟稱賞。名士忽指李曰：「請表弟歌。」衆皆哂，或有怒者。及轉喉發聲，歌一曲，衆皆泣下。羅拜曰「此必李八郎也。」自後鄭、衛之聲日熾，流靡之變日繁。亦有《菩薩蠻》、《春光好》、《莎鷄子》、《更漏子》、《浣溪沙》、《夢江南》、《漁父》等詞，不可遍舉也。五代干戈，斯文道熄。獨江南李氏君臣，尚文雅，故有「小樓吹徹玉笙寒」、「吹皺一池春水」之詞。語雖奇甚，所謂「亡國之音哀以思」也。逮至本朝，禮樂文武大備。又涵養百餘年，始有柳屯田永者，變舊聲作新聲，出《樂章集》，大得聲稱於世。雖協音律，而詞語塵下。又有張子野、宋子京兄弟，沈唐、元絳、晁次膺輩繼出，雖時時有妙語，而破碎何足名家。至晏元獻、歐陽永叔、蘇子瞻，學際天人，作爲小歌詞，直爲酌蠡水於大海，然皆句讀不葺之詩爾。又往往不協音律者，何耶？蓋詩文分平仄，而歌詞分五音，又分五聲，又分音律，又分清濁輕重，且如近世所謂《聲聲慢》、《雨中花》、《喜遷鶯》，既押平聲韻，又押入聲韻。《玉樓春》本押平聲韻，又押上去聲，又押入聲。其本押仄聲韻者，如押上聲則協；如押入聲，則不可歌矣。王介甫、曾子固文章似兩漢，若作小歌詞，則人必絶倒，不可讀也。乃知詞別是一家，知之者少。後晏叔原、賀方回、秦少游、黄魯直出，始能知之。而晏苦無鋪叙，賀苦少典重，秦即專主情致，而少故實。譬如貧家美女，非不妍麗，而終乏富貴。黄即尚故實，而多疵病。如良玉有瑕，價自減半矣。

去病案：此篇於源流正變，推闡極致。其所評騭諸家，是非優劣，尤似老吏斷獄，輕重悉當。洵乎深得詞家三昧矣。沈東江謙嘗云：「男中李後主，女中李易安，極是當行本色。」今日思之，斯言良信。

歐陽公《蝶戀花·春花詞》起句「庭院深深深幾許」，連疊三字，風調絶勝。易安居士酷愛之，遂用其語別成數闋，亦可謂風流好事矣。然余所最佩者，莫若《聲聲慢》一闋，劈頭連用數個疊字，豈非大珠小珠落玉盤乎？而煞尾更綴以「點點滴滴」四字，真所謂「回頭一笑百媚生」也。

毛稚黄嘗以易安「清露晨流，新桐初引」係《世説》全句，用得渾妙，因謂詞貴開宕，不欲沾滯，忽悲忽喜，乍遠乍近，乃爲入妙。如李詞本閨怨，而結云「多少遊春意，更看今日晴未」，忽爾開拓，不但不爲題束，併不爲本意所苦。直如行雲舒卷自如，人不覺耳。斯言真能將妙處道得出來，然余更因是知易安此作，殆爲《詞論》所云「有鋪叙，又典重多故實，而兼情致」者歟。

李又嘗作《醉花陰》詞致趙明誠云：「薄霧濃雲愁永晝，瑞腦銷一作噴金獸。佳節又重陽，寶枕紗廚，半夜秋初透。東籬把酒黄昏後，有暗香盈袖。莫道不銷魂，簾捲西風，人比黄花瘦。」明誠自愧弗如，乃忘寢食，三日夜得十五闋，雜易安作，以示陸德夫。德夫玩之再三，曰：「只有『莫道不銷魂』三句絶佳。」正易安作也。李復有《如夢令》云：「昨夜雨疏風驟，濃睡不消殘酒。試問捲簾人，却道海棠依舊。知否？知否？應是緑肥紅瘦。」極爲人所膾炙。明誠卒，易安祭之云：「白日正中，歎龐翁之機捷；堅城自墮，憐杞婦之悲深。」文亦黯絶。或傳其再適張汝舟，此出怨家誣陷，不足信也。嘗考德甫之殁，漱玉年四十餘。維時正值紹興南渡，倉皇奔走，艱苦迭嘗。讀《金石録後序》已略可睹，而曾謂其能從容再適乎？且既再適矣，而尚忍掇拾遺稿，與之作跋，并闡述其生平行狀乎？是固不辯而知其誣也。蓋德甫雖暴卒，而其所寶藏猶多。漱玉以一嫠婦，提携轉側，安得不引人豔羡。而盗竊攘奪之事，斯接踵而至矣。及以玉壺興訟，而仇隙益滋，此蜚語之所由相逼而來也。《金石録》一序，易安其亦有悔心歟？故曰：「有有必有無，有得必有失，乃理之常。人亡弓，人得之，又何足道。」蓋所以爲好古之戒，至深且切。而再適之誣，亦大白矣。

朱晦庵嘗以魏夫人詞，與易安并論，謂爲本朝婦人之冠。魏夫人詞不多見，世亦罕知之。惟曾慥《樂府雅詞》載十首，均清絶韻絶，果不在易安下也。如《好事近》云：「雨後晚寒輕，花外早鶯啼歇。愁聽隔溪殘漏，正一聲淒咽。　不堪西望去程賒，離腸萬回結。不似海棠陰下，按涼州時節。」《阮郎歸》云：「夕陽樓外落花飛，晴空碧四垂。去帆回首已天涯，孤烟捲翠微。　樓上客，鬢成絲，歸來未有期。斷魂不忍下危梯，桐陰月影移。」《點絳唇》云：「波上清風，畫船明月人歸後。漸銷殘酒，獨自憑闌久。　聚散匆匆，此恨年年有。重回首，淡烟疏柳，隱隱蕪城漏。」清微咽抑，摇弄生姿。斷句如「三見柳緜飛，離人猶未歸」，融化龍標詩意，頗覺含渾。「寬盡春來金縷衣，憔悴有誰知」，亦是少婦本色。而余尤愛其《減蘭》兩闋：「西樓明月，掩映梨花千樹雪。樓上人歸，愁聽孤城一雁飛。　玉人何處？又見江南春色暮。芳信難尋，去後桃花流水深。」「落花飛絮，杳杳天涯人甚處。欲寄相思，春盡衡陽雁漸稀。　離腸淚眼，腸斷淚痕流不斷。明月西樓，一曲闌干一倍愁。」回環宛轉，如往而復，使置之茗柯《詞選》，不幾以《金荃》、《陽春》目之耶。

同時幽栖居士朱淑真，相傳爲文公侄女。以所適非偶，箸《斷腸集》，時有怨語。或且以《生查子》詞病之，而不知爲歐九作，則其被誣也深矣。嘗觀其詩，有與魏夫人飲宴唱和之作，所謂「飛雪滿群山者」是已。詞尤與漱玉齊名，如《生查子》「寒食不多時，幾日東風惡。無緒倦尋芳，閒却秋千索。　玉減翠裙交，病怯羅衣薄。不忍捲簾看，寂莫梨花落」，「年年玉鏡臺，梅蕊宫妝困。今歲未還家，怕見江南信。　酒從別後疏，淚向愁中盡。遥想楚雲深，人遠天涯近。」斷句如「欹枕背燈眠，月和殘夢圓」，「多謝月相憐，今宵不忍圓」，「十二闌干閒倚遍，愁來天不管」，「滿院落花簾不捲，斷腸芳草遠」，「亭亭佇立移時拌，瘦損無妨爲伊」，「把酒送春春不語，黃昏却下瀟瀟雨」，俱極清新俊逸，意態横生，一若聰明人，不嫌作癡語，真所謂嬌憨絶世也。又其《清平樂》云：「嬌癡不怕人猜，和衣睡倒人懷。最是分携時候，歸來孏傍妝臺。」《柳梢青》云：「個中風味誰知？睡乍起烏雲任欹。嚼蕊挼英，淺顰輕笑，酒半醒時。」此尤豈門外漢，所能道其隻字耶！

附録三　病倩詞話

往嘗搜輯鱸鄉遺著，得《松陵文集》八十卷，《詩徵》六十卷。咸以卷帙繁重，僅僅集稿，未暇秩理。只《笠澤詞徵》竭十餘年之力，分編二十四卷，亦弗敢示人也。柳子安如見之，敦促授梓。并以貲助，雅不欲孤其盛意，即畀之坊刻。不意未及竣板，而所獲益多。故刻成時，竟得三十卷，可云富矣。兩年以來，奔走南北，幾無暇晷。乃偶一展卷，輒復有得。若宋之孫耕閒鋭，明之趙氏重道，平時求其詩文，亦所罕覯，況在樂府。顧今所獲孫詞二首，一係《魚歌子》，一則與沈伯時相倡和者，良堪寶貴。惜伯時所作，僅見一序，爲缺陷耳。趙爲余里人，其詞六首，即分咏同川風景者，足爲富士增一掌故。尤奇者，雅宜山人王寵，固以工詩文，擅書法，鳴於當時者也。乃亦得其和石田、衡山諸賢詞一章，輒爲狂喜。閑時當爲續輯一卷，以附前刻之後，或庶幾無遺憾矣。

王半塘一生憾事，即在朱敦儒《樵歌》一軼，未之過目。余亦引以爲奇，平居輒便捃，頗獲逸簡，遂寫成一册，聊自娱悦。竊以爲原本之終不可睹矣。乃去歲在杭州，於陳越流旅所，得新刊巨頁，視之□□然皆朱作，不禁狂喜。既而益自增嘆，曰：古人云，讀書不可不多，豈不然哉！

毛氏《六十家宋詞》或附李漱玉、朱幽栖二人，成六十二家，余竊異之。謂宋以詞鳴，炳炳稱盛。雖年代久遠，而其專集，亦斷不只此。因力爲搜採，竟得百餘家。大抵取資於《西泠詞萃》半塘輯本，及各叢書。其間若碧山、玉田、草窗、夢窗諸作，頗經時賢校録，極爲精審。安得俸錢十萬，盡付雕鏤，則予願足矣。

余既撰《詞徵》，嘗倩歙人黄質，繪《徵獻論詞圖》，以紀一時之盛。其首爲余題詞者，則虞山龐芑庵也，其次爲吴瞿安，最後則陳小樹，詞皆精妙。龐、吴詞已傳誦不復及，兹録小樹詞，調寄《法曲獻仙音》云：「亭上虹垂，壺中天遠，舊日紅簫低度。響墮疏鐘，夢回芳草，鷄鳴漫天風雨。向百尺峥嶸處，蒼茫獨懷古。展縑素，有花香、一般情思。遺緒渺、佳話柳塘倩補。周勒山有《松陵絶妙詞》，沈柳塘有《古今詞話》，皆吴江人。韻事勝填詞，問良工、誰憐心苦？短鬢婆娑，粤游吟、重續新譜。吴江沈□霖，有《粤游詞》，君亦載稿游嶺南。待楓漁棹返，妙筆水村同賦。」語語親切，無一浮泛，洵可喜也。小樹又嘗見示《浣溪沙》一詞云：「耻徹當筵定子歌，楊枝帶雨舞傞傞，夢回九九夜寒多。仙骨錯疑丹藥换，孤弦痴盼素琴和，羞紅强説醉顔酡。」其寄托處亦殊綿渺。

郭靈芬一代詞宗，舉世莫不知之。顧其所成就，實本之於庭訓。姚惜抱氏所謂「郭海粟先生」者，即其父也。海粟名灝，字少山，亦名諸生，與同里陸朗夫中丞交契。著有《深柳讀書堂詩稿》一卷，約百四五十首，係其所手寫未刻原稿。今藏其里陸樹棠所，惜未有詞。靈芬弟丹叔，詩學受之乃兄，亦不工詞。惟丹叔幼子少蓮名枏者，居嘉善，能填詞。余既録之《詞徵》矣，而樹棠語我，其家有《杏花書屋詩詞鈔》

一卷，爲郭仁薌學祺所著，都百數十首，經柳古槎先生所删定者。亦蘆墟人，諸生，精醫，大抵其族人也。其後蘆墟有黄小槎名以正者，亦工詞。著有《吟紅館詩詞集》。生平恬淡自適，不慕榮利，以野鶴自號。詩分《春雨録》、《白溪集》、《雲水閑謳》、《海南游草》、《鶴歸吟》等五卷，其詩餘一卷附焉。近時有潘倬云文漢，亦好填詞。著有《疏香齋存稿》一卷，雖其人名氏不著，所作亦未見顯要，皆於靈芬有一瓣香者，則亦不必以其壤流而廢之，因與竹薌、小槎并記於此。

余嘗謂明季詞人有兩大傷心事，俱足爲衰世之徵。不特興才子佳人之痛也。其人爲誰？即葉瓊娘與華亭夏端哥也。二子俱生華膚，俱當妙齡，秉夙慧，擅絶才，獲令譽，可謂極人生之至樂矣。迺一則以將嫁而殀，一則以仗義殉國，先後纔三四年。而蘦落摧挫，至不可言，得非天下之奇慘耶？且年并十七，地盡汾湖，抑尤奇絶，故志之以備詞林掌故。

當道咸間，吾里有袁希謝者，亡友成洛之曾祖姑也，亦字寄塵，工詩詞，與顧、董二母齊名，號吴江三節婦，刊有《素言集》一卷行世，顧系選稿非全豹也。余向交成洛，曾假得節婦手稿録一通，旋復失之。今秋因詞徵事，乃貽書成洛弟文田，重假以來，親爲校寫，總得詩詞各一卷，付之手民，猶去冬刊《懺慧詞》意也。其詞如初秋《玉蝴蝶》云：「一夜紗窗秋到，秋風秋雨，無限秋情。暗把新愁舊恨，鈎起紛縈。對殘花、空傷蝶夢，吟短句、聊和蛩鳴。聽聲聲擣衣，何處砧送凄清？　閒庭，井梧争墜，東籬無信，寂寞壺傾。簾捲蝦鬚，晚涼一味着羅輕。看斜暉、照殘衰柳，憐瘦影、伴盡孤燈。嘆人生，渾如夢幻，枉自心驚。」又月中遠眺《南柯子》云：「皎月懸如鏡，微雲淡似羅。恍將樓閣浸澄波，不羨揚州更好二分多。顧影憐秋菊，臨風蹙翠娥。闌干斜倚待如何？思欲飛去伴嫦娥。」語多入細。餘如《臨江仙·照影》云「卿如憐我瘦，我淚向卿拋」，《阮郎歸·七夕》云「早知會後更凄其，何如未會時」，皆佳。閨秀能詞，吾邑自明以前絶無所聞，及沈宛君出，以詞隱之群從，適仲韶之佳壻，帷房静好，倡和彌工，所育且衆，又不手握隨珠，胸懷卞璞，由是一門之内，父子兄弟、母女姐妹争諳音律，競造新聲。故登午夢之堂，讀汾湖十集，輒令人夢想神游，低徊不置也。而疏香閣主以妙令弱質，竟能掉鞅詞壇，姚聲藝苑，才慧出諸兄姊上，洵非凡骨也。惜天不假年，及婚而夭，優曇一現，直令千古傷也。讀《七夕》調《河傳》曰：「思量去年今夕時，凄其未期先慘離。」又《浪淘沙》云：「花開花落負東君，賺取花開花又落，都是東君。」句雖佳，然不可謂非語讖也。顧余尤愛其用淮海韻《千秋歲》一調云：「草邊花外，春意思將退。新夢斷，閑愁碎。慵嫌金葉釧，瘦減香羅帶。庭院悄，只和鏡裏人相對。　過了鞦韆會，荷蓋將蓋。春不語，難留在。幾番花雨候，一霎東風改。斷腸也，每年賺取愁如海。」纏綿惻悵，情真事真，深得詞家三昧。

附録四　相關序跋資料輯録

淀湖小志叙　壬寅

當同光之間，我先師長洲夫子方與青浦熊先生英交，甚相得也。熊先生輯《松陵文録》及青浦、吴江縣志成，師則預參校，因是亦頗多所纂録焉。先生以賑死衛輝，先師唁焉。而孝庚王君筱安及熊先生從弟半畦咸以淀湖當蘇、松之交，漕運之所出入，濤浪之噴薄，風雲之卷舒，魚龍之所窟宅，佳苻之所潛藏，有非尋常淵藪所可得而比者。蓋自具區水國，涵罩百川，爲三吴君長。等是以肇，則淀湖其輔臣矣。莫爲之志，將山川顯要之形如何而據備，風俗物産之如何而考察，渠道水利之如何修濬，先民蒨籍之如何而懷思清式，遺聞故事之如何而興嘆流連，務必一一莫之或徵，詎非居斯土者之遺憾耶！寧況蘇秋自軍興以來，曾文正設有內河水師，淀山湖隸松南營式哨，巡轄春秋五營，師船會集摻練，閲兵大臣率以關王廟而不於太湖，此其用意固自有在。而糧運經改道，漕船由是出入，帆檣之所下上，百貨之所叢萃，蓋有日進而無已時者。然則萬頃雲水之鄉，在異時以爲鷗鷺之歸墟，在今日不且爲交通之孔道也乎！於是予以《淀湖志》相屬，并任採訪，先師諾之。爲撰《里正》、《形勝》、《風俗》、《淀山》、《水道》、《治水》、《兵糧》、

《紀兵》等九篇，悉馭以己意，述其文詞，而不屑屑較量世俗之所爲體例。方思繼賡定稿，以畢大業。余亦先後草創，未及脱稿，會二君徂謝，熊先生亦以賑災客死衛輝。先師傷故舊之日零，聞鄰笛而凄愴，握筆撫焉，爰用輟簡，且二十年矣。世運之變遷，事故之奇幻，蓋又非二君昔日所能料者。而吾師比更衰病侵尋，悄焉不獲達其所志，終朝撰寫，以見其所志，鬱鬱乎幾不樂人間何世。乃今日死矣，其不復見之矣，烏乎！可悲也。其所遺著，叢語粗具，小子之責也，猶存鐍緘，使及今日秩篇，以昭示來兹，謂不佞之罪，而誰屬耶？用是，不揆駑下，承先師付托遺意，僅就先師原著事補綴。凡得書若干卷，付之寫人，訖事，乃復叙之。

烏乎！慶林以詮末之才，妄事鉛槧。以其僭逾，要自深知。惟是亟切表章，不忍湮没區區之志。前輩之所誇議，與夫先師耿耿之談吐，之深衷，共訴及此，稍得哀著九原者，知與必安。至此稍得表其萬一，區區盛感之加，何以辭哉！光緒二十有八年壬寅八月朔日，門人吴江陳慶林佩忍　謹序。

淀湖小志凡例　壬寅

一　是書爲長洲諸杏廬先生輯而未完之稿。特於乙亥之歲檢貽慶林，俾續成之者也。自維謭陋，何敢妄事鉛槧。三四年來，只謹付鐍鑰而已。不幸哲人遐逝，遺著飄零，捧誦斯篇，何勝惋痛。及此，不爲流傳刊布，將非不佞之責，而誰責耶？因是不揣僭妄，稍加編次，續貂之嫌，所不免爾。

一　杏盧先生原定舊目有八景圖，曰厘烽烟寺、群淀風帆、雁横秋月、鷗泛晴波、漁蓑釣雪、農夫犁雲、楊柳春風、蒹葭夜雨，今從删。

一　杏盧先生原目有《官傳》一門，今取其水利諸人，附《治水篇》後。

一　杏盧先生原目有橋梁、津渡，分二門，今特合爲《津梁表》。

一　杏盧原稿《書院》、《義塾》分二目，今改合爲一，易名《學校》。

一　《人物志》，杏盧分目甚繁。今以人物無多，謹搜其時代編次爲《耆舊傳》，蓋遠師襄陽，近援貞豐例也。

一　《義烈傳》，杏盧分《義烈》、《完節》、《完節未旌》、《現存得旌》及《貞孝》、《才媛》等六目，今亦并合爲一，而别取其無事實可徵者，詳著爲表附於後。

一　咸豐、庚申之變，男婦之遭難而死者何可勝數。杏盧原定《忠義》、《義烈》二目，藉以分載男女。然事實寥寥，徒冗篇幅。今特取可徵者，不分耆舊，列爲二傳。其無徵者，改列一表，曰《忠義》，附《紀兵篇》後。

一　杏盧原稿有《藝術》、《方外》二傳，今改併入《别録》。

一　杏盧原稿有《園林》、《第宅》、《古迹》之目，今俱删，改入《遺事》。

一　杏盧自撰已成之稿，凡九篇，曰《沿革》、曰《里宅》、曰《形勝》、曰《風俗》、曰《淀山》、曰《水道》、曰《治水》、曰《兵制》、曰《紀兵》。其撰而未成者，十一篇，曰《鎮市村莊》、曰《土户》、曰《公署》、曰《坊表》、曰《學校》、曰《人物傳》、曰《祥慶》、曰《祠廟》、曰《寺觀》、曰《墳墓》、曰《遺事》，今皆由慶林補入。其原修未爲而由慶林續成者，凡三目，曰《開方圖》、曰《淀山圖》、曰《星野圖》并説。至《津梁》、《忠義》、《烈女》等表及卷末《别録》一門，則悉由慶林就先師原稿并搜採所得而改爲者也。今詳記之，用示不敢混魚目於珠璣云爾。光緒二十八年歲次壬寅八月朔，吴江陳慶林佩忍　謹識。

淀湖小志忠義表序　壬寅

烏乎，自古寇難之事，其爲禍害也大矣！或身遭奇變，備罹慘毒，而莫爲之彰，則湮没弗傳。即幸傳矣，而無文焉，以記載其事，則亦傳而弗久。以天下之廣，上而士賢，下逮奔走，百賤編氓微賤，以迄婦孺之倫，其邂逅以殉國故者，烏可勝臚。然而卒不能傳且久者，無他，外史之職寖以滅耳。今淀湖當蘇、松交，截長補短，方五十里，地爲入海通途，波濤浩瀚，出没便利。用兵者，往往規而定厥勝焉。以故，瀕鄰之民，被患恒酷且烈。勝國以往，靡得而記已。洪、楊之變，其明徵也。烏乎，是可恫已。爰搜自庚申以來，凡遭兵變以殁其身者，次爲表，終則闕之，俾後者覽而興焉。門人陳慶林纂輯。

劇壇之新生面瓜種蘭因 甲辰

伶隱汪笑儂曾於辛丑編《黨人碑》新戲，實爲演劇改良主義之開山。近日新排一戲，共十六本，名曰《瓜種蘭因》，乃波蘭故事，按亡國史節目，删冗組織而成，加以變換，以期觀者賞心悅目而警心。此戲以獨立爲宗旨，倚外人則亡，倚政府亦敗。欲觀者知外交之險惡、内政之腐敗，非結團體，用鐵血主義，不足以自存。内容豐富，凡議會、教會、跳舞、條約、叙談、陰謀、暗殺、愛國會、敢死軍，無不描摹入細，惟仍合波蘭共和派。已擇於廿六日（禮拜日），在春仙茶園演第一本，此爲我國向來未見之悲劇。想海上寓公不以先睹爲快者，殆非人情。

記續演瓜種蘭因新劇 甲辰

伶隱汪笑儂所排新戲《瓜種蘭因》一出，其寄托之遥深，結構之精嚴，音律之悲壯，實爲梨園所未有之結構。於民族主義雖非顯露，然處處隱刺中國時事，借戲中之關目，以點綴入場，使聽者生無限感動。該伶抱憂時負異之志，欲一吐其胸中之積蓄，聊以聲音笑貌感人，冀挽回於萬一，其用心亦良苦矣。昨晚爲續演之節目，如解放衆議院，三叩波蘭宫，創立秘密會，大燒景教寺，慘殺衆國民，逃奔瓦爾肖，具足以鼓舞人心，震聾發瞶，令人油然而生故國之感，可爲四萬萬人作一當頭棒喝。其有關世道人心者，豈淺顯哉！惟盲於其事者咸謂所演乃今俄日戰争之事，誰謂高麗人，誰謂東洋人，聱説紛紛，聞之可笑。下等社會之不開通，於此可見一斑矣。

瓜種蘭因新戲班本之出現 甲辰

名伶汪笑儂近日新排《瓜種蘭因》新戲全本，爲梨園未有之特色。敝同人今已抄得其第一出，懇請《警鐘日報》館逐節登入報章。凡有周郎之癖者，幸勿交臂失之！垂虹亭長告白。

瓜種蘭因序 甲辰

笑儂既刺取波蘭滅亡史爲《瓜種蘭因》新劇成，示予讀之，予乃爲逐日刊之《警鐘》新聞紙，并單行以廣其傳。因序之如下曰：嗟夫！二十世紀之天下，一悲劇慘劇之天下也。我中國其殆爲世界之大舞臺哉？我國之君臣之士夫之多數國民，其殆爲大舞臺上之傀儡哉？然而及今猶復痴睡鼾卧，或則酣嬉淋漓顛倒沉醉而不及覺者，其人比比皆是。只此一二孤峭幽憂之士，其行事往往挫跌不得志，乃始頹然放廢於歌舞之場，藉其悲歡離合以一吐胸中之塊壘。斯已傷矣，而笑儂乃能於此放廢之中，獨編新劇，將以歐西亡國之實録，作中原前途之龜鑒，揣其用意，實抱有改革惡俗、輸送文明、激發志氣、辨别民族之種種觀念。嗚呼！笑儂洵吾黨之知己，豈直蘇昆生、黄幡綽一流人物而已乎！抑笑儂今復取《桃花扇傳奇》以京調譜演，已則且以孔雲亭、柳敬亭自擬，其意蓋直望我漢種青年日興起其故國之思，而成光復之事業。然則笑儂非又我漢族之功臣哉？我漢種志士得此激厲，若不以游晏戲樂爲事而慨然憤發，黽勉以達救國之目的，誠笑儂所願。否則徒激賞其悲壯瀏亮之聲情，以爲娛悦耳目之地，吾知笑儂聞之亦必大失所望，而笑漢人之不足與謀無疑也。嗚呼！吾青年其奚擇哉？甲辰中秋，垂虹亭長序。

書曉庵先生答潘稼堂小簡手迹後　乙巳

右簡手迹都八行，今見之同邑沈廷鏞家中。所云云老者，潘雲從也。時將之官西蜀，特介次耕敦聘先生以訓教其子。而先生慮且偕赴任所，故辭之獨堅。厥後雲從留子於家，務以相托，由是先生允之，於是月之杪，就潘氏之席。觀先生集中答潘雲從書可證也。書云：「春孟接手教，自睽荒陋，即以數行奉覆。嗣得次耕書，諭以不必隨任。」又云：「已於三月之杪，抗顔師席。」又是書有月日而無年歲。考王集有上章涒灘致亭林兩書。其一係雲從持去，書云：「茲因雲從潘子之蜀，附候動止。」其一以既足南歸，姓李名雲沾，亭林弟子。特作報謝。書云：「六月下旬，敝里潘翁之蜀，一緘附候。」又云：「七月景午，既足兄南來，頒手教。」案所謂上章涒灘者，庚申歲也。見《爾雅》。是歲亭林年六十八，在關中。因送馬右實喪出關，由是既足遂附之還，在是年五月，見《亭林年譜》。亭林集有《送李生沾南歸，寄戴笠、王錫闡二高士》詩，正是時也。戴笠字耘野，亦吴江人，即所稱王、戴、潘、吴四高士者。潘即次耕兄檉章，吴名炎，字赤民，俱殉莊氏史獄。然則準是以推先生此簡，所謂三月丁西清明日者，其爲庚申之歲勿庸疑矣，至稱弟而冠以功者，蓋時有侄喪系之服以表厥悲哀耳。其證得之致亭林第六書。書云：「僕去年春喪侄，秋丁内艱，冬復喪弟，骨肉略盡。」案，此書似辛酉夏間所發。旃蒙大荒落徂暑，邑後學陳去病跋。

書曉庵先生致潘稼堂手簡真迹後　乙巳

予既考定曉庵先生致次耕小簡，越日復得一簡，都四紙。遂核之文集，竟未之見。案，集中致次耕札，大小凡五通。而書且言「孟夏兩啓未報」，乃知先生手簡之遺佚者夥矣。集故有榷言十三則寄次耕，而是書有「兀坐困亨齋，了無一得，偶有疑事十餘，無可商榷，録呈知己」之語。然則彼所記十三則者，其爲此書之媵無疑矣。至謂「欲殺之心，至今未息，而欲以救援望之次耕者」，蓋先生自國亡後，復遭家變，外侮内難，相逼而來，案，集有辛亥與次耕書，已言家庭之間，不能和輯，外侮内難，相視而起。先生身處臬兀之中，幾不自保。案，集屠維協洽答亭林書云：「僕自去冬失怙，侮辱薦加，幾不自存，然立志之初，已早慮及此，溝壑鼎鑊，皆意中事。」其致亭林書，所謂「溝壑鼎鑊，皆意中事」，正此時耳。若夫次耕當日，則方以布衣舉鴻博，授檢討，入詞林，修明史，詡詡然鳴其得意，而先生獨與亭林顧氏，以遺民逸老耿念其兄力田之冤，心焉非之。謂如次耕者，即不腐心切齒，案，集中上章涒灘與亭林書有云：「兩君之遺憾，慮亦先生所切齒腐心者也。」亦當隱居終身。何圖一旦靦顔失節，屈身讎仇。背友于而悖大道，諲忠告而慕浮雲。其違於中行，不亦遠乎？以故每致書兩先生，必極意規諷，罕譬曲諭，務達其本衷而後已。審於簡末「觀物草堂，交情惻惻」數語，而賢者之所以惓惓友朋者，略可知矣。亭林集有寄次耕書及詩，困亭齋集亦然，皆極規諷。惜也飛蛾投炬，非剔撥而不回；象齒焚身，必奏刀而始悟。次耕亦然。以平生肺腑骨肉之愛，極針砭藥石之語而不遽返，卒致垂翅鎩羽，投老荒江。然後栖息遂初之堂，回思良朋往訓，而先生逝矣。嗚呼！不幾晚乎！雷雨既過，清風大來。展卷誦此，不覺凄愴。爰伸高誼，跋之左方。

書姜湛園張蒼水奇零草序後 乙巳

案：湛園先生名宸英，字西溟，浙江慈溪人也。嘗舉鴻博入史館，後以事牽累，瘐死獄中，生平所著有《湛園未定稿》、《筆問集》及《江防總論》、《湛園札記》諸書。所居故與蒼水同閈。又去其時甚邇，度其平素，必企慕公之爲人，而及睹其行事者。故掇拾灰燼，發爲文章，亦不覺沉鬱悲慨，至極痛快親切，而言之有味也。惟章氏所刊《蒼水集》，獨遺此序，殊爲缺憾。因撰録於此，以見秉彝之良，今古同具，固不必俟之後世，而當日已早有定論矣。

書吴赤溟上錢牧齋書後 乙巳

案：赤溟先生諱炎，字赤民，號如晦，别號愧庵，吴江蘭溪人。與同邑潘力田檉章相友善，又同罹於難。顧亭林先生所謂吴、潘二節士者是也。莊史事起，遭誣莫贖，遺文零墜，久無知者。去病行求十年，始獲駢散雜著六十有八首，家貧未克刊布，良用疚心。而修史一事，實爲先生平生志節所在。其所致蒙叟書，及蒙叟復書，并徵撰述之大概，庸録登於此，以貽好學深思之士。至其全集，當由國學保存會以次刊行之。邑後學陳去病識。

書吴赤溟潘子今樂府序後　乙巳

案：吴、潘二子所撰史稿，其相助以成者，自王先生外，以戴耘野先生笠爲之尤力。吴、潘既殉，兩先生亦遂潛伏窮壤，括囊自存。一時稿本，雖經奔竄而未遽失。王先生在日，曾有乳水知交，慨然欲效少孫故事者，而先生難之，迄未有成。讀《曉闇集》中與某書，可推證也。其所自撰十表，爲盜挾去。故先生卒後，稼堂求之亦未獲也。唏可怛已。見潘氏所撰《曉庵文集》序。惟戴先生於隱遁後，嘗自編其稿，别成《寇事編年》、《殉國彙編》、《發潛録》、《國香集》、《行在陽秋》等著，厥後稼堂悉得刊之崑山。亦見潘氏所撰諸序。所憾流播逼隘，藏棄無聞。即余生長耘野之故里，德鄰斯幸，而卒未睹其遺文，寧非阨窮之甚哉！惟《行在陽秋》，見《明季稗史》。《今樂府》百篇，往亦罹諸禁網，傳者極鮮。然三百年之遺聞軼事，與赫奕當時而足以感慨後世者，胥於是書繫焉。昔嘗取而讀之，覺雖事過情遷，劫灰長冷，而哀吟之下，心焉如焚。知文之至者，固不必以古今異也。吴先生兹序，尤核且實。於作史大要，亦略陳述。吾儕雖莫獲良史乎，然據是以推二子之所發憤，則壺盧秘籍，亦可仿佛其二三也已。乙巳中秋，邑子陳去病識。

敬修堂釣業序　乙巳

乙巳之冬，予再來京口，訪友焦光祠中，遂日登金山，尋張玄著慷慨賦詩望祭孝陵處，不可得。輒徘徊隕涕以去，因發行篋，取公所著《敬修堂釣業》讀之。蓋十五篇，乃憮然而嘆曰：嗚呼！是皆公所上魯監國書也，其言忠誠懇摯，殆能泣鬼神而裂金石。而其運籌决策，絲毫無所爽失，往往類古兵家者之所爲，雖孫吴復起，未必逾焉，嗚呼！寧非史可法、何騰蛟以後一人而已哉！嘗考公生平著撰，不下數十種見姜序，爲邏卒取去，或有流落人間者。其所爲詩曰《奇零草》，慈溪姜宸英嘗得之。又有史丙者，亦嘗親受公集藏之，皆不可考。今所傳者，詩文都三百四十六篇，并《北征録》，蓋出於餘杭章太炎，云得之鄞縣張氏，亦莫諗其所從來，要之不可磨滅，無疑也。乃余是時亦從吴中獲此卷，以較太炎所出，愈益鄭重而有關係。嗚呼！寧非姜氏所謂欲百世終晦不可得也者耶？故爲之斠而録之。或曰既章疏矣，曷詭其名，且以篇第。予曰：「自秦始皇帝㚟六國後起爲患，凡諸侯圖籍，悉擢燒之見《史記》。厥後强奪人國者宗焉。□□代興，羅織益烈，至□□□□之名，俱不可稱道，以爲大禁。故明亡後六七十年間，興文字獄者大小數十次，銷毁至無量數。其人非必預撰述也，有參閲姓氏則戮之；其書非必揚醜惡也，有他指陳則削之；皆務盡去其籍而後已。況先生其人，固嘗顯然與新朝相撑拒者乎。詩有之曰：『我躬不閱，遑恤我後。』其於史策至公，且擅删削而不爲之傳，矧在章疏，固尤爲易觸忌諱者。脱不詭名隱匿，其望瓦全，奚可得哉？」客曰：「善！夫吾今而悟《心史》之所由名也。子曷申其義以爲之序？」余曰：「諾。」遂序之。

《敬修堂釣業》十五篇，刊入趙之謙仰視千七百二十九鶴齋叢書中，未詳撰人姓名。近商務書館印行《罪惟録》，有吴興劉承干跋語，引《海昌備志》：《罪惟録》一百二十卷，查繼佐撰。繼祖字伊璜，號與齋，又號左尹，自號東山釣史。崇禎癸酉舉人，浙東授職方主事，後不復出。晚辟敬修堂於杭之鐵冶嶺，著書其中，學者稱敬修先生云云。然則此《釣業》十五篇，當爲查氏所著，以内容考之，亦極吻合。巢南誤以爲張蒼水遺書，誠不知其何所據而云然也。余三十年前睹巢南此文，即馳書辨難，歷舉不合者四點，以爲决非蒼水所作。又據趙之謙撰《蒼水年譜》引左尹《魯春秋》，余因疑作者即左尹，唯當時尚未知左尹即查氏之托名耳。自《罪惟録》出，事實更焕然明白，惜乎巢南之不及見也。巢南此文，本擬從删薙，因其已刊入《國粹學報》，慮不知者仍襲謬誤，貽患後學，爰特録而辨正之如此。中華民國二十八年三月十三日柳亞子記。

吴長興伯遺集序　乙巳

往在童年，讀先輩陳獻青《静遠堂集》，見所爲《吴日生公遺集》序若傳，輒心焉志之。及己亥秋撰

《松陵文集》，次第邑中先正遺文，自漢以來迄亡明，得三數百篇，獨未獲公著，乃貽書吾友寄荃、中翰昆季徵之。中翰覆言洊遭家禍，先德手澤一隳於鴛湖，去病按：公從兄昌時，字來之，遭禍被戮，吴梅村嘗賦《鴛湖曲》以悼之。其子祖錫，字佩遠，國亡後更名鉏，與陳子龍、徐孚遠等舉義，毁家財十萬佐軍，又爲張煌言賫疏赴滇南行在。後值思陵忌辰，痛哭卒於膠州大竹山中。再隳於秋笳，又案：公從孫兆騫字漢槎，與兄兆寬、兆宫，弟兆宜齊名，號爲「四鳳」。科場獄起，問罪黑龍江，賴徐乾學等援之歸。所著有《秋笳集》若干卷。而公之輜重，又自沉於吴淞，以故納楹蕩焉。顧予疑獻青言，搜討益力。又睹《平望志》，知獻青所稱吴涣君壯者，爲其地人，蓋公原稿，係涣所搜輯。且叙其所纂輯，與獻青合，由是遇平望人輒詢之。今年夏客吴門，晤吴君堯棟，涣之族也。因再三致意，逾三月，而吴君果以公書來，則大喜。乃重爲斠補，得詩二卷，曰《東湖遺稿》、《雁門子山中雜咏》。詞一卷，曰《北征小咏》。《中興恢復末議》諸作向附篇末，今别爲遺著一卷。又甄採他氏所撰述，與斯集可考證者，爲附録一卷，綜名之曰《吴長興伯遺集》，蓋推公之志，以恩明室也。事且蕆，乃作而言曰：

嗚呼！天地之正氣，其鍾於人，寧偶而已哉！自宋之亡，而有文天祥、張世傑、陸秀夫諸人。自明之亡，而有史可法、錢肅樂、張煌言諸人。皆受天地之正氣，以成其爲豪傑之士者也。若公之志節，與其偉略，寧非所謂豪傑士歟？而終以覆敗，何也？朋黨之水火，民心之陷塌，與夫天道人事之翻覆舛迕，而不可憑依，則雖在懦夫，猶當殉之，況如公之凛凛乎哉！《感秋》之詞曰：「天行有肅殺，在物無特立。壯夫困成敗，千載俟真識。」則公固心喻之矣。故既詮次其篇帙，而重爲申論之如此。乙巳十月既望，後學陳去病序於白蜆江上，蓋公當年血戰之地云。

書亭林先生遺智粟手札後　乙巳

智粟初未詳其姓氏，第按書言：「不佞以十一月二十六日入都，而次耕後此匝月始至，并欲於長安圖一讀書地，以不負其從學之意。」竊計其人，當與次耕有關係。而致札年歲，或可得而推矣。考《遂初堂集補遺》，有《己酉冬自淮陰抵平原，呈亭林先生六十韻》詩，而先生集中，亦有亡友潘節士之弟耒，遠來就學，兼有投詩答之二首。耒，蓋次耕名也。當是時，節士亡幾七八年，耒且逾冠。以先生故，得締婚山陽王氏。其婦翁起田，名略，故與先生交莫逆。又由先生而重節士，由重節士而婿次耕。其仁而愛人，樂善不倦，固如亭林所云「以朋友爲天倫」者也。惟次耕之婚歲在丁未，見次耕所撰《亡妻王孺人壙志》。而兹復入都相從者，良由其舅、其妻相繼淪逝，違讀書婦家之願，故去山陽而就先生耳。見徐氏《亭林年譜》。且余揆此札自爲慰唁而發。又以賢侄稱，又勉其善事高堂，力學不倦，安分守拙，以保其家，以毋朽其先人。嗚呼！自非肺腑骨肉之愛、之深，豈至是哉！而舍起田父若子與先生又疇企及，此先生志起田墓，謂其死以里兒齮齕，而自憾弗能申大義於詐愚凌弱之日。然則徵之其所爲慰勉，要豈無因者耶？書又謂「志銘誼不敢辭，草成另上。」按先生是歲方罹山東之厄，對簿未遑，寧暇爲疏泛諛墓？故舍起田外無他只字矣。志言起田一子名寬，而虞書有寬而栗之文，智粟殆取兹義歟？

去病又按，先生入都凡十八度，自年四十六始。時戊戌秋，先生以避讎在山東。乃遂登泰岱道濟南而北。既至，即益往薊州，歷遵化、玉田抵永平，登孤竹山，謁夷齊廟，出山海關而歸。至庚子二月，復入都。厥後壬寅、甲辰、丙午、丁未、戊申俱一入都，迄己酉而入都特勤。其春以謁攢宮淹留者再，冬則又以對簿事角，聊圖卒歲，即此行是也。其所主者，爲申叔旆洎謝方山重輝。至明年庚戌四月，始赴德州，則先生已十撲緇塵矣。是書之作，正在此春。寄書在正月十六日，即庚戌春初是也。厥後九月，及辛亥、壬子、癸丑、丙辰出入者又八度，及丁巳四月而鴻博之徵，遍於陬澨，罻羅所匝，冥鴻亦惕。次耕既被薦，先生寄詩諷之，有「孤迹似鴻冥，心尚防弋矰」二語。於是先生乃駕言西征，是歲四月赴華陰。不復作京華夢想矣。然而賢如次耕，卒不獲免。元少之倫，且尚多事，此先生所由累誡潘氏，而有致葉訒庵書也。與次耕書及葉訒庵書，并見文集。

書胡蕊明凌御史傳後 丙午

予游歙州，網羅彼中文獻未敢稍暇，而吴生敦寶、葉生世寅咸出異書相視，此文蓋其一也。所陳事實足補《明史》之缺，誠有關世道人心之作也。案：《歙縣志·儒林傳》：蕊明名岪，號匏，更爲元儒胡雲峰後。性至孝，甘貧好古，鼎革後絶意仕進，講學紫陽書院，學者多尊師焉。其詩文雜著爲門人施璜所輯而未之刊，今所存者，只散文一帙而已，詩則不復可得。惜哉！去病識。

書歸玄恭黄孝子傳後　丙午

玄恭先生集，世未之見。昔侍山陽徐遯叟，謂藏崑山張惟一所，余因致書惟一詢之。會歙州故人招余黄山之游，出門遽去，今未知其覆我否也。而吾友枚子，網羅放失，頗得其文數篇。余檢叢殘，復獲斯傳。叙次井井，絶似司馬遷而感慨不盡。於流離瑣尾之傷，時溢言表，洵乎文字之摯者也。蓋先生以老遺民爲孝子傳。其於志行，固應符合而顧歷記其道里者。尤豈徒效區區來南入蜀之文，以示人工妙耶？意者其眷懷故國，憑吊河山，風景不殊，舉目斯異。故夫如是其長言咏嘆而弗置也。《簡兮》之章曰：「山有榛，隰有苓，云誰之思，西方美人。」先生有矣。斯文有矣。丙午清明，黝山天放書。

書金正希與丞相原無易上人書後　丙午

案：公此文，余得之《黄山志》中。再求諸公集，則獨闕焉。集凡八卷，而書札居其三。惟第末篇《與長男書》云：「黄山道場，乃我爲保地方民命計，可接續將去，不可斷也。」四語實堪作一鐵證，故亟録之，以見公保全桑梓，愛護同胞，發大願力，爲民請命，雖至死而不稍移易也，寧不偉哉！無易名大守，婺源張氏子，爲蓮池再傳弟子，亦戒行精嚴云。

煩惱絲自序 丙午

嗚呼！索虜猖狂，覆我中夏。炎黄世胄，俱爲髡黔。髮膚之痛，幾三百載。毁傷之罪，其烏可贖。伏念古者烈士仁人，躬遭變故，挽回不及，往往寧傷厥元，誓保玄絲。挺身抗令，横尸康馗，無所悔懼，氣節益凛。或則皈命瞿曇，慨焉披度，托身梵刹，以遂初衷。此其志愈苦，而情益堪悲矣。代遠風遥，芳軌莫繼，將尋往躅，邈乎其艱。何況禁網峻密，虜令煩苛，高文典册，咸被殘毁，一二之存，亦閟弗出。而戴發之倫，數典忘祖，習非成是，頋爲編氓。徒令四裔交譏，鄰國竊笑，皇皇大國之民，乃至與犬羊同儕。吁其戚已！故發憤編纂成書一卷，名曰《煩惱絲》，以示痛悼。雖搜討無幾，而褒貶略備，類族辨物之聖，容有取歟。黄帝紀元四千三百九十七年丙午季春，有嬀血胤自序於軒轅峰麓。

吴赤溟先生文集序 丙午

赤溟先生駢散雜著，都六十有八篇，予家南郭時，求得之於費氏。檢其中，獲片楮爲嚴承健嚴字起云，長州諸生也。致少甫先生者，因推測之，知少甫爲鄉先輩俞岳别字，岳好藏書，工書畫，能文章。實藏是稿。嘗因承健假之顧湘舟，名沅，嘗匯輯列朝死義之士詩文爲《乾坤正義集》。繼復自顧以歸之俞，兹楮蓋璧返時券也。少甫有孫焕章與費稔，焕章死，書即落於費，復以予好古而歸之予。抱殘守闕，迄今殆八年矣。因謹叙其端曰：陵谷變，鐘簴徙，步玉改，賢人遁，世界其洪荒乎？而況人獸雜居，冠履倒置，黄鐘不鳴，羌笳競奏。文網之懸日密，而繩法之吏迭至。麟經大義，黯晦弗彰；心史奇文，終古滅没。當此之時，斯人其不消沮鑠傷，而倏然免厥辜乎？則吾敢一言以決之，曰無有也。今赤溟先生詞賦凌潘、陸，學識踵班、范，而運丁陽九，遭逢國變，不獲厠身承明著作之庭，揚本朝之盛德。而徒與皋羽、所南之倫，以歌哭相從，則其志念亦大可悲矣！乃方將懷鉛握槧，冀伸其江湖魏闕之思，以待名山之藏，千秋之諒，而横遭奇禍，伏尸康馗，蔡邕之《獨斷》未成，崔浩之直筆難亮，悲夫嘻哉！區區遺文，度在先生，不過鱗爪之末，而至今日，則不啻吉光片羽，珍逾瓊琚，浩劫殘灰，秘同鴻寶。去病雖至愚，其尚敢鐍緘深閟而重貽放失之戚乎？故特次第其籍，授之梓人。庶幾屈於一時，光昭萬世，後之覽者，可無懼矣。丙午孟秋下浣，邑子陳去病叙於黄山之麓。

明遺民録自叙 丁未

朱明建國三百載，德澤滂沛，洽於民心。及其亡也，獨無可罪，故其民之懷恩先帝，恩戴本朝者，以較往祀，蓋有過焉。且自太祖攘除胡虜，恢復中原，夷夏之防，普天同喻。一旦衣冠更制，髮膚慘刑，其所以拂鬱人心、鑠傷志氣者，彌益切至。夫是故有出家披剃，服僧袈衣以終身者；有黄冠草服，飄然長往而不知所之者。彼其儔寧好立異以矯世耶？亦其心有所僇而不獲已也。

昔趙宋之亡，其民感戴帝室，潔身遁逃，相續不絶。如謝皋羽、鄭所南、龔聖予之倫，皭然不滓泥淤之中，克完其志節。讀《宋遺民録》諸書，慨焉莫不想慕其爲人。然以吾思之，皋羽諸子，值胡元擾攘之會，虐焰方興，苛例繁體。其所定色目至有十等，而儕儒於丐，鄙夷特甚。苟非天良汩没，病狂喪心如姚樞、許衡之流，甘污僞命，爲名教之罪人。其他士子，類皆耻於僇辱，去之惟恐不速，故其爲遺民也易。若先朝之亡，則大不然。柄國大臣，防秋將帥，業已輸誠納款，願爲前驅，仗鉞秉旄，得專征伐。其間率關東子弟，飛馬渡江，鐫功奇石者，寧只弘範一人？意親之帝，又務祛積垢，隆師重道，廣徵山林隱逸，起用臣靡，予之寵秩。累開賢良方正、博學鴻詞諸科，以利禄爲餌。凡其人有一節之長，一材可取，罔不多方羅致，以爲所用。觀於當初所稱濟濟時彦，若潘耒、朱彝尊、湯斌、毛大可輩，其始何嘗不聞教君子，堅忍茹苦，以勵厥艱。及爲紛華所眩，即復中心靡然，盡背師友而去。豈其不知榮名無益，而簡書之可畏耶？顧寧回易其清名貞操，甘心墮落於糞壤而一不之恤，此豈無所因而然哉。亦其採之有術，如王良御轡，罄控縱送，而雄駿不能絶其繮。故當時之士，苟非爲船山之匿身石窟，舜水之遁迹扶桑，即未能免於當道之所物色。若李天生以母老爲詞，終竟入試；魏叔子托疾翠微，猶舁扉巡撫之門；亭林、梨洲爲東南大儒，乃且以刀繩自備，望都門而却步，此其遭際，不亦殆哉！梅村、蒙叟之流，且靦顔忍耻以畢其身矣，嗚呼！不其悲哉！故其爲遺民也難。

予少慕介節，長經坎坷。竊謂世變至此，無復相加，若循是不返，將人道不復可睹，而乾坤幾乎或息。然則尚烏所謂内外之防，與志節之可貴哉！故發憤編纂，成《明遺民録》若干卷。如下方亦蕲類族辨物之聖，知所敬愛以自譬況，則神州縱陸沉，而人獸其倘堪判乎。丁未季春之月，吴江陳去病自叙。

書周忠介公與人書後　丁未

右周忠介公與人書若干通，皆被逮時筆也。去病曩在焦山讀書，得之《燼餘集》中。原文數十篇，多學道語。惟兹數書至誠惻怛，如見肺肝，於公一生學問志節尤有關係。觀公所云「喜歡順受」，又云：「臨時當竪起脊梁，作一鐵鑄底人。」則公之臨難不懼，概可見矣。然非學道有得，亦安至此哉？故别録之，庶幾覽此文者，亦尚慕其風歟。丁未元旦，郡後學陳去病識。（據《國粹學報》）

湖北鄉土歷史教科書叙　丁未

今日長江流域，其交通最便者，莫湖北若。是故輪船、鐵路、郵傳、電報，無所往而患不達。商務最盛者，亦莫湖北若。是故茶麻、煤鐵、皮毛、竹木，雲集麟萃於宜昌、沙市、漢口之郊，市利特贏。而學風之振，實業之發達，湖北尤無多讓焉。是故秀髦英彦，類能奮起學校之中，而奇材異能之游學歐美、日本者，其數至以千計。武昌、漢陽之間，工場如林，材貨山積，謂非中國一大沃壤天府歟？然徵之歷史，荆州之域，水道廣通，材木殷阜，自古然已。而神聖首出，肇啓文明，若伏羲、神農、風後之倫，其足以稱榮引重者，固非祗湖北爲然。而文叔重光於白水，武鄉揞柱乎西川，其人蓋尤不世出之英，爲後來所僅睹。夫豈特令漢室危而復安，劉祀絶且再續，爲二人功哉！然左氏嘗言楚材晉用，而楚語又稱惟善是寶，然則楚固天下賢材之藪也。惟有其材而不知寶，徒資他人之取求，則不如弗生。知寶矣，而不盡其材，則不如弗用。必也求其材而知所用，明厥善而慎所寶，斯則荆楚之材，將日出不窮。用之寶之，亦終無有所盡期，寧非湖北一大慶幸歟？不然材日衆而寶之用之不能盡，將必有所軼出，而不甘老死丘壑者，則楚雖有材，亦何殊杞梓皮革之徒供人用已哉！故備述往事，明其關係如此。庶幾楚有其材，終爲楚寶。而湖北之興，或未有艾耳。編者自叙。

湖北鄉土地理教科書叙 丁未

湖北介天下之中，山嶺重沓，川澤奥衍，地極通便。一旦有事，東下長江，則江、淮、皖、贛，可傳檄而定。西扼巫峽，則巴蜀、秦隴，亦多爲之阻。南趨長沙，則滇、黔、閩、粤，岌岌不可恃。北出鄖襄，則商雒、唐鄧，益馳騁戎馬而無所忌，此古人所謂四戰之國也。以故歷代用兵，戰守攻取，在所必争，而據得其地者，即足以稱雄於一時。則夫形勢之險要，人事之繁賾，略可睹矣。往古尚已，自明季流寇縱横，張、李諸魁，率其梟傑，狼奔豕突，而湖北一省，實當其衝，受禍殊酷。寧南繼之，以迄中湘，騷擾至無寧歲。自是以降，而三藩之叛，川楚教匪之亂，咸接踵興起，恃此以爲雄固。當時國家全盛，勢力强勍，然而乃竭謀臣猛士之材，僅能克之。迨道咸之際，國勢中衰，而洪、楊之徒，以區區匹夫，振臂一呼，從者雲集。其據金陵以爲之都也，亦其先出湖湘，攻克武昌而有之。由是順流而東，成建瓴之勢。然或不都金陵而都武昌，則中原且將多事，而曾、左不必奏其功。抑當時官吏，或嚴備湖北，力遏其衝，則洪、楊亦不必浮洞庭而下長江也。成敗之關係，於湖北有如此者。然則其地顧不重哉！今者歐風大扇，估舶東來，湖北一省，尤爲各國商戰之場。蕞爾漢口，而稅額爲長江冠，統鄂中四商埠計，且越江海關而上之。何況郵傳鐵道，飇馳南北，京漢汴洛，聯爲一氣。猶且南連湘粵，西通巴蜀，東接豫昌，駸駸乎合九州而同一軌，則他日之湖北，其氣象不翹然爲中國雄哉！故謹爲甄叙，務得其當，亦使湖北學子，坐誦一室，而天下之大，中外古今之變，由是得曉然於衷。則本愛鄉之心，擴充之而愛國，寧非中國之幸歟？寧非湖北之幸歟？編者自叙。

江西鄉土歷史教科書叙 丁未

豫章據大江之南，形勢險隘，兵戎所萃。自苗族以來，迄乎近世，其負固與中國抗者，蓋繽繽焉。然而文學道德節義之儒，炳焉崛起於彭蠡之浦，以光輝史册者，亦未可勝計。竊嘗推之，昔何湯師事沛國桓榮，振直聲於漢，而豫章之學術興；徐孺子清高絶俗，皭然不滓淤泥之中，而亮節特著。厥後范寧以教授四姓，豪宗鉅族，咸習經訓。至永嘉南遷，衣冠萃止，人文尤盛。而陶淵明乃恥於折腰，翛然掛冠以歸，種松藝菊，完節東籬。此與南昌尉一朝棄妻子去，其高介寧有異哉？自是以還，豫章風俗乃日丕變，其書生平居，大抵好言氣節，崇尚忠孝，以屈服辱戮爲耻。至兩宋之際，范、朱、二陸，倡道鄱陽，儒風彬彬益盛。忠宣、信國、疊山諸賢，遂以浩然正氣，挺身抗敵，爲中國光。惟吴草廬以曲學阿世，儒術一晦。然自陽明氏出，集朱、陸之大成，敷教西江，而道復大光。且值寧藩之變，公獨躬率戎伍，日與鞭弭相周旋。故於其道體驗益真，閲歷益廣，與凡腐儒拘攄寡聞者流，固不可同年語矣。庸是其俗化之，人材益復磊落奇偉負氣仗節可觀，若劉綎、萬熼、姜曰廣、萬元吉、楊廷麟、傅冠諸英，咸振振抱殊稟，伸大節於當世，使睹其事者莫不驚詫涕泣，以爲天神。烏乎，不其偉哉！要而論之，江西之地理，有帶山阻湖之雄；江西之人材，負魁奇絶特之行。天下而無事，則弦誦講學，有鄒魯之風；一旦有變，則奮梃而拒命者，接踵興焉，此江西之大略也。是故爲豫章之民，讀史而知往昔盛軌，俯仰於文學道德節義之風，以涵養其德性。他日必有忠宣、信國、疊山之倫，再見於天下者，其在邦人子弟乎？編者自叙。

江西鄉土地理教科書叙 丁未

豫章之地，左荆右浙，背山面湖，形勢雄固，洵長江中流一大奥壤也。自昔苗族大長蚩尤，與黄帝戰敗，退保南服，歷唐、虞、夏、商諸朝，遺孽竄宅滋息，終始逆命，每憑恃之以爲險。迨西周之興，以公旦之懲，召虎之平，方叔之討，然後苗族始屏伏帖息，踰嶺南去。而詩人乃大詫其事，於《采芑》之章張皇詠歌之，曰「蠻荆來威」。寧非以其來之威之之不易覯哉！自是厥後，淮南建藩而亡命奔湊，卒爲漢患。明封宸濠，而正德之世，江西因以不寧。假非天心厭禍，不生陽明，使會軍樟樹，力扼南康，則當日之成敗未可決也。蓋荆、揚之間，土俗輕剽，其人自古好帶刀劍，喜弄兵，游行於市。故無事則仇殺報怨，傲很健訟，而不畏死；有事則嘯聚谿谷，侵盜乃掠，煩長吏憂。若陳友諒，其最彰明卓卓者也。明季以來，事變尤劇，而金聲桓之南昌反正，楊廷麟之力保贛州，皆竭精鋭，積歲月，挾全盛之勢，僅能克之。及洪、楊之起，曾滌笙以久列戎伍之餘，而被困鄱陽。則夫江西地勢之險，兵事之集，徵之歷史而知其不謬者也。何況世界大通，時局翻變，輪舟鐵路，接踵而興。江西之日多事，斷斷然矣。言地理者，若第舉其山川之勝，物力之豐，以爲江西之僅如是，抑亦末已。蓋必知夫川何以常流，山何以常峙，物力何以常盈而不銷耗，則風俗之與形勢，其大可推求矣。試以近事證之：萍鄉當湘、贛之交，萬山叢錯，鳥道崎嶇。其地正古苗蠻之所竄蹟，左洞庭而右彭蠡，東走南昌，則全贛在握；西出長沙，則湘、鄂皆震。故梟奇桀黠争相走集。而往歲之變，即發於此。然則彼非以其形勢之險，而風俗亦因以㪚歟！要之形勢固則兵事戢，風俗厚則人事通，而百業以振。論江西之地理，在今莫急於是，學者可不三致意哉！因作《江西地理志》竟，而書其見解如此。編者自叙。

直隸鄉土歷史教科書叙　丁未

幽陵自昔建邦地也，軒頊以還，虞、舜帝相，莫不都之。逮乎唐宋，契丹、女真、蒙古諸族，更修宫闕，垂三百稔。朱太祖起，斥逐胡元而北之。爰以其地封建强宗，而南都金陵抑獨何歟！蓋太祖淮人也，習江南風土，其將相亦皆吴、越、三楚之士，不耐寒苦，故寧輕棄其土，而樂南還，此燕之所由封成祖也。然當其時，蒙古餘孽未盡芟薙，燕京朝市猶尚可觀。彼蒙古雖已北竄，其心非能一日忘薊邱也。是故靖難之勛集，而行都之建，亦不容緩。易世而後，翠華永駐，無非以鑾儀巡幸，勞費日繁。天子臨邊，戎機易飭。此列廟之所由都燕也。誠使念光復之艱難，思締造之不易，綢繆牖户，爲千秋萬世之計。於臨戎守邊，隨在審慎。進收朔漠，以規取漢唐故地。增置亭障，捍禦諸虜，則門户之計固，而北顧之憂紓矣！獨奈何權宜不察，大寧遽棄，自撤藩籬，瀕于危殆。也先、俺答之擾，土木蒙塵之禍，蓋豈盡在人而不由自召耶！神、熹兩朝，政益穢亂，紛如蝟毛。思陵雖一振，而親任閹豎，不殊前轍。易置卿相，有類弈棋。由是四海痛哭，神人嗟怨，米賊一呼，而明社以屋。是豈地利之不便建都之失宜使然哉！人謀不臧，雖有金城湯池，亦不終朝而墮。不亦悲夫！近世以來，事變益亟，輦轂所屆，群雄逼視。雖郡縣建置，視昔爲廓，如收蒙古東西盟地爲承德、朝陽、多倫諾爾等府廳州縣是。而禍患之乘，有加無已。如京津等處各國俱設兵衛，而俄、日兩國外交尤棘。熱河西安之狩，事豈甚遠，能不寒心？嘗膽卧薪，端於今日。誰謂燕山非會稽比哉！爰述舊史，以陳鑑戒。三輔之士，倘懷往昔盛軌，念蕭墻隱憂，慨然感奮，以急桑土，則于是編，奚可忽諸！編者自叙。

直隸鄉土地理教科書叙 丁未

幽燕位神州東北，負山面海，自古爲帝王所都，故氣勢特雄。然地連邊塞，常罹外患。海通以來，變故尤亟。五十年間，舉燕雲十六州，經兵戈戎馬之禍者，奚啻三四。其間若庚申、庚子二役，且至震驚乘輿，蹂躪宮闕。此其大辱，可勝痛悼！今雖遠定安集，日月重光，然而撫視瘡痍，則呻吟之聲，固依然其遍野也。朝廷恩澤敷布，詎不優渥，而黎庶之貧困如故。互市方張，生計道廣，宜可以給足矣。而衣食之不贍仍如故，則水利不修，農業不發達之咎也。昔《禹貢》言：「冀州之土賦，上上錯。厥田中中。」大陸之野，咸可耕治，是北方農利，固號首出。乃後世輒謂不若江南下澤地者，何歟？況乎黄土之奇，亘古罕有。腴潤肥沃，不勞培壅，而成物特豐，此固天然沃壤，非其他磽瘠可比。誰謂今或異於古哉！是故今日言治，當明地利。地利廣興，則材物充牣，貲財饒足。國家根本，於以鞏固。地方自治，亦庶可日興。不然，外貨日入，内財日出，赤地千里，水患時作。以中邦畿輔，夙爲萬國之所觀瞻，而雕翅若此，亦何以爲天下先哉！竊嘗考之，畿輔之地，左瀕渤海，則魚鹽蜃蛤不勝取。右界太行，則五金石炭不勝采。北負蒙藩，則獸皮材木不勝用。南臨平野，則梁麥蔬果不勝給。脱令其民本所固有，奮於工商，取厥天然，以勤製造，則美妙商品之足以普益吾國民，而競勝於歐美者，至鉅且夥。寧復以北方瘠苦爲當世所詬病耶？昔太公封齊，利盡山海，而國以富强；管子佐桓，修其政令，而諸侯往朝。此以見生計舒促之關於體國經野者，至密切也。故既爲是編，而重發其微意如此。吾河北少年，撫茲方夏，倘不徒沾沾於關河之壯闊，山海之雄奇，獨慨焉於富强是圖，則《苞桑》、《磐石》之頌蒙，將繼是編而作矣。編者自叙。

書孫夏峰刁蒙吉兩先生遺文後 丁未

夏峰文集，世未之覯。惟吾邑沈氏所刊《國朝古文匯鈔》、《國朝文徵》二巨集中，二書刊成未印，故世無傳本，予嘗從吾友屋廬假得讀之。略得十餘篇，卓然儒者之言也。《用六集》傳有刊本，但亦未獲，茲偶於《畿輔通志》得二先生作若干篇，有見有未見，并録之以布諸世。二先生身際衰亂，束身隱遁。確乎自持其介節，不稍回惑，以變其操，可謂遁世無悶，獨立不懼之君子矣。余故叙其行爲遺民冠，而別記其文如此。去病識。

書夏瑗公侯納言傳後 丁未

夏瑗公爲幾社眉目，文譽振一時。國變殉節，令嗣赴義，不祥文字遂至零墜無遺。青浦王德甫輯《内史集》時，曾搜求之未得。後亦竟無傳公文者。予在江曲書莊，曾見公手札其夥，惟詩文終不獲。吾友柳棄疾，今之夏存古也，篤好幾復遺著，網羅頗富。嘗從侯氏《仍貽堂集》得此文，即以示余。且云：此爲公臨命前不多日作，尤可寶也。又謂推侯公年譜，譜爲侯公季子，孝隱先生玄瀞智含所撰。知公尚有嘉興徐太宰傳，惜未之見。侯氏氣節壯東南，而公父子又爲考功所傳。四美具，二難并，龍漢之劫雖猛，安能盡舉天地元氣而灰燼之哉？故急録之以光諸世。題原標忠節公家傳，顯爲人竄改。蓋浙中贈謚固曰忠烈，而瑗公草傳時，恩命慮尚未達，爰謹據官爵，正其題曰「侯納言傳」，固二公之志也。亦予與棄疾之所安也。丁未五月中浣，後學陳去病跋。

書潘次耕松陵獻集序後　丁未

案：力田先生《松陵獻集》一書，爲吾邑掌故之宗，頗具史法。讀次耕先生前後二序，略可得其概矣。序中所指新志係郭琇邀葉横山先生主之，書凡四十六卷，時因期限促迫，因襲舊曲，事誠有之。以予所知，潘書之外，并摭屈運隆氏所撰邑志，而皆没其前功，故潘、屈二氏頗憤，攻之甚力。横山素倔强抵抗，幾成仇隙。然彼此皆邑人，而力田先生又横山之表姊婿也，被誣殞首，横山豈不知之，特時當禁網未解，懼觸忌諱，理或有之。乃彼此不諒，激成攻訐，文人輕薄，一至於是，不可嗤耶！今者事同泡影，愛憎盡滅，天寥、即横山父。力田，名節顯顯。而横山、次耕人格相等，亦可無議。籀誦斯著，徒切怛耳。董而理之，聊明其故。邑人陳去病識。

書夏瑗公文後　丁未

夏考功文，三百年來獲睹之者鮮矣。婁縣張伯賢孝廉士希，獨以其暇，搜求雲間舊籍，得公詩文甚夥。輯成若干卷，舉以示余。余喜其當舉世搶攘之會，獨能沉冥孤往，拾遺馨而尋墜烈。俾垂絶之緒，因斯復續。此其嘉尚，寧惟表章先哲，保存國粹而已哉。故既爲之剞劂，復擇録之如此。吴江後學陳去病識。

重輯史弱翁趙少文二先生遺詩叙 丁未

東湖三子，吴長興外，史弱翁、趙少文二先生是。長興就義，少文已前卒，獨留弱翁貧病以死，遺書藴落，似續無人，當時莫不悲之。余少徵文獻，素慕長興之爲人，周咨博訪，迄今十稔，果獲其集刊之。獨史、趙諸作依然無睹，良用慨焉。雖然古今來魁奇豪傑，生前名位赫耀，死後泯没弗彰，其間何可勝道。矧在諸老際百六陽九之會，幸而不躬膺大僇，抵觸文網，斯亦已矣，尚烏恤於區區文字而蘄至其必傳哉！特是韜晦者古人之心，而表章遺佚，後來有責。伊古以來，若三閭、彭澤，悲吟感慨，何如切至。而其心不過假是以發抒鬱結，非欲纂輯篇什以貽後人，博身後名也。不寧惟是，且恐名之或留，以爲己累。如鄭所南者，其於胡元亦既痛心疾首矣，然於所著《心史》，尚不欲表顯，沉之眢井，錮之鐵函，以務滅其迹。倘非天旱濬井，則雖謂至今幽霾可也。然而卒光顯者，寧非所謂君子之道闇然曰章，雖歷千劫不可磨滅者耶？今史、趙完帙即不復得，然散見故籍略可搜討。因刊吴集，急爲董理，附而傳之。庶尚慕長興其人，因是而及於二子，而當日東湖倡和，相期慷慨，亦得仿佛其萬一歟。丁未六月。

蜆江陳氏家譜自序 丁未

從兄惟海每謂予言：「先世故淛人，以避胡元難，自蘭溪來遷於吳。又善鍛銅，遂日操錘爲薰壚，薰壚名大著，而家業以起。數傳乃更爲大商，榨苔菜油。蓋自有明中葉，迄於今三四百年矣。家故有譜，遘亂失之，所可曉者，僅僅而已。」從祖汝寶，亦謂：「予家居周莊福洪橋者，年歲浸遠，幾不可考。大要今子孫之宅他所者，其本支概從此出。故自明以來，先人祏主，悉藏乎是，惟積久龕隘，爲族子所毁，余雖奔救，竟不獲從，乃盡録其世次藏之，即今譜所列思恬公以降數世是也。」會先節孝倪太君卒，鮮民居憂無俚，爰乞其稿，重爲釐定，逾月而成，都得世系圖一卷、表三卷、行狀、傳、贊、碑、表、雜文等如干卷。又六年，乃謹序其端曰：嗚呼！宗法墜，族姓淆，居今之世，而欲別種類之醇疵，辨血統之純駁，不綦難歟？然時清世聖，人倫攸叙，則親親敬長，愜乎閭黨，固無事此斷斷爲也。若時當衰季，異族蜂起，華夷雜居，人獸無別，當此之際，而猶不急爲秩序，冀敦吾宗而睦吾族，將君子類族辨物之謂何？是故唐崇門第，中夏一統。明薄譜牒，冒姓充斥。管幼安於遼東皂帽之日，猶矜氏族；顧亭林當珠申僭盜之秋，獨原宗姓。由是觀之，則慎終追遠之道，繫於天下，不綦重哉？今予家丁單祚薄，門户蕭條，合族而計之，要不及百口，顧尚流轉遷徙，靡有定居。以視古者，義門風尚，亦滋愧矣！脱循而不飭，勢益澆離，將異日者，或有視若陌路而不相識。嗚呼！寧可訓耶？是用亟亟，撰爲斯譜，以明祖德而闡前徽，庶幾世世覽而法焉。

抑吾聞之，嬰母有言：「自吾爲汝家婦，未聞先世有達者。」今吾族亦然，自思恬公來，迄吾輩行，曾不屑仕宦，此其故何歟？蓋惟吾祖耻於變節，故不憚奔竄，以覓桃源。及朱明代興，則吾祖亦既樂業安居，素封自足矣，尚何希榮慕利之有？然則吾儕子孫，材具既下，復值時艱，倘非服田力穡，勉爲良民，夫豈吾祖之心哉？故并著之，冀胤胄共惕焉。丁未中秋，不肖去病謹序。

袍澤遺音序 丁未

余既輯《吴長興集》，及史、趙詩附之卷尾，復念長興之所由動人欽慕者，爲其能仗義殉國也。然而公之能仗義殉國者，非以其有諸故人昆季爲之參佐耶？夫公得諸故人昆季之參佐，而乃以仗義殉國重千古，然則諸爲參佐者之故人昆季，即無烈烈以死，而因公之仗義殉國，從而比附以傳，亦詎謂過？而況先後接踵，無異公之仗義殉國，以擁導公于天上耶？是則大可哀且敬已。今者公詩若文傳矣，而諸故人昆季之作，獨零落罕睹，余甚畫焉。爰特爲之攟摭成書一卷，刊而布之，名曰《袍澤遺音》，亦庶幾諸公仗義殉國之志歟。

袍澤遺音跋 丁未

輯《袍澤遺音》畢，而附以包、吴二遺民詩者何？曰：爲其志同也。曷言乎其志之同？曰：驚幾哭君昌於内橋，斂長興於草橋，則欒布之儔也。佩遠毁家財十萬，佐陳徐奉蒼水密疏，走滇南萬里，出入豺虎之穴，崎嶇山谷之間，思得一當以報國家，氣節特振。卒以思陵諱日，一慟而絶。此其志操蓋軼疊山、皋羽而上之，即不與公有連，猶當特傳，而況其爲故人昆季乎！

奴禍溯源自序 丁未

痛自建夷入關，假訪求遺書之名，悉舉忠賢睿哲經營家國之故籍，羅而致之闕下，摘擇其指斥彼虜者，一一拉雜摧燒之，俾無餘燼，冀以只手掩盡中原四萬萬皇漢同胞之耳目。而我皇漢同胞，自經此懲創，亦遂箝口結舌，不復敢撥死灰而吹之，而燃之。嗚呼！彼胡虜之心，可謂狡且毒矣。余平居結想，竊用憤慨，嘗掇拾其殲殘無人狀者，爲《清秘史》一書，顧皆近二百年來稍稍留意時政者，類能道之。獨其初起之際，與先明頗多交涉，禍根隱患，端伏於此。集霰履霜，寧可不察。徒以故老凋謝，書闕有間，後生小子，不識戀慕之心，以是曠三四百載而敻若太古耳。惟吾吴陳文莊公仁錫，博聞廣識，殫心掌故，所著《皇明世法録》於邊患夷情，稽考彌諗，故女真之事，往往錯見，惜遭文網，世不之悉。余生公之鄉，公家大姚，在白蜆江北。余家周莊，在江南，一水盈盈相望也。遺書幸睹，不揆鄙陋，敢用搜羅。自太祖高皇帝始，迄於世廟四十四年止，得三十七事，復旁採實録及其他軼簡，逐加補綴，都爲二卷，名曰《奴禍溯源》，俾徵舊聞、考往事者，以覽觀焉。

奴禍溯源後序 丁未

余既件繫建虜遺事，乃作而嘆曰：嗟乎！彼羶種之背我中國，甚害我中國，何其極耶！夫凡察之仳離失所，亡可立而待矣，乃一旦霑濡雨露，林干再榮，輒復忘其恩澤所霈，潛依李滿柱，狡焉思逞，此其悖逆，不與梟獍同哉！迨王師再出，滿住授首，爲建夷者，宜可以頫首帖耳矣。而乃攻殺不已，剽盜無常，侵尋至於努兒哈赤，遂益狂肆無憚，若火燎原，兩關八城，長淪異域，遼禍之烈，自此酷矣。追原隱患，則凡察、董山實爲首惡。涓涓不塞，將成江河；綿綿不絶，乃引斧柯。嗚呼！古人之言，豈欺我哉？惜也當成化朝，既以一再夾擊，殲厥渠魁，何不深入其阻，寸斬無遺，俾死灰長冷，孽芽永摧，寧匪善歟？顧獨吞舟漏綱，卒令乳虎食牛，悲夫，悲夫！吾不能不嘆息痛恨李寧遠之罪通於天也。

書張西廬文後 丁未

西廬先生者，吾邑張文通節士雋也，明季與赤民、力田暨其弟子董誦孫二酉俱敦崇氣節，栖隱不仕。會同邑莊廷鑨居南潯，倡修明史，聘先生往，先生爲撰理學諸子傳，表章甚至。顧以宵人蜚語中傷莊氏，而先生遂與吴、潘諸老殉節於杭州弼教坊。誦孫雖前卒，亦慘遭戮尸，邑人冤之，至今稱「吴江四節士」

云。三百年來其文從未之顯，余往往扼腕感嘆。友人張念詒明亮，其族裔也，獨珍弆之，舉以示余，因爲之斠讎付手民而重録擇之於此。丁未仲冬，邑後學陳去病謹識。

羅浮夢憶自序 戊申

《羅浮夢憶》何爲而作耶？曰爲其可望而不可即耳。夫羅浮之梅名禹域，而身至其地，得親睹乎緑萼之繽紛，仙蝶之飛舞，高折一枝以歸籠紙帳者，曾不多覯。正唯其然，於是文人學士、墨客騷壇，往往有比之仙境，托之夢想，悠然逌然以發爲歌詠，聊遣情懷者，此誠所謂斯文之好事者矣。或猶不只此，則且圖寫縑綾，張之素壁，以極其縹緲之致。嗚呼！人之多情，曷有限耶？夫於梅而如是，則凡天下之事，有皎於梅、潔於梅、馨逸於梅者，其中心之所耿耿，得毋將俯仰徘徊，怨悱幽抑，因情生恨，因恨傷神，而不僅區區夢憶耶？斯夢憶曾淺焉者耳。僕本多情，因緣成疾，浪游粵嶠，去羅浮差近而曠若天半，此殆若秦皇漢武入海求仙，而仙不可致。要如彼穆滿之馳驅八駿，遠上昆侖，親謁西王母，聆雲璈，飫神釀以歸，其可得耶？詩有之曰：「豈不爾思？室是遠而。」又曰：「雖不能至，心嚮往之。」殆余之志也夫？殆余之志也夫？作《羅浮夢憶》。戊申七月，巢南子自叙。

懺慧詞序 戊申

石門有媛曰徐氏自華，予女弟子蘊華之姊也。生平行修於家，慕尚風誼，慈悲慷慨，與桐城吴芝瑛齊名，今世所稱徐、吴二夫人者是也。少承家學，篤好典籍，爲詩文，詞特工。長適於梅，生男子一曰馨，女子子一曰蓉，而梅君無禄即世。夫人父母又哀病，寡兄弟以侍朝夕。由是乃歸於家，自字寄塵，將奉親守節以終厥身焉。顧獨好文字，往往抽箋染翰，斐然有作。纏綿凄楚，如聞羌笛而聽哀笳，嗚嗚然其離鸞別鵠之音也。以蓉智慧早殤，居嫠益慘。又悲予蓬梗嬌女，荏弱無所依倚，爲親挈以去。以故去病甚德夫人，夫人亦累以其所著賜予。歲月不居，校讎粗竟，乃慨然太息，復於夫人曰：「昔吾鄉有嫠曰袁希謝。亦自少時承家學，工文辭，著集《素言》，與同里顧、董二母齊名，號『吴江三節婦』，馳稱藝苑間。獨遭際乖蹇，嫁不數稔，而殞其天。於是希謝悼藁砧之不復，嘆身世之空存，乃自更其字曰寄塵，以矢厥志。終其身歸寧於家，長齋繡佛，殫貞孝焉。今審夫人自字與希謝同，殆亦慕其風歟？」夫人曰：「唯唯否否。適才聞之，蓋所謂不謀而合者，非耶。」予曰：「然哉，顧不佞有餘感焉。」夫人曰：「何也？」予曰：「僕之少時，奉先節孝訓謹，頗有志於表闡。嘗於東江書塾得顧母所自手寫詩，曰《蕉雨吟稿》，躬爲補綴，序而藏之。未幾歸里，與亡友袁雪郎成洛交，復獲希謝所撰詞數十首，亦請録副，以之自隨。風蕭雨晦，發篋吟哦，往往泣寒蛩而飄墜葉也。乃忽忽十載，先慈永背。天親既乖，素業遽輟，而袁、顧之作，因是盡没。嗚呼！寧非人生一大憾事者乎？天昭芳潔，俾予不佞，幸獲重讀夫人著書。草標獨活，花開斷腸，其於希謝殆所謂才同、學同、遇同、志同，而俱足與於貞孝之列者，寧第其名之偶合而已乎！庸是敢請悉録其副，刊而傳之，以塞予往者之悲，毋亦夫人之所許也。」夫人遜讓，久之未果。余乃與蘊華就所藏皮曰《懺慧詞》者，列之叢書，而序其大略如此。時戊申季冬朔日，在語溪石麒麟館。吴江陳去病序。

笠澤詞徵自叙 己酉

慨自風雅道喪，詩餘乃興，含情綿邈，體物瀏亮，襲騷選之餘音，以比興爲職志。美人香草，闡厥風情；秋月春花，由斯感慨。登山臨水，隔千里兮懷人；吊古傷今，望星河而飲涕。凡茲賦咏，悉本靈襟，以言音聲，奚殊正始？是以文史從容之彦，江湖嘯傲之身，關山之所跋涉，戎馬之所奔馳，與夫思婦羈人、孤臣戍卒，際風塵之澒洞，值雨雪之紛綸，莫不哀嘯孤呻，馳魂蕩魄，托微言於短律，發清響於寥穹也。寧云「玩物喪志，儒者所鄙；雕蟲小技，壯夫不爲」哉？吾邑松陵，古稱笠澤。具區萬頃，洞庭雙峙。雲樹翳其微茫，風潮震而相蕩。晴波瀲灧，有白鷗沙鳥之翔；綉壤交加，足秔稻魚蝦之利。所謂「地擅茲勝，天篤厥生」，非無故也。故夫畸人碩士，彬彬蔚起，文章經濟，倬乎其倫。試披潘氏《獻集》之所頌嘆《松陵獻集》，明節士潘檉章力田著。固知文學淵藪，具在於是，而區區倚聲，亦遂奄有群妙，獨擅當歸焉。何言之？蓋趙宋南渡，填詞始盛，衣冠之儔，都諳音律，風聲所樹，朝野翕然。而吴江一縣，爲王畿所屬，且當南北衝途，舟車輻輳。垂虹明月，釣雪晴沙，斜日鱸鄉，半篙淞水，固才人之所凝想，而舉世以爲風流者也。《水調》歌成，驚潛龍之出聽；《梅花》曲譜，載紅袖兮歸來。韻事流傳，作者紛起。友仁《詞旨》，承玉田張氏之傳；陸行直初名友仁，字輔之，著《詞旨》二卷。伯時《指迷》，闡夢窗覺翁之奥。沈義父字伯時，別號時齋，著有《樂府指迷》一卷。海棠月滿，度徹瓊簫。行直有《致仕還分湖問訊海棠》詩，又題其所居曰「舊時月滿」。秋草墳荒，憐伊鬼唱。行直姬人卿卿墓，在北翊圩。雖舉目有河山之異，而遺民無被袵之羞。故胡元入主，騷壇遽絶嗣響；至朱明踐祚，墜緒乃獲重尋。然而一綫中微，仔肩匪細。設當斯文絶續之交，不有博雅弘通之彦，爲之提倡風騷，別裁僞體，則後之學者從事其間，將何所稟承而明厥趨向？是斯道不幾淪墜而迷謬日以繁滋哉！乃詞隱先生出，吹律定聲，訂正宫譜，而承學之士，遂得門徑。天寥道人繼之，伉儷姊妹，競尚新聲，而帷房之内，争傳樂府。庸是「沈氏一門，人人有集；分湖諸葉，葉葉交先」。天台無葉泐師叙《返生香集》語也。誦吴門懷古諸篇，擊唾壺而欲缺；長興伯吴易著《北征小咏》，有《滿江紅·懷古》諸題。諷胥江競渡之闋，欷流水兮無情。沈自炳女蘭支有《水龍吟》一闋以吊屈原，實則悲其父之殁於王事耳。詩曰：「人之云亡，邦國殄瘁。」語云：「不有佳作，其何以興？」則當此之時，安得不廢書而嘆、掩卷欲泣耶？或者顧謂茲事猥瑣，無與家國，向阿堵傳神，非大處落墨，豈通論哉？是故讀《滿江紅》調，悲鵬舉之樓遲；唱「大江東去」，慨坡翁之鬱勃。而循是以求吾哲，蓋非長興吴公、中書沈公，殆莫屬焉。秋笳、虹亭，曾何足比？而事愈可傷已。自是厥後，已畦、玉樵，繼踵增武，學山、元禮，更唱迭和，香巖、瘦山，併著飛鴻海紅之篇，辛甫、壬甫，且有潛吉宜雅之集。而浮眉樓主，崛起孤根之中；湘湄袁氏，承襲《爾雅》之後。尤能發揮指趣，推闡幽微，淹《花間》《草堂》之長，邀「黄絹幼婦」之譽。遂乃執持牛耳，雄長騷壇。無尹邢避面之嫌，有瑜亮一時之目。而靈芬洮瓊，竟爲詞學宗焉。豈不盛哉？嗟嗟！江湖日下，悲韶濩兮立求；邐迤紛陳，聽筝琵之迭奏。過黌宫而訂樂，彈徹胡琴；採孺子之新歌，不成楚調。陽春白雪，傾耳誰聞？下里巴音，逢場輒遇。詩有之曰：「如蜩如螗，如沸如羹。」此之謂也。禮不云乎？昔吾有先生，其言明且清，何可得哉？僕用奮慨，以爲和聲鳴盛，縱絶元音，而抱缺守殘，願爲己任。際荒江之垂翅，聊竹素兮游心；剔明焰於將微，撥餘灰而使爇。竊不自揆，就所尋檢，輯北宋謝絳以下，迄於近代，凡若而人，詞若干首，爲書十有六卷。别撰閨秀寓賢諸作，各得二卷附之。都成集二十卷，名曰《笠澤詞徵》，用副所纂《松陵文集》行焉。嗚呼！我邦人諸友，大夫君子，誠欲考往哲之遺風，續枌榆之盛業，其詳覽之，庶無曹已。己酉仲秋下浣五日，叙於古金昌亭下吴趨里。

袁寄塵女士詩詞稿後序　己酉

右《寄塵詩詞稿》各一卷，臣里節婦袁希謝之所著也。希謝故與里中顧、董二母齊名，號「吴江三節婦」。刊其詩詞爲《素言集》行世，顧所著不全。余嘗於其族孫成洛家見節婦手寫本，填詞略多，因假而録焉。未幾，成洛亡，余亦累遷徙，不常厥居，往往多所亡失，并及此詞，余甚惜之。今年秋，病瘍初痊，養疴吴趨，日惟纂輯《詞徵》爲務。而成洛之弟文田，遂重以斯著見畀，余深喜苦節之不遽湮，而零編墜緒之得復彰也，故刊而傳之，亦見午夢堂後，臣里不乏賢媛云。己酉九秋望日，里人陳去病記。

去歲季冬自粤歸，曾爲懺慧夫人刊詞一卷，列之叢書。今忽忽又臘盡矣，適獲斯稿刊之。先後兩寄塵集，并於季冬朔日雕板，謂非文字因緣而誰耶？刊懺慧詞之周期，去病又記。

南社詩文詞選叙 己酉

蓋聞隆中促膝，猶傳《梁父》之吟；廡下賃舂，未忘《五噫》之句。投清流於白馬，詩品終存；極遷謫於哀牢，雄文獨健。自古羈人貶宦，寡婦逋臣，才子狂生，遺民逸士，苟其遭逢坎坷，侘傺窮途，志屈難伸，身存若歿，莫不寄托毫素，抒寫心情。對香草以含愁，懷佳人其未遠。凄馨哀艷，紛綸蘭蕙之篇；悱惻纏綿，曲盡温馨之致。入幺弦而欲絶，彈不成腔；未終卷而悲來，涕先沾臆。凡若此者，其故何哉？亦謂誼存忠厚，不離江湖魏闕之思；意切憂傷，遂多《匪風》《下泉》之什。詞雖嫌其過激，心欲往而仍還，湘水沉吟，比三閭兮自溺；江南愁嘆，等賈傅而煩冤。比不得已者一也。抑或攬旄丘之葛，重慨式微；採首山之薇，將歸曷適？竹石俱碎，凄凄朱鳥之咮；陵闕何依，黯黯冬青之樹。吊故家於喬木，厦屋山丘；尋浩劫於殘灰，銅駝荆棘。此不得已者又其一也。而且乘車戴笠，交重金蘭；異苔同岑，誼托肺腑，携手作河梁之别，蘇、李情殷；聚星應奎斗之芒，荀、陳契合。或月明千里，引兩地之相思；或鄰笛山陽，悵九京之永逝。此不得已者又其一也。要諸因緣，都成感慨；偶逢好事，遂爾風流。南社之作，得毋類歟？然而語長心重，本非無疾以呻吟；興往情來，畢竟傷時之涕泣。寥寥車轍，不同幾、復當年；落落襟懷，差比河汾諸老。辨足音於空谷，一二跫然；追桃社於前盟，數人而已。每相逢其慟哭，或獨往而迢遥；時從詹尹卜居，輒向祝宗祈死。黄冠野服，驚看方外之人；踴地蹐天，如抱無窮之恨。倘逢忌諱，必疑當代之怪民；幸托清朝，便爾疏狂以玩世。不祥文字，敢希《壬申文選》之倫；終古河山，用依次尾《國瑋》之集。大夫君子，倘無罪焉。幼婦外孫，且自賞也。吴江陳去病。

松陵文集自序 辛亥

曩年十六七，讀淩退修《松陵文録》，輒怦然心動，思有所補綴，以存一方掌故。洎歲己亥，蟄居無俚，日以文史自遣，因稍稍尋檢，不半載，積篇盈帙，心益自憙，爲之亦益勤。逾年得卷三十餘，提携行篋，逐有增損。初未敢以示人也，嗣經憂患，惘惘出門，東求十洲三島，北陟金、焦、北固，又西過銅梁、歷鳩兹，入黟中，上黄山，禮白岳，往來乎新安之江，登嚴光之釣臺，所纂未嘗不偕。已而渡錢塘，躡會稽，探禹穴，南泛滄溟，浮閩入粤，逍遥羅浮之巔，放浪厓門之峽，而兹輯亦儼然從焉。雖中值變故，倉猝流失，然卒邀天倖，璧返秦廷。蓋試一溯其鉛槧之始，迄今忽忽一星終矣。北堂之萲，既難期乎并茂；岱宗之木，又枯悴其不春。降至車笠貞盟，縞紵夙好，亦多星散雲逝，若存若亡。而余且頻年顛躓，行類邛駏。貞疾嬰躬，夔蛟自笑。居恒冥念，即欲求如往昔之親承懿訓，奉教師門，俱邈不可得，其他尚何問耶？爰復多方掇拾，寫定其本，付之梓人，援束晳補亡之旨，蕆韭溪未竟之功。名其書曰《松陵文集》，庶幾附驥潘氏云爾。刊既訖，輒明其大要如此。輶軒來止，可甄採焉。辛亥孟夏中澣，吴江陳去病序於浙江高等學堂。

越社成立叙 辛亥

風雲慘澹之際，脱無人焉，挽狂瀾之既倒，作砥柱於中流，則必天傾地圮，人事翻覆，一奪乎大中至正之道，而日即於邪，將三綱淪而萬物斁，天下事其尚可爲乎？惟夫君子稟百折不回之志，嬰至艱極巨之任，毅然決然，而無所恐怖。於是經歷險阻，備諸困阨，而泰乎如履坦夷之途，斯其所由回劫運而貼衽席也。孰謂天定勝人而人定不可以勝天哉？蓋亦視乎人而已矣。

輓近以來，中國之變，亦既亟矣，上無道術以速其亡，下亦無所補救以視其亡，而天下因益加危。一、二君子憂之，思有所藉手以爲之援，乃終弗獲。遁而之於曠蕩之野，莽蒼蒼之鄉，徒以放浪自娱，狂歌痛哭，以遺厥生，而於是大江以南，迄乎南海，有南之社挺焉。

其爲社也，上不繫於皇之朝，下不托乎民之野，茫茫葱葱，若憑虚御風，而屬乎帝之鄉。其社之人也，抑又天子不得而臣，諸侯不得而友，頽乎散乎以自放乎山澤之間，而與古爲之徒。故世莫之或聞，聞亦以爲怪，而弗與之俱。然且植之，且拓之，且響應之，至於聲大而洪，而争錚鏦，而扇厥風，以激蕩乎浙江之潮，而騰嘯乎其東，則翹翹然正吾三千君子歡笑忭舞於會稽之峰，斯越社之雄也，亦我社之所詫以爲功者也。

然則越社之成，余又烏可不文以爲之慶乎。庸敢陳其鄙陋，爲越社勖，且以蘄吾南社將由越而閩而粤，以迄乎南海之南，北海之北，則天下事倘有濟乎，抑又南社之慶也。是爲叙。辛亥仲春中浣一日，吴江陳去病書。

吴江許母陳節君褒揚録序 辛亥

吴江水國也，其民多疏縱趨利，尠敦竺之行，而蘆墟獨否。意其先，爲了凡天寥、朗甫諸公故里，剛健中正之氣，充塞乎閭巷也。厚因是鄉人化焉，若良苗之沐時雨，浸淫涵濡，自然葱秀。雖頻伽之傲而㬰季怡怡，一門孝友，非并時才人所可得而偶也。友人許豫、許觀兄弟居之，其母夫人陳更吾宗之陶嬰也。剛健中正之氣，既日夕盤錯，歷久而不變，二子復自鍥厲。年不滿三十而文采彪彬，頏靡頡鳳，顧猶歉然惓惓，以母節弗彰是愳。乃者果請於朝，得褒揚焉。烏乎！可謂能務厥本，有敦竺之行，以孝於其親者已。去病生不識父，懷趙、鄭之戚，以先節孝賢，慷慨激厲，終始不懈，乃强自鞭策，以比附於雲驥之塗，今垂垂老矣。而睠懷丘隴松青柏蒼，僾聞慨見，寤思難忘亦二十周矣。雖孫公、黎公敦崇禮宗，璽書褒嬂，穆如清風，而隆典弗舉，闇乎其容，以視許氏之母，庭階蘭桂森挺，成竹康强壽耇，身受顯揚於胥樂兮。用奉一觴，其隱曜爲何如哉！

因念自古慈母節婦之傳不傳，端視乎其嗣之賢不賢。苟其嗣而賢，則丸熊畫荻，擇鄰封鮓，罔弗傳矣。其嗣而不賢，則雖有孟、陶、歐、蘇之母泯焉，與秋草俱盡，庸詎知榮名之可寶哉！不然茆柤蔀屋之下，其苦節多矣！而皆昧昧弗聞者，非其後嗣之不自振拔耶？乃二子獨勉乎是，幡然採白華而誦清芬，此其賢孝不略可睹耶？而其母之能教子以成名，益信乎其有微矣。故綜其語爲褒揚録叙，亦見敦竺之行，足以摩世厲鈍；而剛健中正之氣，將充塞乎宇宙而無窮。寧第吾宗之光與先節孝之德爲不孤而已也。

中華民國十年七月，邑人陳去病。

書西藏改建行省議後 壬子

作西藏議成，得尹督致國務卿電，知康部已復碩多拉里江達三處，均改土歸流，建置碩督、嘉黎、抽招三府，乃不禁躍然欣慰曰：洵若是，則奠定全藏不難矣。而吾康衛開拓之説，其施行不更易哉。

改碩班多之一稱舒班多地，在邊壩尖東二百七十里（達隆宗至拉子六十里，拉子至巴里浪、百里巴里郎至中義溝六十里，中義溝至碩彼多五十里）濱於碩布川之右岸，東距察木多七百二十里，本爲入藏通道之宿站，設有正副第巴（藏官名），硐房柴草可換烏拉，人烟稠密，寺院整齊，一洗藩俗之陋，且與青海玉樹相通，誠康部西偏一緊要地也。其民善制馬鞍，以工藝見稱，又富金礦，可以開採，今建爲府，則達隆宗之建縣益可恃矣。

至拉里爲衛部東地，四通八達，形勢險固。東距擦竹卡僅六十里，有水可用制鹽，故近年視爲要塞，今建縣爲府，則邊壩丹達均可相與犄角矣。

然而江達固尤要也。蓋江達益在拉里之西（三百二十里），與拉薩相距僅五百五十九里，二水環繞，爲衛部之咽喉。前趙爾巽征藏，即擬展拓川邊至此。南包恭布波密，北極青海，悉歸内屬，以爲萬一有變，藏雖不保，而邊鄙自完。惜爲都司索福林所甚，慫恿聯豫，激動蕃民，致大軍進藏竟有恭布波密之敗川路，事起恭波，益以不救，藏亂之所由起也。今既設府於此，則恭自可同時收復，并建爲縣。恭布草地寬廣，水道紛流，屯墾畜牧，無不相宜，其爲利益不甚鉅哉。

又案：藏部各城，如聶拉木濟嚨定日薩喀定結干垻薩迦宗喀等，咸爲邊疆要隘，南與郭爾喀相鄰，置戍設防，素所勿懈。今苟力圖恢復，妥爲規畫，則凡兹數城，寧可不加之意耶！爰重書之如此。

胡元儀詞旨暢書後　癸丑

鄉賢陸輔之所撰《詞旨》一卷，闇晦久矣。光緒時，有長沙人胡元儀者，始爲之斠讎考證，析爲二卷，名曰《詞旨暢》，言暢其旨也。書甚博雅，余讀而善之，一序援引尤確，惜折衷處猶多未安。余搜輯松陵文獻二十餘年矣，於輔之生平，考證尤至，因爲辨之如下曰：輔之姓陸，名行直，字季道，號壺天，亦號壺中天，或書壺中，或稱湖天居士，松陵汾湖第一世家子也。祖元龍，號怡庵，嘉禾人。有五子，曰大聲、大同、大猷、大用、大章。猷字雅叔，號翠岩，即行直父也。覃精經史，明《春秋》大義，能文章。仕宋爲江浙儒學提舉，值賈似道枋政，遂拂衣去，居吴中，咸淳間始營别墅於汾湖之濱，構桃園，植棠梨，自號「武陵主人」。有四子，曰行中、行坦、行簡、行直，而行直承家學，工詩文詞，善書畫，故其名尤著。然其生以德祐元年乙亥，則南宋將不國矣。故所交皆當日遺民節士，若鄭所南、張叔夏、錢重鼎、趙彝齋、松雪兄弟，其尤也。年二十，得鍾繇《薦季直表》真迹，甚珍視之。又有家妓名卿卿者，善歌，張叔夏爲撰《清平樂》詞贈之，所謂「多情應爲卿卿」是也。至大德中，始由人才任湖北十學士，遷翰林典籍。皇慶間致仕歸，年才四十耳。會卿卿、叔夏皆下世，因作《碧梧蒼石圖》以寄慨，填詞其上，又賦《致仕還汾湖問訊海棠詩》云：「湖濱春水似桃源，楊柳青青燕子喧。晴日暖雲歌别樹，錦天綉地醉金門。流光冉冉常爲客，清夢時時繞故園。借問當年花下影，紫簫吹斷幾黄昏？」亦爲卿卿作也。明年爲延祐元年甲寅，君四十一歲，見松雪爲重鼎所繪《水村圖》，因築水村以居之，其風流好事如此。《季直表》中道散失，經念六年不可踪迹，及至正九年己丑六月一日，忽重得之，遂喜極，親作跋以志慶幸。時年已七十五矣，而嗜古好學，猶復不衰，洵乎其爲賢者已！惜其淪逝歲月，渺不可考，而或者乃稱其於明洪武元年戊申舉任典籍，得毋誤歟？《詞旨》之作，蓋少年時事，其序所稱「命韶作《詞旨》」，胡氏以爲韶即輔之舊名，恐未能信，惟所引《珊瑚網》説甚確。其稱明刻本作「陸友仁」者非也。又引《東維子集》謂「行直即子敬」者，亦不足徵。

末據《元詩選》小傳詳矣。然季衡其弟九子衡爲天游生陸廣別字，前人往往誤合爲一而天湖爲天之倒，豈胡氏均未加審耶？要之書經胡氏一發明引證，曉然如睹白日，不可謂非陸氏之功臣，而詞林之韻事也，敢不表而出之？民國二年四月國會成立後一日，去病記於海上。

重刊度曲須知敘 甲寅

余既撰集邑人士所爲詩餘，并沈伯時《樂府指迷》、陸輔之《詞旨》等，成《笠澤詞徵》三十卷。而陳君世宜復以鄉先生沈君徵所著《度曲須知》見示，余讀之不覺嘆絶，以爲三百年來無是作也。蓋吾邑自詞隱先生沈璟以覃精聲律，訂正宮譜，一時烏衣子弟、團扇才人，莫不承習流風，自成清尚；歌袖舞扇，鬱鬱芬芬。顧皆知其然而莫知其所以然，此君徵先生所由斐然而有作也。觀其敘稱習舌擬聲、沿流忘本、拘泥失真、私心自用，則當時流弊，未免有盲從阿附、弗克進窺，昭昭可見。幸也是書行而頓挫起伏，俱軌自然。南宮北調，燦然美備。由是吳江遂爲樂府之宗。嗚呼！此非先生扶持翼贊之功而能然歟？抑余因之有感焉。當明之季，吳江大姓，若吳若沈，其父兄子弟，類皆延譽東林，姚聲復社，爲時魁傑，而豪華綺靡，亦時不可及。若君庸、竹亭之倫，其尤著也。世衰道喪，境過情遷，則又莫不風靡雲散，蕩爲灰塵。今日山丘，舊時華屋，論其世者，亦徒覺滿目蒼涼，涕泗橫集，夫又非我鄉一大遺恨耶？先生時與相值，顧獨能從容著述，感慨悲歌，以傳於後，夫固不可謂非其幸也已。因書其端，付諸梓人。別著《弦索辨訛》，精審與是編埒，他時當再刊布，以貽賞音，庶大雅大致淪墜云。民國三年十二月中浣，邑後學陳去病書。

廣印人傳序 乙卯

漢都御史有六曹，二曰印曹，掌刻印。魏韋仲將遂以此知名。自唐以下，古意微矣。王球吾衍之倫，始稍稍蒐集秦漢璽印。有明一代，文、何蔚起，力崇漢、魏，彬彬可親。及其流弊，破碎纖靡，識者病焉。櫟下老人集《賴古堂印譜》，顓宗渾穆，兼精鑒別，吴、越士夫工繆篆者，樂與之游。又復薈蕞其印，冠之小傳。周雲客曰：「先公每嘆漁洋《感舊集》，爲未完之書，今《印人傳》不幸而類是，是得其人與印而未之傳，與可傳而未得其人與印者，猶比比也。」新安汪訒庵抗志希古，博求古印，成印存《飛鴻堂譜》，不下千餘種，爲自來集印者最。又僑寓西泠，遍交名流，篆刻巨手，咸集其地，因有《續印人傳》之作。其後魏稼孫擬摘《畫史》中金石篆刻之家，補《金石學録》、《續印人傳》所未及，乃終不果。仁和葉君葉舟，游心藝苑，叙述摹印，遵周、汪之盛軌，賡丁、蔣之嗣音，成《廣印人傳》十六卷，督爲之序。余惟秦漢學者，好事僞托，如子雲《太玄》擬易，反謂「雕蟲篆刻，壯夫不爲」。宋儒講學，尤多偏見，至有「玩物喪志」之言。由是一技之士，名用弗顯。嗚呼！此與孔氏「小道可觀」之語，何其盭歟？爰筆其説，以復葉舟，葉舟其以吾言爲然否？

酉岩先生七十五歲述懷詩序 乙卯

分湖世家，無若陸氏最。自翠岩提舉，名大猷，官江浙儒學提舉。以南宋遺民，恥臣胡虜，挈族來居，築桃園以娛老。一時名流，若澄江陸子方、名文圭，著《墻東類稿》，有贈分湖陸提舉性齋詩。西秦張叔夏，《山中白雲》亦有《壺中天》詞，爲陸性齋築壺廬庵賦。莫不爲歌詞贈之，以彰其媺。去病案：性齋當係翠岩別字。少子季道，典籍尤賢。名行直。所作《碧梧蒼石圖》，及爲錢德鈞築水邨事，至今風流文采，照曜藝苑間。考古者莫不流連咏嘆，以爲難得。而所藏鍾繇《薦季直表》、落水《蘭亭》真本，尤號希世珍寶。《季直表》中道亡失，至年七十五，始重得之，而季道已垂垂老矣。然且親爲題識，以自慶幸。則其神明强固，壽耈康寧，不可想而知耶。今雖時遷世易，而季道來裔酉岩先生，亦以行年七十有五，賦詩自壽，并與其鄉人咏歌而唱和之。嗚呼！其神明强固，壽耈康寧，視季道爲何如哉？且也宋元之際，虜焰方張，神州俶擾。賢如季道父子，亦惟隱居避地，摩挲金石，以適其意而已。寧若先生以垂白之年，躬逢光復舊物之樂。所謂長安父老，不圖重睹漢官威儀，則開家廟以祭告先人。其自慶幸，視季道又何如哉？季道生平，余既撰爲年譜。其《詞旨》亦刊行之矣。而先生耆年碩德，尤爲里閈光。其敢不一言以附於後，且亦見分湖世家之遺澤長也。若夫篇章之媺、酬贈之衆，不復述，述其大者。

民國四年春日，邑子陳去病拜序。

蘆漪懷舊圖序 乙卯

亡明時，吴江有費孝子元謙，懷其父遺影，奉母避難蘆墟，遇盜殺之，婦錢，撫孤子，事姑守節，以終其身，世咸悲憫之。及神州光復，其十一世孫承禄，感懷先烈，作《蘆漪懷舊圖》，以徵題咏。甚矣！其弗忘祖德也。大抵一門節孝，古今所難，矧值陽九，索虜憑陵，爲之民者，東西奔突，避禍不遑，而善不必福，邂逅損軀。吁！蘆中人，蘆中人！其冤苦爲何如哉？彼爲婦者，當亂離之代，竟能俯仰慈孝，不渝其志，抑又十不睹二三者已。宜乎弈禩以還，賢子孫獨能明發不寐，思永厥傳，則孝子節婦，誠不朽矣。雖然，余竊有疑焉：疑夫乙酉之歲，蘆墟一隅，正孫吴軍建牙樹節之會，聲威所播，虜焰潛消，宜不必有暴客，而孝子顧獨以身殉者，何哉？喪亂之際，人懷異志，號令不行，其稍明節義者，固能激發忠愛，用報家國。若不肖者，方且因緣爲奸，自圖便利，引狼入室，爲虎作倀，無所不極其惡，尚何憚一孝子節婦哉？而孝子由是死矣，而節婦因以厄矣。烏乎！此其中固不能不疑其無天道焉。然而福善禍淫，毫毛不爽，存亡消息，始或若顛倒舛錯，有所不能明者，顧久而久之，善者未必果屈辱，而終雪其冤；惡者未必長暴横，而終伏厥咎。夫然後知天之所以厄夫仁人君子，正以見松筠之操，非重以冰霜之烈，有不顯其節者。而如彼小人，脱不使其惡之盈滿，亦不足施我之雷霆震怒也。則天道非甚平哉？不然，以有明三百年養士之隆，與東南諸義旅報國之殷，宜若可以弗亡其國，乃天必遲迴轉輾，任彼族之披猖横決，俾厚積其毒，至二百年後，始假手吾黨，以正厥罪，是善惡固自分明也。而孝子節婦，可無憾矣；而承禄是圖，庶幾傳矣。爰書其所見歸之。民國四年春日，陳去病題。

青箱集序 乙卯

往在周莊故家，得賓竹王氏《琴言館詩》一帙，讀而善之，因乞以歸，忽忽二十餘年矣。去冬余在海上，賓竹玄孫德鍾書來，言欲輯先世遺著爲《青箱集》，乞爲之序，而頗致憾於《琴言》詩版之零落，不可復得。余因怦然怳然，若有所憶，歲殘歸省，檢破篋，竟獲之，因封以歸德鍾。未幾，余家被鄰火災，凡先代之影堂祐主，以逮文史之珍，巾箱之秘，靡不蕩焉無遺，化爲灰燼，獨是帙以前貽德鍾獲免。烏乎！謂非王氏之幸，而陰若有相之者耶？余家故居諸巷，與漁郎村雲樹相望。德鍾所稱其曾祖静波日常買醉紫荇巷，行歌而還者，即其所也。異時先曾祖營業於兹，榨油制滓，爲澱西大商。先祖先君咸誕育其間，釣游耕讀，服賈牽車，且數十載。今試考其歲年，要即賓竹父子醉吟跌宕時耳。士庶異途，當時識與不識，罔或聞知，百年以還，人事變易，而賓竹遺什，轉賴不肖以傳。烏乎！是豈先輩長者所及料耶？然而去病竊有感焉：德鍾之刊是集也，其卷端輒有圖像，有家傳，有集序，可謂完矣備矣，獨余家自遭奇殃，慈竹摧頽，遺容毁滅，鮮民之罪，頫首奚辭？然則一觀是編，安得不瞻顧徬徨，益增悲慟耶？爰聊書其耿耿如此。異日者，倦游知返，泛乎薛淀，擷紫荇於晴波，吊先人之廬墓，而因一求賓竹之居、琴言之館，倘亦有高懷曠朗之士，唱櫂歌而來迎者，德鍾其儻識之歟？則吾願與之一醉。民國四年新秋，吴江陳去病。

柳溪竹枝詞序 乙卯

分湖介江、浙間，一水中流，天然户限。峙其南者曰陶莊，古柳溪也，屬嘉善縣，吾友芷畦周君居之。峙其北者曰蘆墟，昔錢德鈞所謂水村者是也，屬吴江縣，余祖若父居之，且營業焉。風濤雲樹，浩淼微茫，固名人逸士之所宜盤桓而嘯傲也。余家以遭水患，遷同里，且六十一年，而周君以久居之故，獨能習諳其風土，日夕嬉娱歌咏之而弗厭。烏乎！是可慕已。分湖固有《竹枝詞》，爲先輩柳古槎翁所著，攄懷舊之蓄念，發思古之幽情，誠有如班氏所稱者。今周君又以柳溪一隅，拈成百咏，甚矣其才之富而情之長也！蓋君子務本，微特其敦宗睦族也。而在鄉言鄉，實爲安分之常。詩有之曰：「維桑與梓，必恭敬止。」周君殆深維此義歟？且也鍾儀囚晉，樂操土風；莊舄呻吟，不忘越縵。乃知君子之於其鄉，夫固不以窮達而去諸懷也。不佞别分湖久矣，曾未暇流連咏嘆，一泄天地之奇。以視周君，負慚多矣！顧所深願者，旦晚歸去，漁釣其間，則必將遥吟俯唱，與周君相應和於蘆漪之畔，周君倘亦許我爲同調否乎？中華民國四年中秋，盟弟吴江陳去病拜手謹序。

纂譜瑣言 乙卯

辛丑六月，先節孝獨居江城。一夕，忽中暑殂謝，鮮民對館同里任氏退思草堂，既奔喪視含畢，則日夜爲草行狀，忽忽者彌月，久之始返於館，痛念逝者不可復生，而門祚衰頽，宗族離散，益增悲嘆。往代譜牒既不可得，而從祖重五所輯，又係草稿，體制弗備。由是亟亟纂爲斯譜，自惟簡陋，未敢妄事，攟摭貽笑博雅。語曰：「知之爲知之，不知爲不知，是知也。」竊援斯義，述其所知。上推於九世祖考而止，其九世以上不可得而知者，姑從闕焉。青天碧海，此恨茫茫，亦惟終古一慟而已。

自來譜牒以歐、蘇二氏爲正宗，誠以二公起家貧賤，希榮慕利之念寡，故能簡要若此。至如狄武襄之不認梁公爲同宗，尤具特識。今吾家雖系出蘭溪，但文獻無徵，寧容攀附，故斷自思恬公爲峴江第一世祖，亦令吾儕子孫只知吾峴江陳氏，自思恬公始，其他强宗大族，雖極煊耀，無睹可也。

昔侍先師長洲夫子於杏廬之中，每及譜學，先師輒引常州陋俗爲笑。蓋毘陵人士往往以無譜爲耻，尤以無巨榮宗室光其譜牒爲可耻。於是隅躋通顯，即亟亟以修譜爲務，而又苦於無譜可修，乃不得已收買他人舊譜認爲己譜。或敦聘名士爲之補撰歷世傳狀，極其意之所欲，信手拈附，以爲快樂。於是而各家門第鮮不高華矣。特是誣蔑其親，甚於數典而忘祖，是以君子於此有微詞也。

商人之子恒爲商，此周代云然而以例，吾亦莫不然。蓋溯自上世以還，由爐熏製造轉而爲油粕製造，無非商也。雖家業日隆，而佩服儒素者少，故文事亦卒不睹。鮮民生晚，既不及見吾父，而所聞諸吾母吾姑者，又闕焉弗詳。此先曾王父以前事行，所以末由追述也。烏乎痛也！

先曾王父居諸巷，爲人排難解紛，得長者之譽。人有感其德者，往往操豚蹄爲餉，公輒謝弗肯受。或强之，則憤而投諸河曰：「吾豈欲望報，而始爲汝排解哉？」此强直之性，受之於天，非可僞爲也。先王父亦然，卓然耿介，而又濟之以友愛。聞諸姚氏姑云：章堰四叔來，公輒私以其財周之，又恐吾母之厭其頻數也，則必乘夜潛出，納其銀糠窗中，俾取之以去。此何仁至而義盡耶？他若先考之不喜諂諛，惡見文士，叔考之素爲閭里俠，皆所謂質直之行，有先民之遺風焉。故先師傳比於朱、郭，洵乎其非誣也。吾儕子孫立身行道，自宜以曾祖兩父爲法，則雖日貧賤，亦無憾已。

先節孝至行落落，昭垂天壤。求之近世，自金母袁節孝外，實不多覯。觀其豁達弘遠，大類須眉丈夫，而敦崇節操，非禮弗行，尤若大儒之所爲。加以崛起孤根，夐乎獨出，耐霜傲雪，節比松勁，此豈尋常閨閫，得能爲之比并耶？所可痛者，溘焉遽逝，致一生懷抱，鬱而未舒，此則鮮民日夕所引爲疚心者耳。

吾家先世遺容，自先祖以上，余未之見。先祖以來妣圖像嚮俱珍庋，且甚畢肖，先考之像尤英偉颯爽，令人敬肅。叔考并繪有烹茶聽泉小影，係名手蔡月槎所摹。神情至爲瀟灑。不肖少時嘗親爲之記，并乞先師長洲夫子及陳翼亭孝廉麟、袁東籬先生龍題詩其上，滿擬纂入斯譜，爲之弁首。不意本年春月周莊寓居爲鄰火延燒，舉吾家之影堂柘主胥付一炬，不肖寄栖滬瀆，叔妣年高，卒倉構禍，竟弗及救護，懊恨何可復言？幸譜稿留滬，獨免於難。事後亟亟勉爲付梓，而災禍横飛。叔妣猝卒逝，平生所攝慈影，亦早付之灰燼，致一門遺像，罔一留傳。烏乎！此誠令人不能無憾者已。

余又嘗撰先王父軼事一篇，皆記王父姊婿陸某訛索興訟事。蓋得之於先祖曾留遺之案牘及兩闈平居之詔誥，故所記特詳。自遭鄰火，致并此失之，豈勝感慨！又先節孝，雅好骨董，嘗有端溪硯、白瓷甌各一以賜不肖。當時均爲之銘贊，用志珍愛，今亦悉歸浩劫矣。兹雖微物，然梧棬之澤彌長，寧不爲之悒快耶？方靈皋文集於親戚骨肉之詞，特自爲一卷，使不與他文羼，其意甚美。余纂斯譜，亦略師之。凡父黨之親，若姚府君、若先姊瑞蓮，其墓志爲余所親撰者，均一一録入，以永厥傳。即效奔走使令之徒，能盡忠我家如卜老僕者，亦并及焉。庶幾吾儕子孫知親近者之，當貴而疏遠之，能不昧其天良者，固亦不可遽没也。惟母妻之族，宜不爲例。

時維深秋，風雨如晦，感念存没，恍若百卉之凋殘。雖欲護持，其何可得？然草草者有涯之生，而耿耿者無窮之志。《詩》曰：「明發不寐，有懷二人。」言親雖云逝，而思不可有窮也。又曰：「孝子不匱，永錫爾類。」言能思其親，天下必不我遐棄也。然則吾儕子孫苟能一思《詩》義，安可不强自振厲，以力邀天佑耶？況乎世變方亟，來日大難，植躬其間，譬猶風末之飄蓬，波心之泛梗。苟不自飭，將遷流轉徙，寧有定時？而斯世亦不可問矣！傳曰：「歲寒後知松柏之後凋也。」蔡伯喈曰：「貞固足以幹事，隱括足以矯時。」見機而作，不俟終日，此郭有道與吾家太邱公懿範也，可無念哉！

中華民國四年十月十日國慶紀念，曾曾小子去病書。

先節孝褒揚録跋 丁巳

先節孝秉周嫠之苦行，抱漆室之沉憂，勞身焦思踰三十載，卒鬱鬱賫志以殁，秋草墳荒，冬青樹古，蓋又十六年矣。

前南京臨時總統香山孫公始允不孝之請爲文，以表其墓，而友人陳家鼎、田桐、白逾桓、凌鉞、高旭亦聯朋友，投牒内部呈於今黎大總統，特錫榮典，優予褒揚，由是而綽楔巍峨，光騰蓬蓽矣。邑侯寶慶李公下車一年，既大修祠祀，復以先節孝之賢，將於仲秋上丁祀之邑祠。猗歟盛哉！用將大總統指令暨内務部呈文付之剞劂，庶彰賢孝而垂永久，當亦維持風教者所樂爲詠歌也歟？其同時署名牒尾者，有張繼、褚輔成、吕志伊、馬君武、柏文蔚、胡漢民、于佑任、黎尚雯、周珏、劉成禹、王紹鏊、胡韞玉、陳世宜等若干人，同鄉京官出具證明書者，爲吴燕銘、任傳榜、楊天驥，是宜悉書，以紀一時之盛云。時中華民國六年七月，吴江陳去病謹記。

先曾祖父三世褒揚録跋 己未

民國五年，余在京師晤李君印泉，客中無所將意，則僅取手輯《家譜》貽之，初未稔君於斯時亦方刊其家譜也。去年來粵，印泉一見，即舉以爲報，并囑爲其尊甫撰傳，余愧未敢辭也。印泉既不以余文爲疏，且益與朋友舉余先人三世行誼，投牒政府，請與褒美，一時煜煜盛典，榮耀幽明，其感激爲何如哉！因集而刊之，以尊國恩，傳家慶，且示弗忘友誼也。八年春寒食，去病志於廣州。

同里任氏重修宗譜序 代　癸亥

團體以爲家，積家而成族，然則族之云者，不由一體以推衍至於無垠也哉？故詩稱本支百世語云「飲水思源」。甚矣！宗法之足以維繫人群也效乃如是，而宗譜其維繫之關鍵歟？吾家先牒自梁、唐、宋、元以來，迄乎清季，累有纂録。就同里言之，托始崇禎，中歷乾、嘉，下迨同治，亦四預其役矣。而同治一役，先君子實總其成。念支派之攸分，推親親以爲大，此同里支譜之所以告成焉。迄今五十年矣，市朝頓異，人物全非，而吾家世系，獨燦然不紊，俯視宗支，尤蕃衍愈盛，脱不及時董理，恐年湮代遠，散漫無稽，文獻凋零，數典莫考，將何以仰答先人維繫之盛心，而伸其敬宗收族之義於當世耶？且同治之役，大難初平，楹書失墜，多方搜討，容有未周。今則天下安寧久矣，民康物阜，枹鼓不驚，樂業安居，災害弗作。而禮教淪亡，僭移日甚，恬憘自適，嚚競成風，其足以貽老成之憂者亦甚切矣。士君子身爲人倫師表，既不能爲國家發皇聲教，又弗獲整齊風俗以化型其鄉，亦何以自安其心而慰父老兄弟之所屬望乎？爰進從孫傳薪而詔之曰：「昔我先人之纂譜也，惟若父實贊成之，用能綿其世澤，以導揚清芬。今余將續纂矣，汝謂之何？」傳薪曰：「唯長者命。」余曰：「然則其仍舊貫如何？」傳薪曰：「諾。」乃草創條理，分任厥職，通告長幼，刻期修舉，計若干月而成。凡增輯世系若干代，男女若干人，其生卒歲月、婚嫁仕宦，咸具如表，其他傳狀、銘、贊、詩文雜著，亦備載焉。《書》曰：「貽厥孫謀，以燕翼子。」言祖考之有懿訓焉。《詩》云：「孝子不匱，永錫爾類。」言奉承之當勿墮，俾益昌大也。若兹譜之成，其於勿墜，庶幾勉矣。而先訓昭垂，貽謀孔遠，我宗人其當共念之哉！中華民國十有二年仲秋之月，七十九世孫建杲謹撰。

楊忠文先生實録 丁卯

烏乎！有明三百年養士之隆，而卒食其報，不至巨哉！蓋自熊嘉魚作宰吴江，進諸生而講藝，於是邑之子弟，始創復社。而楊維斗先生廷樞，實主盟焉。一會於尹山，再會於虎丘，三會於金陵。洋洋乎復社之名，踵東林而彌盛矣。建酋入關，義師雲擾，東南一隅，激厲尤甚，忠憤之氣，彌漫六合。辱臣降將，如吴勝兆，一朝觀感，亦復洗心革面，翻然改圖。事雖不成，要足寒胡虜之膽矣。顧乃瓜蔓抄殘，大肆屠戮，株連所及，幾於十族。觀乎維斗先生殉國之際，不可欷哉！往嘗讀其門人張氏所撰《靖節編》，竊心焉儀之，印行於世，極思網羅放失，輯其遺文，以彰厥志。塵事忽忽，未遑卒業。友人許觀，自蘆墟來，以《忠文實録》相示，曰：「此夢琴陳先生之所作也，沉閟且百餘年矣。陸君明桓、柳君繩祖，顧而盡焉，將謀諸梓，子盍爲叙之？」余不覺悚然驚起，曰：「誠有是耶？是則予私心之所願而未遂者也，顧今乃償之耶？」因相與日夕考校，爲之補遺一卷，以附於後。乃作而嘆曰：嗟乎！先生名垂史册，亘古常昭，身後之文，其存佚曾何所顧恤。而世之欽其人者，過分湖之涘，謁泗洲之寺，睹夫圯橋寂寞，祠宇蒼涼，自油然生其慕戀之忱，相與咏嘆流連而不能去。則夫夢琴此作，固出於人人心理之所同，而何可少邪？孟子與謂：「聞伯夷之風者，頑夫廉，懦夫有立志。」方今人欲横流，廉耻道喪，舉世正苦無忠文其人，爲之挽狂瀾於既倒，而諸子乃能亟亟以刊是録，則不第夢琴殷勤纂輯之心，藉堪稍慰於地下。而於以闡揚名教，辨別華夷，以樹之大防，此其裨益，不尤有賴哉！不尤有賴哉！中華民國十六年元旦，吴江陳去病。

陶芑孫先生詞集叙 丁卯

吴越建國，析吴烏程、嘉興地，設縣治於松陵，名曰吴江。其左偏截白蜆南岸，東接華亭，即今所屬之周莊鄉也，與吴屬周莊鄉，固犬牙相錯耳。蘆烟菰雨，萬頃茫然。自沈萬三秀父子由南潯徙宅於此，名以大著。厥後復社名賢楊維斗弟子戴藥房、石房兄弟殺身成仁，義聞益烈。逮洪、楊亂起，避秦之士，尤以是爲桃源。而芑孫陶先生會於是時興焉。先生世籍長洲，而宅營江壤，又夙從先儒陳子松游，以辭賦鳴於時，兼擅倚聲，儕輩頗雅重之。今集所載沈戟門、莊兼伯、柳子屏、凌磬笙唱和諸作是也。抑戟門諸子皆吾邑所群推爲厨顧者也，而皆往來周莊，每佳辰月夕，則里之耆德，相與招邀過從，流連賦詠，極一時之勝。先生追陪裙屐，因益獲抒其才，清空騷雅，麗而有則，洵可謂爲姜、張之流亞也。向嘗移録其作，刊之

《笠澤詞徵》，以傳於世。今其群從小沚前輩，又獲其全稿，將付諸梓，來屬爲叙。嗟嗟！去病何人？敢爲之叙哉？顧維三十年來，於吾邑詞人之作，竊嘗粗窺其厓略矣。大抵工艷情者，以花草爲宗；盛才氣者，以蘇、辛爲法；而守繩墨者，則撫擬清真，步武石帚。含情綿邈，體物瀏亮，迢迢數百祀，固未有能踰越乎此範圍者矣。而先生類能爲之，使當順、康朝，與漢槎、虹亭角逐詞場，以上下其議論，安必不可以入鴻詞之選？特惜乎其生晚也！然以視湘湄、頻伽，殆庶無愧色矣。昔鄭所南謂「玉田生詞，能令後三十年西湖錦綉山水，猶生清響。」今先生之逝，亦三十年矣。而觀於其詞，情韻猶新，風流彌著。得非山川靈秀之氣，其鍾於是者爲獨厚？而後之仰其人者，將徘徊乎東江之上，遥吟俯唱，逸興遄飛，益不能其已已也。中華民國十六年一月八日，鄉後學陳去病拜手謹叙。

張西廬葺震澤書屋序言　丁卯

震澤書屋者，爲宋著作震澤先生王公蘋信伯設也。先生親伊川之門，來游居於此。寶祐初，時齋沈公，祀於鄉塾，以先生門人陳公長方、楊公邦弼配，號三賢祠。歲久而圮，今普濟寺東偏敗屋一楹，沈之子孫修故事爲之，非其舊也。先生之學，具朱子淵原中，龜山嘗云：「師門後來成就，無逾信伯。」和靖亦云：「朋友切磋，正賴吾信伯。」先生之門，又有施廷光、方次雲一輩，流至艾軒爲南夫子，當周、程既殁，朱、張未興，使東南之人知伊洛之學，誰之力哉？先生之俎豆，不宜在一邑一鄉，以一邑一鄉私先生者，非也。然以先生之游居於此，而無所表著焉。居者不知，過者不問，是一邑一鄉不敢私先生，而先生所爲不宜在一邑一鄉者，其孰從而議之也？舊祠當輓路之沖，且寄浮屠廡下，擬當湖山之勝，買地一區，構數椽，蒐先生之遺書而刊置之，歲時展先生之像而拜焉，配以陳、楊，續以施、方諸子，度此務不爲迂，敢諗同志者。

張西廬吴敬夫唐詩嶺雲集序 丁卯

詩以異爲體者也。風異雅，雅異頌，風異十五國，雅異大小，頌異商、周、魯。不惟是也，《周南》同而《關雎》、《葛覃》異已，《召南》同而《鵲巢》、《采蘩》異已。乃至篇異章，章異句，句異字。《芣苢》三章，首尾止易二字，上下止易一字，而興味迥殊。傳言賦其事以相樂，明非一人，若後世相和歌詞，不出一手。左氏「大隧」逸篇，公姜并賦，則其例也。夫詩至相和，而不能不異者，詩之情也。騷不襲經，漢樂府五言不襲峰碑岐鼓。魏不襲漢，晉不襲魏，齊、梁迄隋不襲晉。世所傳古詩「行行重行行」異「青青河畔草」，「西北有高樓」異「庭中有奇樹」，至曹氏父子兄弟異已。王劉、二陸、二謝又異，顔、陶、庾、鮑又異，以其各具體制，故令擬之者失其匠心，步之者瞠其逸致，足矣。夫詩至相擬而不能不異者，又詩之情也。詩法以唐爲斷，唐之爲唐，自昔有初、盛、中、晚之異。初異虞、魏、蘇、張，異王、盧、楊、駱，異陳拾遺，異沈、宋。盛異劉、王、孟，異高、岑、崔、常，異李白、杜甫。中異錢、劉，異韋、盧、異元、白、韓、柳、李、孟。晚異杜、許，異温、李，異陸、皮、方、薛。此其大略也。猶且燕異許，王異楊，岑異高，李異杜，元異白，皮異陸，雖同好并稱，弗能齊矣。況乎一人之身，而初終異格；一時之作，而憂樂異感，不自知也。夫詩出於己而不能不異者，亦詩之情也。故有累牘而無當其平生，單詞而遂關其氣運。讀之者置其千百，取其一二，必一二之異於千百也。置彼之一二，取此之一二，必此之一二異於彼之一二也。且前置而後取之，必後之有異於前也。中置而外取之，必外之有異於中也。細置而大取之，必大之有異於細也。夫詩不出於己，可以己概之，而猶不能不異者，又詩之情也。夫異生於獨，作之者用獨，獨則異，兼則不異。選之者用兼，亦用獨，獨則不自欺，兼則不欺古人。兼而獨，則不爲古人所欺，獨而兼，則亦不欺今人。降而宋有歐、梅之宋，陳、黄之宋，范、陸之宋，林、謝之宋。降而元，有虞、揭之元，貫、薩之元，黄、柳之元，倪、顧之元，亦各以其異者，自樹一時。今選宋、元者，不異之求，而惟同之徇，曰「吾以其似唐者而已」，正恐削觚截鶴，唐之不似，而宋、元已失矣。究其根本，不在失宋、元，在失唐。亦知唐之爲唐者乎？東坡有言：「地之美者，同於生物，不同於所生。惟荒瘠斥鹵之地，彌望皆黄茅白葦。」此今日言唐者之大病也。故欲開四門之唐徑，先正四唐之眼目。吴敬夫氏《嶺雲集》選成，一日過余，縱談及此，其所選者，未必不同濟南，而有異於濟南。未必不同竟陵，而有異於竟陵。竪亞一目，非常目也，炳炳然，有不肯自欺，以欺古人者，所以不至於爲古人所欺，而還以欺今人也。請以吾異之説附之。

江蘇革命博物館月刊發刊詞　己巳

巢南子曰：沉沉長夜，鶡旦不鳴，其氣象誠黲黮哉！行乎詄蕩之途，以適莽蒼之墟。東海在其前，泰山峙其後。披襟當風，以俟杲旭之出。其始焉滄滄涼涼，倏玄倏黃，紛綸滉瀁，馳萬道之金光；其繼焉朱霞天半，飛來鳳皇，長鳴一聲，於彼高岡。而其終焉，丹盤一輪，吐露全身，波濤洶涌，若跳丸之沐浴乎裨瀛。於是壯者目眩而心駴，懦夫回視而却步。屏息怵惕，久之久之，而後始凝目焉，又平視焉，乃歡欣鼓舞，快然而稱頌曰：「盛哉乎，青天白日，擁乎中央。光明磊落，昭臨萬方。無中無外，坦坦蕩蕩。凡夫圓顱方趾、含生負氣之倫，孰不回面易嚮，洗心滌腸，潔誠來歸，知天命之有常。」巢南子曰：「天道循環，無往不復。易有陰陽，禮隆因革。」明乎此，而吾先總理所由以革命詔我群盲者曉然矣，先總理之所以師朱明故轍，而奠茲中華民國於我建康者曉然矣，先總理之所以長傍孝陵而爲之永藏者曉然矣。

蓋東林、幾、復，知民族主義，奮我鷹揚。而由崧昏闇，失其紀綱。唐桂播遷，水火一堂。此其所以終於消亡也。洪秀全起布衣，逾嶺下湖湘，不數年而建號天國，定鼎長江，其聲勢亦浩蕩矣，而不知民爲邦本，以鞏固夫金湯。此又所以秀而不實，終以自戕也。惟吾總理高瞻遠矚，不耻下問，深知古今成敗之原，斷然以三民主義、五權憲法相號召。是以奔走革命四十餘年，學湯武之征誅，而不爲湯武之篡奪；法唐虞之禪讓，而尤徠唐虞之登庸。此所以群情浹洽，四海歸心，斷頭瀝血，决然無有所回惑。總理以此而成功，諸先烈亦以此而著績，縱生俱不獲睹夫區宇之混一，而黄花岡畔，紫金山頭，將魂魄憑依終古而赫奕矣。烏乎！此吾黨之所以有今日，而吾人之所以永念夫先烈，思有以昭示夫國人也。

且夫在天之靈，亦自完其天職而已，寧望後人之必崇報我也？然而我國民之得以處於今日黨國下者，端由諸先烈之不惜軀命，誓死力争，前仆後繼，壯往不貳，以造成兹日之莊嚴。則我國民縱不能一一馨香俎豆，以竭其頂禮膜拜之忱，而瞻仰遺容，留連故物，自不勝其徘徊眷戀，肅然有以立懦而廉頑。寧得謂爲世變日新，往昔犧牲，無足挂我齒頰哉？烏乎！此吾江蘇革命博物館之所以不能無設，且不能無設於首都。不能無有所著述，以表彰此遺烈，而使之日以光昌，爲黨國榮，爲吾民師法也。烏乎！此江蘇革命博物館，此江蘇革命館月刊，吾國民其能無重念之重念之哉！重念之，而吾總理在天之靈，如在其上，如在其左右。重念之，而諸先烈在天之靈，亦如在其上，如在其左右。音容雖邈，肸蠁猶通。夫又奚必登紫金山頭，過黄花岡畔，而後始致其哀悲，抒其感慨也。既以明其故，復從而爲之詞曰：

坤乾闔辟，消息陰陽。否泰剥復，變化何常。鼎新革故，匪柔伊剛。同人大有，公理彰彰。緊維吾民，中州是宅。炎黄子孫，既蕃且殖。繼繼繩繩，保我邦族。何物妖魔，任其魚肉！魚之肉之，亦三百年。茹痛飲恨，困苦顛連。匪無健者，奮我戈鋋。中道頓挫，卒受拘攣。惟我總理，誕膺天縱。屢起義師，誓與虜哄。三民粤宣，五憲能綜。始自同盟，終邀一統。統既一兮，引我哀思。澤遍膏血，目極瘡痍。國殤誰念？烈魂何依？秋燐點點，衰草凄凄。草萎燐飛，九原可作。文炳日星，勛銘金石。供狀爰書，斷弓遺鏃。理而董之，餘腥猶酷。曰歸曰歸，魂兮其來！中山故邸，有亭有池。造像爭肅，寶物長遺。守藏毋忽，視此銘詩。

書夏瑗公文後二　己巳

丁未夏，予在上海，得瑗公所撰《侯納言傳》，業刊諸《國粹學報》矣。嗣復得公《長樂縣志》，見公文尤夥，因録而存之。而公子存古，以弱齡隨宦，亦斐然有作，登諸梨棗，誠意料所未及也。物换星移，迄今二紀，公之遺文，爲張伯賢所掇拾者，既杳不可睹。而斯文又未忍其終閟，因刊而傳之。冒襄《同人集》，亦載公書一篇，遂并録焉。民國十八年八月十六日，去病又記。

書吴郡獅子山招國魂紀事後　庚午

右《招國魂》詩文一卷，係吴郡諸同志於遜清光緒之二十九年十月一日，同登獅子之山，招祖國之魂，而祈求光復之詞也。維時四夷交侵，國權陵替，中原豪俊莫不憤然崛起，攘臂以圖御侮之計。而虜廷上下，猶復拒諫飾非，宴安酖毒，若睡獅之沉酣醉夢，不之猛醒。嗚呼！此吾吴中義士之所由痛心疾首，呼黄帝之靈，而企圖革命也。曰海上觀潮老生者，關中舉人梁柚隱積樟也。曰嫣汭礽孫者，吴縣胡友白如玉也。曰而山者，吴縣楊韞玉綬紳也。曰黄帝之曾曾小子、曰君讎者，吴縣朱梁任錫梁也。曰包山者，吴縣包天笑朗笙也。梁君年最尊，光復後還長安，不知所終。楊君亦早世。今惟友白、梁任、天笑在耳。其他相與來會者若干人，姓氏已不可曉。予恐數十年後，吴下青年不復知有革命之舉，與當時興會之烈，因刊而志之，備當世作民國史者採焉。中華民國十九年二月，吴江陳去病。

趙彦偁摘録唐宋元明名印册 癸酉

吾鄉楊龍石前輩以琢刻馳名，道咸間其所輯唐、宋、元、明名印册，原本存否已不可曉，獨丹徒趙君舉曾爲摘録，頗堪珍貴。余嘗得而録之，冀邑賢手澤，益以廣播云爾。癸酉夏至，陳去病識。

静齋詩剩序

諸君静齋既卒，其友吴江陳慶林乃最録其詩若干首爲一卷，因序之曰：君爲吾師杏廬先生從弟。年少風雅倜儻，往往跌宕文酒間，與朋輩徵歌弄絲竹以爲樂。其後年益壯，境遇益嗇，疾病紛然攖其躬，意氣乃益稍稍衰。所居楓橋爲蘇、常通衢，多名古刹。病後乃假館蘭若，息心養痾。日讀宋以來迄國朝之儒書，潛研默究，時有所得，病遂獲瘳。庚寅、辛卯間，君館蜆江，余亦來從師游，因訂交焉。既而又識沈君賡笙。三人者，遂相與切礴，爲莫逆交。當是時，賡笙才氣駿發，遒然遠出。君尤鋭意治詩，力追古人，務極其所造而後已。獨予齒爲穉，在師門中最弇陋，無足數。乃亦得肩隨君後，日夕投詩相唱和，酬酢酣適。至縱論古今事而無所顧忌，豈非盛哉。數年來，予與賡笙俱牽於病，羈於家累，先後告師而歸，而君亦退居楓橋，頗絶聞問。每閉門獨坐，追念昔時叙處之樂，輒憾其淺鮮，欲再求之而不可得。去歲春季，予在蜆江，嘗一會君。今年五月，又接君書，言病甚。語多沉痛，不忍卒讀。然猶以爲君素幽憂，宜述苦詞，雖病當不足慮，而君竟逝矣。悲夫！君詩多不存稿，予於投贈篇什中捃録其最。雖造詣未能與古人相埒，然能精思冥求，善於運筆。倘得從容以盡其力，夫豈遽出古人下哉！乃序如上。